형법학자가 새긴 이병주의 법·문학·삶

밤이 깔렸다

하 태 영

하태영
동아대학교 법학전문대학원 교수·형사법

초판 1쇄 2022년 4월 3일

글	하태영
펴낸이	임규찬
펴낸곳	함향 출판등록 제2018-000007호
주소	부산광역시 동래구 명륜로69 상가동 1001호
E-mail	phil8741@naver.com
블로그	blog.naver.com/phil8741
편집디자인	씨에스디자인
인쇄	인쇄출판 유신

글 ⓒ 하태영
저작권자와의 협의에 따라 검인을 생략합니다.
ISBN 979-11-964532-9-9

도서출판 **함향**은 함께 **향**유합니다.

소설·알렉산드리아 세대, 1965

이병주, 〈소설·알렉산드리아〉, 《소설·알렉산드리아》,
한길사, 2006, 7~127면

사람을 죽여서 굶주린 개의 창자를 채워라.

-나림 이병주

해설

1

〈소설·알렉산드리아〉를 읽고 필사하는 일은 밤하늘 별을 헤아리는 일과 같았다. 그러나 나는 그 무모한 일을 시작했다. 방대한 소재를 나누고 중요한 문장을 찾았다. 그리고 제목을 붙였다. 소설의 줄거리와 흐름을 타고 나가면서 '형과 나와 법'을 생각했다. '형무소에 있는 지식인·일상에 만족하며 피리 부는 나·법을 남용하는 권력자'를 묵상했다. 이상주의자와 현실주의자가 어떻게 함께 그 시대를 살아갔는지 떠올렸다. 결국 모두가 '패자가 되는 삶'이었다.

〈소설·알렉산드리아〉는 신문을 전체 정독하고 종합 구성한 작품으로 보였다. 나림이 교도소에서 본 별빛과 내가 찾아낸 문장은 어느 정도 일치할까? 나는 이 작품을 법률·감옥·분노·복수·재판·자유·해방 관점에서 읽었다. 대한민국 서울 서대문형무소에서, 이집트 알렉산드리아 법정으로, 다시 서대문형무소로 돌아오는 길목에서, 나림의 법사상을 찾으려고 노력했다. 〈별이 차가운 밤이면〉 생각나는 그러한 단어들이다.

〈소설·알렉산드리아〉에 인간·역사·이념·사상·전쟁·분단·비극·분노·복수·신·권력·번데기·자유·희망·밤·자유의지가 있었다. 1965년 첫 작품 〈소설·알렉산드리아〉와 1992년 마지막 작품

〈별이 차가운 밤이면〉은 그래서 각별하다. 나의 '형'과 '박달세'는 우리 현대사가 낳은 인물이기 때문이다.

2

〈소설·알렉산드리아〉는 나림의 감옥 체험이 담긴 소설이다. 형의 육신은 서대문형무소와 부산교도소에 갇혀 있다. 정신은 꿈과 낭만과 욕망의 도시 알렉산드리아에 있다. '나'는 해설자이다. 강력한 체험·뛰어난 상상력·해박한 근대사·현대사 지식·문학적 세계관·웅장한 작품 구조·간결한 문체가 돋보인다. 이 작품에 복수·분노·자유·희망이 공존한다.

천재 작가의 법정 소설이다. 제목에 '소설'과 온점(•)을 썼다. 복수·분노·자유의 의미가 담겨 있다. 잘못된 형사사법 제도와 권력 범죄로 개인의 삶이 번데기처럼 파괴될 수 있음을 고발한다. 소급입법·긴급체포, 한국 법정과 알렉산드리아 법정을 대비해 형사재판을 자세히 묘사한다. 독재 법정과 자유 법정이다. 소설에서 한스의 살인행위를 위법성조각사유의 전제사실(정당방위 상황)에 대한 착오로 보아 무죄를 주장하는 장면이 나오는데, 당시 형법학계도 놀랐을 것이다. 정확한 사례이기 때문이다. 나림의 법사상과 온점(•)의 미학에 매료됐다.

〈소설·알렉산드리아〉는 1961년 5·16 군사 쿠데타 이후 소설이다. 나림은 2년 7개월(1961.5.20.~1963.12.16.) 감옥을 다녀왔고,

황용주는 1964년 11월 11일 다시 구금되어 1965년 4월 30일 출소하였다. 그만큼 엄중한 시기에 발표한 글이다.

3

"밤이 깔렸다."

〈소설·알렉산드리아〉의 첫 문장이다. 강렬하다. 위대하고 거대한 여정을 알리는 독백이다. 나림에게 그 암울한 현대사가 '밤'이 되었다. 우리들의 운명을 '깔렸다'고 표현했다. 야만의 시대를 말한 것이다. 나림의 첫 문장은 그 야만의 시대에 밤이 깔린 계곡을 거쳐온 눈물이다. 우리들의 눈물방울이 붉은 피가 되었고, 거대한 저수지에 모였다. 그것이 나림那林 호반湖畔이다. 〈소설·알렉산드리아〉는 나림의 저수지 문학이다. 그 검붉은 저수지가 월광에 물들었다. 붉은 잉크의 파도가 문장이 되었다. "역사는 산맥을 기록하고 나의 문학은 골짜기를 그린다." 형법학자 하태영이 새긴 나림 이병주의 법·문학·삶이다.

나는 〈소설·알렉산드리아〉 첫 문장을 군사독재로 읽었다. 군사쿠데타와 군사독재가 온 나라를 지배하여 이제 나는 소설로써 복수·분노·자유·희망을 갈구한다는 의미로 받아들였다. 천재 작가의 저항문학이라고 생각한다.

법학자 안경환 교수와 문학평론가 김윤식 교수는 〈소설·알렉산드리아〉를 언론인 황용주를 주인공으로 한 정치소설·사상소설이라고 말한다. -김윤식, 이병주 연구, 국학자료원, 2015, 156면. 안경환, 「황용주 그와 박정희의 시대」, 까치, 2013, 140~142면

우리나라 문학평론가들은 〈소설·알렉산드리아〉를 사상소설·관념소설·서간체소설·역사소설·재판소설·비평소설·분단소설·절망소설이라 한다. 문학평론가 조남현 교수는 이들 요소가 어우러져 정통 담론을 넘어선다고 평가한다. -조남현, 「이데올로그 비판과 담론확대 그리고 주체성」, 「소설·알렉산드리아」, 한길사, 2006, 295면 깊이 공감하며 더 나아가 나는 이 작품을 법정소설의 효시로 생각한다.

한국의 독재 법정과 알렉산드리아의 자유 법정이 이 작품에 소개되어 있다. 소급입법으로 10년형을 선고받고 복역하는 나의 '형'과 변호인 A씨가 법리를 다투고, 변호인 B씨가 양형을 다투는 민주·자유 법정이다. 소설에서 다룬 형사법이론은 형법학자가 보기에 전혀 어색하지 않다. 과실치사에 대한 정당방위 논쟁은 보통 작가가 다루기 힘든 소재이다. 작가의 법률 지식이 상당하다는 의미다. 사라와 한스는 퇴거 조건부 판결 보류 결정으로 석방된다. 소설 전반부는 대한민국 감옥을, 후반부는 알렉산드리아 형사재판을 절묘하게 묘사하고 있다. 작품의 10분의 1이 사형제도 비판이고, 또 10분의 1이 살인 사건 재판 설명이다.

4

〈소설·알렉산드리아〉에서 나의 '형'은 일제시대 대학에서 입신출세와 담을 쌓고 세계주의자와 자유주의자를 자처한다. 논설위원으로 활동한다. 쿠데타 직후 '필화사건'에 휘말려 10년 형을 선고받고 감옥으로 간다. 형은 서대문형무소에 있다. '나'에게 14통의 편지를 보낸다.

조국이 없다. 산하山河가 있을 뿐이다. 이북의 이남화가 최선의 통일방식. 이남의 이북화가 최악의 통일방식이라면 중립통일은 차선의 방법은 되는 것이다. 그런데 이것을 사악시하는 사고방식은 중립통일론 자체보다 위험하다. 이 이상한 사람이라도 더 희생을 내서는 안 되겠다. 그러면서 어떻게 해서라도 통일은 이룩해야 하겠다. 이것은 분명히 딜레마다. 이 딜레마를 성실하게 견디고 해결하려는 노력에서 비로소 활로가 트인다.

대강 이상과 같은 구절이 유죄판결의 근거가 되었다. 조국 부재론·중립통일론·분단과 희생보다 통일이 먼저, 군부는 이들을 진보 사상자로 낙인하고, 색깔론으로 정치 희생양을 만들었다. 뜨거운 물속에 집어넣어 삶아 버린 것이다. 나림과 황용주가 그런 사람이다. 조용수는 생명을 잃었다.

5

〈소설·알렉산드리아〉는 나림 문학의 전체 도면圖面이다. 작가의 소설 서술방식은 파격적이다. 기교주의가 없다. 직접 화법도 없다. 탁월한 식견과 격조 있는 구조가 있다. 주제를 압축하는 힘·일관성 있는 마무리·방대한 인물 설정이 있다. –김종회, 「한 운명론의 두 얼굴」, 이병주의 『소설·알렉산드리아』, 이병주기념사업회, 바이북스, 2020, 191면 이 작품은 위대한 작가 탄생을 알리는 혁명적 정치소설로 다가왔다. 지성을 자극하기에 충분했다.

나림은 1965년 〈소설·알렉산드리아〉 이후 1992년까지 27년 동안 한국문학의 품격을 끌어 올렸다. 나림은 엄중한 시대를 각성하며 살았다. –김종회, 「한 운명론의 두 얼굴」, 188면 그 시대의 시각으로 나림 문학을 이해한다면 〈소설·알렉산드리아〉는 기록문학의 대표 작품으로 평가할 수 있다. 체험·기록·목격·증언·역사가 담긴 웅장한 자전소설이다. 1965년. 「세대」. 44세. 중편 120면.

6

서대문형무소 현장이 그림으로 그려진다.

"영하 20도는 영하 30도보다는 덜 차다. 설혹 영화 30도가 된다고 하더라도 영화 31도보다는 덜 차가운 것 아닌

가. 인간의 극한상황이란 숨이 끊어지는 그 순간을 두고는 없다. 사랑하는 아우. 웃지 말라. 고독한 황제는 환각 없인 살아갈 수 없다."

나림 문학을 정통으로 알리는 문장이다. 나림 소설의 전형이 모두 담겨 있다. 체험한 현장을 그대로 묘사한다.

〈소설·알렉산드리아〉는 작가로서 이름을 알린 등단 작품이다. 거대한 저수지 같은 작품이다. 문학평론가들은 원형이라고 말한다. 나는 '나림那林 호반湖畔'이라고 부른다. 그의 후속 작품들은 〈소설·알렉산드리아〉의 물줄기에서 아래로 흘러내렸다.

한 문장으로 말하면 나림의 대중소설·정치소설·사상소설·분단소설·관념소설·역사소설·철학소설·법률소설·법정소설·교도소소설·일본식민지유학생소설·교수소설·학교소설·기업소설·종교소설·어머니소설·음악소설은 모두 〈소설·알렉산드리아〉에서 파생한 것이다.

〈소설·알렉산드리아〉는 나림 소설 80권 전체를 압축한 입문 소설이다. 제목과 내용 그리고 표현 등 거의 모든 촉수를 보여준다. 〈소설·알렉산드리아〉를 그래서 원형元型이라 한다. 주제와 형식을 반복 제시하고 구체화한다. -조남현, 「이데올로그 비판과 담론확대 그리고 주체성」, 295면

그 후 10년 주기로 〈겨울밤-어느 황제의 회상〉과 〈그 테러리스트를 위한 만사〉를 발표한다. 시대를 증언하고 자유주의 사상을 대변한다. 나림은 온점(•)을 어느 작가보다 많이 사용한다. 거의 훈민정음 전문가이다. 문장과 문체에 일가견이 있다.

7

〈소설·알렉산드리아〉에 프랑스 선원 말세, 이집트 무희 사라, 6·25 전쟁에서 옥사한 어느 소년·마리아·예수·게르니카·나치·히틀러·게슈타포·형사재판·일본 유학생·형·니체·사형·고문·신 등 다양한 인물과 소재가 등장한다.

〈소설·알렉산드리아〉 후속 작품은 모두 〈소설·알렉산드리아〉의 속편 성격의 작품이다. 〈예낭 풍물지〉는 마리아 소설이고, 〈관부연락선〉은 일본 유학생 소설이며, 〈산하〉는 분단소설이고, 〈지리산〉은 역사소설이다. 〈겨울밤-어느 황제의 회상〉과 〈내 마음은 돌이 아니다〉는 〈소설·알렉산드리아〉의 교도소문학 완결작이다.

우리들이 일본의 통치를 받고 있을 시대인데, 형이 일본에 대해서 항거해야 할 것인가, 또는 순종해야 할 것인가에 관해서 고민하고 있는 것을 보았을 때가 아닌가 생각한다. 형의 불행은 사상을 가진 자의 불행이다. 천재도 못 되는 사람이 천재의 행세를 하다간 스스로의 생활을 불구화하고 주변의 사람들만 불행하게 할 뿐 아닌가.

나림은 학병 세대를 한국문학에 등장시킨다. 대단한 공헌이다.

8

오스트리아 표현주의 화가 에곤 쉴레의 작품에 〈한 쌍의 여인〉이 있다. 남녀의 황홀한 눈동자가 나의 눈에 선명하게 들어온다. 나림 소설의 관능미는 〈소설·알렉산드리아〉를 거쳐 이후 〈이병주의 에로스 문화탐사〉에서 더욱 깊어 간다. 그래서 나는 〈소설·알렉산드리아〉를 정독한다. 여기에 몇 단락을 더 옮겨 본다.

호화로운 페르시아의 융단, 묵직이 드리운 진홍색 커튼, 사향의 냄새가 풍기는 방, 마호가니제 침대, 핑크색 덧이불, 그 위에 놓인 꽃무늬가 산산이 흐트러지는 풍정風情으로 희랍의 조각을 그대로 혈육화血肉化한 것 같은 남녀의 정사.

천장이 낮고 벽지 위엔 빈대 피가 가로세로 혹은 비스듬히 흔적을 남긴 어수선한 방, 값싼 담배 냄새, 독주 냄새가 야릇하게 풍기는 방, 삐걱거리는 침대 위에서 이루어지는 선원과 매춘부와의 정사.

백인과 백인. 백인의 품에 안긴 흑인 여자. 흑인의 품에 안긴 백인의 여자. 또는 갈색의 피부와 황색의 피부와 잡다한 빛깔의 남녀의 교합으로 이루어지는 이 애욕의 드라마. 노인이 소녀를, 소년이 소녀를, 남자가 남자를, 여자가 여자를 간하고 음하는 갖가지의 전경. 소돔과 고모라의 확대판 알렉산드리아. 고전적, 중세적, 현대적, 미래파적으로 음탕한 알렉산드리아. 아라비안나이트적인 교합과 할리우드적인 교합과 이집트적인 교합, 소아세아적, 인도적 교합. 파노라마처럼 심상心象 위에 전개되는 시인들이 서로 엎치고 덮치는 가운데 나의 하복부에 강렬한 충격이 인다. 밖으로 반사되어야 할 농도 짙은 액체가 거꾸로 장을 통하고 위를 거쳐서 식도 쪽으로 올라오고, 그 짙은 액체가 내분비를 일으켜 혈관 속에 침투해선 심장을 압박한다.

한국소설에서 나는 이런 문장을 본 적이 없다. 미학을 말하면 이런 것이다. 나림은 욕망을 '암묵의 의사'라고 말한다. 매일 고민하는 것이다.

　　이성의 지배를 거부하는 육체의 어떤 부분의 자의恣意처럼 인간의 고독감을 절박하게 하는 건 없을 것이다. 형의 표현을 빌리면 생명 발상 이래 몇 억년을 통해서 꿈틀거리는 '암묵의 의사'. 그러나 나는 이 암묵의 의사에 번롱당하기는 싫다. 나는 숨을 몰아쉬고 고개를 돌려 가난한 다락방 내부에 시선을 옮길 수밖에 없다.

〈소설·알렉산드리아〉처럼 묵직한 장편소설에서 대중소설의 묘미를 보여주는 것은 작가에게 쉬운 작업이 아니다. 어마한 관능미를 무리 없이 소설 구조에 담는 능력은 천부적이다. 그래서 나는 천재 작가라고 부른다. 그의 문장은 예술이다. 프랑스 선원 자유주의자 말셀의 여성관과 이집트 무희 사라의 요염한 무대관은 청춘 남녀들이 숙고해 볼 문장이라 생각한다. 고수의 명문이기 때문이다.

9

　나림 문학에서 또 하나 특징은 비극적인 인물을 소설 주인공으로 내세워 그의 인생사를 독자와 함께 슬퍼한다는 점이다. 〈패자의 관〉과 〈예낭 풍물지〉에서 심화한다. 이것이 애독자층을 만들고 있다. '묵자墨子'형 시각은 일간신문을 만들어 본 편집인이 가질 수 있는 감각이다.

　나림 작품은 줄거리와 소재가 다양하다. 장면과 문장이 선명하여 속도감이 있다. 도대체 어떻게 사유하였길래 작품 구도가 이토록 방대한가. 노력으로 가능한지 아니면 천부적인지 나는 항상 궁금했다.

　여러 문헌을 읽으면서 나는 이 질문에 대한 답을 찾아 나섰다. 그의 인생사가 작가를 만들었다고 생각한다. 나림은 〈국제신보〉에서 편집국장 겸 주필로 활동했다. 당시 나이가 30대 후반이다. 〈국제신보〉는 지역신문이었지만 상당한 지명도가 있었다. 4·19 혁명과 5·16 쿠데타가 발발한 시기였다. 우리나라 언론의 황금기였다. 〈국제신보〉는 4·19 혁명 시기에 정통 유력 야당지였다. 4·19 혁명의 진원지는 항구도시 마산이었다. 이때 나림은 박람강기博覽强記와 언론인 특유의 투지로 무장하였다. 한마디로 혈기왕성血氣旺盛했다. 검은 안경에 파이프 담배를 문 중년 사진은 강한 인상을 준다.

　이때 〈국제신보〉는 하루에 조간과 석간을 모두 발행했다. 나림은 많은 지면을 쉴 새 없이 편집했고, 또 논설을 썼다. 주제를 잡으면 바로 논설과 사설이 되었다. 그만큼 필력이 있었고 단련하였다. 일간신문에 소개된 방대한 주제와 서민의 애환은 모두 소설의 밑거름이 되었다. 신(神)은 이런 행운을 아무에게나 주지는 않는가 보다. 물론 혹독한 시련을 거친 후 받은 선물이었다. '감옥'은 '황제' 문학의 초석이 되었다.

10

나림 작품에 나오는 다양한 인물·국제감각·생생한 장면은 우리가 읽고 있는 조간신문과 석간신문을 전체 요약하면 나온다. 이것이 나림 문학이다. 모든 장면이 소설로 변할 수 있음을 보여준다. 기교와 공상보다 다양한 소재와 관점, 슬퍼하는 능력으로 작품을 만든다. 그의 천부적 재담은 탁월한 문장으로 재미있는 소설로 탄생한다. 수필 문체니, 구도 취약이니 하는 비판도 있지만, 나는 그렇게 생각하지 않는다. 나림은 치밀한 구조주의자다.

여기에 또 하나 장점으로 나림은 술을 즐길 줄 아는 작가이다. 그가 만난 인물은 거의 소설 속 등장인물로 나타난다. 다양한 만남은 작가에게 정보수집 과정이었다. 나림이 그날 나눈 이야기는 모두 고급 정보였으며, 그것은 소설 주인공의 사상으로 발전하였다. 그래서 나림문학의 대화 문장은 현장감이 있다.

여기에 신문사 편집인 특유의 호기심과 질문도 있을 것이다. 독특한 문학관도 한 몫 하였을 것이다. 나림은 목마름으로 우물을 팠고 물음과 느낌으로 인생사를 분석했다. 나림은 괴테 문학을 좋아하지 않았다. 괴테는 위대하지만 절실함이 없다고 보았다. 나림의 편지문학과 기록문학은 간절함에서 탄생하였다. 편지만큼 은밀하고 솔직한 것이 있는가. 그러니 쉽게 흉내를 낼 수 없는 독특한 문학 세계를 구축하였다고 본다.

마지막으로 지역 정서와 인간관계도 무시할 수 없을 것이다. 나림이 태어나 배우고 성장하고 활동한 도시는 하동·진주·마산·부산·서울이다. 나림에게 모두 낭만의 도시다. 산·평야·바다·술이 있었다. 한학의 기풍과 서구의 유행을 함께 느낄 수 있었다. 모두 소설 배경이 된다.

그리고 나림이 전국에서 만난 사람·역사·정치·사회·문화·독서·사랑·술·기록·문학이 독특한 지방 정서와 섞이지 않았다면, '대하소설'·'패배자소설'·'고독소설'은 불가능하였을 것이다.

나림에게 시대 운도 있었다. 당시는 신문소설의 전성시대였다. 소설 집필은 생계를 위한 직업이었다. 신문사를 그만두고 전업 작가가 되었다. 여러 언론사의 주문 생산으로 매일 원고 압박 속에 살았다. 너무나 뛰어난 작가였기 때문이다. 엄청난 작품들이 쏟아져 나온다. 독자들에겐 큰 선물이었겠지만 나림에겐 고역이었을 것이다. 작품에서 중복 문장도 보인다. 이야기의 심화라고 생각하면 큰 문제는 아니다. 전국에 약 10만 명의 애독자들이 있다고 한다.

11

이제 〈소설·알렉산드리아〉로 들어간다.

형은 서대문형무소에서 알렉산드리아에 있는 동생에게 편지를 보낸다. 편지가 작품이다. '앞으로 이런 종류의 글을 소설 작품으로 쓸 것'이라는 선언문이다. 그것이 〈소설〉+온점(•)+〈알렉산드리아〉이다. 나는 이 제목을 보고 '다작^{多作}과 자유^{自由}'를 읽었다.

이제 우리가 사는 곳은 모두 교도소가 되었다. 그 억압의 섬(•)을 벗어나야 '자유 도시'가 있다.

나는 제목을 이렇게 읽었다. 온점(•)은 여기서 섬이다.

밤이 깔렸다.

소설 제목과 이 첫 문장 '암흑'을 합하면 〈소설·알렉산드리아〉는 완성된다. 그 상징성은 넓고 높다.

밤이 깔렸다. 나라 전체가 교도소가 되었다. 고독한 황제는 이젠 환각 없인 살아갈 수 없다.

태산에서 울부짖는 울음소리 같았다.

나림은 현대사를 압축하여 패배한 사람을 주인공으로 세우고 기록소설을 썼다. 그가 왜 사마천 《사기^{史記}》를 교도소에서 정독하였는지 알 수 있다. "이제 우리는 환각 없인 살아갈 수 없다." 이정도면 천재 작가의 문장이다. 1960년 초 대한민국 현실을 이렇게 한 문장으로 압축 묘사한 작가가 있었는가.

밤이 깔렸다.

위대한 소설가의 아름다운 첫 문장이라고 생각한다. 그래서 나림 이병주 하면, '밤이 깔렸다'가 생각난다. 그는 '어둠이 깔렸다'고 말하지 않았다. 밤은 언젠가 동이 튼다. 〈소설·알렉산드리아〉 말미에서 언급하고 있지만, 밤은 어둠과 희망을 동시에 품고 있기 때문이다. 첫 문장과 마지막 문장은 '시대 상황과 암울한 서민의 삶'을 암시한다.

12

〈소설·알렉산드리아〉를 그냥 문장으로만 읽으면 '형'의 갑갑한 형무소 생활이 시작되었다는 정도다. 서울의 추운 겨울밤 날씨와 극한의 형무소 실상을 알 수 있다. 나의 '형'은 형무소에서 황제처럼 환각 속에서 살고 있다. 서대문형무소는 일제시대 건축물이고, 일본에서 공부한 '세계주의자·자유주의자' 나의 '형'은 일본 사람이 지어놓은 형무소에서 10년의 청춘을 보내야 한다. 참 비극적 인생이다. 이렇게 요약할 것이다.

그리고 당시 형무소 시설·식단·침구·겨울·재소자·사형수·사형장·사형제도·사형폐지 등 다양한 기록들을 만날 수 있다. 교정사를 연구하는 연구자에게 〈소설·알렉산드리아〉는 귀중한 자료가 될 것이다. 전국에 이런 열악한 교정시설이 아직도 많이 남아 있다. 뭐 이렇게 이해할 것이다. 그러나 암담한 현실을 살아가는 지식인의 감옥 생활을 연민으로 읽는다면, 그가 왜 시대에 분노하고, 자유를 갈망하는지, 어떻게 견뎌내고 있는지 알 수 있을 것이다.

13

나림은 수형생활에서 본 재소자의 내공^{內工}을 다음과 같이 분석한다. 기록관찰에 해당 부분이다. 교양인과 지식인은 고통을 분화한다고 말한다. 이를 통해 인간의 품위와 지위를 유지한다고 한다. 나림은 이것을 지혜라고 한다. 이것은 비단 재소자에게만 해당하지 않는다. 공부란 어려운 상황을 극복하는 지혜를 수련하는 과정이기 때문이다. 수신^{修身}이다. 밤을 견디는 자의 자세다.

감옥살이에서 체험한 일이지만, 지식인과 무식자는 똑같은 곤란을 당했을 때 견디어내는 정도가 월등하게 다른 것 같다. 지식인의 경우 감옥 속에 있어도 꼭 죽어야 할 중병에 걸리지 않는 한 호락호락하게 잘 죽지 않는다.

교양인, 또는 지식인은 난관에 부딪혔을 때 두 개의 자기로 분화된다. 하나는 그 난관에 부딪혀 고통을 느끼는 자기, 또 하나는 고통을 느끼고 있는 자기를 지켜보고, 그러한 자기를 스스로 위무하고 격려하는 자기로 분화된다. 그러나 웬만한 고통쯤은 스스로를 위무하고 지탱하고 격려하면서 견디어낸다.

지식인은 한 사람이 겪는 고통을 두 사람이 나누어 견디는 셈인데 무식자는 모든 고통을 혼자서 견디어야 하는 셈이다. 지식인이 난관을 견디어나가는 정도가 무식자보다 낫다는 사실을 이렇게 이해할 수 없을까.

지혜라는 것은 결국 이런 것이라고 본다. 동물적인 자기, 육체적인 자기를 인도하고, 통제하고, 나쁜 짓을 했을 때는

책하고, 고통스러울 때는 위무 격려하는 정신적인 자기를
가진다는 것, 어떠한 고난에 빠져있더라도 절망하지 않고
인간으로서의 품위와 위신을 지켜나가려는 마음의 이법理法
이 곧 지혜가 아닐까.

14

사형제도 문제는 〈소설·알렉산드리아〉1965에서 시작하여 〈겨
울밤-어느 황제의 회상〉1974에 다시 등장한다. 10년 만에 나온 비
슷한 구조의 중편이다. 약 5면에 해당하는 내용이 중복된다. 물론
자기표절일 수도 있다. 그러나 '교도소문학'과 '황제문학'이 노정
필을 통해 더 구체화되고 심화하였다. 나림의 교도소문학이 10년
만에 완성되었다.

〈소설·알렉산드리아〉에서 황제는 나림의 분신이다. 〈겨울밤-어
느 황제의 회상〉에서 노정필은 또 다른 황제이다. 황제 동문同門이
다. 노정필은 출옥 후에도 침묵하며 황제로 산다. 그러나 나림은
황제를 거부하고 작가가 된다. 〈겨울밤-어느 황제의 회상〉은 〈소
설·알렉산드리아〉의 후속편이다. 이 작품에서 〈소설·알렉산드리
아〉를 성찰하면서 자신의 작가정신을 변호하고 점검한다. 나림은
〈소설·알렉산드리아〉에서 교도소문학의 대가가 될 것임을 암시한
다. 〈소설·알렉산드리아〉는 교도소 체험을 작품에서 생생하게 표
현한다. '형'의 편지에 담겨 있다.

15

서대문형무소에서 온 형의 편지에 J사형집행 장면이 나온다. 이 문장은 〈겨울밤-어느 황제의 회상〉에서 조용수 사형집행으로 다시 묘사된다. 나림은 사형폐지론자이다. 사형제도 폐지는 이론의 문제가 아니고 신념의 문제라고 말한다. "엄마를 부르던 아이가 커서 옥중에 앉아 사형을 기다리고 있다"는 표현은 예술이다.

어제 J라는 청년이 사형집행을 당했다는 소식이 흘러들었다. 시간을 꼽아보니 우리들이 한창 식사를 하고 있던 시간이었다. 불과 100미터도 떨어져 있지 않은 곳에서 인간 도살하는 작업이 진행되고 있을 때 황제는 보리밥덩이를 분주히 입 속에 집어넣어면서 내 속의 돼지를 먹이고 있던 것이다.

어젠 청명한 날씨였다. 나뭇가지에 미풍이 산들거리고 새는 흥겹게 재잘거렸다. 이러한 날, 더 높은 하늘 밑에서, 그 밀실에서 법률의 이름을 빌려 사람이 사람을 교살하는 작업이 진행되고 있었던 것이다.

어떠한 경우라도 사람이 사람을 죽여서는 안 된다면 설혹 신의 이름으로, 법률의 이름으로써도 사람을 죽일 수 없는 것이 아닌가. 사람을 죽였다고 해서 사람을 죽인다고 하는 것은 어떤 면으로 보더라도 이건 모순이다. 이것을 감상론이라고 할지 모르나, 사형에 관한 문제는 이미 이론의 문제를 넘어 신념의 문제인 것이다.

그리고 사회의 질서를 유지하기 위해서 사람이 사람을

율律하지 않을 수 없으되, 인간의 생명을 빼앗는 정도까지 율律한다는 건 인간의 권능을 넘는 월권행위가 아닐까.

작년만 해도 이 감옥에서 처형된 사형수의 수가 57명이나 된다고 한다. 57명의 생명이 그 문으로 들어간 것이다. 나는 그 푸르게 페인트칠한 조그마한 문과 그 곁에 서 있는 플라타너스 위의 아직 어린 나무를 바라보고 있다. 저 어린 플라타너스는 머지않아 적적한 거목으로 자랄 것이다. 그때까지 또 몇 사람이 저 문을 들어간 채 나오지 않을 것인지. 아아, 나는 이 감옥에서 나가는 날부터 사형폐지 운동이나 할까 보다.

꽃피는 아침에 눈을 비비며 일어나 엄마를 부르던 아이가 커서 옥중에 앉아 사형을 기다리고 있다.

16

나림은 〈소설·알렉산드리아〉에서 케네디 암살과 암살범 오스왈드를 등장시키고, 미국 정치와 청년의 꿈과 오스왈드의 정자세포를 소설에 옮겨 놓는다. 기발한 착상이다. 이 사람들이 왜 이 소설에 등장해야 하는지를 약간 밝히고 있다. 그리고 이것을 수사관과 수사 대상자 관계를 비교하면서, 대학교 입시 준비 시절에 그 수사관은 기껏 정자세포에 불과했다고 설명한다. 그래서 어쨌다는 것인지는 알 수 없지만, 어쨌든 이렇게 이야기를 만드는 것이다. 소설에서는 "무슨 장난 같았다"고 말한다. 그래서 천재적인 구성력을 갖추었다고 생각한다.

　오스왈드와 수사관을 연결한 기발한 착상은 아무나 할 수가 없다. 장면을 세세하게 묘사하는 것을 소설이라고 말하는 사람이 있다. 그것도 맞지만, 나림 같은 구성력이 있어야 작가라 할 수 있다.

　여러 문헌을 보면, 이런 다양한 경험을 가진 작가는 앞으로 나오기가 힘들 듯 하다. 유사한 몇 가지를 가질 수 있을지언정, 나머지 90%는 한국 상황에서 도저히 갖출 수가 없을 것이다.

　나림은 독서광이었다. 요약력·집중력·문장력이 탁월했다. 한학·일본어·영어·불어 등 외국어에 능통했다. 천성적으로 정의파에 속했다. 또 신문사 업무 자체가 비판 정신을 요구하는 직업이기에 자연스럽게 소설 작업에 이러한 기질들이 수혈되었다고 본다.

　우리는 제2의 이병주를 애타게 기다리고 있다. 왜냐하면 이런 유형의 기록형 작가가 지금 같은 시기에 그립고 필요하기 때문이다. 1993년부터 2022년까지 격동의 30년 동안 대한민국은 너무 많이 변했다. 정권교체·대통령 자살·대통령 탄핵·남북정상회담·코로나19가 있었다. 나림이 이 시대를 함께한다면 과연 어떤 시대사와 사회사를 배경으로, 어떤 인물을 소설로 형상화했을지 궁금하다.

17

나림은 전쟁 혼란기에 억울하게 죽은 어린아이를 작품에 자주 등장시킨다. 한국에서는 6·25, 독일에서는 히틀러 유태인 학살, 스페인에서는 내전이다. 여러 작품에 등장한다. 아무런 죄가 없는 아이들이 어른들의 광란에 희생되는 장면을 슬프게 묘사한다. 인간의 만행과 인간의 존엄을 대비하여 가치판단을 요구한다. 악행을 통해 본성을 되돌아보는 장면전환이다. 소설 여러 곳에 묘사되어 있다. 문장을 읽으면 그림이 그려진다.

요한의 시체가 나타났다. 전신의 타박상, 등 뒤엔 전기인 두로 지진 흔적, 손목엔 전선을 감은 흔적, 두개골은 거의 쪼개질 정도로 부서져 있는 처참한 꼴이었다. 요한의 어머니는 그 시체를 집으로 옮겨와서 며칠을 울고 지내더니, 가까운 농장 인부를 불러 다음과 같은 부탁을 했다.

"내 큰아들이 만약 살아서 들어오거든, 천千일 만萬일을 하지 못하더라도 이 원수만은 갚아야 한다"고. 이것이 유언이 되었다. 그 뒤 얼마 안 가 요한의 어머니는 요한의 뒤를 따른 것이다.

〈소설·알렉산드리아〉에서 두 소년의 죽음 앞에 어머니 마리아가 나타난다. 옥중에서 죽으면서 고모님을 외치는 한국 청년과 게슈타포에게 고문을 당하다 죽은 독일 소년 요한. 그 고모와 어머니가 마리아다. 미친 어른은 두 아이에게 씻을 수 없는 만행을 저

지른다. 지금 우크라이나·미얀마·아프가니스탄 사태를 생각하면
된다. 나림은 역사의 골짜기를 포착하는 능력이 탁월하다. 그래서
나림 소설은 큰 울림이 있다. 이런 작가를 천재 작가라고 말한다.
작품에 절규와 간절함이 있다.

18

〈소설·알렉산드리아〉는 법정 소설이다. 사라와 한스가 나치 시
대 반인륜범죄자 엔드레드와 충돌한다. 이 작품의 핵심이다. 사실
관계·재판 과정·법원 결정을 몇 단락 인용한다. 나림의 해박한 법
률 지식이 담겨 있다. 누구나 아는 법정 묘사가 아니고 전문 작가
만 아는 법정 묘사이다. 여기에 공모공동정범·정당방위·퇴거 조
건부 판결 유예 결정이 나온다. 자유 법정에서 형사재판이 어떻게
진행되는지 보여준다. 소설은 불가능을 가능으로 만들기 위해 허
구를 구성한다. 이 법정은 나림 자신이 재판을 받았던 5·16 혁명
재판부와 전혀 다르다. 이에 대한 분노가 아니었을까 생각한다.
그 분노는 특수범죄처벌법에 관한 법률 제6조 특수반국가행위 위
반이었다. 이 법은 부칙에 공포한 날로부터 3년 6개월까지 소급
한다는 단서가 있었다. 죄형법정주의에 반하는 법률이었다. 모멸·
고문·증거조작·재판·선고가 신속하게 진행되었다. 용공분자로 날
조되었다. 사형은 면했지만 징역 10년을 선고받았다. 이 필화사
건으로 결국 서대문형무소에 수감되었다. 두 형사재판을 비교해

보시길 바란다.

　"쏠 테면 쏘라."고 다시 한 번 엔드레드의 고함이 커지자 갑자기 테이블이 뒤집혀지더니 커다란 엔드레드의 덩치가 뒤로 나가떨어지고 탁상의 그릇이 왈그락 부서지는 소리와 여급의 비명이 들렸는가 했을 때 권총소리가 몇 방—퀸즈룸은 삽시간에 수라장이 되었다가 삽시간에 고요를 되찾았다.

　정신을 차리고 보니 엔드레드는 바른편 어깨 쪽에서 피를 흘리면서 천장을 보고 쓰러져 있었고, 한스는 창백한 얼굴을 하고 우뚝 서 있었고, 사라는 이제 막 불을 뿜은 권총을 쥔 채, 넘어져 있는 엔드레드가 깨어나기만 하면 또 쏠 것이라는 듯이 노려보고 있었다. 그러나 엔드레드는 다시 일어나지 못했다. 그대로 죽어버린 것이다.

　한스와 사라는 그 자리에서 알렉산드리아의 경찰청으로 연행되어 갔다. 그날 아침의 신문은 일제히 이 사건을 1면 톱에다 센세이셔널한 제목을 달고 보도했다.

　알렉산드리아 형사법정에서 검사는 사라와 한스에게 살인죄의 공모공동정범으로 보고 15년을 구형한다. 변호인 A의 변론은 법률이 보장해주지 않는 인권과 자기보호원리를 논거로 무죄를 주장한다. 변호인 B는 정당방위를 논거로 무죄를 주장한다. 알렉산드리아 법정은 알렉산드리아에서 퇴거할 것을 조건으로 판결을 보류하고 즉시 석방한다. 나림이 어떻게 형사재판을 이렇게 절묘하게 묘사했는지 놀랍다. 독재 법정과 자유 법정은 이렇게 차이가 난다. 치밀한 구조가 이 작품을 더욱 빛나게 한다.

"본 건은 독일인 한스와 스페인 여성 사라가 공모해서 독일인 엔드레드를 살해한 사건입니다. 시체검증, 현장검증, 범행 시 목격자의 증언, 경찰·검찰, 그리고 당 법정에서 행한 피고인들의 진술을 통해서 볼 때, 이는 명명백백한 공모살인사건이며, 살인사건의 법적 범죄구성 요건에 관해선 추호의 의혹도 게재할 여지가 없습니다. 본직은 이곳에서 발생한 하나의 살인사건 명명백백한 공모로 인한 살인사건을 알렉산드리아의 법률에 비추어 고발하고 범법자의 처벌을 당 법정에서 요구할 뿐입니다. 애인을 위한 정열과 게르니카 비극이 낳은 고아로서의 비운을 참작해서 한스와 동량으로 15년을 구형합니다."

 "법률이 보장해주지 않는 인권은 개인 스스로가 보장해야 하지 않겠습니까. 법이 처리하지 못하는 불법은, 혹은 고의로 처리해 주지 않는 불법은, 그것이 결정적으로는 불법이라는 단정이 내린 것이라면 당사자 개인이 이를 처리할 수 있다는 어떤 모럴이 허용되어야 하지 않겠습니까."

 "이상을 간추려 보면 한스가 엔드레드를 향해서 탁자를 뒤엎은 행위는 어느 모로 보나 정당방위입니다. 그러니 한스 행동은 정당방위에 의한 과실치사, 사라의 행위도 역시 정당방위에 의한 상해 또는 과실치사, 좀 더 엄격하게 말하면 정당방위의 과잉으로 인한 시체 상해, 이렇게 됩니다. 이런 진상과 아까의 변호인의 A씨가 말한 바 정상을 참작하면, 양 피고에게 응당 무죄의 판결이 내려야 할 줄 압니다."

 재판장은 착석하자, 서기를 시켜 다음과 같은 결정 사항을 낭독케 한 것이다.

"당 알렉산드리아 법정은 한스·사라 사건에 관해서 다음과 같이 결정한다.

한스 셀러와 사라 안젤이 이 결정이 있은 후 일 개 월 이내에 알렉산드리아에서 퇴거할 것을 조건으로 판결을 보류하고 즉시 석방한다.

알렉산드리아에서 한스 셀러와 사라 안젤이 퇴거하지 않을 때에는 다시 날을 정하여 판결 보류를 해제하고 언도공판을 한다."

이 사건을 우리나라 법정에 세운다면 어떤 판단을 할까? 아마도 무죄가 선고될 것이다. 과실치사에 대한 정당방위로 무죄를 선고하거나, 과실치사에 대한 위법성조각사유의 전제사실에 대한 착오로 무죄를 선고할 수 있을 것이다. 정당방위 상황에 대한 착오인 경우 과실치사가 성립한다는 주장이 있지만, 이 사건은 과실치사에 대한 위법성조각사유의 전제사실에 대한 착오로 무죄에 해당한다. 오늘날 학계에서도 논란이 되는 사례를 1964년 소설에서 만나다니, 깜짝 놀랐다.

19

〈소설·알렉산드리아〉 후반부이다. 나림은 '나 자신을 사랑한다'고 말한다. 나림은 현대사의 증언자로서 한국문학의 큰 산이 되었다. 신문사 편집국장 겸 주필과 자유언론은 밤에 깔렸다. 그가 쓴 통일 논설 내용은 중립통일론이었고 분단과 희생을 종식하자는 신년사였다. 소급입법으로 처벌되었다. 바로 나림 자신이다.

"논설을 썼을 땐 그걸 벌할 법률이 없었던 거지. 먼저 붙들어 잡아 가두고 난 뒤에 법률을 만들었지."

이제 3년이 지났으니 남은 건 7년이다. 7년만 지나면 이 초라한 황제도 바깥바람을 쏘일 수 있을 것이다.

세상 사람들은 모두들 나를 죽었다고 생각할 것이다. 그러나 나는 번데기이긴 하나 죽지는 않았다. 언젠가 때가 오면, 내 스스로 쌓아 올린 이 고치의 벽을 뚫고 나비가 되어 창공으로 날 것이다. 다시는 장난꾸러기 아이들에게 잡혀 곤충 표본함에 등에 바늘을 꽂히우고 엎드려 있는 꼴은 당하지 않을 것이다. 간악한 날짐승을 피하고, 맹랑한 네발짐승도 피하고, 전기가 통한 전선에도 앉지 않을 것이고, 조심스레 꽃 사이를 날아 수백수천의 알을 낳을 것이다.

그러나 한편 이런 생각도 든다. 일단 이 고치의 벽을 뚫고 나가기만 하면, 가장 황홀하게 불타고 있는 불꽃 속에 단숨으로 뛰어들어 흔적도 없이 스스로를 태워 버렸으면 하는.

희망은 무한하다. 그러나 나는 글러먹었다. —카프카.

인간의 근원적인 자유이건 이 역사의 필연이건, 다만 그런 것은 마음의 조작에 불과한 것이다. 그러나 이 조작의 방식의 여하에 따라 생의 건설방식이 달라진다.

날이 샐 모양이다. 동이 트기 시작한다. 그 요란한 전등불의 수髓의 광채가 차츰 없어져 간다. 이윽고 태양의 오를 것이다. 클레오파트라의 눈동자에 생명의 신비를 쏟아 넣은 태양이, 누더기를 입고 안드로메다의 골목길에서 프리지아 꽃을 파는 소녀의 눈동자에도 역시 생명의 신비를 쏟아 넣을 것이다. 태양은 더욱더욱 그 열도와 강도를 더해선, 음탕한 알렉산드리아의 꿈을 산산이 부수고 그 잡스러운 생활의 골짜기를 가차 없이 비쳐 낼 것이다.

나의 불면의 눈꺼풀은 무겁다. 그러나 나는 애써 중얼거려 본다.

"스스로 힘에 겨운 뭔가를 시도하다가 파멸한 자를 나는 사랑한다." 형이 즐겨 쓰는 니체의 말이다. 그러나 이 비장한 말도 휘발유가 모자란 라이터가 겨우 불꽃을 튀겼다가 담배를 갖다 대기 전에 꺼져버리듯, 나의 가슴에 공동의 허전한 메아리만 남겨 놓고 꺼져버린다.

20

나는 〈소설·알렉산드리아〉의 마지막 두 단락을 이렇게 읽었다. '태양'은 자유이다. '잡스러운 생활의 골짜기'는 피폐한 민생이다. '형'은 황용주이다. '휘발유'는 언론 자유이다. '라이터'는 언론이다. '불꽃'은 혁명이다. 담배는 '민주'이다. 이 모든 것은 나림 가슴에 공동의 허전한 메아리만 남겨놓고 꺼져버린다. 어둠이다.

〈소설·알렉산드리아〉에서 주장한 내용은 큰 '나림 저수지'가 되었고, 나림의 법사상은 이 '나림 호반^{那林 湖畔}' 저수지에서 흘러 내려가 여러 작품에 스며들었다.

"나에게 만나고 싶은 사람이 있느냐"고 묻는다면, "나림 이병주 선생을 만나보고 싶다"고 말하겠다. 만약 꿈속에서라도 만날 수 있다면, 나는 나림의 눈동자와 오른손을 응시할 것이다. 나림의 문장^{文章}이기 때문이다.

21

〈소설·알렉산드리아〉를 조금 더 깊이 이해하기 위해 여러 책을 읽어 보았다. 그중 법학자 안경환 교수가 분석한 글을 요약한다. -안경환, 『황용주 그와 박정희의 시대』, 까치, 2013, 358~361면 나림의 필화사건이 언급된 부분이다. 체포 이유·검찰 공소장·혁명재판소 판결문·황용주와 관계·〈소설·알렉산드리아〉 탄생 배경·장편《그해 5월》속에 소개된 나림 재판의 판결문 이야기가 자세하게 나온다.

> 이병주가 주필이던 〈국제신보〉도 군사혁명을 환영한다. 5월 17일자 사설에 "민주발전에의 획기적인 대사업이 되도록 혁명군사 위원회의 성의 있는 노력을 바란다"라는 제호 아래 군사혁명에 대한 기대를 공개적으로 천명한다. 혁명의 환영사에 이어 연일 군사정부에 대한 지지와 기대를 담아 각종 당부의 메시지를 전한다. 5월 20일 주필 이병주가 돌연 체포된 이후에도 〈국제신보〉의 논조는 크게 달라지지 않았다.

이병주 자신의 입으로 당시의 상황을 들어보자.

"계엄령이 선포되었다. 그때의 부산지구 계엄 사무소장은 박현수 소장이고 참모장은 김용순이었다. 뒤에 쿠데타의 주체세력이라고 알려진 김용순 참모장이 H와 나에게 쿠데타를 지지하는 사설을 쓰라고 종용했다. 그때 H(부산일보 주필 황용주)는 어떤 사설을 썼는지 모른다. 나는 암담한 심정을 억제하고 이왕 있어 버린 일이니 이 불행한 시대를 더 이상 불행하게 만들어서는 안 된다. 하루빨리 헌정이 대도로 복귀할 수 있도록 노력해야 한다는 내용으로 썼던 것으로 기억한다. 나는 5월 20일 체포되어 영도경찰서에 구금되었다. …… 수일 후 경남도경 유치장으로 옮겨졌다. 거기서 H를 만났다. 그도 역시 구금되어 있던 것이다.

그때 H가 내게 한 첫말은 이랬다.

"이상하게 돌아간다. 그자? 우리는 도의 혁명을 하자고 했는데 반공 혁명이 뭐꼬?"

나와 H가 체포된 것은 경찰의 미움을 사고 있었기 때문이다. 자유당 때 우리는 얼마나 경찰을 공격했던가. 그때의 원한을 쿠데타에 편성하여 풀어보자고 그들은 서두르고 있었다.

유치장 세면장에서 만났을 때 나는 H를 보고 쏘아주었다.

"자네의 도의 교육이 멋진 보람을 다하게 되었구나."

"글쎄, 그런 인간이 아닌데" 하고 우물거렸을 뿐 H는 말을 잊지 못했다. 6월 말께 H는 석방되었다.

동일한 죄명으로 함께 구속된 두 주필 중에 왜 황용주는 석방되고 이병주는 징역살이를 했는가? 후일 이병주가 황용주에 대해 유감을 가질 수 있는 심정적 바탕이 있다. 자신의 책임은 아니었지만 이 일로 인해 평생토록 황은 이병주에 대해 미안한 마음을 가지고 있었다. 황용주는 이병주보다 3살 연상이지만 경력상으로는 그 이상으로 앞섰다. 이러한 사회적 지위의 차이에도 불구하고 황용주가 이병주를 서로 '말을 트는' 친구로 허용한 것도 이러한 심리적 부담이 작용했다는 주변의 이야기다. 물론 황용주는 박정희의 측근이기에 구조될 수 있었다. 그러나 황용주 자신도 영어의 몸이 된 상황에서 이병주의 신변을 챙길만한 여력이 없었던 것이다.

이병주는 군인으로 구성된 혁명재판소에 회부된다. 1961년 11월 23일 혁명재판소의 재판에서 검찰 측이 공소장에 기재한 이병주의 죄상은 용공사상 고취이다.

판결문은 공소장의 내용을 전면적으로 인정하는 요지의 판결문에 불과했다. 1962년 2월 2일, 항소기각 판결로 10년 징역의 원심이 확정된다. 억울한 옥살이를 한 이병주는 2년 7개월 만에 마침내 자유의 몸이 된다. 황용주의 때늦은 노력이 적잖은 도움이 되었을 것이라는 주변 인물들의 증언이 있다.

다음은 정범준의 『작가의 탄생』에서 중요한 내용을 인용한다.

1963년 12월 16일, 이병주는 부산교도소에서 출감했다. 변노섭, 이종석 등도 이 날 옥문을 나왔다. 당시 현장의 목소리를 그대로 전해본다.

10시 10분경 드디어 굳게 닫힌 철문이 삐걱거리고 열렸
다. 정치범 12명의 행렬이 먼저 풀려 나왔다. 그중 10년
형을 받았던 전 본보 편집국장 이병주 씨와 논설위원 변노
섭 씨도 끼어 있었다.

"긴 여행에서 돌아온 기분이다. 아 이 넓은 대기…"하고
소감을 묻는 기자에게 깊은 숨을 몰아쉬며 이씨는 말했다.
우선 12명이 정문 앞을 나오자 "와-" 하고 몰려든 가족들
의 인파, 반가움에 부둥켜안고 눈물짓는 감회가 설레었다.
"어머니 늙으셨군요? 인제 괜찮습니다. 괜찮습니다…"하고
70노모의 등을 얼싸안고 울먹이는 이병주 씨의 목소리는
가늘게 떨렸다. —국제신보, 1963년 12월 16일. 정범준, 『작가의 탄생』 나림 이병
주 거인의 산하를 찾아서, 실크캐슬, 2009, 299면

시인 김규태 씨는 이렇게 썼다.

"주필님 고생 많이 했습니다." 그는 웃으며 "얻은 것과
잃은 것을 굳이 가려내라고 한다면 전자야"하고 못을 박았
다. 그는 같이 있는 동안 앞으로 자유의 몸이 된다면 자신
이 할 수 있는 역할에 대해 "소설을 통하여 우리 현대사의
전통과 역사가 기록하지 않은 또는 할 수 없는 그 함정들
을 메우는 작업을 해야겠다는 일념을 가졌어"라고 말했다.
그는 옥중에서 수백 권의 책을 읽었다. 그는 본래 독서광이
었다. 읽은 책의 여백에 새까맣게 장차 쓸 소설의 소재들을
메모하기 시작했다. 그 내용으로 따져 대하소설의 분량이
10권이 넘을 것이라고 했다. 좀처럼 곧이 듣기 어려운 얘

기처럼 들렸지만 그것은 나중에 실천하고도 남음이 있었다.

-국제신문, 2000년 4월 23일. 정범준, 『작가의 탄생』, 300면

이병주는 출소한 이듬해인 1965년 6월, 월간 『세대』지
에 중편 〈소설·알렉산드리아〉로 화려하게 작가로 데뷔한다.
후일 그는 자신의 억울한 사연을 소설로 썼다. 장편 『그해
5월』 속에 자신에게 내려진 판결문을 고스란히 담았다.

-안경환, 『황용주 그와 박정희의 시대』·361면·422면

22

〈소설·알렉산드리아〉의 주인공인 '형'의 실체에 대해 재미있는
주장이 있다. 법학자 안경환 교수는 〈소설·알렉산드리아〉를 언
론인 황용주를 주인공으로 한 정치소설·사상소설이라고 말한다.
-안경환, 『황용주 그와 박정희의 시대』, 140-142면 이에 대해 문학평론가 김윤식
교수는 놀랄만한 발견이라고 응수한다. 김윤식 교수는 "이런저런
분석과 해석으로 일관된 논의들이 거의 무의미함을 드러낸 것이
다"고 평가한다. -김윤식, 이병주 연구, 156면. 안경환, 『황용주 그와 박정희의 시대』,
140~142면 이 말이 사실이라면 문단의 평론은 다시 써야 하겠다.
법학자 안경환 교수의 『황용주 그와 박정희의 시대』를 다시 읽어
보자.

언론인 황용주는 나림 이병주와 친분이 깊다. 나림은

1960년 필화사건으로 서대문형무소와 부산교도소에서 2년 7개월을 복역하고 특별사면으로 석방된다. 그러나 이후 황용주는 『새대』지 필화사건으로 1964년 11월 19일 구속되어 몰락의 길을 걷는다. -422면

황용주는 박정희와 대구사범 동기다. 황용주는 박정희의 '민족적 민주주의론'의 실질적 입안자라고 한다. 대통령 측근의 젊은 세력은 아마도 황영주의 존재가 부담스러웠을 것이다. -422면

황용주는 반공법 위반으로 구속되어 6개월가량 서대문형무소에 구금되었다가 징역 1년 집행유예 3년, 자격정지 1년을 선고받고 석방된다. 월간 『새대』지는 자진 2개월 휴간한다. -422면

『세대』지 필화사건을 조금 더 살펴볼 필요가 있다. 법학자 안경환 교수는 '황용주 평전'에서 그 내용을 자세히 소개하고 있다. 〈소설·알렉산드리아〉에서 나의 '형'을 이해하는 데 도움이 될 수 있을 것이다. 황용주 딸 황란서 씨의 회고이다. 법학자 안경환 교수의 『황용주 그와 박정희의 시대』에서 몇 단락 인용한다.

1964년 11월 11일. 바쁜 아버지가 모처럼 엄마와 나를 저녁 식사에 불렀다. '동일장'라는 식당이었다. 기다리고 있는데 방송국장이 나타나 잠시 지체된다는 전갈을 남겼다. 그리고도 한 시간이 늦어서야 아버지가 나타났다. 반갑게

뛰어가는 나를 안아주시며, '미안하다. 부득이한 사정이 생겨 함께 식사를 못하겠구나. 주방에 일러두었으니 제대로 먹고 들어가거라' 하고 떠났다. 그날 밤 아버지는 집에 돌아오지 않았다. 다음날 아침 신문 1면에 어제 저녁의 양복 차림 그대로 수갑을 찬 아버지의 사진이 실려 있는 것이 아닌가. 검찰 차로 연행되어가면서 우리에게 들러 나를 안아주고 엄마의 손을 잡아주고 간 것이다. -419면

아버지는 서대문형무소에서 6개월가량 갇혀 있었다. 그 기간 내내 나는 일생 동안 누군가를 기다리며 내 시절로 돌아가기를 간절하게 기다렸다. -419-420면

서대문 벽돌집 이후 우리에게 이어지는 삶은 외형적으로는 소용돌이 후의 잔잔함이었다. 다시는 옛날처럼 맑은 행복감과 투명한 미래에 대한 환상이 존재하지 않았다. 불안하고 암울한 나날의 삶이었다. 두 분은 예나 다름없이 잔잔한 수면을 유지하려 눈에 보이지 않는 분투를 벌이고 있었다. 서로가 서로를 배려하며 삶의 균형과 평온을 유지하려는 듯 보였다. -420면

그 세월이 정말 길었다. 아버지는 독서와 바둑과 꽃 가꾸기로 소일했다. 유일한 혈육을 프랑스로 보내고 그 딸이 프랑스 사람을 만나 눌러앉게 되자 일상의 적적함이 더욱 가중되었다. … 그나마 그 딸이 사는 곳이 프랑스라는 사실에 위안을 얻었다. -420면

23

1964년 11월 월간지 『세대』에 실려 반공법 위반으로 문제된 황용주의 글, "강력한 통일 정부의 의지"는 "민족적 민주주의는 바로 한국적 민주주의의 과도기적 표현인 것이다"라는 소제목 아래 이렇게 시작한다.

오늘날 왜 우리들 한반도 안에 통일되고 강대국으로부터 완전히 독립된 정부가 수립되어 있지 않을까 하는 문제부터 새삼스럽지만 해명되어야 한다. 그리고 이것은 앞으로도 많은 사람에 의해서 여러 각도로 분석, 검토되어야 하고, 또 이로써만이 우리들의 통일된 독립정부를 실현하는데 필요한 이론과 정책이 내세워질 수 있을 것이다.

-안경환, 『황용주 그와 박정희의 시대』, 420면

지난 번 선거에서 박 정권이 민족적 민주주의라는 표현을 취했을 때 이 나라의 타성적인 보수주의자들은 경솔하게 서구적 민주주의를 내걸고 대결하려 했다. 민족적 민주주의라는 표현은 한국적 민족주의를 말하는 것이며 그것은 한반도에 있어서 통일된 독립정부를 가지자는 주체 민족의 염원을 담고 있는 것이다. -421면

우리들 남북한의 적대 상황의 해빙 작업부터 착수되어야 하는 것이다. 물론 우리는 6·25 동란의 휴전상태에 있다. 군사적 대치를 해소하는 방안을 강구해야 할 것이다. … 남

북한 불가침이란 민족정기의 이름 아래 지켜져야 할 명백한 약속과 이에 따른 군비축소화는 당연한 정도이며, 이상을 말하면 경계선에서만 치안을 위한 유엔 경찰군의 극소주둔으로 만족해야 한다. 유엔의 동시가입과 제3국을 통한 대화의 방안도 수립되어야 한다. -421면

황용주는 박정희가 내걸었던 '민족적 민주주의'론의 실질적 입안자이다. 한국적 민족주의와 민주주의 특성을 강론하는 일련의 글을 발표하고 있었다. 그는 스스로 대한민국의 국민이기에 앞서 한반도의 주민으로 남기를 원한다는 수사적 표현을 자주 쓴 적이 있다. 이는 민족통일을 절체절명의 과제로 알던 세대의 지식인들의 보편적 정서를 대변할 수도 있었다. -422면

이 글은 국회에서 야당에 의해 정치문제로 비화하고, 그의 존재가 부담스러웠던 대통령 측근의 젊은 세대의 개입으로 황은 몰락의 길을 걷는다. 11월 19일 서울지검 공안부에 의해 반공법 위반 혐의로 구속되고, 이듬해인 1965년 4월 30일 징역 1년 집행유예 3년, 자격정지 1년을 선고받는다. 1966년 10월 23일 항소심의 원심 확인, 9월 23일 대법원의 상고기각으로 원심이 확정된다. 황의 필화사건으로 인해 자진 2개월 휴간했던 월간 『세대』는 이듬해 1965년 5월, 이병주의 중편 〈소설·알렉산드리아〉를 게재함으로써 학병 출신 스타 작가의 탄생에 기여했다. -422면

24

〈소설·알렉산드리아〉가 실린 월간 『세대』는 어떤 성격의 잡지일까. 법학자 안경환 교수는 이렇게 설명한다.

　월간 『세대』는 1963년 1월에 창간된 종합월간지이다. 종합 월간지 시장은 1950년대를 『사상계』가 지배했다면 1960년대 중반부터 10년간은 『세대』의 전성기였다. 당시 『세대』는 1950년대에 『사상계』가 지식인들의 정신적 지주로서 권력과 자유당 비판의 선봉에 쓴 것처럼, 5·16 군사정변의 주도 세력이 지식인과 대학생 등 젊은 층에 접근하고 대학의 광장을 마련한다는 취지에서 창간된 것으로 알려졌다. -423면

　『세대』의 탄생 배경과 관련하여 이대훈의 증언이 중요한 단서를 제공해준다. 이 잡지는 사실상 이낙선의 주도와 재정적 지원 아래 창간된 것이다. 그리고 그는 편집진에 고려대학교 국문과 4학년에 재학 중이던 젊은 친척, 이광훈을 배치한다. 함석헌의 글이 당위성을 가지고 들이대는 칼이었다면 이낙선의 글은 현실성을 가지고 변호하는 방패였다. 이낙선은 부산 시절부터 박정희와 황용주 사이의 긴밀한 연락을 도맡아왔었다. 황은 자타가 공인하는 대통령 측근이자 현직 언론사 사장이다. -423면

민족적 민주주의에 대한 신념을 공유한 것으로 믿었다.

"강력한 통일정부에의 의지," 민족식 민주주의와 민족의 주체적 통일론이다. 남북한의 동시 유엔 가입, 공업화를 통한 경제 기반 확립, 그리고 종국에는 통일이다. -425면

북한식 공산주의와 서구적 민주주의의 이념 사이에 함몰될 지성의 각성을 촉구한 것이다.

서구적 민주주의 사이에 병살될 위험이 높아지고 있다. 그러나 4·19와 5·16 혁명을 겪으면서 그 저변에 흐르는 민족주의적 선회를 직시하면서 작년의 대통령 선거에서 박 정권이 민족적 민주주의를 내걸었다는 사실은 크게는 아시아 전체 국가군의 민족주의 세력의 강대한 융성과 더불어 우리들 학생 시민이 민족적 의식의 대두와 그것의 전체 국민 대중에의 전파를 기대하면서 점차로 박 정권의 노선을 정착시키지 않을 수 없게 됐다. -425~426면

25

황용주는 통일론 연구를 강력하게 주장한다.

남북통일에 관한 어떤 의견도 민족의 비원으로서 엄숙하게 취급되어야 한다. 신라 통일 이래로 근 2천 년간 한민족은 단일정권을 유지했고 고유의 문화를 창조하면서 발전했다는 역사적 사실이 아직도 남북한 전체 인구의 지배적인 국가관으로서 살아 있는 것이다. 우리들은 '장차는 통일돼

야 한다'는 이상적인 요구보다 강한 '언젠가는 통일할 것이다'라는 민족적 본능 속에 살고 있는 것이다. 둘째 한반도 분할을 한민족의 양분을 영구화할 수 없다는 지극히 명백한 사실에서이다. 황용주의 민족통일론은 10월호에도 이어진다. 그는 남북한 통일에서 유엔의 역할의 한계를 지적하며 민족의 자주적인 통일 노력을 촉구한다. -429면

26

황용주 필화사건으로 2개월 휴간한 『세대』는 1965년 6월호에 이병주의 중편 〈소설·알렉산드리아〉를 게재함으로써 스타 탄생과 함께 문학잡지로써 탄탄한 명성을 구축했다. 신동문·이광훈·600면 중편 전문 게재 이야기가 법학자 안경환 교수의 『황용주 그와 박정희 시대』에 자세히 소개되어 있다.

〈소설·알렉산드리아〉는 중립, 평화통일론을 신문사설로 쓴 지식인이 감옥에서 보낸 편지를 주축으로 플롯이 전개되는 일종의 '사상소설'이었다. 작품의 주인공에 필화사건으로 감옥에 갇혀 있는 황용주를 대입시켜도 무방했다. 4월 어느 날 시인 신동문은 근래 출옥한 이병주를 만난다. 200자 원고지 600매짜리 중편을 읽고 난 신동문은 무릎을 쳤다. 이거야! 언론의 자유, 사상의 자유다. 작가의 원고에 없던 작품에 굳이 '소설'이란 단어를 넣은 것은 이광훈의

강력한 '편집권'의 행사였다. 불과 몇 달 전의 상황을 감안
하면 이 작품을 게재함으로써 발생할지 모를 위해에 대비
하는 의미도 있었다. 현실적인 제안이나 비판이 아니라 어
디까지나 허구임을 강조하기 위한 고육지책이었다. 같은
잡지에 평화통일론을 쓴 언론인 황용주를 감옥으로 보낸
직후에, 동일한 '용공사상' 때문에 옥살이를 하고 나온 체
험을 바탕으로 쓴 작품을 '발굴하여' 싣는다는 것은 이를테
면 반성의 빛이 없는 이광훈의 뱃심이기도 했다. 이광훈은
한국잡지 역사상 유례없는 약관 23세에 편집장을 맡음으로
써 한 시대의 문화권력을 행사하게 되었다. –433~434면

27

문학평론가 김윤식 교수는 "작가로서 이병주는 작품 속에서 스
스로를 부정하고 황용주를 닮고자 기를 쓰고 나섰다"고 표현한다.
–김윤식, 이병주 연구, 46~47면 김윤식 교수의 주장을 몇 단락 인용한다. 나
림 작품 세계를 이해하는 데 도움이 된다.

『관부연락선』이란 무엇인가? 황용주를 모델로 한 작가
이병주의 순수 창작물이되, 동시에 이병주와 황용주의 합작
품이 아닐 수 없다. 결국 어디까지가 황용주이고 어디까지
가 이병주의 것인지를 검토하는 것이 『관부연락선』 연구의
핵심에 놓여 있다. 황용주의 평전이 나온 이상 이제 이 연

구는 피할 수 없게 되었다. -43면

　이병주는 『관부연락선』 속에서 이렇게 말해놓고 있어 인
상적이다. '나 아닌 나를 가립假立해 놓고 그렇게 가립된 나
의 의견을 꾸민 것'이라고. 그러기에 대작 『관부연락선』은
허구가 아니라 사실 그 자체라 할 것이다. 따라서 『관부연
락선』에 대한 어떠한 연구서나 논문도 이를 떠난 것이라면
신뢰하기 어렵다. 마찬가지로 〈소설·알렉산드리아〉도 황용
주가 주인공이라는 사실을 떠나면 신용하기 어렵다. 이런
점을 굳이 강조하는 것은 황용주의 존재감에서 오는 것이
아닐 수 없다. -52면

28

　나림 이병주 소설 전체를 이해하려면 황용주의 사상과 철학 그
리고 만년의 삶을 살펴볼 수밖에 없다. 여러 가지 흥미로운 이야
기가 있다. 법학자 안경환 교수의 『황용주 그와 박정희 시대』에서
중요한 내용을 요약한다. -안경환, 『황용주 그와 박정희의 시대』, 376면·379면·381면

　5·16 직후 미국 대사관의 정보에 의하면, 박정희 주변의
좌익성향의 인물로 황용주를 지목하고 있었다고 한다. 황용
주 자신도 그렇게 알고 있었다. 그래서 1964년 11월 『세
대』지 필화사건의 배경에 미국 대사관이 관여하고 있다고

강하게 믿고 있었다. -376면

철저한 반공주의자로 영향력 있는 개신교 목사 강원용 또한 5·16을 지지했으나 박정희와 황용주의 사상적 성향을 의심한다. 황용주에 의하면 국가가 굳건하게 유지되기 위해서는 질서·자유·정의·평화 이 네 가지가 다 보장돼야 한다는 것이다. 이들은 서구적 사회민주주의를 부르짖는 혁신의 인사들과는 근본적으로 입장이 다른 친북 인사들로 '선 통일 후 건설'을 주장했다. 박정희는 부산을 중심으로 혼란이 극에 달해 국회 조사단이 파견되었을 때도 겉으로는 계엄 사령관으로서 지역의 혼란을 염려하는 척 했으나 이면에는 좌익 인사들과 계속 접촉했으며 이런 접촉은 5·16까지 지속되었다. -379면

강원용은 미국 대사 하비브가 후일 월남 대사로 임명되어 한국을 떠나면서 이렇게 알려 주었다고 했다.

"그때 당신이 박 대통령의 배경에 대해 우리에게 알려준 정보는 상당히 유익했습니다. 우리들이 내린 결론도 그가 좌익사상을 가지고 있었던 건 틀림없다는 것이었어요. 그런데 가만 그의 사람됨을 살펴보니까 이념보다는 권력에 대해 더 철저한 사람이더군요. 그래서 처음에는 그를 배척하려다 정책을 바꾸게 되었지요. 그에게 계속 권력욕을 만족시키고 대신 그 밑에 믿을 만한 사람들로 벽을 쌓아 불순한 세력을 차단하기로 한 것입니다." -379~381면

하비브의 차단벽으로 활용된 사람들이 이후락과 정일권 같은 반공주의자들이다. 미국이 한국 정부에 대해 바라는 것은 크게 두 가지다. 하나는 월남에 정규군을 보내는 것이고, 다른 하나는 일본과의 관계를 정상화하는 것이다. -381면

이러한 사실은 나림 작품 전체 이해에 도움이 된다. 1963년 제3공화국 헌법도 약간의 기초지식이 필요하다. 〈소설·알렉산드리아〉는 소급효에 대한 문제와 헌법 부칙 제5조 문제를 자세히 묘사한다. -375~376면

1962년 7월 11일 국가재건 최고회의는 헌법 심의위원회를 구성하고 헌법개정안을 마련하여 8월 23일 서울 시민회관에서 공청회를 실시하였다. 이 자리에 갈봉근 등 헌법학자와 각계 대표가 참석한다. -374면

12월 17일 헌법개정안에 대한 국민투표가 실시되고 12월 22일 최고회의는 개헌안이 국민투표에 의해 가결되었음을 선포한다. 이듬해인 1963년 2월 26일에 새 헌법이 공포된다. 1960년 11월 29일의 개헌에서 4·19 의거에 관련된 부정선거 관련자와 반민주 행위자의 공민권 제한과 부정축재자들을 처벌하기 위한 소급법을 인정했는데 새 헌법에도 부칙 제5조를 통해 그 효력을 지속한다고 했다. -376면

나림 작품에 자주 등장하는 5·16 군사쿠데타 주역 박정희와
언론인 황용주의 관계 그리고 황용주의 쓸쓸한 만년의 삶을 살펴
보고자 한다. -안경환, 『황용주 그와 박정희의 시대』, 366-367면, 453~476면 이 내용
도 나림 작품 이해에 도움이 된다. 황용주는 5·16 쿠데타의 공모
공동정범이었다. 법학자 안경환 교수의 분석이다.

황용주의 신념은 단호하다. 5·16 군사쿠데타가 4·19에
의해 형성되고 있던 민주주의 질서에 역행하는 역사적 과
오를 범했다는 비판에 대해서도 황은 단호하다. 한국이 후
진성을 극복하려면 민족주의에 중심가치를 둔 정치체제가
아니면 안 된다. 세계사에서도 정치적 이데올로기가 앞서
고, 그다음이 민족이다. 그리고 개인의 삶이 있다. -366면

민족주의자 황용주의 머릿속에서 나온 한국정치의 로드
맵은 첫째, 군사 쿠데타로 집권한다. 둘째, 강력한 공업화·
산업화를 통한 근대화로 물질적 토대를 구축한다. 셋째, 통
일을 위한 남북한 불가침 조약의 체결, UN의 동시가입, 남
북한 간의 차이를 해소하고 통일에 이르는 것이다. 역사는
사람이 만드는 것이다. 굳이 유심론이라고 명명하지는 않겠
다. -366면

경찰은 정부에 의해 고용된 직업이기 때문에 마지막까지
정부에 대해 충성을 지킬 수밖에 없지만 군인은 다르다. 군

인은 아무런 보장 없이 강제 징집된 농민·시민이다. 그들은 적과의 전쟁이 아닌 상황에서 국가에 대한 저항에 동조할 가능성이 높다. 공명심에 찬 군 지휘관은 이러한 반정부 정서를 바탕으로 인기 없는 정부를 전복하고 스스로 전권을 장악하겠다는 야심을 표출하기가 십상이다. -367면

이승만의 공로는 국제 정세의 흐름을 잘 읽어 내었고, 그 결과 비록 절반이었지만 한반도의 공산화를 막았다는 것이다. 나머지 일은 후세가 이룩해야 한다. 그런데 장면 정권은 능력이 없다는 것이 입증되었다. 그들이 내세우는 서구식 민주주의는 풀뿌리 민주주의의 토대가 취약한 항구의 상황에서는 사상누각에 불과하다. 이런 확고한 소신에 찬 사상가 황용주는 박정희에게 유방의 장자방이자 이성계의 정도전이었다. -368면

나림의 장편소설 『정도전』은 개국공신의 멸문지화를 그린 작품이다.

군인들은 틈만 있으면 껄끄러운 황용주를 견제할 기회를 엿보고 있었다. 1962년 8월 부산일보 국가원수 수영복 사진도 절대 권력자 박정희의 선글라스의 독점적 사용권을 침해한 방악무도한 반역행위가 된 셈이다. -372~373면

30

황용주의 말년은 쓸쓸했다. 경찰서 담당형사는 밤 시간에 문안 전화를 하였다. 전화가 오지 않으면 더 불안했다. 신변 불안과 노년 궁핍이 찾아왔다. 1979년 10월 26일 궁정동 총성과 함께 한 세계는 종말을 고했다. 사랑하는 사람들은 차례차례 세상을 떠났다. 법학자 안경환 교수의 분석이다.

누군가 한국 사내에게 일어날 수 있는 3대 재앙을 일러 '소년 등과'·'중년 상처'·'노년 궁핍'이라고 했다. 황용주의 후반 삶에는 소년 등과의 부담과 노년 궁핍의 비참, 두 개의 재앙이 떠나질 않았다. -473면

등기이사가 되어 사업에 말려들었다. 국사범에 이어 경제 파렴치범이 될 신세였다. 실로 굴욕적인 죄명에 엮여 몇 달 동안 유치장 신세를 했다. 여러 지인의 조력으로 간신히 석방된다. 그러나 유일한 재산 녹번동 집은 경매로 넘어간다. 딸의 말대로 그 집은 용주 가족 전체의 삶의 구심점이자 유일한 은신처였다. 녹번동 집이 사라진 후 용주 부부는 속절없는 국내 난민 신세로 전락한 것이다. -474면

딸 황란서 씨의 회고다.

나는 평생 아버지가 오열하는 모습을 세 번 정도 본 것 같다. 첫 번째가 바로 할아버지 장례식 때였다. 두 번째는

내가 한국에 나가 이혼 소식을 전할 때였다. 잠자코 듣고 계시다 아무 말도 안 하시고 피곤하겠다, 자거라 내일 이야기하자. 한밤중에 아버지의 오열 소리를 들었다. 마지막으로 돌아가시기 직전에 나의 손을 잡고 오열한 것이다. -476면

1991년 황용주는 학병동지 최세경 고희 기념문집에 축사를 쓴다.

20대에서 70대까지의 일생을 8매 원고지에 담기란 불가능한데 이럴 때는 뭐니 뭐니 해도 중국시를 인용할 수밖에 없다.

照鏡見白髮 初唐 張九齡
宿昔靑雲志 蹉跎白髮年 誰知明鏡裏 形影自相憐.
젊었던 옛 시절 청운에 뜻을 품었건만
어느 틈에 백발노인이 되었으니 그 누가 생각이라도 했으랴. 거울 속에 나와 내 그림자가 서로 측은히 여길 줄을

당나라 시인 장구령^{張九齡} 〈거울에 비친 백발을 보며〉 -479면

이제 서로의 백발을 쳐다보며 곧 닥쳐올 이별을 준비해야 한다. 죽음은 순서의 문제일 뿐 모두의 현재다. 이내 모두에게 죽음이 닥쳐왔다. 단 하나의 예외도 있을 수 없다. -480면

황용주는 대구사범과 학병 친구들의 떠남에 특히나 애통해한다. 심우들을 차례차례 이별하면서 황용주 자신의 몸과 마음도 상처를 더해간다. -480면

31

황용주는 1992년 4월 3일 오후 4시 나림 이병주의 부음을 접한다. 다음은 1992년 4월 5일자 황용주의 일기다.

"이종호의 말에 의하면 뉴욕에서 감기로 심하게 앓다 그
날은 심한 각혈 끝에 숨을 거두었다고 한다."

그 후 황용주는 10년을 더 살다 2001년 8월 25일 조용히 눈을 감았다. 부인 이창희 씨는 2016년 11월 7일 별세했다. 딸 황란서 씨는 현재 프랑스에 거주 중이다.

〈소설·알렉산드리아〉는 이병주와 황용주의 인생이 담긴 우리 현대사 이야기이다. 나림 작품의 등장인물 연구에 도움이 될 것 같아 부산교도소 '독서 모임'을 소개한다.

이병주는 부산교도소에서 변노섭, 이종석, 김용겸, 배일
성, 유혁, 김재봉 등과 한 방을 썼다. 이들은 교도소를 국
가가 숙식을 제공하는 '국립호텔'로 여기며 독서와 토론에
열중했다. 특히 이병주는 이곳에서 '황제의 사상'을 키웠다.
감옥에서 이병주는 사상思想을 갈망하고 있었다. 그것은 '인
간의 체취가 무럭무럭 풍기는 사상'이어야 했고, '신경의
가닥가닥에 집착하는 그런 사상'이어야 했다. 감옥에서 '재'
가 돼버린 이병주에게는 구원이 될 '기름'이 필요했다. 그
것이 곧 황제의 사상이었다. -정범준, 『작가의 탄생』, 297면

작품해설이 길어졌다. 나름 작품을 이해하는 데 의미가 있을 것이다. 더 깊은 해석은 독자의 몫이다. 나림 소설을 직접 읽으면서 다른 세계를 만나시길 바란다. 사람은 자기 세계에서 작품을 해석한다.

줄거리

밤이 깔렸다.

나는 아까 읽었던 형에게서 온 편지를 다시 집어든다. 서대문형무소의 벽을 뚫고 나온, 낡은 달걀 빛깔의 봉합 엽서를 보고 있으면 형의 답답한 심상을 그대로 말하는 것 같다.

"……영화 20도라고 한다."

'타고 남은 재가 다시 기름이 됩니다.'
어떻든 타고 남은 재가 다시 기름이 된다는 사상엔 구원이 있다.

"영하 20도는 영하 30도보다는 덜 차다. 설혹 영화 30도가 된다고 하더라도 영화 31도보다는 덜 차가운 것 아닌가. 인간의 극한상황이란 숨이 끊어지는 그 순간을 두고는 없다. 사랑하는 아우. 웃지 말라. 고독한 황제는 환각 없인 살아갈 수 없다."

나는 내가 알렉산드리아에 가고 싶어 하는 이유를 설명하는 대신 감옥살이를 하고 있는 형에게서 온 편지를 읽어 주었다.

"미군에서 불허한 담요를 깐다. 그 위에 DDT를 듬뿍 친다. 무위안좌無爲安坐도 열여섯 시간이면 거친 노동에 비길 만한 피로를 가져온다. 그 피로한 육체를 DDT가루 위에 눕힌다. 정복한 관리가 우리 안전을 지키느라고 복도를 왔다갔다 하는 소리가 들린다."

내겐 한 분의 형이 있다. 이 지구상에 살고 있는 유일한 육친이다. 형은 어려서부터 책 읽기를 좋아했다. 나보다는 다섯 살 위인데, 내가 철이 들면서 본 형은 언제나 책과 더불어 있는 형이었다. 형이 스무 살 되던 해, 그러니까 내가 15살 되던 해 우리 부모는 조그마한 유산을 남겨 놓고 콜레라에 걸려 2, 3일을 두고 연이어 별세했다. 그때 형은 일본 동경의 어떤 대학에 다니고 있었고, 고향의 중학교 입학시험에 떨어진 나는 동경에 있는 형의 하숙방에 뒹굴면서 어떤 삼류 중학에 다니는 둥 마는 둥 피리만 불고 있었다.

그런데 우리나라에 혁명이 일어났다. 그 혁명의 파도에 휩쓸려 형은 감옥으로 가게 된 것이다. 누군가는 불려^{不慮}의 화라고 생각하지만 나는 그렇게 생각하지 않는다. 어떤 사상이건 사상을 가진 사람은 한번은 감옥엘 가야 한다고 생각한다.

"우리나라가 남과 북으로 갈라져 있는 사실은 알지. 형은 이렇게 분열된 국토를 통일해야 된다는 논설을 쓴 거야. 그런데 표현이 나빴어."

형은 아마 이천 편 이상의 논술을 썼을 것이다. 그중에서 단죄받은 논설이 두 편이 있다. 그 논설 가운데 다음과 같은 구절이 있었다.

"조국이 없다. 산하山河가 있을 뿐이다."

"이북의 이남화가 최선의 통일방식, 이남의 이북화가 최악의 통일방식이라면 중립통일은 차선의 방법은 되는 것이다. 그런데 이것을 사악시하는 사고방식은 중립통일론 자체보다 위험하다."

"이 이상 한 사람이라도 더 희생을 내서는 안 되겠다. 그러면서 어떻게 해서라도 통일은 이룩해야 하겠다. 이것은 분명히 딜레마다. 이 딜레마를 성실하게 견디고 해결하려는 노력에서 비로소 활로가 트인다."

대강 이상과 같은 구절이 유죄판결의 근거가 되었다.

"생각해봐 말셀. 조국이 없다가 뭐야. 또 이런 문구가 있지. '조국이 부재한 조국'이란, 검찰관과 심판관이 펄펄 뛸 만하잖아?"

"그런데 형은 얼마나 받았지?"

"10년."

"왜 그 논설을 썼을 때 처벌되지 않고 하필이면 그때 재판을 받았는가."

"논설을 썼을 땐 그걸 벌할 법률이 없었던 거지. 먼저 붙들어 잡아 가두고 난 뒤에 법률을 만들었지."

"그럼 소위 소급입법이라는 게로구먼."

"그렇지."

"소급법을 만들지 못하게 하는 헌법 같은 게 없었나?"

"벌해야 할 사람을 벌하는데 소급법이면 어떻구 법률이란 수단을 거치지 않으면 어때."

말셀은 눈을 깜빡거리며 중얼거렸다.

"그런데 이제야 나는 나의 죄를 찾았다. 황제는 어떤 황제 이건 그가 걸어온 행렬 뒤에 짓밟힌 꽃을 황제의 특권임을 알고 고스란 히 10년을 견딜 작정이다. 거의 나의 청춘의 전부인 10년 동안 이 궁전 속에 묻혀버릴 작정이다."

"아아, 바다. 태양. 그런데 왜 이렇게 알렉산드리아엘 가고 싶 은 마음이 불현듯 일어나는지 모르겠다. 알렉산드리아에 갈 수만 있다면 이렇게 안전한 궁전을 버리고 황제의 지위를 내놓아도 좋 다.……"

"좋아. 너를 알렉산드리아에 데려다주지."

알렉산드리아는 파리 떼와 거지 떼가 차지하고 있는 도시다. 관 능적 일락의 바다, 이 알렉산드리아에서도 카바레 안드로메다는 바로 그 중심이 된다. 내가 그 일원이 된 악단이 10여 개나 전속 되어 있는 악단 가운데서 가장 큰 것이고, 카바레 안드로메다의 대홀에 자리잡고 있다.

사라 안젤은 이 카바레 무희다. "사라 안젤은 카바레 안드로메 다의 여왕, 카바레 안드로메다의 여왕이면 이 알렉산드리아의 여왕."이라고 한 호텔 나폴레옹 주인의 말을 이해할 수 있을 것 같았다. 헬레니즘과 헤브라이즘의 조화가 극치를 이룬 전형에 가 까운 아름다움. 희랍의 청량함과 예루살렘의 금욕적 정진과 불란스 교태와 영국의 마제스틱, 스페인의 정열이 가냘프면서도 탄력성 있는 육체 속에 미묘한 조화를 이루고 있는 신비. 사라의 태도는 언제나 여왕과 같이 부드럽고 품위가 있었다. 군림할지언정 순종하지 않는 것이었다.

나는 사라가 되고 사라는 나의 피리가 되었다. 나는 피리를 부는 것이 아니라 사라를 불고 있는 것이었다. 사라의 춤이 끝나자 장내는 물을 끼얹은 듯 고요했다.

"게르니카는 저의 고향입니다. 제가 5살 때까지 거기 살았죠. 게르니카의 폭격은 제가 다섯 살 먹던 해의 일이죠. 그러니까 아득히 삼십 년 전……."

"……삼십 년이 지났지만 나는 그날의 일들을 똑똑히 기억하고 있습니다. 아버지와 어머니 오빠와 동생은 온 데 간 데가 없었습니다. 그 폭격 때문에 모두 죽어버린 것이지요."

"이것이 게르니카 학살의 피카소 그림입니다."

"저희 형에게서 들은 얘긴데 독일군이 연습을 가장하고 돌연 바스크 지방의 소도시 게르니카를 폭격한 것은 스페인 내란이 발발한 그 다음 해인 1937년 4월 28일이라고 합니다."

"이것도 형에게서 들은 얘긴데, 피카소는 게르니카 폭격의 소식을 듣고 분노를 억제할 수 없었다고 합니다. 그해 5월 1일부터 이 그림에 착수했다는 겁니다. 아픔을 참고 민절悶絶하는 말, 광란하는 소, 우는 여자, 죽은 아이를 안고 통곡하는 어머니…… 이런 이미지를 고전적인 삼각형 구도 위에 큐비즘풍의 평면분할로써 구성하고 이런 장대한 건축적 회화를 만들었다고 합니다.”

“……10년이면 120개월이다. 120개월이면 3,650일이다. 윤년을 빼고도 시간으로 치면 얼마나 될까 놀라지 마라. 8만 7,600시간. 분과 초로써 계산하기 싫다.”

“백세 미만에 죽는다는 것은 하나의 구원이 아닐 수 없다. 피해자와 더불어 가해자도 죽어야 하니까.”

“유폐된 황제의 사상을 아는가. 그건 이카로스의 날개를 달고 태양을 향하는 사상이다…….”

“감옥에 앉아 해방의 날을 기다리는 것이 죽음의 날을 기다리는 것이나 마찬가지란 뜻이죠.”

“황제의 식탁은 으레 성찬이다. 강렬한 스팀으로 인해서 연화되었다가 다시 원통형으로 굳어진 사등밥이란 관명官名이 붙은 밥. 새우의 아들의 아들들이 소금 속에 미라가 되어 나타나기도 하고 살은 이지러져 흔적이 없고 앙상한 뼈로서 미루어 생선엔 제법 깡치가 센 듯한 생선이 등장하기도 한다. 수프는 지구의 깊은 곳에서 나온 물의 성질을 지닌 채 된장의 향기를 살큼 풍긴다. 들여다보면 거울도 될 수 있어, 황제는 그 수프를 거울삼아 가끔 나르시스의 감정을 가져볼 수도 있다. 그런데 이 궁성과 황제에겐 너무나 금지규정이 많다. 나는 우울한 게 아니라 지쳐 있는 것이다. 지쳐 있는 신경을 일깨우기 위한 노력이 성전을 왜곡했는지 모를 일. 용서하라. 아우.

……옥창獄窓 너머로 산을 바라볼 수 있다. 자유, 얼마나 좋은 말인가."

한스의 동생은 요한이라고 했다. 그 소년이 형이 출정한 후의 일인데, 그 친구인 유태인 소년 하나를 자기집 마구간의 위층에 숨겨주었다. 그 사실을 게슈타포의 앞잡이 노릇을 하고 있던 엔드레드란 놈이 말을 빌리러 와서 우연히 알아냈다. 유태인 소년은 물론 강제수용소로 끌려갔다. 동시에 요한 소년을 게슈타포의 유치장에 감금했다. 거기서 요한은 형언할 수 없는 고문을 받았다. 몸도 마음도 약한 요한이 그 지독한 고문을 이겨낼 도리가 없었다. 그는 드디어 고문대 위에서 숨을 거두었다.

이 사실을 안 요한의 어머니는 광란상태가 되어 게슈타포엘 찾아가 시체만이라도 내달라고 호소했다. 게슈타포는 모른다고 잡아뗐다. 그러던 참인데 어떤 농부가 요한의 어머니에게 귀띔을 했다. 언젠가의 새벽 게슈타포의 차가 마을 건너편 산으로 뭣인가를 운반해서 거기서 그걸 묻는 모양이더라고. 요한의 어머니는 농장의 인부들을 동원해서 산을 뒤졌다. 그리고 최근에 흙을 건드린 것 같은 곳이 있기에 파보았더니 요한의 시체가 나타났다. 전신의 타박상, 등 뒤엔 전기인두로 지진 흔적, 손목엔 전선을 감은 흔적, 두개골은 거의 쪼개질 정도로 부서져 있는 처참한 꼴이었다. 요한의 어머니는 그 시체를 집으로 옮겨와서 며칠을 울고 지내더니, 가까운 농장인부를 불러 다음과 같은 부탁을 했다.

"내 큰아들이 만약 살아서 들어오거든, 천千일 만萬일을 하지 못하더라도 이 원수만은 갚아야 한다"고.

이것이 유언이 되었다. 그 뒤 얼마 안 가 요한의 어머니는 요한의 뒤를 따른 것이다.

전쟁이 끝나고도 한스는 오 년 만에야 고향으로 돌아왔다. 소련에 억류되어 있었기 때문이다. 한스가 돌아와서 이 이야기를 듣고 그는 결심했다.

"내가 앞으로 산다고 한들 무슨 보람이 있을 것인가. 사는 의미가 도대체 어디에 있겠는가."

"히틀러가 왜 게르니카를 폭격했지요? 그 이유를 아십니까."

사라의 이러한 질문에 한스는 "히틀러는 공산주의자들의 세력을 꺾기 위해서 한 짓일 겁니다."하고 답했다.

"빨갱이를 폭격하려면 빨갱이 있는 곳을 폭격해야 되지 않겠소? 왜 아무런 죄도 없는 사람들을 죽이는 거죠? 빨갱이도 아무것도 아닌 순박한 백성들만 살고 있는 도시를 왜 불사르는 거죠? 노인과 여자와 어린아이는 왜 죽이는 거죠? 전쟁과는 아무런 관련도 없는 도시에다 뭣 때문에 폭탄을 뿌린 거죠?"

드디어 한스가 입을 열었다.

"요한 셸러라는 소년을 기억하지 못해?"

"요한 셸러, 바이에른에서……. 아 그 얘기 집어치우라니까."

"그래서 전기인두로써 지지고 막대기로써 두개골을 깨고 해서 죽였구먼…….”

“엔드레드! 난 내가 고문해서 죽인 요한 셀러의 형 한스 셀러
다. 널 찾아내느라고 꼬박 십오 년이 걸렸다.”

“쏠 테면 쏴라.”고 다시 한 번 엔드레드의 고함이 커지자 갑자
기 테이블이 뒤집혀지더니 커다란 엔드레드의 덩치가 뒤로 나가
떨어지고 탁상의 그릇이 왈그락 부서지는 소리와 여급의 비명이
들렸는가 했을 때 권총소리가 몇 방—퀸즈룸은 삽시간에 수라장
이 되었다가 삽시간에 고요를 되찾았다.

정신을 차리고 보니 엔드레드는 바른편 어깨 쪽에서 피를 흘리
면서 천장을 보고 쓰러져 있었고, 한스는 창백한 얼굴을 하고 우
뚝 서 있었고, 사라는 이제 막 불을 뿜은 권총을 쥔 채, 넘어져 있
는 엔드레드가 깨어나기만 하면 또 쏠 것이라는 듯이 노려보고 있
었다. 그러나 엔드레드는 다시 일어나지 못했다. 그대로 죽어버린
것이다. 한스와 사라는 그 자리에서 알렉산드리아의 경찰청으로
연행되어 갔다. 그날 아침의 신문은 일제히 이 사건을 1면 톱에다
센세이셔널한 제목을 달고 보도했다.

이 무렵 형에게서 온 편지엔 다음과 같은 것이 있다.

“생각하니 우리는 해를 가두고 달을 가두고 별을 가두어놓고
살아 있는 셈이다. 얼마나 오만한 황제냐. 내가 갇혀 있는 것이
아니라 태양과 달과 별을 내가 가두어놓고 사는 것이니 말이다.
인간의 생활이란 따지고 보면 문을 드나드는 행동에 불과하다. 인
류는 살아오는 과정에서 무수한 문을 세웠다. 앞으로 살아가는 과
정에서 역시 무수한 문을 세울 것이다.

어제 J라는 청년이 사형집행을 당했다는 소식이 흘러들었다. 시간을 꼽아보니 우리들이 한창 식사를 하고 있던 시간이었다. 불과 100미터도 떨어져 있지 않은 곳에서 인간도살하는 작업이 진행되고 있을 때, 황제는 보리밥덩어리를 분주히 입 속에 집어넣으면서 내 속의 돼지를 먹이고 있었던 것이다.

작년만 해도 이 감옥에서 처형된 사형수의 수가 57명이나 된다고 한다. 57명의 생명이 그 문으로 들어간 것이다. 나는 그 푸르게 페인트칠한 조그마한 문과 그 곁에 서 있는 플라타너스 위의 아직 어린 나무를 바라보고 있다. 저 어린 플라타너스는 머지않아 적적한 거목으로 자랄 것이다. 그때까지 또 몇 사람이 저 문을 들어간 채 나오지 않을 것인지. 아아, 나는 이 감옥에서 나가는 날부터 사형폐지 운동을 해야 할까보다. 꽃피는 아침에 눈을 비비며 일어나 엄마를 부르던 아이가 커서 옥중에 앉아 사형을 기다리고 있다."

범행동기를 물었을 때, 사라는 게르니카의 상처도 말했지만 주로 사랑하는 사람을 위한 행위였다고 당당히 진술하고 살인의 직접적인 하수인은 자기며, 한스는 엔드레드에게 적개심을 가지고 있을는지는 몰라도 살의는 없었으며 살인행위도 없었다고 주장했다. 엔드레드는 한스 자신이 뒤엎은 탁자에 부딪쳐 뒤로 나가떨어지면서 후두부를 다친 것이라고 주장했다.

"본직은 이곳에서 발생한 하나의 살인사건 명명백백한 공모로 인한 살인사건을 알렉산드리아의 법률에 비추어 고발하고 범법자의 처벌을 당 법정에서 요구할 뿐입니다. 애인을 위한 정열과 게르니카 비극이 낳은 고아로서의 비운을 참작해서 한스와 동량으로 15년을 구형합니다."

"한스 행동은 정당방위에 의한 과실치사, 사라의 행위도 역시 정당방위에 의한 상해 또는 과실치사, 좀 더 엄격하게 말하면 정당방위의 과잉으로 인한 시체 상해, 이렇게 됩니다. 이런 진상과 아까의 변호인의 A씨가 말한 바 정상을 참작하면, 양 피고에게 응당 무죄의 판결이 내려야 할 줄 압니다."

재판장은 착석하자, 서기를 시켜 다음과 같은 결정 사항을 낭독케 한 것이다.
"당 알렉산드리아 법정은 한스·사라 사건에 관해서 다음과 같이 결정한다.
한스 셀러와 사라 안젤이 결정이 있은 후 일 개월 이내에 알렉산드리아에서 퇴거할 것을 조건으로 판결을 보류하고 즉시 석방한다.
알렉산드리아에서 한스 셀러와 사라 안젤이 퇴거하지 않을 때에는 다시 날을 정하여 판결 보류를 해제하고 언도공판을 한다."

"이제 3년이 지났으니 남은 건 7년이다. 눈도 코도 귀도 입도 없는 세월이니 단조롭기 짝이 없지만, 지난 3년을 돌이켜 볼 때 참으로 빠르게 흘렀다. 7년만 지나면 이 초라한 황제도 바깥바람을 쏘일 수 있을 것이다."

"나는 누에 모양 스스로 뽑아낸 실로써 고치를 만들어, 그 속에 드러누워 번데기가 되었다. 세상 사람들은 모두들 나를 죽었다고 생각할 것이다. 죽었다고까진 생각하지 않아도 죽은 거나 마찬가지라고 생각하고 있을 것이다.

그러나 나는 번데기이긴 하나 죽지는 않았다. 언젠가 때가 오면, 내 스스로 쌓아 올린 이 고치의 벽을 뚫고 나비가 되어 창공으로 날 것이다. 다시는 장난꾸러기 아이들에게 잡혀 곤충표본함에 등에 바늘을 꽂히우고 엎드려 있는 꼴은 당하지 않을 것이다. 간악한 날짐승을 피하고, 맹랑한 네발짐승도 피하고, 전기가 통한 전선에도 앉지 않을 것이고, 조심스레 꽃 사이를 날아 수백수천의 알을 낳을 것이다.

그러나 한편 이런 생각도 든다. 일단 이 고치의 벽을 뚫고 나가기만 하면, 가장 황홀하게 불타고 있는 불꽃 속에 단숨으로 뛰어들어 흔적도 없이 스스로를 태워 버렸으면 하는.

수백수천의 알을 낳았다고 하자. 결국은 모두가 번데기가 될 운명에 있는 것이 아닌가. 번데기가 되어도 나비까지 될 수 있으면 좋지만, 간악한 인간들은 고치의 벽을 뚫기 전에 고치와 더불어 뜨거운 물속에 집어넣어 삶아버리는 것이다."

"희망은 무한하다. 그러나 나는 글러먹었다." ─카프카."
"인간의 근원적인 자유이건 이 역사의 필연이건, 다만 그런 것은 마음의 조작에 불과한 것이다. 그러나 이 조작의 방식의 여하에 따라 생의 건설방식이 달라진다."

"지금 내가 있는 이 옥사는 72개의 감방을 가지고 있다. 대충 계산해 보니 무기수를 빼고도 2천 년의 징역이 이 옥사에 들어앉아 있는 것이다. 그러니 이 감옥 전체를 합하면 몇 만 년의 징역이 될지 모른다. 감옥 속에서의 산술은 언제나 이렇게 터무니가 없다."

"'사람을 죽여서 굶주린 개의 창자를 채워라.'
또렷하게 새겨진 '忍之爲德'이란 글자('참는 것이 덕이니라.'—이렇게 주석 까지 달고). '미결통산 121일.' '입소 단기 429×년 ×월 ×일. 만기 42××년 ×년 ×일.' '사랑하는 영아.' '살자니 고생이요, 죽자니 청춘.' '여우의 연구.' '무전이 유죄로다.' '법률의 올개미.' '왜 생명을 깎아야 하나.' '변소의 낙서만도 못한…….'(B와 K에 있어서의)…….

일본인들이 한국을 합병하자마자 지었다는 감옥. 수십 년의 역사. 낙서를 통해서 나타난 역사의 단면. 고통의 흔적. 그 지저분한 낙서 투성이의 추잡한 벽은, 곧 이곳에 있는 우리들의 심상풍경의 축도다.

꼬박 3년을 지내고 앞으로도 또 7년을 바라보니, 품위 있는 황제도 이런 푸념밖에 할 것이 없고나.

그러나 사랑하는 아우. 알렉산드리아에서의 너의 행복을 빈다."

결국 내게는 나의 육친인 형밖에 없는 것이다. 그런데 형은 왜 형의 애인에 대해선 일언반구의 언급도 없을까.

나의 불면의 눈꺼풀은 무겁다. 그러나 나는 애써 중얼거려 본다. "스스로 힘에 겨운 뭔가를 시도하다가 파멸한 자를 나는 사랑한다." 형이 즐겨 쓰는 니체의 말이다. 그러나 이 비장한 말도 휘발유가 모자란 라이터가 겨우 불꽃을 튀겼다가 담배를 갖다대기 전에 꺼져버리듯, 나의 가슴에 공동의 허전한 메아리만 남겨놓고 꺼져버린다.

어록

밤이 깔렸다. 독재·7면

고요한 천상의 성좌와 알렉산드리아란 이름의 요란한 지상의 성좌 사이에서 이제야 겨우 나는 나를 찾은 느낌인데, 되찾은 꼴이라야 허탈해버린 에트랑제가 초라한 호텔의 다락방 창가에 앉아 있는 것이다. 자유·7면

'타고 남은 재가 다시 기름이 됩니다.' 기름·9면

"타고 남은 재가 다시 기름이 된다는 사상. 너는 모를 것이다. 재에서 샘물을 만든다는 사실을. 무엇이든 타면 재가 남는다. 모두들 재가 끝장이라고 생각한다. 그러나 끝장이라고 생각한 재에서 만든 잿물로써 인간이 입는 옷의 때, 아니 인간의 때를 씻는 것이다. 어떻든 타고 남은 재가 다시 기름이 된다는 사상에 구원이 있다." 구원·9면

"나의 정신은 이 구원으로 해서 빙화를 면한다. 그러나 걱정할 건 없다. 영하 20도는 영하 30도보다는 덜 차다. 설혹 영하 30도가 된다고 하더라도 영하 31도보다는 덜 차가운 것 아닌가. 인간의 극한상황이란 숨이 끊어지는 그 순간을 두고는 없다." 극한·9면

"사랑하는 아우. 웃지 말라. 고독한 황제는 환각 없인 살아갈

수 없다." _{환각·10면}

형이 감옥에 가고 난 뒤부터 그 '사랑하는'이란 글자가 절박한 호소력을 가지고 나의 심장을 치게 되었다. _{아우·10면}

책을 좋아하는 아이는 출세하리라는 통념과 더불어 책을 좋아하지 않고 피리 따위나 부는 아이는 장차 패가망신한다는 통념도 있었다. 이러한 통념에 비춰볼 때 부모가 나를 얼마나 푸대접했는가를 짐작할 수 있을 것이다.

이런 가운데 형만은 언제나 나의 편이었다. 형은 부모가 나를 꾸중하는 소리를 들으면,

"일기일예一技一藝에 뛰어나면 그로써 도를 통하고 입신할 수도 있는 세상이니 과히 걱정 마시라."고 부모를 달랬고, 나더러는,

"내가 만 권의 책을 읽고도 이루지 못하는 것을 너는 한 자루의 피리를 통해서 이룰 수 있을 것이라."고 격려하기도 했다.

나는 어릴 적부터 입신할 생각도 출세할 생각도 갖지 않았다. 그래서 피리만 불고 있으면 그만이었다. 한 자루의 피리만 있으면 되었지, 장래니 미래니 하는 따위는 필요없었던 것이다. 마을사람들은 막대기도 내 입만 갖다 대면 소리가 난다고 소문을 퍼뜨렸고, 어떤 광대 죽은 귀신에게 내가 홀렸을 것이라는 소문을 내기도 했다. _{일기일예—技—藝·17면}

얇은 벽 너머로 소리를 넘겨 보내지 않도록 피리를 불 수 있는 나의 기술은 옆방에서 책을 읽고 있는 형을 방해해선 안 될 필요

가 낳은 것이다. 형은 또한 내게 대한 최선의 교사이기도 했다. 책이라는 걸 싫어하는 내가 몇 조각이나마 지식을 가지고 있다면 그것은 오로지 형의 덕택이다. 교사로서 형보다 나은 능력과 기량을 가진 사람을 나는 상상할 수가 없다. 피리를 부는 자도 어느 정도를 넘어서려면 공부를 해야 한다고 지각을 가르친 것도 형이다. **피리 부는 사람·18면**

우리들이 일본의 통치를 받고 있을 시대인데, 형이 일본에 대해서 항거해야 할 것인가, 또는 순종해야 할 것인가에 관해서 고민하고 있는 것을 보았을 때가 아닌가 생각한다. 형은 또 다시 코스모폴리탄을 자처하면서 민족의 토양에 깊이 뿌리박지 못한 코스모폴리탄이란 정신적인 룸펜에 불과하다고 자조하고 있기도 했다. **식민지 청년·19면**

나는 이러한 갈등, 이러한 자조를 싫어한다. 보다도 그러한 감정이 존재하도록 작용하는 바탕인 사상이라는 것을 미워한다. 사상이란 무엇이냐? 정과 부정을 가려내는 가치관이 아닌가? 선과 악을 판별하는 판단력이 아닌가. 그러나 자연의 작용에 정·부정이 있고 선과 악이 있는가. 사람은 자연의 일부가 아닌가. 자연의 일부인 사람은 자연 그대로 살면 될 것이 아닌가. 사상이란 자연 속에서 벗어져 나오려는 노력이 아닌가. 그렇다면 사상이란 인간을 부자연스럽게, 그러니까 불행하게 만드는 작용 이상도 이하도 아닌가. **사상思想·19면**

강한 힘이 누르면 움츠러들 일이다. 폭력이 덤비면 당하고 있을 일이다. 죽이면 죽을 따름이다. 내겐 최후의 순간까지 피리와 피리를 불 수 있는 장소만 있으면 그만이다. 그런데 사상은 그렇게는 안 되는 모양이다. **최후의 순간·19면**

형의 불행은 사상을 가진 자의 불행이다. 형은 만인이 불행할 때 나 혼자만 행복할 수 없다고 했다. 나는 그런 말을 거짓이라고 생각한다. 세계가 멸망하더라도 나 혼자 살아남으면 된다는 것이 인간의 자연스러운 생각이라고 나는 믿기 때문이다. 나는 형이 고의로 그런 말을 했다고는 생각하지 않는다. 형이 지니고 있는 사상이라는 것이 그러한 거짓말을 시킨 것이라고 생각한다. **불행·20면**

사상의 발전이 이 세계를 오늘만큼이라도 문화화되게 했다는 사실마저 나는 부정하려고 들지 않는다. 그러나 그런 사상이나 문화는 천재라는 역군이 할 일이지 평범한 사람이 맡을 성질의 것이 아닌 것이다. 천재는 스스로의 생활을 불구화해가지고 평범한 사람의 생활을 보다 건전하게 하는 데 의미가 있다고 들었는데 천재도 못 되는 사람이 천재의 행세를 하다간 스스로의 생활을 불구화하고 주변의 사람들만 불행하게 할 뿐 아닌가. **천재·20면**

형의 불행은 따지고 보면 천재가 아닌 사람이 천재적인 역군이 되려고 하는 데 있는지도 몰라. 그러나 그것이 운명이라면 도리가 없다. 형의 불행은 형의 운명이니까. 운명은 이에 순종하는 사람은 태우고 가고 이에 거역하는 사람은 끌고간다는 말이 있다. **세네카·20면**

그런데 우리나라에 혁명이 일어났다. 그 혁명의 파도에 휩쓸려 형은 감옥으로 가게 된 것이다. 누군가는 불려^{不慮}의 화라고 생각하지만 나는 그렇게 생각하지 않는다. 어떤 사상이건 사상을 가진 사람은 한번은 감옥엘 가야 한다고 생각한다. 사상엔 모가 있는 법인데 그 모있는 사상이 언젠가 한번은 세상과 충돌을 일으키지 않을 도리가 없는 것 아닌가. 세상과 충돌했을 때 상하는 건 세상이 아니고 그 사상을 지닌 사람인 것이 뻔한 일이다. 나는 감옥살이하는 형을 불쌍하겐 여지지만 그의 감옥행이 부당하다고 생각하지 않는다. 혁명·20면

"그런데 형은 얼마나 받았지?"
"10년."
"그거 대단히 관대한 처분이구만. 우리 불란서에서 같으면 틀림없이 사형감이야. 적게 잡아도 무기."
"나도 관대한 처분이라고 생각했지. 검사의 구형은 15년, 그것도 관대하다고 생각했는데 판사의 언도는 10년이었으니 나는 감격해서 울었다."
"그런데 하나 물어볼 것이 있어. 왜 그 논설을 썼을 때 처벌되지 않고 하필이면 그때 재판을 받았는가."
"논설을 썼을 땐 그걸 벌할 법률이 없었던 거지. 먼저 붙들어 잡아 가두고 난 뒤에 법률을 만들었지." 구금·22면

"그럼 소위 소급입법이라는 게로구먼."
"그렇지." 소급입법·23면

"소급법을 만들지 못하게 하는 헌법 같은 게 없었나?" 헌법·22면

"넌 똥딴지 같은 소리만 하는구나. 벌해야 할 사람을 벌하는데 소급법이면 어떻구 법률이란 수단을 거치지 않으면 어때."
말셀은 눈을 깜빡거리며 중얼거렸다.
"그건 그래. 우리나라에서도 대혁명 당시엔 법률이고 뭐고 아랑 곳없이 닥치는 대로 기요틴으로 사람의 목을 잘랐으니까. 소급법 이라도 법을 만들고 했다는 건 대단히 훌륭한 노릇이야. 강제수용 소에서 마구 집단 살해를 한 독일의 비하면 월등하게 문화적이기 도 하고……." 프랑스 혁명·23면

"그런데 형은 아직도 억울하다고만 생각하고 있는 모양이니 딱 해. 스스로의 죄를 뉘우치고 속죄하는 마음을 가지면 편할 텐데 말야." 억울함·23면

"뭐, 그런 말을 너희 형이 하든?"
나는 대답 대신 또 하나의 형에게서 온 편지를 내밀었다.
"……나는 비로소 이곳에 내가 있어야 할 이유를 알았다. 불효 한 아들이었다. 불실한 형이었다. 불실한 애인이었다. 불실한 인 간이었다. 이 세상에 나지 않았으면 좋았을 사람이 본능적으로 지 닌 죄. 이것을 원죄라고 해도 좋다. 그리고 지저분하게 살아오는 동안 나 스스로만 지저분한 게 아니라 내가 접촉한 것이면 뭐든, 공기와 산하도, 인물과 기관도, 신문이나 잡지에 이르기까지 지저 분하게 만들어 버린 죄란, 그 죄가 응당 받아야 할 벌을 상정할

때 지금 내게 가해진 벌은 되레 가벼운 것이다. 무슨 죄인지도 모르고 벌만 받는 것처럼 따분한 처지란 없다." 죄와 벌·23면

"그런데 이제야 나는 나의 죄를 찾았다. 섭리란 묘한 작용을 한다. 갑의 죄에 대해서 을의 죄명을 씌워 처벌하는 교묘한 작용을 하는 것이다. 꼭 벌을 받아야만 마땅한 인간인데 적용할 법조문이 없을 때 섭리는 이렇게 이러한 작용을 한다는 것을 알았다. 격언 그대로 섭리의 맷돌은 서서히 갈되 가늘게 간다." 섭리·23-24면

"나는 나의 죄를 헤아리느라고 요즘 제대로 잠을 못 잔다. 남의 마누라를 탐한 일은 없는가. 여자의 순정을 짓밟은 일이 없는가. 남의 눈물을 흘리게 한 일이 없는가. 황제는 어떤 황제이건 그가 걸어온 행렬 뒤에 짓밟힌 꽃을 황제의 특권임을 알고 고스란히 10년을 견딜 작정이다. 거의 나의 청춘의 전부인 10년 동안 이 궁전 속에 묻혀버릴 작정이다. 이 궁전에서 나가라고 해도 나는 안 나가고 버틸 작정이다. 그러나 알렉산드리아로 가라고 하면 이런 나의 각오가 흔들릴까 두렵다." 유폐·24면

이성의 지배를 거부하는 육체의 어떤 부분의 자의恣意처럼 인간의 고독감을 절박하게 하는 건 없을 것이다. 형의 표현을 빌리면 생명 발상 이래 몇 억년을 통해서 꿈틀거리는 '암묵의 의사'. 그러나 나는 이 암묵의 의사에 번롱당하기는 싫다. 나는 숨을 몰아쉬고 고개를 돌려 가난한 다락방 내부에 시선을 옮길 수밖에 없다. 생명·31면

74

"교양인, 또는 지식인은 난관에 부딪혔을 때 두 개의 자기로 분화된다. 하나는 그 난관에 부딪혀 고통을 느끼는 자기, 또 하나는 고통을 느끼고 있는 자기를 지켜보고, 그러한 자기를 스스로 위무하고 격려하는 자기로 분화된다. 그러니 웬만한 고통쯤은 스스로를 위무하고 지탱하고 격려하면서 견디어낸다." 교양인·33면

"슬픔을 슬퍼할 줄 모르고, 공포를 무서워할 줄도 모르고, 고난에 직면해서 그저 당황하기만 한 소년의 망연한 모습처럼 구원없는 지옥이란 없다." 소년·33면

"'고모님.'하고 외마디 부르고 숨진 소년. 이와 유사한 슬픔이 얼마나 많을 것인가. 지금 내가 있는 이 감옥 속에서 지금도 작용하고 있을 이러한 슬픔, 이러한 불행. 오늘 황제는 우울하다."
우울·33면

머리는 동양적 검은 머리, 긴 속눈썹에 가려진 눈동자는 향목香木 수풀로써 덮인 신비로운 호수, 그 긴 눈썹을 열면 천지의 정精이 고인 듯한 흑요석. 비애도 환희처럼, 환희도 비애처럼 나타나는 표정. 헬레니즘과 헤브라이즘의 조화가 극치를 이룬 전형에 가까운 아름다움. 희랍의 청량함과 예루살렘의 금욕적 정진과 불란스 교태와 영국의 마제스틱, 스페인의 정열이 가냘프면서도 탄력성 있는 육체 속에 미묘한 조화를 이루고 있는 신비. 신비·37면

나의 피리는 어떤 영감에 이끌려 저절로 소리를 내기 시작했다.

나의 맥박처럼 등 뒤에는 가볍게 울리는 드럼소리가 따랐다.

　나의 눈은 사라의 춤에 취하고 나의 귀는 나의 피리 소리에 취했다. 내겐 홀도 청중도 없었고 하늘과 땅도 없었고 나와 사라가 있을 뿐이었다. 그처럼 순화되고 앙양되고 충실된 시간이 있을 수 있었을까. 우리는 완전한 일신이 되었다. 나는 사라가 되고 사라는 나이 피리가 되었다. 나는 피리를 부는 것이 아니라 사라를 불고 있는 것이었다. **춤과 피리·41면**

　"고마운 것은 시간이 흐른다는 사실이다. 백세 미만에 죽는다는 것은 하나의 구원이 아닐 수 없다. 피해자와 더불어 가해자도 죽어야 하니까." **구원·53면**

　"유폐된 황제의 사상을 아는가. 그건 이카로스의 날개를 달고 태양을 향하는 사상이다……." **이카로스·53면**

　"이카로스란 사람이 하늘을 날아 태양으로 가려고 밀촉으로 날개를 만들었다는 신화가 있지요. 그걸 달고 태양을 향하니 될 말이겠어요? 태양의 열에 녹아 없어지게 마련이지. 감옥에 앉아 해방의 날을 기다리는 것이 죽음의 날을 기다리는 것이나 마찬가지란 뜻이죠." **추락·53면**

　"황제의 식탁은 으레 성찬이다. 백주의 태양에선 광택을, 밤의 어둠에선 고요를 타고 이렇게 천지의 정기를 집약한 쌀과 보리, 어느 두메에서 자랐는지 야무지고 단단한 콩, 모두들 이 땅의 농부들이 애태우며 가꾼 곡식, 태양의 바람이 잠기고 산의 정적이 고이고 들의 새소리가 새겨져 있을 식물들이 강렬한 스팀으로 인해서 연화되었다가 다시 원통형으로 굳어진 사등밥이란 관명(官名)이 붙은 밥. 게다가 넓은 태평양도 비좁다는 듯이 웅크려서 살아온 새우의 아들의 아들들이 소금 속에 미라가 되어 나타나기도 하고 살은 이지러져 흔적이 없고 앙상한 뼈로서 미루어 생선엔 제법 깡치가 센 듯한 생선이 등장하기도 한다. 그런데 소위 생선이라는 게 나타날 때마다 감방 안에서는 가끔 시비가 벌어진다. 이 생선은 바다생활 1년에 육지생활 3년의 경력을 가졌다느니, 아니 바다 1년 육지 5년의 관록을 가졌다느니……." 황제 식탁·53~54면

"수프는 지구의 깊은 곳에서 나온 물의 성질을 지닌 채 된장의 향기를 살큼 풍긴다. 들여다보면 거울도 될 수 있어, 황제는 그 수프를 거울삼아 가끔 나르시스의 감정을 가져볼 수도 있다. 황제의 식탁은 이처럼 성찬이지만 고적하다. 그러나 오만하게 버티고 앉아 황제다운 품위를 지키며 젓가락질을 한다……." 수프·54면

"'존재'란 금지규정에 의해서 성립한다. '있다'는 것은 '없다'는 걸 조건으로 한다. 금지의 세계와 유혹의 세계. 자유의 대가는 매력과 전율이다." 존재·55~56면

"그런데 이 궁성과 황제에겐 너무나 금지규정이 많다. 나는 우울한 게 아니라 지쳐 있는 것이다. 지쳐 있는 신경을 일깨우기 위한 노력이 성전을 왜곡했는지 모를 일. 용서하라. 아우." 금지·57면

"……옥창獄窓 너머로 산을 바라볼 수 있다. 간혹 산 위에 바깥사람들이 서 있는 것이 보인다. 비탈길을 짐을 진 남자, 짐을 인 여인들이 기어오르고 기어내리는 것을 볼 때도 있다. 거의 산마루까지 기어오른, 따닥따닥 부스럼 딱지 같은 판자집엘 들락날락하는 사람의 그림자를 볼 때도 있다. 나는 그런 사람들을 자유라고 부른다. 자유로운 사람이 아니라 바로 '자유' 그것. 그래 사람이 셋이 보이면 저기 자유가 셋이 있다고 말하고 다섯이 보이면 저기 자유가 다섯 있다고 말한다." 옥창獄窓·57면

"자유, 얼마나 좋은 말인가. 오늘은 따스한 늦은 봄의 날씨. 운동이라는 이름으로 계호戒護하는 관리의 효과적 시야 안에서 다람쥐 쳇바퀴 돌 듯하고 있으면서 나는 그러한 자유를 보고 자유에 대해서 생각해보았다." 자유·57면

"내게 있어선 내가 절대라는 것을 안 것이다. 지금의 나의 비자유가 내겐 절대란 걸 깨달은 것이다. 황제는 설혹 죽는 한이 있더라도 노예가 될 수는 없다. 나는 단순히 황제로서의 비자유를 노예의 자유와 바꿀 수 없다는 심정을 가졌을 뿐이다." 노예·58면

"그때도 살해하는 방법, 고문하는 방법만은 월등하게 발달해 있었다. 전기시설을 이용한 최신식 방법을 제외하곤 고문에 있어선 그 당시 벌써 우리나라는 세계적 수준을 능가하고 있다고 단언할 수 있다. 한국의 천주교사의 전반부는 이러한 예증으로서 귀중한 문헌이다. 그러니 이땅에 뿌려진 천주교의 씨앗은 선배들의 희생

으로 인해서 만만치 않게 뿌리를 박고 있는 것이다." **고문·59면**

"모세의 지도력이란 따지고 보면 결국 사기력^{詐欺力}으로밖엔 이해
할 수 없는 재료로써 가득찬 것이 창세기를 제외한 팬타튜크다.
　무수한 죄의 목록을 만들고 거기에 따른 속죄방법, 처벌방법을
만들어 이 방법을 통해서 지배계급의 먹이를 장만하고, 야성의 인
간들을 거미줄에다 얽매던 이 기록을 보고 있으면 인간이란 것의
우열함이 시간의 원근법에 열을 비춰서 더욱 확연하다. 그러나 그
날의 우열과 오늘날을 비교해 보면 전일의 우열함을 알고 있는 연
후의 우열이니 오늘날의 우열이 더욱 악성이라고 말하지 않을 수
없다. 헤아릴 수 없는, 수없는 지성이 수많은 대학에서 쏟아져나
와도 이 꼴 이 모양이니 원죄라는 의식을 재조명해 볼 필요가 있
는 것이다." **죄의 목록·60면**

"역사는 어떤 인간의 자의 때문에 돌연 그 방향을 바꿀 수 있다.
크게 보면 방향이 바꾸어진다고 해도 일시적인 우로를 취할 뿐이
지 전체의 흐름은 그대로라고 할 수 있을지 모른다." **역사·61면**

"개인을 어떠한 사회 현상 속에서 설명할 수 있을지는 모르나
개인이 또한 역사나 사회현상에 결정적인 영향을 미친다는 사실
을 우리는 등한히 할 수 없다." **개인·61면**

"케네디의 경우도 마찬가지다. 케네디가 없어도 미국의 방향은
그것이 갈 곳으로 갈 것이다. 그러나 케네디가 있었기 때문에 조

금이라도 달라진 방향 그것이 장래에 커다란 성과를 가져오게 할
지도 모를 것이 아니었던가." 정치인·61면

"옥중에 앉아 지극히 부족한 데이터로써 이런 것 저런 것을 생
각해 보았자 쑥스러운 일이고, 그보다 더 슬픈 환경에 있는 자가
그를 슬퍼하는 꼴 자체가 우스운 일이긴 하다." 슬픈 환경·62면

"영광의 순간이 있으면 족하다. 인간은 영광을 위해서 비탈길을
기어오르고 영광에 이르고 나면 그 영광의 그늘 속에서 산다. 그
러나 영광의 절정에서 깨끗하게 산화해버리는 것도 그렇게 나쁜
피날레는 아닌 것이다." 영광·62면

"그런데 한 가지 이상한 생각이 든다. 범인 오스왈드는 서른 몇
살이라고 하니까 케네디가 열대여섯 살일 무렵의 어떤 밤, 아니 어
떤 낮이라고도 좋다. 하여간 케네디가 화려한 장래의 꿈을 꿈꾸고
자고 있었던지, 공부하고 있었던지, 했을 어느 순간에 오스왈드는
이제 막 그의 아버지의 성기에서 발사되어 그의 어머니의 바기나,
그 음습한 동굴 속을 수억 동료의 선두에 서서 헤어오르고 있는 한
마리의 정자였던 것이다." 정자精子·62면

"Y라는 나와 동방에 있는 노인이 취조관 앞에 불려나갔다가 돌
아오더니 이런 말을 한 것이다.
'그 취조관은 아무리 봐도 서른 될까말까야. 그러니 내가 중학
교 다닐 때, 상급학교 수험공부 하느라고 공부를 하고 있었을 어

떤 밤, 그 사람은 저희 아버지의 섹스에서 발사되어 저희 어머니 섹스 속으로 들어가고 있었던 한 마리의 정자였을 것 아냐. 취조관 앞에 앉아 그의 얼굴을 보며 그것을 생각하고 있으니까, 무슨 장난 갔더구만. 에라 될 대로 되라 하는 생각도 들구.'"

취조관·62~63면

"나와 같은 방에 있는 K는 아직도 자기의 죄를 발견하지 못한 모양이다. 자기의 죄를 발견하지 못하면서 징역살이를 하고 있는 사람의 처지처럼 딱하고 우울한 건 없다. 나는 내가 나의 죄를 발견해 준 과정을 설명해 줄까 하다가 삼가기로 했다. 스스로의 죄를 발견하는 과정에 의미가 있고 속죄의 길이 있는 것이기 때문이다. 그리고 그는 결코 나와 같은 지저분한 사람이 아니다. 부모에게 불효하지도 않고 마누라에게 부정하지도 않고 친구들에게 불신한 사람도 아니니 나의 경우와는 다르다." K·63면

"그는 말한다. 나의 죄는 이 나라를 스칸디나비아 반도의 여러 나라와 같은 나라로 만들어 보겠다고 응분한 노력을 다한 죄밖에 없다. 소가 겨울 동안 쓸쓸해 할까봐 외양간의 벽에다 풍경화를 그리는 덴마크의 농부를 이 땅에서도 만들어보고자 노력한 죄밖에 없다고." 스칸디나비아 반도·63면

"나는 잠자코 K의 욕설을 참았다. 실권한 황제는 욕설 따위엔 관대해야 하는 것이다.
전번에 열거한 제목 외에도 나는 나의 죄목을 많이 발견하고

있다. 예를 들면 나는 나의 몸에서 알콜분과 니코틴분을 말쑥이 빼고 정창정궤淨窓淨机 앞에 앉아야 되겠다고 십 수 년을 별렀다. 그러나 나는 나의 뜻을 이루지 못하고, 언제나 자기 배신의 죄를 되풀이하지 않았던가. 나는 자기 배신처럼 큰 죄는 없다고 생각한다. 자기를 배신하는 사람이면 남을 또한 배신할 수 있는 것이다." 자기 배신·64면

"이러한 자기 배신에 대한 벌이란 의미에서도 나의 징역 10년을 승인한다. 나의 의지만으로써 할 수 없었던 정화작업. 우선 나의 몸에서 알콜분과 니코틴분을 빼는 작업을 벌이 강행해 주는 것이 아닌가." 정화작업·64면

"미국 어떤 대학생들이 인도의 네루 수상을 방문했을 적에, 수상은 나이에 비하면 대단히 젊게 보이시는데 무슨 비결이 있느냐고 물었다네. 그랬더니 네루 수상의 답이 자기는 평생의 상당한 부분을 감옥에서 보냈기 때문에 그게 위생상 좋은 결과를 가져왔는지 모르지, 하고 대답했다는 얘기야. 억울하다, 억울하지 않다 하는 말은 지금 할 말이 아니고 우리가 숨을 거둘 때 그때, 대차대조표를 만들어 놓고 검토해야 할 문제가 아닌가." 대차대조표·65면

"어쨌든 전 형이 언제나 사회의 주류에 설 생각은 하지 않고 그 주류에서 이탈하려는 꼴이 보기 싫단 말입니다. 형은 권력이란 어떤 형태이든 나쁘다는 관념에 사로잡혀 있는 것 같애요. 권력이란 그것이 형성되기까지 그렇게 형성될 수 있는 본래적 이유와 객관

적 조건을 갖추고 있는 것이 아니겠습니까. 그렇다면 이에 반항, 또는 외면하는 사람은 그 현실을 부정한다는 이야기이고 현실을 부정한다는 건 거의 생명을 부정하는 결과가 되는 것이 아니겠습니까." 반항·66면

그는 어머니를 사랑하고 아우를 사랑했다. 그 처참한 원한을 외면하곤 그는 살아갈 것 같지 않았다. 행복? 포기한 지 오래였다. 그 무수한 죽음을 밟고 넘어온 한스는 죽어 없어진 친구들을 생각하고 이미 행복이란 이미지를 지워버린 지 오래였다. 그러나 살아남은 데 대한 고마움으로 그는 고향에 돌아가 어머니를 모시고 아우를 돕고 평생을 안온하게 살겠다는 데 모든 희망을 걸고 있었던 것이다. 희망·74면

만 사람이 다 참아도 나는 참지 않겠다. 만 사람이 다 용서해도 나는 용서하지 않겠다. 그 때문에 내가 지옥의 겁화에 불태워지고 아우가 겪은 것 같은 고문으로 인해서 죽음을 당하더라도 되레 그렇게 죽는 편이 낫다고 생각했다. 용서·75면

"개미 한 마리 죽이지 못한 아우, 병아리가 앓는다고 밤잠을 이루지 못한 아우가, 죄라곤 친구를 숨겨 주었다는 그것으로서 고문을 받고 죽었다는 사실, 그 시체를 안고 울고 새워, 울다가 지쳐 죽은 어머니를 생각할 때 나는 결심하지 않을 수 없었다. 내게 만약 프린스 김에 대한 피리 같은 것이 있었더라도 또 모르지. 내겐 아무것도 없거든. 사랑하는 사람의 원수를 갚는 일, 이 이상 큰일,

의미있는 일을 나는 생각해 낼 수가 없었지. 사랑하는 사람의 원한을 풀어주지 않고 무슨 사랑이냐. 나는 이렇게 마음을 다졌지."
원한·75면

이 무렵 형에게서 온 편지엔 다음과 같은 것이 있다.

"엄지손가락만 한 쇠창살이 10센티미터 가량의 간격을 두고 세로 일곱 줄 박혀 있는 넓이의 창. 이 창살을 30센티미터의 폭으로 석 줄의 쇠창살이 가로질러 있다. 그 쇠창살 안으로 각각 여섯 칸의 사각형으로 나눠진 유리 창문 두 짝이 미닫이식으로 달려 있다.

이렇게 가로 세로 꽂힌 쇠창살과 함께 열두 칸의 유리창이 겹쳐, 누워서 보면 어린이가 서툴게 그려놓은 그래프바닥처럼 보인다. 이 그래프에 좌표처럼 해가 걸리고 달이 걸리고 별이 걸린다." 교도소·94면 ☞ 이 문장은 10년 후 〈겨울밤-어느 황제의 회상〉·교도소·270면에서 다시 인용된다.

"생각하니 우리는 해를 가두고 달을 가두고 별을 가두어놓고 살아 있는 셈이다. 얼마나 오만한 황제냐. 내가 갇혀 있는 것이 아니라 태양과 달과 별을 내가 가두어놓고 사는 것이니 말이다."
감옥·94면·〈겨울밤-어느 황제의 회상〉·감옥·270~271면

"인간의 생활이란 따지고 보면 문을 드나드는 행동에 불과하다. 인류는 살아오는 과정에서 무수한 문을 세웠다. 앞으로 살아가는

과정에서 역시 무수한 문을 세울 것이다."

문^門·95면·〈겨울밤-어느 황제의 회상〉·문^門·271~272면

문 가운데 문을 세우고 또 그 문 속에 문을 세우는 문. 인생의 수를 무한하게 적분積分한 만큼의 수의 문을 드나들며 무수한 다른 문은 다 제쳐놓고 인생은 왜 하필이면 저 문으로 들어가야 하는가. 문^門·95면 ·〈겨울밤-어느 황제의 회상〉·문^門 271~272

"어제 J라는 청년이 사형집행을 당했다는 소식이 흘러들었다. 시간을 꼽아보니 우리들이 한창 식사를 하고 있던 시간이었다. 불과 100미터도 떨어져 있지 않은 곳에서 인간도살하는 작업이 진행되고 있을 때, 황제는 보리밥덩이를 분주히 입 속에 집어넣으면서 내 속의 돼지를 먹이고 있었던 것이다."

J사형집행·96면·〈겨울밤-어느 황제의 회상〉·조용수 사형집행·271~272면

"남이 사형을 집행당한다고 해서 내가 밥을 먹지 않아야 할 법은 없다. 죽은 자로 하여금 죽게 하라! 죽을 만한 짓을 했기에 죽음을 당하는 것이겠지. 죽어야 할 운명이었기에 죽고 있는 것이겠지." 운명·96면·〈겨울밤-어느 황제의 회상〉·운명·271~272면

"어젠 청명한 날씨였다. 나뭇가지에 미풍이 산들거리고 새는 흥겹게 재잘거렸다. 이러한 날, 더 높은 하늘 밑에서, 그 밀실에서 법률의 이름을 빌려 사람이 사람을 교살하는 작업이 진행되고 있었던 것이다." 교살·96면·〈겨울밤-어느 황제의 회상〉·교살·272면

"사형이 뭣 때문에 필요한가를 생각해본다. 사형이 필요하다는 논의만을 가지고라도 능히 하나의 도서관을 이룰 수 있는 부피가 될 게다. 허나 이와 같은 부피의 사형이란 있을 수 없다는 논의도 있다." 사형제도폐지·96면·〈겨울밤-어느 황제의 회상〉·사형제도폐지·272면

"어떠한 경우라도 사람이 사람을 죽여서는 안 된다면 설혹 신의 이름으로, 법률의 이름으로써도 사람을 죽일 수 없는 것이 아닌가. 사람을 죽였다고 해서 사람을 죽인다고 하는 것은 어떤 면으로 보더라도 이건 모순이다. 이것을 감상론이라고 할지 모르나, 사형에 관한 문제는 이미 이론의 문제를 넘어 신념의 문제인 것이다." 신념·96면·〈겨울밤-어느 황제의 회상〉·신념·272면

"어떤 사람은 사형을 폐지하려면 이러이러한 조건의 충족이 선행되어 있어야 한다고 말한다.
그러나 인간 만사에 있어서 모든 조건의 충족을 기다려 이루어지는 일이란 드물다. 웬만한 조건으로서 타협하는 것이 인생이다. 그러니 어떠한 조건의 충족을 기다리기 전에 웬만한 정도에서 우선 사형부터 없애놓고 그러한 조건이 충족되게끔 계속해서 노력할 수도 있을 것이 아닌가." 결단·96면·〈겨울밤-어느 황제의 회상〉·결단·272면

"베카리아 이래 많은 사형폐지론이 나왔다. 그 골자는 사형이 궁극에 있어서 범죄예방을 위해 효과적인 것이 못 된다는 것이고 회복 불가능한 것이고, 속죄의 길을 막는 것이며, 혹 오판이라도 있

었을 경우엔 상환불능한 것으로 그저 복수의 뜻만 강한 형에 불과하다는 것이다." 베까리아 사형폐지론·97면·〈겨울밤-어느 황제의 회상〉·베까리아 사형폐지론·273면

"그리고 사회의 질서를 유지하기 위해서 사람이 사람을 율律하지 않을 수 없으되, 인간의 생명을 빼앗는 정도까지 율律한다는 건 인간의 권능을 넘는 월권행위가 아닐까." 인간 생명·97면 ·〈겨울밤-어느 황제의 회상〉·인간 생명·273면

"하지만 이러한 논의가 얼마나 무력한 것인지 나는 잘 알고 있다. 그러기에 사형폐지의 문제는 이론의 문제가 아니고 신념의 문제라고 하는 이유가 여기에 있다." 사형폐지 신념·97·〈겨울밤-어느 황제의 회상〉·사형폐지 신념·273면

"최근 어떤 흉악범이 '나는 죽어도 내가 지은 죄는 남는다'고 말했다. 진정 그렇다. 그 범인은 죽어 없어지더라도 그 범인이 범한 죄는 남아 있다. 죄는 미워하되 사람을 미워해선 안 된다는 말이 있다. 이럴 때 미워해야 할 죄를 남겨 놓고. 미워해선 안 될 사람만 없앤다고 해선 말이 안 된다. 두고두고 죄인이 스스로 범한 죄를 속죄할 수 있도록 생명을 허용해주는 것이 옳지 않을까." 흉악범·97면·〈겨울밤-어느 황제의 회상〉·흉악범·273면

"꼭 그렇게 안 되겠다면 흉악범 외의 죄인에 대해선 사형을 적용하지 않는 배려만이라도 할 수가 없을까. 그것도 안 된다면 그

죄인에게 부모가 생존해 계실 땐 그 죄인의 사형집행을 부모님이 돌아가시고 난 이후로 연기하는 배려라도 있을 수 없을까."

사형 집행 연기·97면·〈겨울밤-어느 황제의 회상〉·사형 집행 연기·273면

"교수대의 삼줄은 단말마의 고통을 겪은 사형수들의 목에서 분비된 기름으로 해서 반들반들 윤택이 나 있다고 한다."

교수대·97~98면·「〈겨울밤-어느 황제의 회상〉·교수대·273면

"반들반들 윤택이 나 있는 교수대의 삼줄을 상상해 본다. 무수한 생명을 묶어 없앤 삼줄. 그 삼줄은 넓은 하늘, 넓은 들판에서 무럭무럭 자랐다. 4, 5월의 태양을 흠뻑 받고 농부들의 정성으로 해서 자랐다. 시골의 아낙네들이 삼을 벗기고 삼에서 실을 뽑아내는, 길쌈하는 것을 보았지. 청순한 소녀의 이빨로써 쪼개지고 하얀 살결이 포동포동한 무릎 위에서 꼬여서 만들어진 삼줄, 그러한 역정을 밟아 교수대 위에 걸리게 된 삼줄."

교수대 삼줄·98면·「〈겨울밤-어느 황제의 회상〉·교수대 삼줄·273면

"너도 잘 아는 R정권 시대의 고관 K가 집행당했을 때의 이야기이다. K를 사형장까지 끌고 갔는데 집행관들이 아직 현장에 도착해 있지 않았다. 그래 거기서 기다리고 있는 참인데, K가 소변이 마렵다고 하기에 집행장 밖으로 데리고 나와서 소변을 시켰다는 것이다. 집행관을 기다리고 있으면서 소변을 보고 있는 K의 모습을 생각해 보라. 마지막으로 만지는 자기의 섹스, 그 섹스가 뿜어내는 오줌줄을 바라보고 섰던 그 모습, 그 마음. 나는 눈을

감을 수밖에 없었다." _{사형수·98면}

"그러나 쓰는 김에 한 가지만 더 얘기해 두자. 어떤 죄명으로 당초엔 사형선고를 받았다가 무기형으로 감형되어 십삼 년을 복역한 죄수가 있었다. 그런데 이 죄수가 기왕 지은 죄가 또 하나 발각되어 다시 재판을 받고 이번에도 사형선고를 받았다. 무기형으로 복역하고 있는 죄수이기 때문에 정상재량의 여지도 없다고 해서 극형이 언도된 것이다. 그 죄수의 집행에 입회한 어떤 담당 _(그 사람은 그 후 형무관직을 그만두었다)이 죄수의 마지막 말을 다음과 같이 전했다.

'나는 이왕 당하게 되었으니 할 수 없지만, 내 뒤엔 다시 이렇게 참혹한 일이 없도록 했으면 좋겠다.'"

극형·98면·〈겨울밤-어느 황제의 회상〉·극형·281면

"아무리 법률이 잘 정비되어 있고 신중하게 재판이 진행되었다고 해도 판결은 언제나 오판의 부분을 포함하고 있는 것이다. 천의 살인사건, 만의 살인사건이 있어도, 경험과 사람의 성품까지를 고려해 넣을 때 각각 다른 사건이다. 천 가지 만 가지로 다른 사건을 불과 열 개도 되지 않는 경화된 법조문으로 다루려고 하면 법관의 양심 문제는 고사하고, 필연적으로 오판의 부분이 생겨나지 않을 수 없는 것이다. 최선을 다해도 오판의 부분이 남는다는 법관의 고민이 진지하다면 극단의 형만은 삼가야 할 것이 아닌가." **오판·98~99면·〈겨울밤-어느 황제의 회상〉·오판·274면**

"작년만 해도 이 감옥에서 처형된 사형수의 수가 57명이나 된다고 한다. 57명의 생명이 그 문으로 들어간 것이다. 나는 그 푸르게 페인트칠한 조그마한 문과 그 곁에 서 있는 플라타너스 위의 아직 어린 나무를 바라보고 있다. 저 어린 플라타너스는 머지않아 적적한 거목으로 자랄 것이다. 그때까지 또 몇 사람이 저 문을 들어간 채 나오지 않을 것인지. 아아, 나는 이 감옥에서 나가는 날부터 사형폐지 운동이나 할까보다.

꽃피는 아침에 눈을 비비며 일어나 엄마를 부르던 아이가 커서 옥중에 앉아 사형을 기다리고 있다." 서대문형무소에서 온 형의 편지·사형집행·99면 ☞ 이 문장은 「겨울밤-어느 황제의 회상」·사형집행·274면에서 다시 인용됨

"사랑하는 아우 오늘은 부활절이다. 억울하게 박해를 당하는 사람이 이 세상에서 없어지지 않는 한 어질고 착하고 가난한 사람들이 고통하고 번뇌하는 한, 예수의 호소는 언제나 새롭고 절실하다. 나는 예수의 부활을 믿는 사람이다." 부활절·99면

"마리아는 이러한 예수의 어머니다. 그 아들의 참변을 겪은 어머니다. 마리아의 눈물은 억울한 운명을 견디어야 했던, 또 견뎌야 하는, 그리고 지금 견디고 있는 아들 가진 온누리의 어머니의 눈물이다. 사지에 몰려 들어간 아들을 어머니의 사랑으로 구해내지 못했을 때의 그 어머니의 마음의 지옥. 그 지옥의 마음으로 흘린 어머니의 눈물에 보람이 없어서 되겠는가. 꼭 사형을 없앨 수 없다면 그 수인의 어머니가 돌아가시고 난 연후에 집행을 하도록 하는 법률은 만들 수 없을까. 그렇게 흔하게 만들 수 있는 법률이 아닌가." 사형집행 개선방안·100면

"마리아에게 드리는 기도는 전 세계의 어머니에게 드리는 기도다. 그러니 그 기도에 은총이 없을 수 없는 것이다. 예수에게 드리는 기도는 억울한 운명을 앞서 걸은 선배에게 대한 기도다. 그 기도에 위안이 없을 수 없을 것이다. 그런 의미에서 나는 마리아와 예수에 드리는 제식에는 찬성한다. 나는 그런 뜻에서 크리스천이다. 그러나 여기에서 빗나가 우리 생활과 정신을 얽매여 그 근본의 에스프리와는 무관한 방향으로 끌고 가려는 일체의 교조에는 반대한다." 마리아·100면

"나폴레옹은 위대하다. 병사, 아사해서 추잡하게 죽을 천민들에게 전사라고 하는 작렬한 죽음의 형식을 주고 있으니까."

나는 이 니체의 말을 읽고 니체의 본바탕을 알 것 같은 느낌을 가진 적이 있다.

"너 왼뺨을 때리거든 오른뺨마저 대 주라. 오 리를 가자 하거든 십 리까지 따라가라"는 예수의 설교를 듣고 거저 온유하게만 살아서 지독한 독재자들의 노예로서 살아온 사람들에게 대한 분노의 폭발인 것이다. 예수·101면

아까의 니체의 말을 똑바로 번역하면.

"왜 꼼짝도 못하고 끌려다니느냐. 왜 나폴레옹에게 항거하지 못하고 네겐 아무 이득도 없는 전쟁터에 끌려 나가 개처럼 죽느냐."는 뜻으로 될 것이 아닌가. 그러기에 니체는 "반항할 때만 노예도 고귀하다."고 외쳤던 것이 아닌가. 니체·101-102면

"지나친 이야기인지는 몰라도 나는 '니체가 예수가 부활한 하나의 면모가 아닌가? 그 전체는 아니더라도.' 하는 생각을 가져본다." 부활·101면

"이러한 니체를 히틀러가 이용했다는 것은 자기들의 구세주를 십자가에 못 박아 죽인 역사의 작희作戯와 다를 바가 없다고 나는 생각한다." 히틀러·102면

"오늘, 부활절. 나는 예수의 부활을 믿는 마음으로, 내게도 그렇게 믿어 달라는 마음으로 이 편지를 썼다." 부활절·102면

지금 이 사건은 살인이냐 과실치사냐 정당방위냐 하는 결론을 에워싸고 심리 중에 있다. 만약 그것이 살인이란 결론으로 낙착되더라도 가상할 수 있는 동기를 참작해서 관대한 처분이 있어야 할 것이다. 그러나 단순폭행으로 인한 과실치사라 하더라도 15년간 원한을 품어 온 것이 사실인 이상 간단하게 취급될 문제가 아니다. 법리논쟁·106면

"개인의 보복을 금한 것은 발달된 법률사상에 그 근거를 두고 있는 것입니다. 그렇게 금지해야만 된다는 자각과 반성이 낳은 인간의 두뇌가 획득한 성과의 하나인 것입니다. 그리고 복수 감정을 이해한다고 하더라도 한스와 아우 요한이 죽은 것은 지금부터 20년 전의 일입니다. 아무리 흉악한 범죄도 20년이 지나면 시효가 되어 소추가 불가능하게 되는 것입니다. 이 시효라는 것도 발달된

법률사상이 낮은 것입니다. 비정한 법률도 시효를 인정하고 있는 판인데, 하나의 원한을 장장 이십 년, 아니 15년 동안 품어 왔다는 이 놀라운 사실에 우리는 착목할 필요가 있습니다." **공소시효·110면**

"공범 사라에게 대해선, 비범한 매력으로 알렉산드리아를 현혹하고, 인심을 매혹하고, 그 소행이 건전한 시민 생활에 유독한데, 그 위에 또 이번과 같은 범행을 저질렀으니 역시 극형인 무기형을 요구할 것이지만, 애인을 위한 정열과 게르니카 비극이 낳은 고아로서의 비운을 참작해서 한스와 동량으로 15년을 구형합니다." **15년 구형·111면**

"그렇다면 그 동기에 충분한 동정을 할 수 있는 범행을, 이를 관대하게 처리하면 사회의 질서를 문란케 한다고 해서, 다시 말하면 이러한 행동이 속속 드러날 것이라고 추측해서 엄벌을 내릴 순 없는 것이 아니겠습니까." **엄벌주의·112면**

"어떠한 범행이라도 우리는 이것을 얼마라도 확대추측, 확대해석할 수 있습니다. 그러나 이와 같은 확대추측, 확대해석에 의한 법 운영상의 과오를 없애기 위해서 여러 가지 해석이 가능할 땐 피고인에게 가장 유리한 해석을 채택해야 한다는 원칙이 서 있는 것이며, 이 원칙도 아까 검사가 들먹인 발달된 법률 사상에 바탕을 두고 있는 것입니다." **의심스러울 때는 피고인에게 유리하게 해석·112면**

"또 일벌백계주의란 법 운영상태가 있으나, 이것처럼 위험하며 비인도적인 법 운영이란 있을 수 없는 것입니다. 하나를 희생시키고 다수를 살린다는 뜻은 간단한 산수 문제 같습니다. 그럴듯한 외양을 갖추고 그럴듯한 논리도 갖추고 있습니다. 그만큼 해독도 또한 큰 것입니다." **일벌백계주의·112면**

"인신어공^{人身御供}이나 희생제가 통용된 미신의 시대, 전쟁과 같은 극한상황이 아니고서야 하나를 죽이고 다수를 살린다는 문제 설정은 있을 수 없는 것입니다. 하나를 다수를 위해서 희생시켜야 하는 경우란 극한상황입니다. 그러한 극한상황에서 마지못해 불가피하게 상황의 강박에 의해서 취해질 마지막, 그야말로 최후의 수단이지 일반적인 원칙으로서 일벌백계를 내세울 수는 없는 것입니다. 다수와 소수라고 하면 산술적 설득력을 가지고 있지만, 지금 다수라고 하는 그것도 하나를 단위로 이루어진 것이고 언제 그것이 다수를 위해서 희생되어야 할 하나가 될지는 알수 없는 것입니다." **책임주의·112~123면**

"문제를 냉정하게 검토해 봅시다. 아까 말한 바와 같이 극한상황 또는 극한정세를 제외하고 "하나를 희생시켜 다수를 위한다"고 할 때, 언제나 희생되는 사람은 확실하게 존재하고 있는데, 위함을 받는 다수는 막연한 존재인 것입니다. 그러니 죄는 어디까지나 죄상과 정상 그대로를 확대추리와 확대해석을 피하고 다루어야 하지, 일벌백계 사고방식을 도입해서 죄상파악과 정상창작에 영향을 끼치는 일이 있어선 안 되는 것입니다." **특별예방주의·113면**

"막연한 관념적 추리 위에 관념적 다수를 위해서 구체적이고 생명이 있는 한 사람을 희생시키거나 부당하게 엄벌하는 일이 있어서는 안 됩니다.

법률은 개인의 복수를 금하고 있는 것은 사실입니다. 그러나 본건은 특수한 성격을 지니고 있습니다. 개인의 복수를 금하는 것은 개인을 대신해서 법률이 이를 처리해 준다는 전제가 암암리에 승인되어 있는 것입니다. 그런데 본건의 경우 개인의 원한을 법률이 처리할 수 있는 방법이 전연 없는 것입니다." **법률 응보주의·113면**

"법률이 보장해주지 않는 인권은 개인 스스로가 보장해야 하지 않겠습니까. 법이 처리하지 못하는 불법은, 혹은 고의로 처리해주지 않는 불법은, 그것이 결정적으로는 불법이라는 단정이 내린 것이라면 당사자 개인이 이를 처리할 수 있다는 어떤 모럴이 허용되어야 하지 않겠습니까." **자기보호원리·113면**

"법률은 자체의 미급함을 항상 반성하고 법률에 우선하는, 그러나 법률화할 수 없는 이러한 도의를 인정해야 옳지 않겠습니까. 법률만이 모든 것을 처리하고, 법에 위배한 일체의 처리는 그것이 인정에 패반牌反 됨이 없고, 공의에 어긋남이 없음에도 부당하다고 생각하는 건 법률의 오만이 아니겠습니까. 그러한 오만이, 법률이 본래 존귀하게 보장해야 할 인간의 가치를 하락시킴으로써 법률 본래 목적에 위배하는 결과가 되지 않겠습니까." **법의 목적·113~114면**

"불법이지만 정당하고 합법이지만 부당한 인간행위가 있는 것입니다. 이런 복잡미묘한 인생에의 이해에 입각해서, 한정되고 불안한 법률의 능력을 인식할 때 비로소 인간을 위한 법률운용이 가능한 것이라고 본 변호인은 믿고 있습니다." **인간을 위한 법률운용·114면**

"아까 검사는 한스의 범행 동기의 근원이 된 엔드레드의 행위가 공무집행 행위로서 완료된 것이라고 말씀하셨습니다만, 공무집행이기 때문에 모두가 정당하며 이에 대한 방해·반항·사후 시정 등의 노력이 부당하다는 단정, 즉 불법이면 부당하다는 단정은 너무나 조급한 판단이 아닐까 이렇게 생각이 됩니다. 그러한 판단이 인간을 위한 법 운영이 아니고 법률을 위한 법운용이란 경화된 태도가 아니겠습니까." **법률을 위한 법운용·114면**

"여기서 문제된 국가의 공무집행이란 두말 할 것 없이 나치 독일의 공무를 말하는 것입니다. 전 세계를 살상의 도가니 속에 몰아넣고 천수백만 명의 인명을 앗은 나치 독일의 흉포한 범죄의 일환을 공무집행이란 말로써 검사는 엄폐하려 하고 있습니다."
불법한 공무집행·114면

"아까 검사는 또 엔드레드의 행위를 공무집행이라고 말하고 그 월권된 부분에 대해선 독일의 사직이 의법처단했을 것이고, 안 했으면 국정이 다른 탓이니 그러한 그것을 논의한다는 건 내정 간섭에 속하는 일이라고 했는데, 검사는 이 점에서 분명히 문제점을 착각하고 계십니다. 나치 독일의 공무집행 상황을 우리는 간섭하려는 것이 아니라, 이 사건의 심리에 필요한 정도로 그 상황을 검토해 보자는 것입니다. 내정 간섭이 아니라, 인도의 입장에서 비판해 보자는 것입니다. 아무리 타국의 일이라도 우리는 인도에 벗어난 행위는 이를 규탄해야 하며, 비판할 수 있는 권리와 의무를 가지고 있는 것입니다." 반인도적 행위·114~115면

"엔드레드가 요한을 잡아간 것은, 요한이 유태인을 숨겨주었다는 죄로서 그랬고, 고문해서 치사케 한 것도 숨겨놓은 유태인이 있을 것이니 그것을 자백하라고 강요한 행위였던 것입니다. 다시 말하면 엔드레드의 공무집행은 유태인 학살에 관련된 공무인 것입니다. 한스의 행동을 공무집행자에 대한 반항이라고 보아도 좋습니다. 그렇다면 한스는 바로 이러한 범죄적 공무집행에 대해 반항한 것입니다. 유태인 학살이란 공무집행에 반항했다고 해서 단죄할 수 있겠습니까." 반인도범죄에 대한 반항·115면

"나치의 범행은 이미 뉘른베르크 법정에서 인도상의 대죄악으로서 판정되어 있지 않습니까. 아까 알렉산드리아의 법정의 위신을 말했는데, 만약 검사와 같은 논법에 법정이 지배된다면 그야말로 알렉산드리아 법정은 세계 앞에서 면목을 잃고 말 것입니다." 알렉산드리아 자유 법정·115면

"피고인 한스는 자기가 직접 당한 학대에는 일체의 적개심을 갖지 않았으며, 원한을 품지도 않았다고 합니다. 그러나 사랑하는 사람이 당한 학대는 이를 참지 못하겠다는 것입니다. "사랑이란 사랑하는 사람의 원한을 풀어주는 실천이다. 사랑이란 사랑할 수

있는 용기를 말한다" 이것이 한스의 신념인 것입니다." _{변론·116면}변론·116면

"이제 대해 변호인 A씨로부터 본건을 도의적·인도적·법이론적으로 본, 명쾌하며 정열적이고 감동적인 변론이 있었기 때문에 나는 일체 이론을 배제하고, 본 사건의 진상을 구체적으로 분석하고자 합니다." 사건 진상·117면

"이상을 간추려 보면 한스가 엔드레드를 향해서 탁자를 뒤엎은 행위는 어느 모로 보나 정당방위입니다. 그러니 한스 행동은 정당방위에 의한 과실치사, 사라의 행위도 역시 정당방위에 의한 상해 또는 과실치사, 좀 더 엄격하게 말하면 정당방위의 과잉으로 인한 시체 상해, 이렇게 됩니다." 과실치사죄에 대한 정당방위·119~120면

"정당방위에 의한 과실치사는 당 알렉산드리아 법정의 판례에 의하면 벌금 이상의 형을 받은 적이 없습니다. 그러니 정당방위의 과잉으로 인한 시체상해도 그 이상의 처벌대상이 되지 못합니다. 이런 진상과 아까의 변호인 A씨가 말한 바 정상을 참작하면, 양 피고에게 응당 무죄의 판결이 내려야 할 줄 압니다." 무죄·120면

"여기서 한 가지 부언하고 싶은 것은 예루살렘에서의 아이히만 재판을 상기해야 된다는 것입니다. 누구도 아이히만을 예루살렘으로 끌고 간 사람을 죄인이라고 생각하지 않습니다. 이스라엘 국내에서는 물론 전 세계의 사람들이 그를 죄인이라고 생각하지 않습니다. 그러니 한스의 경우 엔드레드를 예루살렘으로 데리고 가

서 죽였던들 그의 행위는 문제도 되지 않았을 것입니다.

그러나 한스에겐 엔드레드를 데리고 갈 예루살렘이 없습니다. 유태인 아니고 한스가 엔드레드를 예루살렘으로 넘겨줄 생각도 없었습니다. 이런 경우 엔드레드에게 원한을 품은 한스는 어떻게 해야 옳았겠습니까.

설혹 이 사건이 살인사건으로 판정되더라도 이와 같은 과실치사 또 정당방위 본능에 의한 시체상해 사건이라고 본 변호인은 주장하고, 재판장 및 배심원 제씨에게 인도의 이름 아래 이 알렉산드리아 법정의 명예를 위해서 피고들에게 무죄판결이 있기를 바랍니다." **최후 변론·과실치사죄에 대한 정당방위·사체손괴죄에 대한 정당방위·무죄·120면**

재판장은 착석하자, 서기를 시켜 다음과 같은 결정 사항을 낭독케 한 것이다.

당 알렉산드리아 법정은 한스·사라 사건에 관해서 다음과 같이 결정한다.

한스 셀러와 사라 안젤이 결정이 있은 후 일 개월 이내에 알렉산드리아에서 퇴거할 것을 조건으로 판결을 보류하고 즉시 석방한다.

알렉산드리아에서 한스 셀러와 사라 안젤이 퇴거하지 않을 때는, 다시 날을 정하여 판결 보류를 해제하고 언도공판을 한다.

이 결정은 알렉산드리아 검찰 측과의 합의 아래 이루어진 것이다.

이 결정은 판결이 아니므로 판례로써 취급되지 않는다. 이상.

알렉산드리아 제 일심 법원백. **퇴거 조건부 판결 보류 결정·121면**

어떤 신문은 이 법원의 결정을 알렉산드리아 법원의 역사 이래

처음으로 보여준 파인 플레이라고 격찬했고, 어떤 신문은 법원이
정당한 업무를 회피한 것이라고 논평하기도 했다. 언론·121면

　"이제 3년이 지났으니 남은 건 7년이다. 눈도 코도 귀도 입도
없는 세월이니 단조롭기 짝이 없지만, 지난 3년을 돌이켜 볼 때
참으로 빠르게 흘렀다. 견디는 현재는 지루한데 지나버린 시간이
빨라 뵈는 것은 내용없는 시간이기 때문에 그렇다는 것을 겨우 알
았다. 1년 전 그날이나, 한 달 전 그날이나, 그제의 날이나, 어제
의 날이나 꼭같이 무내용하니까, 흘러가버리고 나면 한덩어리가
되어버리는 모양이다." 회상·124면

　"그러니까 앞으로의 7년도 문제가 없으리라고 생각한다. 청춘
을 다 썩힌다는 비애가 없지 않지만 사람들이 청춘이면 그저 좋은
줄 알아도, 따져보면 아까운 청춘을 가진 사람이란 거의 없는 것
이다. 청춘은 무한한 가능성으로써 빛나는 것인데, 그 가능성을
충전하게 활용한 사람이 도대체 몇이나 될 것인가 말이다. 되레
기능을 봉해버린 감방에 앉아, 가능했는지 모르는 청춘의 가능을
헤아려보는 감상이 나을지도 모른다.
　그러나저러나 7년만 지나면 이 초라한 황제도 바깥바람을 쏘일
수 있을 것이다. 그때의 행동 스케줄을 지금부터 작성하고 있는
것도 좋은 일이 아닌가." 7년·124면

　"나는 누에 모양 스스로 뽑아낸 실로써 고치를 만들어, 그 속에
드러누워 번데기가 되었다. 세상 사람들은 모두들 나를 죽었다고

생각할 것이다. 죽었다고까진 생각하지 않아도 죽은 거나 마찬가지라고 생각하고 있을 것이다." 누에고치·124면

"그러나 나는 번데기이긴 하나 죽지는 않았다. 언젠가 때가 오면, 내 스스로 쌓아 올린 이 고치의 벽을 뚫고 나비가 되어 창공으로 날 것이다. 다시는 장난꾸러기 아이들에게 잡혀 곤충표본함에 등에 바늘을 꽂히우고 엎드려 있는 꼴은 당하지 않을 것이다. 간악한 날짐승을 피하고, 맹랑한 네발짐승도 피하고, 전기가 통한 전선에도 앉지 않을 것이고, 조심스레 꽃과 꽃 사이를 날아 수백수천의 알을 낳을 것이다." 번데기·124~125면

"그러나 한편 이런 생각도 든다. 일단 이 고치의 벽을 뚫고 나가기만 하면, 가장 황홀하게 불타고 있는 불꽃 속에 단숨으로 뛰어들어 흔적도 없이 스스로를 태워 버렸으면 하는." 고치·125면

"수백수천의 알을 낳았다고 하자. 결국은 모두가 번데기가 될 운명에 있는 것이 아닌가. 번데기가 되어도 나비까지 될 수 있으면 좋지만, 간악한 인간들은 고치의 벽을 뚫기 전에 고치와 더불어 뜨거운 물속에 집어넣어 삶아버리는 것이다." 고살(故殺)·125면

"희망은 무한하다. 그러나 나는 글러먹었다."—카프카.
인간의 근원적인 자유이건 이 역사의 필연이건, 다만 그런 것은 마음의 조작에 불과한 것이다. 그러나 이 조작의 방식의 여하에 따라 생의 건설방식이 달라진다. 마음·125면

'사람을 죽여서 굶주린 개의 창자를 채워라.'

누구의 말이던가?

벽의 낙서를 본다.

또렷하게 새겨진 '忍之爲德'이란 글자('참는 것이 덕이니라.'—이렇게 주석 까지 달고). '미결 통산 121일.' '입소 단기 429×년 ×월 ×일. 만기 42××년 ×년 ×일. '사랑하는 영아.' '살자니 고생이요, 죽자니 청춘.' '여우의 연구.' '무전이 유죄로다.' '법률의 올개미' '왜 생명을 깎아야 하나.' '변소의 낙서만도 못한…….'(B와 K에 있어서의)……. 절규·125~126면

"일본인들이 한국을 합병하자마자 지었다는 감옥. 수십 년의 역사. 낙서를 통해서 나타난 역사의 단면. 고통의 흔적. 그 지저분한 낙서투성이의 추잡한 벽은, 곧 이곳에 있는 우리들의 심상풍경의 축도다."

"꼬박 3년을 지내고 앞으로도 또 7년을 바라보니, 품위 있는 황제도 이런 푸념밖에 할 것이 없고나.

그러나 사랑하는 아우. 알렉산드리아에서의 너의 행복을 빈다." 흔적·126면

"언제든지 꼭 와요."

"형님을 모시고 우리들 같이 살도록 하자."

태평양의 섬으로 떠나면서 사라와 한스가 내게 남겨 놓은 말들이다.

꿈속으로 오라는 꿈같은 이야기.

결국 내게는 나의 육친인 형밖에 없는 것이다. 그런데 형은 왜 형의 애인에 대해선 일언반구의 언급도 없을까. 석별·126면

날이 샐 모양이다. 동이 트기 시작한다. 그 요란한 전등불의 수繡의 광채가 차츰 없어져 간다. 이윽고 태양이 오를 것이다. 클레오파트라의 눈동자에 생명의 신비를 쏟아 넣은 태양이, 누더기를 입고 안드로메다의 골목길에서 프리지아 꽃을 파는 소녀의 눈동자에도 역시 생명의 신비를 쏟아 넣을 것이다. 태양은 더욱더욱 그 열도와 강도를 더해선, 음탕한 알렉산드리아의 꿈을 산산이 부수고 그 잡스러운 생활의 골짜기를 가차 없이 비쳐 낼 것이다. 태양·126면

나의 불면의 눈꺼풀은 무겁다. 그러나 나는 애써 중얼거려 본다. "스스로 힘에 겨운 뭔가를 시도하다가 파멸한 자를 나는 사랑한다." 형이 즐겨 쓰는 니체의 말이다. 그러나 이 비장한 말도 휘발유가 모자란 라이터가 겨우 불꽃을 튀겼다가 담배를 갖다 대기 전에 꺼져버리듯, 나의 가슴에 공동의 허전한 메아리만 남겨놓고 꺼져버린다. 어둠·127면

법률과 알레르기 신동아, 1967

이병주, 〈법률과 알레르기〉 이병주 지음/김종회 엮음, 《이병주 수필선집》,
지식을 만드는 지식, 2017, 29~39

죄와 벌을 다룰 땐 일벌백계주의니
전체를 위한 경각이니 하는 생각을 버리고
공정한 판단을 하도록 해야만 된다.

-나림 이병주

해설

1

나림의 수필 〈법률과 알레르기〉는 아주 귀한 자료이다. 나림의 법사상을 정확히 파악할 수 있기 때문이다. 근대 형법의 자유주의 사상·법의 정신·헌법 정신·치안유지법·고문에서 얻은 증거·법률 신뢰·법관 신뢰·일벌백계주의 병폐·전문 재판 비평가 등 사법 정책에 대한 깊은 성찰이 담겨 있다. 법률가의 법률 논단과 비교해도 손색이 없다. 혜안이 보인다.

2

나림은 일본 유학 시절 형사재판을 방청하였다. 여기서 나림은 법률에 대해 두드리기를 느꼈다. 일본 젊은 검사가 법정에서 하는 변설을 혐오하였다. 법률은 나림에게 사람을 단죄하는 괴물이었다.

나는 20세가 되는 해, 일본 교토의 지방법원 법정에서 재판으로 받고 있는 상황을 방청하고 있었다. 검사는 피고인이 진술한 자백서를 읽고는 물적 증거로서 그들의 하숙에서 압수했다는 책과 그들의 회람잡지 몇 권을 들어 보였다. 검사도 단아한 얼굴의 미남에 속하는 청년이었다. 고문에서 얻은 자백을 증거로 확대 해석을 채색하고, 치안유지법과 형법의 틀에 맞추어 어마어마한 죄를 구축해 가는 광경을 보면서, 등뼈가 경화를 일으키고 앞면의 신경이 경련을 일으키는 것을 느꼈다. 법률이라고 하면 지금도 그 검사의 얼굴이 선명하게 떠오른다. 나와 법률가의 첫 대면은 이처럼 불행했다. 악인을 제재하는 법률이 아니었다. 양순한 청년들을 무자비하게 단죄하는 법률이었던 것이다.

3

나림은 해방 이후 우리나라 법운영에 대해서도 신랄하게 비판하였다. 법률은 권력의 시녀이고 악법을 법이라고 고집한다며 개탄하였다.

해방이 되고 민족주의의 사회가 되고 우리의 독립을 맞이했음에도 법률은 아직 내게 있어서 권력의 시녀로서 의상을 벗어 본 적이 없었고 거미줄처럼 그 묘한 조작을 그대로 지니고 있었으며 악법을 또한 법이라고 고집하는 태도를 고치려 들지 않았다.

4

나림은 수필 〈법률과 알레르기〉에서 일벌백계주의一罰百戒主義를 위험한 사고방식이라고 말한다. 형사법학자들이 지금도 나림과 비슷한 주장을 하고 있다.

막연한 전체를 위하여 구체적인 개인을 희생시킬 수 없다. 정치범과 사상범이 피고인인 경우 지나칠 정도의 확대 해석이 횡행하고 있다는 인상이 짙다.

5

나림은 전문 재판 비평가 양성을 주장한다. 문예 평론가 수만큼 있어야 한다며, 법률가의 수중에 이 영역을 맡겨 둘 수 없다고 강조한다. 유럽과 미국은 각 언론사와 전문잡지사에 법조 전문 기자와 재판 전문 비평가를 보유하고 있다. 그 내용은 법학 논문 수준이다. 이 문제를 나림이 주장하고 있었다니, 놀라울 뿐이다.

이 나라에서도 일반 독자들을 위한 재판 비평 같은 것이 허용되고 전문적인 재판 비평가가 문예 평론가의 수만큼 있어야 할 것이다. 법률가의 수중에만 맡겨 둘 수는 없지 않는가.

나림의 주장은 타당하다고 생각한다. 각 지역 법원에서 재판하는 사건들은 바로 우리와 우리 이웃의 이야기이고, 검찰 구형과 법원 선고는 모두 국민의 이름으로 하는 것이다. 이에 대한 재판 비평은 필요한 것이다. 법률가의 연구는 선고된 사건의 법리를 복기해 보는 판례 평석에만 머물기 때문이다. 나림의 주장은 오늘날에도 깊은 의미가 있다. 집중심리와 재판 평론은 정의를 생각하는 시간을 확산하는 절차다. 사법 발전은 다양한 시각에서 논의할 때 점점 확대한다.

6

나림은 천재 작가이다. 법률소설과 법정소설을 제대로 쓸 수 있는 소설가다. 일본 유학 시절부터 상당한 법률 지식과 법사상을 갖고 있었다. 이 짧은 수필집에 수많은 법률용어가 등장한다.

치안유지법·형법·고문·압수·고문·위법수집증거배제·자백의 증거능력·법의 목적·법의 정신·일사부재리·형벌 불소급·헌법·광무신문지법·일벌백계주의·일반예방사상의 문제점·신형사소송법·증거주의·정치범과사상범·확대해석·재판·구형·형량·선고·법의정신·악법·악법과타협·1919년황색조수금지법(방첩법)·미합중국헌법·올리버 웬델 홈스 판사·법치국가·다테 아키노 판사·경찰권·대학 자치권·법률 신뢰·법관신뢰, 전문재판 비평가 등.

이 수필에 담긴 주요 내용을 보면, 나림은 헌법·형법학·형사소송법학·형사정책학에 정통한 작가임을 알 수 있다. 우리는 이런 작가를 당분간 만나기 힘들 것이다. 그의 수필을 번역하여 외국 잡지에 투고해도 큰 문제가 없을 것이다. 나림은 이러한 법학지식을 가지고 있었기에 주옥같은 법정소설을 쓸 수 있었을 것이다.

7

나는 나림의 여러 소설을 읽으면서 법조인에게 법률 부분과 재판 부분을 자문받지 않았을까 생각했다. 그러나 이 수필을 읽으면서 내 생각을 수정하였다. 나림은 법철학과 법사상에 대해 법률가와 토론을 할 수 있는 사람이다. 법(법률과 판결)에 정통한 작가다. 체포·구속·재판·교도소의 극적 체험도 가지고 있다. 얼마나 많은 독서를 하였고, 깊이 사색하였으며, 글을 다듬었는지 이 수필에서 절절히 느꼈다. 나림 문장은 눈썹처럼 간결하고 명확하다. 신문 사설 문장처럼 읽기가 쉽다. 문장에 미학이 담겨 있다.

나림의 문장철학이다.

산문은 머리칼에 홈을 파듯 써야만 비로소 문장이 되는 것인데.

줄거리

법률이란 단어를 듣기만 해도 두드러기가 난다. 일본 교토의 지방법원 법정에서 재판으로 받고 있는 상황을 방청하고 있었다. 검사가 청년다운 호학好學의 서클을 불법단체라고 규정하고, 청년다운 감상의 표현을 불온사상으로 단정하며, 고문에서 얻은 자백을 증거로서 제공해선 온갖 확대 해석을 채색하고, 치안유지법과 형법의 틀에 맞추어 어마어마한 죄를 구축해 가는 광경을 보면서 등뼈가 경화를 일으키고 앞면의 신경이 경련을 일으키는 것을 느꼈다. 법률이라고 하면 지금도 그 검사의 얼굴이 선명하게 떠오른다. 나와 법률가의 첫 대면은 이처럼 불행했다. 그것은 선인을 보호하고 악인을 제재하는 법률이 아니었다. 학문을 좋아하며 다분히 감상적인 양순한 청년들을 돌연 법정에 끌어내어 무자비하게 단죄하는 법률이었던 것이다. 일곱 명의 학우 중 세 명은 1~2년의 실형 선고를 받았고, 네 명은 집행유예 처분을 받았다.

해방이 되고 민족주의의 사회가 되고 우리의 독립을 맞이했음에도 법률은 아직 내게 있어서 그 초대면의 현상을 씻지 못했다. 권력의 시녀로서 의상을 벗어 본 적이 없었고 거미줄처럼 그 묘한 조작을 그대로 지니고 있었으며 악법을 또한 법이라고 고집하는 그 태도를 고치려 들지 않았다.

법률은 자체의 역사를 지니고 있고 그 역사 속에서 얻은 지혜와 정신이 있다. 일사부재리, 불소급의 원칙 같은 것은 인류의 노력이 수천 년 누적된 위에 쟁취할 수 있었던 성과를 우리나라의 법률가들은 예사로 무시한다. 헌법의 본문에 행위시의 법률이 아니고서는 이를 벌할 수 없다는 규정을 삽입한 줄 안다. 그래 놓곤 부칙에 가서는 이것을 뒤집어 버리는 조문을 단다.

국가의 이익을 위해서는 극도로 냉혹할 수 있는 검사, 옳다고 믿으면 사형선고를 불사하는 검사, 사회정의를 위해선 아낄 것이 없다고 외치는 변호사, 진정한 법의 정신을 연구하는 법학도들이 그들의 생명으로 알고 있는 법의 존엄성을 위해서 그 힘을 결집하면 위정자의 실수를 사전에 방지할 수도 있는 것이다. 악법도 그것이 악법이라고 진단되었을 땐 마땅히 폐기의 절차가 늦어지면 법을 운용하는 사람의 작량^{酌量}으로 폐기와 똑같은 동력을 나타낼 수도 있다.

또 하나 경계해야 할 사상에 일벌백계주의^{一罰百戒主義}라는 것이 있다. 이것처럼 또한 위험한 사고방식은 없다. 이것은 전체를 위해 개인을 희생시켜도 무관하다는 사고방식과 통하는 것인데 우리는 전체가 개인, 개인의 집합으로 이루어졌다는 사실을 주목할 필요가 있다. 막연한 전체를 위하여 구체적인 개인을 희생시킬 수 없다. 죄와 벌을 다룰 땐 일벌백계주의^{一罰百戒主義}니 전체를 위한 경각이니 하는 생각을 버리고 공정한 판단을 하도록 해야만 된다.

또 하나 법률의 위신을 더럽히고 있는 사례는 법관들의 확대 해석이다. 피고인에게 불리한 증거가 양립했을 땐 유리한 증거를 채택하도록 하는 규정까지 있다. 정치범과 사상범이 피고자인 경우 지나칠 정도로 확대 해석이 횡행하고 있다는 인상이 짙다.

똑같이 재판에 참여하면서 검찰 구형과 판사의 선고 사이에 엄청난 거리가 있는 사례를 왕왕 볼 수 있다. 판사와 검사의 형량에 엄청난 차이가 있는 것도 법률 불신의 원인이 된다. 홈스는 에이브럼스 사건에서 "사상의 자유란 국가와 정부가 싫어하는 사상의 자유까지 보장해야만 한다"라고 지적하고 하급심에서 유죄판결을 받은 에이브럼스 등에게 무죄를 선고했다.

법률의 신뢰란 결국 법관의 신뢰라는 뜻이다. 우리나라에서도 이상과 같은 훌륭한 법관이 많은 것으로 믿지만 주위 사정이 그 관망을 덮고 있는 모양이다. 하지만 훌륭한 법관이란 그러한 사정을 극복해나가는 능력까지를 겸하고 있는 법관을 말하는 것이다.

법률에 관해선 할 말이 많다. 이 나라에서도 일반 독자들을 위한 재판 비평 같은 것이 허용되고 전문적인 재판 비평가가 문예 평론가의 수만큼 있어야 할 것이다. 법률가의 수중에만 맡겨 둘 수는 없지 않는가.

어록

　법률이란 단어를 듣기만 해도 두드러기가 난다는 친구가 있었다. 내게도 그와 비슷한 '알레르기' 증세가 있었다. 이런 증세가 언제부터 비롯하였는가에 관해선 비교적 정확한 기억을 가지고 있다. **법률·29면**

　검사는 증거라고 해서 학교 구내에서 누가 누구를 만나 어떤 말을 했으며, 며칠 몇 시 모 다방에서 누구와 누가 모여 무슨 말을 했고, 누구의 하숙집에서 몇 사람이 모여 모의했다는 등등 피고가 진술한 자백서를 읽고는 물적 증거로서 그들의 하숙에서 압수했다는 책과 그들의 회람잡지 몇 권을 들어 보였다. **검사·30면**

　조작적인 해석을 제외하고 보면, 그들의 서클은 같은 한국을 고향으로 한 학생들끼리 모여 노는 자연스런 클럽에 불과했다. 서로의 경험을 나누고 피차에 독서 감상 같은 것을 듣기 위해선 약간의 규제력이 있는 모임이야 한다는 뜻에서 '근우회槿友會'라는 명칭을 붙였다. **서클·30면**

　압수된 책이라야 몇 해 전까지도 공공연하게 출판·판매되었던 책이었고, 회람 잡지에도 별다른 내용이 없었다. **압수물·30면**

　나와 법률가의 첫 대면은 이처럼 불행했다. 그것은 선인을 보호하고 악인을 제재하는 법률이 아니었다. 학문을 좋아하며 다분히

감상적인 양순한 청년들을 돌연 법정에 끌어내어 무자비하게 단죄하는 법률이었던 것이다. 법률가·31~32면

해방이 되고 민족주의의 사회가 되고 우리의 독립을 맞이했음에도 법률은 아직 내게 있어서 그 초대면의 현상을 씻지 못했다. 권력의 시녀로서 의상을 벗어 본 적이 없었고 거미줄처럼 그 묘한 조작을 그대로 지니고 있었으며 악법을 또한 법이라고 고집하는 그 태도를 고치려 들지 않았다. 시녀·32면

법의 궁극에 있는 것이 정치권력이며 권력 구조를 유지하는 것이 질서 유지의 바탕이 되는 것이라는 전제를 승인한다면 법률이 권력의 시녀 노릇을 한다고 해서 비난하는 것은 법을 집행하는 사람들에게 태산을 지고 걷지 못한다고 책하는 것이나 다를 바가 없다. 권력·32면

그러나 시녀에겐 코케트리coquetry, 교태도 있어야 하되 개성미 또한 있어야 하는 법이다. 법률의 궁극엔 권력의 작용이 있다고 하더라도 법률은 자체의 역사를 지니고 있고 그 역사 속에서 얻은 지혜와 정신이 있다. 자체 역사 속에서 얻은 지혜와 정신을 굽히지 않고 발현하려는 노력이 있어야만 시녀로서의 위신도 서는 것이다. 법의 역사·33면

예를 들면 일사부재리, 불소급의 원칙 같은 것은 인류의 노력이 수천 년 누적된 위에 쟁취할 수 있었던 성과를 우리나라의 법률가

들은 예사로 무시한다. 일사부재리와 불소급원칙·33면

헌법의 본문에 행위시의 법률이 아니고서는 이를 벌할 수 없다는 규정을 삽입한 줄 안다. 그래 놓곤 부칙에 가서는 이것을 뒤집어 버리는 조문을 단다. 이처럼 이러한 부칙을 위정자는 필요로 했는지 모른다. 죄형법정주의·33면

하지만 법률가는 그 본령으로 보아 이에 응할 수가 없지 않는가? 국민 총수의 10만분의 1도 안 되는 사람에게 꼭 벌을 주기 위해서 3,000만 국민의 체면과 유관한 헌법을 온전히 불구로 만든 데서야 말이 안 된다. 입법은 국회에서 한다는 변명이 말이 안 된다. 헌법 정신·33면

악법도 법인 한 타협도 법률의 위신을 위해서 치명적인 과오다. 악법·34면

악법도 그것이 악법이라고 진단되었을 땐 마땅히 폐기의 절차가 늦어지면 법을 운용하는 사람의 작량^{酌量}으로 폐기와 똑같은 동력을 나타낼 수도 있다. 작량·34면

폐기되지 않았다고 해서 광무신문지법^{光武新聞紙法}이 등장하고 6·25의 사태에 대응하기 위해서 만든 법률이 그 사태와는 전혀 다른 사태에 오용되면 국민들은 법률에 대한 위화감·괴리감을 느끼게 되며 드디어는 법률 불신의 풍조 속에서 정부의 의미가 국민의

가슴속에 어떻게 인각될 것인지는 권력의 시녀일수록 민감하게
파악해야 될 줄 안다. **법률 불신·34면**

또 하나 경계해야 할 사상에 일벌백계주의一罰百戒主義라는 것이 있
다. 한 사람을 엄하게 처벌함으로써 앞으로 발생할지도 모르는 범
죄를 미연에 방지해야 한다는 뜻으로서 일견 타당한 것같이 보이
지만 이것처럼 또한 위험한 사고방식은 없다. 이것은 전체를 위해
개인을 희생시켜도 무관하다는 사고방식과 통하는 것인데 우리는
전체가 개인, 개인의 집합으로 이루어졌다는 사실을 주목할 필요
가 있다. 우선 전체는 막연하고 개인은 구체적이기 때문이다.
일벌백계주의·34면

막연한 전체를 위하여 구체적인 개인을 희생시킬 수 없다. 또
개인을 무시한다는 건 전체 속에 있는 개인을 다음 다음으로 무시
할 수 있다는 전조가 되는 것이니 전체와 개인을 대비하는 사고방
식은 인신공격적 미개인의 사고방식과 통하는 것이다. 그러니 죄
와 벌을 다룰 땐 일벌백계주의一罰百戒主義니 전체를 위한 경각이니 하
는 생각을 버리고 공정한 판단을 하도록 해야만 된다. 그런데 유
감스럽게도 이러한 과오를 우리 주변에서 너무나 흔하게 본다.
미개인·35면

또 하나 법률의 위신을 더럽히고 있는 사례는 법관들의 확대
해석이다. 신형사소송법의 주요 안목은 철저한 증거주의를 채택
하고 확대 해석을 방지하는 데 있다. 그때 피고인에게 불리한 증

118

거가 양립했을 땐 유리한 증거를 채택하도록 하는 규정까지 있다는 것이다. 그런데도 몇 가지 재판 과정을 볼 때 특히 정치범과 사상범이 피고자인 경우 지나칠 정도로 확대 해석이 횡행하고 있다는 인상이 짙다. 만약 확대 해석을 허용한다면 극우 사상자를 극좌 사상가로 규정할 수도 있다. 확대 해석·35면

케네디 대통령의 연설문을 적당하게 편집해서 이에 확대 해석을 붙이면 거뜬한 용공 인물로 만들어낼 수 있다는 것이다. 아까 말한 일본의 검사는 "이국 하늘 밑에서 더욱 고향을 사랑하게 된다"라는 한 구절의 시를 가지고 양순한 학생을 불온한 사상가로 부풀려 올린 기술자였다.

그런 기술이 검사의 본령이어서는 그 직업은 슬픈 직업이 아닐 수 없다. 검사가 영직이 되고 스스로 인간으로서의 자부와 긍지를 가지려면 확대 해석의 유효를 조절할 줄 아는 이법理法을 가져야 한다. 확대 해석·35~36면

똑같이 재판에 참여하면서 검찰 구형과 판사의 선고 사이에 엄청난 거리가 있는 사례를 왕왕 볼 수 있다. 이럴 땐 어느 편인가 잘못되어 있는 것이 아닐까. 판사의 선고를 믿고 부당하게 구형량을 부풀게 했다면 이는 말이 안 된다. 판사와 검사의 형량에 엄청난 차이가 있는 것도 법률 불신의 원인이 된다.

위신을 회복해야 한다. 구형과 선고·36면

법률에서 신뢰는 질서의 신뢰, 나아가 정부의 신뢰와 통한다.

불신의 경우도 거꾸로 위와 마찬가지다. 법률의 신뢰를 국민의 가슴 속에 심기 위해서 법관들과 법학도들은 각별한 노력이 있어야 할 것 같다. 법률의 신뢰·36면

법률에서 신뢰를 말할 때 언제나 염두에 떠오르는 이름이 있다. 올리버 웬델 홈스 판사다. 하버드대학교 교수를 하다가 매사추세츠 주 최고법원의 판사를 거쳐 미연방 최고재판소 판사도 지낸 그의 판결문은 법학도들의 모범 교재로 쓰이고 있는 모양이지만 특히 다음과 같은 판례는 법학도뿐만 아니라 민족적 고양을 위해서도 좋은 자양이 될 것이다. 홈스 판사·36~37면

1919년 황색조수금지법(방첩법)에 저촉된 피고인들이 하급재판소에서 중급법원까지 유죄판결을 받고 최고재판소까지 올라왔다. 이때에 홈스는 미합중국의 헌법이 규정한 자유는 국가와 정부에 반대하는 집회 결사 자유까지를 보장해야만 그 원래의 정신을 살릴 수 있는 것이니 이 헌법과 상치된 황색조수금지법은 위법이며 따라서 그 법에 저촉한 피고 회원에게 무죄를 선고한다는 것이었고, 이어 에이브럼스 사건에는 "사상의 자유란 국가와 정부가 싫어하는 사상의 자유까지 보장해야만 한다"라고 지적하고 하급심에서 유죄판결을 받은 에이브럼스 등에게 무죄를 선고했다. 판결문·37면

위와 같은 판결이 있자 미국 일부에선 홈스 규탄의 맹렬한 불길이 올랐다. 그러나 그는 의연히 소신대로 행동했다. 미국에서 법률과 법관의 위신이 확립된 데는 홈스 판사의 공헌이 크다는 것

이다. 법치주의·37면

수년 전 일본의 다테 아키노 판사가 한 판례도 참고가 될 것이다. 도쿄 대학의 학생과 경찰관 사이에 집단 난투 사건을 판결한 것인데, 그 요지는 다음과 같다.

법치국가에 있어서 가장 존귀한 권리는 경찰권이다. 경찰 없이 국가의 안녕질서를 유지할 수 없기 때문이다. 문화국가의 있어서 가장 존귀한 권리는 대학의 자치권이다. 대학의 자치권을 완전하게 지키지 못했기 때문에 기왕 일본은 정론으로서 나라를 이끌지 못하고 드디어 패전국이란 불명예를 감수하게 되었다.
다테 아키노 판사·37~38면

본건은 법치국가에 있어서 가장 중대한 대학의 자치권과의 충돌 사건이다. 말하자면 이상 두 가지 가운데 어느 권리를 우위에 놓아야 하느냐에 따라 본권의 판결은 이루어진다. 재판관은 그러니 어느 한 편을 두둔해야 하는 것이다. 본건은 대학의 자치권을 두둔하겠다. 판결문·38면

그 이유는 경찰관은 이를 방치해도 비대해질 폐단이 있지 악화될 걱정은 없는데 반해 대학의 자치권은 기왕의 사례에 비추어 볼 때 북돋아 주지 않으면 감축될 우려가 있기 때문이다. 이상과 같은 이유로 관련 학생에게 무죄를 언도한다. 무죄·38면

법률의 신뢰란 결국 법관의 신뢰라는 뜻이다. 우리나라에서도

이상과 같은 훌륭한 법관이 많은 것으로 믿지만 주위 사정이 그 관망을 덮고 있는 모양이다. 하지만 훌륭한 법관이란 그러한 사정을 극복해나가는 능력까지를 겸하고 있는 법관을 말하는 것이다.

법관의 신뢰·38면

법률에 관해선 할 말이 많다. 그런데도 이와 같은 어설픈 얘기가 되고 말았다. 이 나라에서도 일반 독자들을 위한 재판 비평 같은 것이 허용되고 전문적인 재판 비평가가 문예 평론가의 수만큼 있어야 할 것이다. 법률가의 수중에만 맡겨 둘 수는 없지 않는가.

재판 비평가·39면

예낭 풍물지 세대, 1972

이병주, 〈예낭 풍물지〉, 《마술사》,
한길사, 2006, 107~186면

영희는 내가 체포된 그 찰나에 이미 죽었다고 생각한다.
하늘보다도 높게 생각하던 아버지가 죄인으로 묶였을 때
그 딸은 그때 죽어야 하는 법이다.

-나림 이병주

해설

1

〈예낭 풍물지〉 국가권력이 한 가정을 완전히 파멸한 법률소설
이다. 소급입법과 소급처벌이 등장한다. 범죄·형법·행위·부작위·
체포 등 법률용어가 나온다. 예낭은 부산이다. 예낭 풍물지란 어
머니의 재, 어머니의 기록이다. 예낭 어머니의 무한헌신이 여러
등장인물을 통해 생생하게 묘사되어 있다. 어머니의 마지막 임종
장면이 나온다. 불법체포로 10년형을 선고받고 교도소 수감 중
폐결핵 환자가 되어 가석방된 전직 기자와 그 어머니의 삶을 묶어
놓았다. "나는 안심하고 죽을 수가 있다." 어머니는 파멸된 지상
의 작은 집을 마지막까지 지켜온 분이다. 해변가 천막 밑 작은 구
멍가게에서 생선을 늘어놓곤 하루종일 앉아 있는 분이다. 그 돈으
로 끼니와 약값을 치른다. 어머니문학·마리아문학이다. 1972년.
세대. 52세. 중편 80면. 영어로 번역됨.

2

그날 오후 나는 회사에서 체포됐다. 하나의 가정은 수라
장이 되었다. 십 년 걸려 이루어놓은 나의 가정은 작은 유리

그릇에 불과했다. 나라고 하는 중심이 없어지자 시멘트 바닥에 굴러떨어져 산산이 조각나 버렸다. 집은 남의 손으로 건너갔다. 한 해가 가고 두 해가 갔다.

영희란 여섯 살 난 딸은 급성폐렴으로 죽었다. 직접 사인은 급성폐렴이지만 영희는 내가 체포된 그 찰나에 이미 죽었다고 생각한다. 하늘보다도 높게 생각하던 아버지가 죄인으로 묶였을 때 그 딸은 그때 죽어야 하는 법이다.

"다신 유치원에 안 가겠다고 하잖아. 그래, 무슨 까닭이냐고 물었더니 동무들이 느그아버지 죄인이 되어 푸른 옷 입고 감옥살이 한다더라고 놀려대더라는 건데, 그후 며칠 안 가서 애가 자리에 눕더니 하룻밤 사이에 그만……."

수갑을 차인 채 서울의 감옥으로 떠날 때, 예낭의 바다와 산과 거리가 어쩌면 그처럼 아름다울 수 있었을까! 들것에 실려 이제 출감한 병든 눈으로 예낭을 돌아보았을 때 그 바다와 산과 거리가 어쩌면 그토록 아름다울 수 있었을까.

"하여간 너 죽는 날 나는 죽는다. 어미를 오래 살릴 생각이 있거든 빨리 병을 고치고 그럴 생각이 없거든 알아서 해라."

우리 주변엔 아직도 이런 엄마가 너무 많다. 그런 엄마를 가졌던 사람은 〈예낭 풍물지〉를 한 번 읽어야 한다. 자신의 '부끄러움'

이 어머니에 대한 '이해'로 넘어갈 때 인간이 된다. 국가권력이 한 사람을 체포하는 순간은 유리그릇 같은 가정을 산산이 부수는 것과 같다. "아버지가 죄인으로 묶였을 때 그 딸은 그때 죽어야 하는 법이다." 강제수사를 얼마나 신중히 해야 하는지 알 수 있다. 우리나라 작가 중 강제수사의 폐해를 이렇게 절묘하게 묘사한 사람은 아직 없다. 나림 이병주와 가족들, 그의 동료들과 가족들, 그리고 황용주와 딸이 겪었던 경험들이다.

3

인간이란 별 게 아니다. 조총의 탄환 한 개로 그 정신적 통일체는 사라져 없어진다. 법률 조문 하나로 살아있는 사람을 교수대에 매달 수도 있다. 산다고 하는 것은 곧 죽어가는 것이다. 서서히 자살하고 있다.

달이란 참으로 사람을 미치게 한다. 나는 어느덧 형무소의 감방의 쇠창살 창에 걸렸던 달을 회상하고 있었다. 일단 형무소를 다녀나온 사람의 눈은 다르다. 역사라는 의미, 법률이라는 의미, 사회라는 의미, 인생이라는 의미를 적막하고 황량한 빛깔로 물들여놓은 눈이 되어버린다. 나는 아직도 감방에 있어야 할 나를 생각했고 지금 이렇게 예낭의 바닷가에서 달을 쳐다보고 있는 폐결핵균을 생각한다.

교도소를 경험한 사람만이 쓸 수 있는 문장이다. 국가권력의 불법 행사는 이처럼 개인에게 참혹하다. 나림은 체험을 이 작품의 등뼈로 삼은 것이다. 아들 감옥 생활 뒷바라지, 그 충격으로 손녀 사망, 며느리 가출, 폐병 말기 아들 수발, 바닷가 부근에서 생선 장사를 하며 어머니는 험한 인생을 버티고 있다. 나림 문학의 특징이다. 슬픈 사람의 깊은 통한을 생명력으로 어루만진다.

4

역사의 눈은 불사의 눈이다. 일체의 불평등을 구원하는 지혜는 죽음에 있다.

"나도 너와 같은 기분에 사로잡힐 때가 있었다. 그러니 네 마음을 나는 잘 안다. 무덤과 감옥엔 운수 나쁘게 가난한 집에 태어난 선량한 미국의 청년으로써 꽉 차 있다. 그들은 결코 죄인이 아니다."
어머니는 길게 한숨을 쉬었다.

나림은 비범죄화론을 이렇게 표현했다. 소년범은 교육형이 형벌 목적이다.

소년은 추운 감방에서 그 여윈 무릎을 안고 울고 있을지도 몰랐다.

가난한 소년이 일시적인 과오를 범했을 때 이렇게 대접할 수 없을까. 경찰에 넘기는 행동이 버릇을 고치는 결과가 될까. 스핑글러 씨처럼 하는 것이 효과가 있을까. 마음먹기에 따라 범죄는 범죄가 안 될 경우가 있다. 스핑글러 씨를 만난 그 청년은 절대로 앞으론 그런 짓을 하지 않을 것이 아닌가. 나는 경찰서로 끌려간 그 소년의 처참하고 당황하고 어쩔 줄 몰라 하는 모습을 뇌리에 떠올려봤다. 그 소년의 앞날이 슬프게만 상상이 된다.

5

어머니는 병석에 누웠다. 병석에 누운 어머니를 보는 건 내 평생 처음이다. 마지막이란 것을 나는 믿게 되었다. 의사는 노쇠·과로라고 진단하고 심장이 극도로 쇠약해서 다시 회복할 수 없을 것이라고 선고했다.

종언이 시작된 것이다. 어머니의 칠십 평생은 아버지의 오십 생애를 보태어 백이십 년을 살았고 나의 삼십오 세를 보태어 백오십오 년을 살아온 셈이다. 위대한 여성의 생애이다. 어머니가 숨을 거두는 날. 나는 지구도 그 맥박을 멎을 것을 확신한다. 그 순간 예낭도 멸망한다. 어머니는 힘없는 팔을 들어 헌 보자기를 가리켰다. 그걸 풀어보라고 한다. '그걸 가지고, 그걸 가지고!' 그 돈을 가지고 병을 고쳐보라는 뜻이다. 나는 잠자코 있다.

어머니는 말을 이었다. "내가 너무했다. 네겐 아무 잘못

129

도 없는 것을……. 내가 너무 했지. 그러나 돌아와 줘 반갑
다. 네가 올 줄 나는 알았다. 네 덕분에 나는 안심하고 죽
을 수 있구나.”

윤씨가 돌연 흐느껴 울기 시작했다. 어머니는 윤씨의 손
을 만지작거렸다. “손이 왜 이렇게 거세노. 그 곱던 손
이……. 그러나 이젠 됐다. 네가 돌아왔으니…….”

“내가 죽거든, 불에 태워라. 뼈를 가늘게 갈아라. 뒷산에
올라가서 그 재를 뿌려라. 바다에도 던져라. 아예 무덤을
남기지 마라.”

우리는 그동안 이런 어머니와 함께 살았다. 임종 전 어머니 모
습, 마지막 장면이 너무 생생하다. 이것이 소설이구나.

어머니는 조용히 영원한 잠길에 들었다.

어머니는 고운 재가 되어 예낭의 흙이 되고 예낭의 바다
가 되었다. 예낭의 풍물이 되어 버린 것이다. 그러나 예낭
풍물지風物誌란 이 땅의 숱한 어머니 가운데 한 어머니의 기
록이라는 뜻이다. 그 어머니의 죽음과 더불어 끝나야 하는
기록, 이른바 종언에의 서곡이다. 태양도 끝날 날이 있다.

누구나 한 번은 경험하는 장면이다. 이러한 장엄한 의식을 경험
하는 것은 축복이다. 자기의 죽음을 미리 보는 것이기 때문이다.
나림은 “인간이 된다는 것 그것이 예술이다.”고 표현한다. 나이
들면서 공감하였다. 너무 많이 얽혀 살기 때문이다.

6

나림은 〈예낭 풍물지〉에서 예낭의 '심장^{心臟}'인 예낭의 '어머니'들을 추모한다. 나는 예낭을 '禮郎'으로 쓰고, 자식에 대한 무한헌신으로 읽었다.

"너 죽는 날 나는 죽는다."
이것이 어머니이다.
예낭 부산은 어머니들이 만든 도시이다. 그러나 우리는 이 도시의 가치와 매력을 정확히 모른다. 그들은 동상 하나도 세우지 않았다.
태종대에 가면 모자상이 있다. 예낭 어머니의 상징물이다. 그들은 자살 방지용으로 세운 동상이라고 하고, 자살 방지 효과가 있다고 말한다. 나림은 모자상이 생기기 전에 '삶을 견디지 못한 예낭 어머니들의 슬픈 사연'을 숙고한 듯하다.
〈예낭 풍물지〉는 이처럼 문학적 가치가 있다. 문화 도시에 〈예낭 풍물지〉와 〈예낭 어머니 동상〉은 도시에 생명력을 불어넣는다. 〈예낭 풍물지〉는 부산 정신의 교재가 될 수 있다. 문화적 가치를 찾지 않으니 하는 말이다. 행정가 손에만 맡겨 둘 수 없지 않는가.

줄거리

예낭! 나는 이 항구도시를 한없이 사랑한다. 많은 사람이 이곳에서 나고 자라고 죽었다. 많은 사람이 이곳을 찾아오고 지나가기도 했다. 그리고 지금의 인구는 이백만. 이 이백만 가운데에는 열다섯 관의 육체를 팔아 한 근의 쇠고기를 사먹는 여성들도 있고 자기의 인격을 팔아선 스스로의 돼지를 살찌우는 남성들도 있다. 부귀에 추잡도 있고 화려한 가난도 있다. 태양도 달도 별도 바람도 꽃도 나비도 있다. 사람보다 나은 쥐와 사람보다 못한 쥐도 있고 벼룩에도 낯짝이 있고 빈대에도 체면이 있다는 그 벼룩 그 빈대들도 있다.

"하여간 너 죽는 날 나는 죽는다. 어미를 오래 살릴 생각이 있거든 빨리 병을 고치고 그럴 생각이 없거든 알아서 해라."

어머니는 생선도매시장으로 가는 것이다. 그렇게 해서 번 돈으로 모자의 끼니를 이어가고 나의 약값도 치른다. 서른다섯 살의 사나이가 칠순 가까운 노모의 등에 업혀 살아가는 꼴이다.

사기死期가 거의 확정된 사람을 감옥에 가둬 둘 필요는 없다. 아무리 매정스러운 법률도 죽은 사람, 죽어가는 사람을 징역살이시킬 순 없다. 죽는 마지막 의식만 남았으니 그건 집에 가서 치러라. 이렇게 해서 나는 감옥으로부터 추방된 것이다. 그랬는데 옥살이에서 풀려나오자 한 달도 못 되어 나는 보행을 할 수 있게 되었다.

의사는 아직도 절대 안정을 강요하지만 내 병은 내가 잘 안다.

그러고 보니 감옥에서 나온 지 벌써 두 번째 봄을 맞이하는 셈이다. 수갑을 차인 채 서울의 감옥으로 떠날 때, 예낭의 바다와 산과 거리가 어쩌면 그처럼 아름다울 수 있었을까! 들것에 실려 이제 출감한 병든 눈으로 예낭을 돌아보았을 때 그 바다와 산과 거리가 어쩌면 그토록 아름다울 수 있었을까. 따지고 보면 '나'라는 인간은 아직 옥중에 있고 폐병의 보균자가 폐병과 함께 지금 밖에 나와 있는 것이다.

파도소리는 지구의 맥박이 뛰는 소리다. 그 맥박이 빈혈된 나의 심장에도 뛴다. 살아 있다는 사실! 단순히 그저 살아있다는 사실 만으로도 인생은 이처럼 아름답고. 훈훈하고 갸륵하다.

고개를 돌리면 자질구레한 골목골목, 부스럼 딱지 같은 지붕의 중락이 보인다. 이 지상에 생을 지탱하기 위하여 인간의 악착함이 엮어 놓은 경관. 그 밑에 헤아릴 수 없는 비극, 헤아릴 수 없는 희극이 시간처럼 무늬를 새기고 시간과 더불어 흐른다. 비극도 희극도 모두 살아 있다는 증거다. 살아 있다는 건 좋은 일이 아닌가.

마누라의 이름은 경숙이다. 경숙은 내가 감옥살이를 삼 년째 하던 어느 날, 마지막 편지를 내게 보냈다. 진눈깨비가 내리는 추운 날, 나는 그 편지를 읽고 오한으로 몸을 떨었다. 그 편지를 마지막으로 하고 경숙은 딴 사나이 품으로 갔다. 감옥에서 나온 지 벌써 이 년이 넘어서도 나는 아무에게도 경숙의 행방을 묻지 않았다. 아무에게도 묻지 않고 그 여자를 찾을 작정이었다. 작정이었다기보다 우연히 만나기를 바랐다.

"나를 용서해 주시오."

"나를 버리고 딴 사람에게 갔다고 해서 께름한 생각이란 일체 갖지 마시오. 책임은 내게 있으니까요."

"부디 행복하게 살아가시오."

"기왕 우린 아름답게 살지 않았소. 슬픈 대목은 잊어버리고 앞으론 아름다운 추억으로써 서로를 이해합시다."

오월이었다. 나는 실록의 내음과 청포의 향기가 삽상한 아침 공기에 서려 있는 집을 나왔다. 그때 유치원에 가는 영희 차비를 차려주고 있으면서 경숙은 "오늘도 빨리 돌아오세요." 했다. 영희는 그 고사리 같은 손을 귀엽게 흔들어 보이면서 "아빠 잘 다녀와요."라고 했다. 나는 어젓한 가장의 품위와 아빠로서의 행복한 미소를 지니고 회사로 향했다. 평화의 상징으로서의 화재가 될 만한 하늘이었다. 거리였다.

그런데 바로 그날 나는 집으로 돌아가지 못했다. 그리고 영영 그 집으론 돌아가지 못했다. 신록의 내음과 창포의 향기가 삽상한 아침 공기에 서려 있는 아담하고 단란했던 그 집! 나는 그 집으로 다시는 도로 돌아가지 못한다…….

그날 오후 나는 회사에서 체포됐다. 그로서 하나의 가정은 수라장이 되었다. 십 년 걸려 이루어놓은 나의 가정은 튼튼한 성이기는커녕 작은 유리그릇에 불과했다.

나라고 하는 중심이 없어지자 시멘트 바닥에 굴러떨어져 산산이 조각나 버렸다. 운동비다, 변호사비다 해서 집은 남의 손으로 건너갔다. 한 해가 가고 두 해가 갔다. 내가 짊어진 징역은 고스란히 십 년이었다…….

그동안 팔 수 있는 건 모두 모조리 팔았다. 영희란 여섯 살 난 딸은 급성폐렴으로 죽었다. 직접 사인은 급성폐렴이지만 영희는 내가 체포된 그 찰나에 이미 죽었다고 생각한다. 하늘보다도 높게 생각하던 아버지가 죄인으로 묶였을 때 그 딸은 그때 죽어야 하는 법이다.

"다신 유치원에 안 가겠다고 하잖아. 그래, 무슨 까닭이냐고 물었더니 동무들이 느그아버지 죄인이 되어 푸른 옷 입고 감옥살이 한다더라고 놀려대더라는 건데, 그후 며칠 안 가서 애가 자리에 눕더니 하룻밤 사이에 그만…….

어머니는 영희 죽음에 대해서 이렇게 울먹이며 말했지만, 나는 영희에의 애착은 부풀어 있으면서도 그 죽음에 대해선 냉담했다. 여섯 살 난 영희가 나의 영원한 영희, 죽음으로써도 어떻게 할 수 없는 유대가 나와 그애를 함께 묶고 있는 것이다.

나의 스토리는 영희의 죽음에 이르자 중단된다. 세상이 뭣인지도 알기 전에 슬픔을 먼저 안 아이, 살기에 앞서 죽음부터 익혀 버린 그 가냘픈 영혼! 나는 다시 눈을 감는다.

……영희의 죽음이 있은 후, 집안의 형편은 더욱 말이 아니었다. 경숙은 시어머니에게 직장을 구해 나가겠노라고 했다. 어머니는 자기가 생선장수라도 할테니 경숙은 집안에 머물러 있어야 한다고 완강히 거절했다. 그러나 밀어닥치는 곤란은 어떻게 할 수가 없었다. 경숙은 그의 친구가 경영하고 있다는 다방일을 거들어 주게 되었다. 월급이 삼만 원이나 된다는 게 커다란 유혹이었다. 체포됐을 무렵의 내 월급이 그 정도였으니까.

……드디어 경숙은 시어머니의 집에서 나오지 않을 수 없었다. 혹시 어머니와 헤어져 살게 되었다는 바로 그 사실에 운명의 함정이 있었다. 집에 꼭 들어가야 한다는 절대적 조건이 무너졌을 때 여러 가지 행동의 가능이 전개되는 것이다. 먹지 못하는 술도 마시게 되고 유혹을 받을 수 있는 합리적인 이유를 스스로 만들어 내기도 하고 남녀간이란 어쩌다 선을 넘기만 하면 낭떠러지 굴러 떨어지는 바위와 같은 것이다.

이와 같은 줄거리로 나의 상념은 미微를 쪼개고 세細를 나누어 한 장면, 한 장면을 극명하게 묘사해선 경숙이 내 곁을 떠난 사연을 엮어 보는 것이지만 그 결말을 석연하게 밝힐 수 없는 것이 언제나 가슴 아프다. 단 하나의 결론이 있다면 경숙의 미모가 모든 사건의 원인이다. 미인박명이란 말은 나면서부터 미녀가 기막힌 팔자를 타고나는 것이 아니라 이리떼 같은 사내들이 미녀를 가만 두지 않는 데 운명의 장난이 시작된다. 세상은 미녀의 정절을 거의 절대로 용납하지 않는다. 운명의 여신은 여인의 미모를 질투한다고 했다. 경숙에겐 그러니 잘못이 없다. 경숙을 미워해서는 안 된다. 용서를 받을 사람은 바로 나다. 결코 경숙이 아니다.

하지만 아쉬움은 없다. 나는 죄인이었으니까. 죄인은 그만한 벌을 받아야 한다. 그런데 죄인이란 무엇일까. 범죄란 무엇일까. 대영백과사전은 '범죄…… 형법위반 총칭'이라고 되어 있다는 것이고 제임스 스티븐은 '그것을 범하는 사람이 법에 의해서 처벌되어야 하는 행위, 또는 부작위'라고 말했고 유식한 토마스 홉스는 '범죄란 법률이 금하는 것을 하는 것'이라고 말하고 있다는데, 나는 이것을 납득할 수가 없다.

형법 어느 페이지를 찾아보아도 나의 죄는 없다는 얘기였고 그밖에 어떤 법률에도 나의 죄는 목록에조차 오르지 않고 있다는 변호사의 얘기였으니까. 그런데도 나는 십 년의 징역을 선고받았다. 법률이 아마 뒤쫓아 온 모양이었다. 그러니까 대형백과사전도 스티븐도 홉스도 나를 납득시키지 못했다. 나는 스스로 나를 납득시키는 말을 만들어야 했다. "죄인이란 권력자가 '너는 죄인이다.' 하면 그렇게 되어 버리는 사람이다."

드디어 나는 비누방울처럼 사라져간 옛집을 그리워할 것이 아니라 새로운 집을 지을 결심을 했다. 그리고 그 집은 어떠한 재난도 어떠한 권력도 내가 살아있는 한 빼앗아 갈 수 없는 집이라야 한다고 마음먹었다. 내 관념 속에 지어놓은 집은 내 생명을 빼앗아가지 못하는 한 이를 뺏지 못할 것이 아닌가.

나는 예낭을 한없이 사랑한다. 그 가운데서도 내가 살고 있는 동리를 더욱 사랑한다. 이곳에선 가난의 부끄러움이라는 게 없다. 거리마다에 골목마다에 가난의 호사가 있다. 보다도 한량없는 슬픔이 범람하고 있다. 사람들이 그 거친 슬픔의 파도를 헤치고 사는 걸 보는 건 장엄하다고 할 수 있는 광경이다. 사람들은 이곳을 빈민굴이라고 부르지만 정식 이름은 도원동桃源洞이다.

살찐 지렁이에게도 슬픔은 있다. 큰아들은 좌익운동하다가 죽고 작은아들은 국군으로서 죽었다. 그 때문에 술을 마셔야 한다는 핑계고, 눈꺼풀이 처진 건 너무 울다가보니 눈언덕이 부어서 그렇다는 핑계다. 핑계라고는 하지만 사실이 아닐까. 슬픔을 견디다가 보니까 지렁이가 되었다.

이 조 노인의 아들은 나와 같은 무렵에 서울의 감옥에 구금되어 있다가 그해의 초겨울 사형을 당했다. 선고를 받고 수갑을 찬 조 노인의 아들과 나는 미결감방에 한동안 같이 있은 적이 있다.

그가 처형될 무렵엔 나는 그와 같이 있지 않았다. 수일 후, 그의 처형 소식을 전해 듣고 나는 며칠 동안 식욕을 잃었다. 수갑을 채인 채 눈을 감고 벽을 등지고 앉은 모습이 지금도 눈에 선하다.

달이란 참으로 사람을 미치게 한다. 나는 어느덧 형무소의 감방의 쇠창살 창에 걸렸던 달을 회상하고 있었다. 일단 형무소를 다녀나온 사람의 눈은 다르다. 역사라는 의미, 법률이라는 의미, 사회라는 의미, 인생이라는 의미를 적막하고 황량한 빛깔로 물들여

놓은 눈이 되어버린다. 나는 아직도 감방에 있어야 할 나를 생각했고 지금 이렇게 예낭의 바닷가에서 달을 쳐다보고 있는 폐결핵균을 생각한다.

나는 윤씨를 향해 고쳐 앉았다. 윤씨는 조용조용 얘기를 엮어 나갔다. 파도소리가 높게 낮게 반주나 하듯 귓전을 스쳤다.

해방을 맞이한 해 윤씨는 여학교 2학년이었다. 일본의 교토京都에서였다고 한다.

"해방하자 곧 예낭으로 돌아왔지만 이렇다 할 일자리가 없었어요. 부모님은 차례차례 돌아가시구요. 오빠는 아직 일본에 남아 있죠."

윤씨는 한숨을 섞었다. 학교에 다닐 처지도 못 되어 어느 회사의 급사로 들어갔다. 그 뒤 피복창 여직공 노릇도 했다.

"스무한 살 되던 해 결혼을 했죠. 결혼한 지 두 달쯤 해서 6·25사변이 터졌죠. 아들도 낳았죠. 지금 야간중학교에 다니고 있어요."

그 아들이 세 살 때 남편은 일본으로 밀항을 했다. 그 뒤론 전연 소식이 없었다.

"죽었는지 살았는지 알 길도 없구요."

윤씨의 말은 달빛에 물들어 더욱 애통하게 들렸다.

"벌써 서른 여섯입니다. 제 평생은 이럭저럭 가버린 셈이죠."

내겐 위로할 말도 없다. 폐결핵 3기에 있는 폐인이 위로를 하면 그 위로는 더욱 비참하게 될 것 같아서다.

"남편을 기다릴 기력조차 없어지는 것 같아요. 죽었는지 살았는지나 알았으면 해요."

나는 할 말을 잃고 참 오늘 밤은 7월 16일이니 7월 기망이로구나 하고 소동파의 적벽부를 상기했다.

"임술의 가을, 7월 기망에 소자^{蘇子}는 벗들과 더불어 배를 띄워 적벽의 아래서 놀았다. 청풍은 서래^{徐來}하고 수파^{水波}는 불흥^{不興}인데……."

나는 한문을 아버지로부터 배웠다.

"재산도 없고 지위도 없는 애비가 네게 가리켜줄 것이라야 한문밖에 없다."

이렇게 말하고 틈이 있을 때마다 아버지는 내게 한문을 가르쳤는데 아버지는 나의 총명을 반기고 대견하게 여겼다.

'그런데 그 총명하다는 것이 나의 인생에 어떤 의미를 가졌다는 말인가!'

십 년을 한결같이 살아온 그 여인의 가슴 속에는 지나가는 사람의 그저 공허하기만한 말을 용납할 수 없는 용광로가 이글거리고 있을 것이다. 그러한 용광로를 안고 지켜온 십 년 동안의 정절!

달이 아름다운 것이 아니라 달을 보고 아름답다고 느끼는 그 눈과 마음이 아름다운 것이다.

'권력과 인성'이란 표제가 보인다. 나는 싸늘하게 웃어 본다. 어떤 철학자가 뭐라고 해도 권력에 관한 한 나의 인식이 보다 절실할 것으로 믿는다.

권력은 이것을 가지고 있는 사람에겐 빛이 되지만 갖지 못하는 사람에겐 저주일 뿐이다. 권력은 사람을 죽인다. 비력자非力者는 죽는다. 권력은 호화롭지만 비권력자는 비참하다. 권력자의 정의와 비력자의 정의는 다르다. 권력자는 역사를 무시해도 역사는 그를 무시하지 않는다. 비권력자는 역사에 구원을 요청한다. 그러나 역사는 비권력자를 돌보지 않는다. 역사의 눈은 불사의 눈이다. 죽어야 하는 인간과는 아무런 관계가 없는 눈이다. 그 점 결핵균은 위대하다. 적어도 죽음에의 계기를 가지고 있는 죽음은 권력자나 비권력자를 공평하게 대한다. "법 앞에 만민이 평등하다"는 말은 잠꼬대지만 "죽음 앞에 모든 인간은 평등하다"는 말은 진리다. 일체의 불평등을 구원하는 지혜는 죽음에 있다. 그래서 나는 나의 결핵균과 페어플레이를 할 것을 조약하고 있는 것이다.

나는 소년의 얘기를 어머니에게 하고 샤로얀의 그 구절을 소리 내어 읽어드렸다. "나도 너와 같은 기분이 사로잡힐 때가 있었다. 그러니 네 마음을 나는 잘 안다. 무덤과 감옥엔 운수 나쁘게 가난한 집에 태어난 선량한 미국의 청년으로써 꽉 차 있다. 그들은 결코 죄인이 아니다."란 대목엔 더욱 힘을 주었다. 어머니는 길게 한숨을 쉬었다.

"세상에 그런 사람만 살면 얼마나 좋을까!"

바람이 일었다. 밤은 깊었다. 소년은 추운 감방에서 그 여윈 무릎을 안고 울고 있을지도 몰랐다.

가을 날씨는 청명한 채 쇠잔해 갔다. 그런 어느 날 어머니는 병석에 누웠다. 병석에 누운 어머니를 보는 건 내 평생 있어서 처음이다. 그리고 마지막이란 것을 나는 믿게 되었다. 의사는 노쇠·과로라고 진단하고 심장이 극도로 쇠약해서 다시 회복할 수 없을 것이라고 선고했다. 그러나 나는 아주 평정한 마음으로 받아들였다.

종언이 시작된 것이다. 어머니의 칠십 평생은 아버지의 오십 생애를 보태어 백이십 년을 살았고 나의 삼십오 세를 보태어 백오십오 년을 살아온 셈이다. 위대한 여성의 생애이다.

어머니가 숨을 거두는 날. 나는 지구도 그 맥박을 멎을 것을 확신한다. 그 순간 예낭도 멸망한다. 성주 오필리어도 결핵군의 염증이 빚어낸 환상이란 사실로 환원되고 만다. 결핵군마저도 내 싸늘한 시체 속에 한때 당황하다가 그들의 죽음 앞에 단념하게 될 것이다. 그들의 승리는 그들의 죽음으로써 끝난다. 진정한 승리는 사死의 승리다.

어머니는 힘없는 팔을 들어 헌 보자기를 가리켰다. 그걸 풀어보라고 한다. 은행 통장과 인장이 나왔다. 인장은 내 이름으로 돼 있었다. 통장엔 돈의 부피가 아라비아 숫자로 응결되어 있었다.

"그걸 가지고, 그걸 가지고!"

어머니의 말은 한숨으로 끝난다.

그 돈을 가지고 병을 고쳐보라는 뜻이다. 나는 잠자코 있다. 그러나 말보다도 더 명료한 의사가 나의 눈빛에 나타났다.

'어머니가 죽는 날 나도 죽는다.'

어머니는 간신히 혼수상태에 빠졌다. 그 혼수상태에서 깨어나면 힘을 가다듬어 겨우 한다는 말이,

"내가 죽거든, 불에 태워라. 뼈를 가늘게 갈아라. 뒷산에 올라가서 그 재를 뿌려라. 바다에도 던져라. 아예 무덤을 남기지 마라."

말쑥이 이 지상에서 없어지자는 각오다. 흔적도 없이 보람도 없이 백오십오 년의 생애를 지워 버리자는 얘기다. 나는 역시 답을 하지 않았으나 그렇게 하기로 마음을 먹었다. 나도 재가 되어 예낭의 바다에 뿌려지길 바란다. 그러나 그건 누가 해줄까!

어머니가 병들어 누운 지 열흘 쯤 지난 날이다.

인기척 탓인지 어머니가 눈을 떴다. 눈을 떠도 요즘의 어머니는 의식이 몽롱해져서 사람을 분간하지 못한다.

"네가 왔냐, 네가 올 줄 알았다."

"내가 너를 찾을 작정을 했다. 그런데 그만 이 꼴이 됐어. 그러나 꼭 돌아올 줄 알았다. 그러지 않고서야 어디 이애가……." 어머니는 윤씨를 경숙으로 알고 있었던 것이었다. 나는 심히 당황했다. 그러나 어떻게 할 수가 없었다.

어머니는 말을 이었다.

"내가 너무했다. 네겐 아무 잘못도 없는 것을……. 내가 너무했지. 그러나 돌아와줘 반갑다. 네가 올 줄 나는 알았다. 네 덕분에 나는 안심하고 죽을 수 있구나."

윤씨가 돌연 흐느껴 울기 시작했다.

"울지 마라 며늘아, 네 손을 내봐라!"

하고 어머니는 윤씨의 손을 만지작거렸다.

"손이 왜 이렇게 거세노. 그 곱던 손이……. 그러나 이젠 됐다. 네가 돌아왔으니……. 영희를 만나면 애미가 돌아와 애비와 같이 산다고 하마. 영희를 만나 할 말이 생겼구나……."

윤씨의 흐느낌은 멎지 않았다.

"다신 집을 나가지 않겠지?"

어머니의 다짐하는 말이다. 흐느끼는 가운데 윤씨는 머리를 끄덕였다.

"그럼 됐다."

하고 어머니는 윤씨의 손을 놓으며 말했다.

"나는 안심하고 죽을 수가 있다."

이 어처구니없는 어머니의 오해는 윤씨의 발을 우리 집에 묶어 버리고 말았다. 그 뒤 사흘이 지나서 어머니는 조용히 영원한 잠 길에 들었다. 어머니는 고운 재가 되어 예낭의 흙이 되고 예낭의 바다가 되었다. 예낭의 풍물이 되어 버린 것이다. 그러나 예낭 풍물지風物誌란 이 땅의 숱한 어머니 가운데 한 어머니의 기록이라는 뜻이다. 그 어머니의 죽음과 더불어 끝나야 하는 기록, 이른바 종 언에의 서곡이다. 태양도 끝날 날이 있다.

어록

예낭! 나는 이 항구도시를 한없이 사랑한다. 태평양을 남쪽으로 하고 동서로 뻗은 해안선을 기다랗게 점거하곤 북쪽의 산맥을 등진 그림처럼 아름다운 예낭. 누구나 모두 행정구역이나 법률 또는 지도에 구애되지 않는 스스로의 도시 속에 제나름의 감정과 꿈을 가지고 살아가듯이 나도 나의 '예낭'이란 의식으로서 이곳에 살고 있는 것이다. 예낭·부산·107면

이백만 인구의 예랑이라고 하지만 나의 예낭은 이백만과 공유하고 있는 예낭이 아니다. 장님의 예낭은 촉각의 예낭이고 권력자의 예낭은 굴림하기 위한 예낭이지만 나의 예낭은 식물처럼 그 속에 살면서 꽃처럼 꿈꾸며 살기 위한 예낭이다. 그런 까닭에 나의 예낭에는 꿈과 현실과의 경계가 없다. 생자와 사자의 구별조차 없다. 피카소의 그림처럼 조롱鳥籠 속에 물고기가 놀고 바다 속에서 새들이 헤엄친다. 내 두뇌의 염증을 닮아 계절의 순서가 뒤바뀌기도 한다. 그러나 영웅이 노예가 되고 패자가 승자되길 바라는 기분과 내일의 기적을 위해서 오늘의 슬픔을 견디며 살아야 하는 사정은 지구 위의 모든 도시와 마찬가지다. 기적은 이 예낭이 있어서도 바라는 사람 스스로가 만들어야 하는 것이다. 기적의 예낭·108면

어머니의 기동 소리가 들린다.

나는 인생을 거의 포기하고 있는데 어머니는 그렇지 않다. 말은 안 하시지만 다시 며느리를 볼 생각을 하고 자기 생전에 손주를

안을 희망을 버리지 않고 계신다.

"하여간 너 죽는 날 나는 죽는다. 어미를 오래 살릴 생각이 있거든 빨리 병을 고치고 그럴 생각이 없거든 알아서 해라."

어머니는 어둠 속에서 옷을 차려입는다. 나는 그냥 누워 있어야 한다. 이윽고 문을 여는 소리가 난다.

"어머니, 잘 다녀오세요."

"오냐."

동이 트기엔 아직도 시간이 있는 거리로 내려가는 어머니의 발자국 소리가 멀어져가는 것을 들으며 이미 판에 박은 듯 몇백 번을 되풀이했을 아까의 대화를 되뇌어 본다.

"하여간 너 죽는 날 나는 죽는다. 어미를 오래 살릴 생각이 있거든 빨리 병을 고치고 그럴 생각이 없거든 알아서 해라."

억양도 고저도 없이 담담히 이어지는 어머니의 이 말. 수백 번을 되풀이하는 바람에 명우名優의 대사처럼 다듬어진 말! 어머니 말·110면

어머니는 생선도매시장으로 가는 것이다. 거기서 도매상인들의 입찰하는 광경을 지켜보다가 낙찰이 되면 마음이 내키는 도매상인과 얼마간의 생선을 두고 흥정을 벌인다. 흥정이 끝나면 그 생선을 해변가에 있는 가게로 옮긴다. 천막을 머리 위에 친 구멍가게, 그 판자 위에 생선을 늘어놓곤 하루종일 앉아 있다. 모질게 비가 내리는 날은 제외하고 바람이 부나 눈이 오나 영하 20도가 되거나 30도가 되거나……. 그렇게 해서 번 돈으로 모자의 끼니를 이어가고 나의 약값도 치른다. 서른다섯 살의 사나이가 칠순 가까운 노모의 등에 업혀 살아가는 꼴이다. 어머니 삶·110면

146

파도소리는 지구의 맥박이 뛰는 소리다. 그 맥박이 빈혈된 나의 심장에도 뛴다. 살아 있다는 사실! 단순히 그저 살아있다는 사실만으로도 인생은 이처럼 아름답고. 훈훈하고 갸륵하다. **파도소리·113면**

고개를 돌리면 자질구레한 골목골목, 부스럼 딱지 같은 지붕의 중략이 보인다. 이 지상에 생을 지탱하기 위하여 인간의 악착함이 엮어 놓은 경관. 그 밑에 헤아릴 수 없는 비극, 헤아릴 수 없는 희극이 시간처럼 무늬를 새기고 시간과 더불어 흐른다. 비극도 희극도 모두 살아 있다는 증거다. 살아 있다는 건 좋은 일이 아닌가. **예낭 풍경·113면**

산 위에 있으면 지상의 소음이 여과되어 음악적인 음향만 기어오른다. 산 위는 천국과 가장 가까운 곳이다. 산 위에서 사람들은 사악한 음모에 몰두할 수 없다. **예낭 풍경·113면**

마누라의 이름은 경숙이다. 경숙은 내가 감옥살이를 삼 년째 하던 어느 날, 마지막 편지를 내게 보냈다. 진눈깨비가 내리는 추운 날, 나는 그 편지를 읽고 오한으로 몸을 떨었다. 그 편지를 마지막으로 하고 경숙은 딴 사나이 품으로 갔다. 그 무렵 점심시간이면 현미란 가수가 능청스럽게 뽑아내는 「검은 상처의 블루스」란 가락이 형무소 안에 울려 퍼지고 있었다. "그대 나를 버리고 어느 님의 품에 갔나. 가슴의 상처 이를 데 없네……" 왜 하필이면 그 무렵, 그 노래를 형무소 안에 울려 퍼지게 했는지! 운명은 간혹 묘한 장난을 한다. **「검은 상처의 블루스」·115~116면**

감옥에서 나온 지 벌써 이 년이 넘어서도 나는 아무에게도 경숙의 행방을 묻지 않았다. 아무에게도 묻지 않고 그 여자를 찾을 작정이었다. 작정이었다기보다 우연히 만나기를 바랐다.

　"나를 용서해 주시오."

　"나를 버리고 딴 사람에게 갔다고 해서 께름한 생각이랑 일체 갖지 마시오. 책임은 내게 있으니까요."

　"부디 행복하게 살아가시오."

　"기왕 우린 아름답게 살지 않았소. 슬픈 대목은 잊어버리고 앞으론 아름다운 추억으로써 서로를 이해합시다."

경숙을 만나면·희곡·116~117면

　"내게 닥친 고난을 착하게 고귀하게 극복함으로써 인간의 존귀함을 내 스스로 증거 해야겠다."

　베토벤처럼 위대한 인물이 그처럼 벅찬 고난을 당한 것을 생각하면 나 같은 버러지나 다름없는 존재는 어떠한 모멸 어떠한 학대를 받아도 불평할 거리가 없다는 사실을 뼈저리게 느낀다.

　모차르트의 경우도 마찬가지다. 그렇게 많은 현란한 명곡을 만들어 인류의 가슴에 무진장의 희열과 감동과 활력을 불어넣어주었는데도 삼 십 몇 년밖엔 살지 못한 모차르트! 그리고 그 비참한 최후를 생각하면 나 같은 위인은 돼지의 발굽에 밟혀 죽어도 할 말이 없다.

　이러한 자기비소自己卑小를 강요하면서도 어루만지듯 내 속의 영혼을 달래주는 음악이라는 것, 내 폐장에 우글거리는 결핵균도 이럴 때만은 믿어 깃을 여미듯 진정하는 눈치다. 결핵균도 음악에

감동을 줄 안다. 음악·118면

　권철기의 성격은 강직하다. 그는 조금만 부정도 견디어내지 못한다.

　그러니 자연 불평투성이의 인간이 되고 말았다. 권철기란 인간은 피와 살로써 구성되어 있는 것이 아니라 불평으로 구성되어 있다는 평도 지나친 말이 아니다.

　"그 벅찬 불평을 안고 어떻게 사느냐."

　고 물어본 적이 있다. 그랬더니 그의 대답은 이랬다.

　"술이지 술. 술을 마시면 불평이 실물의 열 배쯤 부풀어버리고 그 다음엔 그게 비애로 변하고 그 비애를 슬퍼하는 동안에 분해해버리고 그리고 잠들고……. K신문 부장기자 권철기·119면

　나는 언젠가 호사로운 자동차를 타고 지나가는 예낭시장을 본 적이 있다. 그렇게 멋진 자동차를 탈 수 있고 2백만 시민을 다스리는 영예로운 직책에 있다면 설혹 굶는 일이 있어도 배고픈 줄 모를 것이 아닌가 하는 생각이 들었다. 그런 사람이 뇌물을 먹었다 싶으니 충격이 아닐 수 없었으나 나는 권철기처럼 흥분할 수는 없었다.

　"뇌물을 먹은 것이 잘못이 아니라 탄로 난 것이 잘못이 아닌가. 요컨대 그자의 운수가 사나워졌다는 얘기가 아냐?"

　이렇게 말하는 나를 권철기는 말끄러미 바라보고 있더니

　"그 말은 자네가 하는 말인가. 자네 주인이 하는 말인가."

　하고 뱉듯이 말했다.

참으로 핵심을 찌른 반문이다. 나는 어설프게 나라는 사람의 의견을 말했으면 안 된다. 나는 아직도 감옥에 있고 바깥에서 이렇게 권철기와 대좌하고 있는 것은 폐결핵균인 것이다. 나는 그 결핵균을 대변해야 옳았다. 그럼 결핵균은 이 경우 뭐라고 할 것일까. 소리가 들린다.

"뇌물을 먹든 말든 내버려 둬라! 네가 참견할 영역도 아니고 문제도 아니다." **예낭시장 뇌물 사건·결핵균·121면**

그런데 바로 그날 나는 집으로 돌아가지 못했다. 그리고 영영 그 집으론 돌아가지 못했다. 신록의 내음과 창포의 향기가 삽상한 아침 공기에 서려 있는 아담하고 단란했던 그 집! 나는 그 집으로 다시는 도로 돌아가지 못한다……. **체포·129~130면**

그날 오후 나는 회사에서 체포됐다. 그로서 하나의 가정은 수라장이 되었다. 십 년 걸려 이루어놓은 나의 가정은 튼튼한 성이기는 커녕 작은 유리그릇에 불과했다. **체포된 자·가정은 수라장·작은 유리그릇·130면**

나라고 하는 중심이 없어지자 시멘트 바닥에 굴러떨어져 산산이 조각나 버렸다. 운동비다, 변호사비다 해서 집은 남의 손으로 건너갔다. 한 해가 가고 두 해가 갔다. 내가 짊어진 징역은 고스란히 십 년이었다……. **산산조각 난 가정·130면**

그동안 팔 수 있는 건 모두 모조리 팔았다. 영희란 여섯 살 난 딸은 급성폐렴으로 죽었다. 직접 사인은 급성폐렴이지만 영희는 내가 체포된 그 찰나에 이미 죽었다고 생각한다. 하늘보다도 높게 생각하던 아버지가 죄인으로 묶였을 때 그 딸은 그때 죽어야 하는 법이다. **영희는 내가 체포된 그 찰나에 이미 죽었다·130면**

어머니는 영희 죽음에 대해서 이렇게 울먹이며 말했지만, 나는 영희에의 애착은 부풀어 있으면서도 그 죽음에 대해선 냉담했다. 여섯 살 난 영희가 나의 영원한 영희, 죽음으로써도 어떻게 할 수 없는 유대가 나와 그애를 함께 묶고 있는 것이다. **여섯 살 난 영희를 가슴에 묻다·130면**

나의 스토리는 영희의 죽음에 이르자 중단된다. 세상이 뭣인지도 알기 전에 슬픔을 먼저 안 아이, 살기에 앞서 죽음부터 익혀 버린 그 가냘픈 영혼! 나는 다시 눈을 감는다. **죽음부터 익혀 버린 그 가냘픈 영혼·130-131면**

……드디어 경숙은 시어머니의 집에서 나오지 않을 수 없었다. 혹시 어머니와 헤어져 살게 되었다는 바로 그 사실에 운명의 함정이 있었다. 집에 꼭 들어가야 한다는 절대적 조건이 무너졌을 때 여러 가지 행동의 가능이 전개되는 것이다. 먹지 못하는 술도 마시게 되고 유혹을 받을 수 있는 합리적인 이유를 스스로 만들어 내기도 하고 남녀간이란 어쩌다 선을 넘기만 하면 낭떠러지 굴러떨어지는 바위와 같은 것이다. **운명의 함정·133면**

하지만 아쉬움은 없다. 나는 죄인이었으니까. 죄인은 그만한 벌을 받아야 한다. 그런데 죄인이란 무엇일까. 범죄란 무엇일까. 대영백과사전은 '범죄…… 형법위반 총칭'이라고 되어 있다는 것이고 제임스 스티븐은 '그것을 범하는 사람이 법에 의해서 처벌되어야 하는 행위, 또는 부작위'라고 말했고 유식한 토마스 홉스는 '범죄란 법률이 금하는 것을 하는 것'이라고 말하고 있다는데, 나는 이것을 납득할 수가 없다. 범죄란 무엇인가?·135면

형법 어느 페이지를 찾아보아도 나의 죄는 없다는 얘기였고 그밖에 어떤 법률에도 나의 죄는 목록에조차 오르지 않고 있다는 변호사의 얘기였으니까 그런데도 나는 십 년의 징역을 선고받았다. 법률이 아마 뒤쫓아 온 모양이었다. 그러니까 대형백과사전도 스티븐도 홉스도 나를 납득시키지 못했다. 나는 스스로 나를 납득시키는 말을 만들어야 했다. "죄인이란 권력자가 '너는 죄인이다.' 하면 그렇게 되어 버리는 사람이다." 소급입법과 소급처벌·135면

드디어 나는 비누방울처럼 사라져간 옛집을 그리워할 것이 아니라 새로운 집을 지을 결심을 했다. 그리고 그 집은 어떠한 재난도 어떠한 권력도 내가 살아있는 한 빼앗아 갈 수 없는 집이라야 한다고 마음먹었다. 내 관념 속에 지어놓은 집은 내 생명을 빼앗아가지 못하는 한 이를 뺏지 못할 것이 아닌가. 관념 속에 지어놓은 성城·135면

애당초의 작정은 화사한 방갈로를 짓는 것이었다.
위치는 예낭 동단의 절벽 위로 작정했다.
모양은 중세의 영국식이어야 하고……. 성을 둘러싼 성벽에 창

연한 이끼가 끼어야 하고 한쪽 성벽엔 언제나 거센 파도가 쉴 새 없이 부딪혀야 한다.

그런데 이러한 성 속에 하나의 방안은 전아하고 황홀하다. 원앙새를 수놓은 태피스트리가 커튼을 대신하고 한쪽 벽엔 램브란트의 그림, 또 한쪽 벽엔 고야의 카프리초스가 걸렸고 천장엔 루이왕조의 성시를 방불케 하는 샹들리에가 수백의 촛불을 피우고 찬란하다.

그 방의 주인은 햄릿극에서 빠져나온 오필리아. 오필리아는 바깥을 싫어한다. 그리고 나 이외의 아무도 만나려 하지 않는다. 그 소녀는 나의 눈으로써만 만상을 보고 나의 귀로써만 세계의 일을 듣고 나의 입을 통해서만 말한다. **절벽 위에 화사한 방갈로·135~136면.**

이렇게 밤이 깊어 가면 나의 오필리어는 사랑의 노래를 듣고 싶어한다. 나는 나의 사랑의 시를 조용히 읊는다.

"바람도 그리 머리칼을 흔들지 못하리. 구름도 그대 있는 눈동자를 가리지 못하리. 태양도 그대의 화려한 웃음을 담지 못할 것이고 달도 그대의 고요한 아름다움을 흉내낼 수 없으리. 낮이나 밤이나 바다는 그대 그리워 도성濤聲을 올리고 별들도 그대를 찬양하는 합창으로 밤을 지새운다. 나의 눈은 그대의 눈, 나의 귀는 그대의 귀, 나의 입은 그대의 입, 나의 팔은 그대의 팔, 영혼하여라! 시간이여. 그대와 나와의 사랑을 위해서."

나의 오필리어를 위한 사랑의 시詩·137~38면.

밤은 길다. 노래가 끝나도 밤은 남는다. 나는 나의 오필리어에

153

게 예낭의 소식을 전한다.

"오늘도 예낭에서 몇몇 새로운 생명이 탄생한 것 같습니다. 그리고 몇몇 낡은 생명이 숨을 거둔 모양입니다. 배고픈 소년들이 굶주린 이리떼처럼 거리를 쏘다녔지만 모멸과 학대만을 얻었을 뿐입니다. 태양은 내일도 예낭의 하늘에 떠오를 예정이라고 합니다."

나의 오필리어는 화사하게 웃으며 보인다. 그런데 그 화사한 웃음이 어쩌면 경숙의 웃음을 닮을 때가 있다. 오한이 시작된다. 오한이 풍겨내는 먹구름 사이로 나의 성은 그 자취를 감추고 만다.
망령·138면

"백 가지 이유가 있어도 안 돼요. 남편이 살인강도를 했대도 안 돼요. 그러니까 부부란 게 아뇨? 좋을 땐 좋고 나쁠 땐 나쁜 건 남남이라도 되는 것 아뇨? 좋을 때고 나쁠 때고 서로 돕고 서로 위한다는 게 부부란 것 아네요? 내 말을 할 주제는 아니지만 내 남편이 집을 나간 지 벌써 십 년이 넘습니다. 그래서 자식 하나 데리고 비록 장사를 하고 있을망정 저는 남편을 기다리고 있어요. 도덕이니 뭐니 보다도 그게 인생이란 것 아니겠어요." 부부·143-144면

나는 예낭을 한없이 사랑한다. 그 가운데서도 내가 살고 있는 동리를 더욱 사랑한다. 이곳에선 가난의 부끄러움이라는 게 없다. 거리마다에 골목마다에 가난의 호사가 있다. 보다도 한량없는 슬픔이 범람하고 있다. 사람들이 그 거친 슬픔의 파도를 헤치고 사는 걸 보는 건 장엄하다고 할 수 있는 광경이다. 사람들은 이곳을

빈민굴이라고 부르지만 정식 이름은 도원동^{桃源洞}이다.

풍경 Ⅱ·가난·슬픔·빈민굴·도원동·145면

살찐 지렁이에게도 슬픔은 있다. 큰아들은 좌익운동하다가 죽고 작은아들은 국군으로서 죽었다. 그 때문에 술을 마셔야 한다는 핑계고, 눈꺼풀이 처진 건 너무 울다가보니 눈언덕이 부어서 그렇다는 핑계다. 핑계라고는 하지만 사실이 아닐까. 슬픔을 견디다가 보니까 지렁이가 되었다. 슬픔·지렁이·148면

그러나 이보다 더 슬픈 얘기가 있다. 세일백화점 건너편의 제세장약국이 있는데 그 주인을 이곳 주민들은 당수라고 부른다. 당수의 뜻으로 부르다가 보니 어느덧 그 영감은 당수의 관록을 지니게 됐지만 비극의 주인공은 그 당수가 아니고 약국마루에 우두커니 앉아 있는 조曺 노인이다.

이 조 노인의 아들은 나와 같은 무렵에 서울의 감옥에 구금되어 있다가 그해의 초겨울 사형을 당했다. 선고를 받고 수갑을 찬 조 노인의 아들과 나는 미결감방에 한동안 같이 있은 적이 있다.

그가 처형될 무렵엔 나는 그와 같이 있지 않았다. 수일 후, 그의 처형 소식을 전해 듣고 나는 며칠 동안 식욕을 잃었다. 수갑을 채인 채 눈을 감고 벽을 등지고 앉은 모습이 지금도 눈에 선하다.

조용수 사형 집행·148-149면

도원동엔 이처럼 슬픔도 많지만 볼만한 풍경도 많다. 낮엔 숨을 죽이고 있다 밤이면 요란스럽게 피어난 꽃들이 구석마다에 숨어

서 산다. 겨 한 되를 사기 위해 품삯을 손바닥 위에 헤아리는 지
게꾼들도 이 골목에 빈대처럼 끼어서 산다. 아침이면 구두약통을
메고 밝은 눈동자의 소년들이 이 골목 저 골목에서 뛰어나온다.
한 개 십 원의 껌을 이십 원에 팔아 중풍이 된 할아버지를 먹여
살리는 갸륵한 소녀가 살고 있는 곳도 도원동이며 일단 싸움이 일
어나면 국어사전에서는 찾아볼 수 없는 욕이라는 욕, 악담이란 악
담이 홍수처럼 쏟아지는 곳도 이 도원동이다. **풍경 II·도원동 사람들·149면**

그 소녀가 어떻게 클까. 그 소년이 어떻게 클까. 그들이 성장해
서 활약하게 되었을 때 그들은 이 예낭의 빈민굴에서 겪은 그들의
유년시절을 어떻게 회상할까!
　지금은 궁하지만 그들에겐 빛나는 장래가 있을 것만 같다. 하늘
은 그들을 불행하게 하기 위해서 그처럼 예쁘게 만들지 않았을 것
이다. **서양택 II·빈민굴 유년 시절·캐럴라인과 존을 위한 기도·158면**

양품점은 애인이 옆에 있어야 볼 수 있는 곳이다. 연지색 스웨
터 하나라도 손끝에 실감할 수 있는 유방이 없고선 허수아비의 의
상이나 다를 바가 없지 않은가. 핑크빛 드레스는 만져볼 수 있는
각선을 실감하지 않고서는 마네킹의 의상에 불과한 것 아닌가.
양품점·162면

라디오점. 소음이 문화에 편성하고 문화가 소음에 편성하는 기
묘한 야합이 라디오가 아닐까 싶다. 어느 때나 베토벤의 선율을
생산할 수 있으면서 그런 마술에 불감증을 느끼도록 훈련하는 기

계. 텔레비전은 사람의 환상에서 그 신선한 빛깔과 꿈의 매력을 뺏아갔다. 그러나 이런 말이 있더라. "텔레비전도 모르고 죽어간 사람들." 6·25에 죽고 2차 대전에 죽은 벗을 추도한 어느 사람의 글귀다. 그 사람은 또 이와 같이도 말하고 있었다. "우리의 생이란 탄환이 저곳에 떨어지고 이곳에 떨어지지 않는다는 그 가냘픈 우연의 결과"라고. 따지고 보면 인간이란 별 게 아니다. 조총의 탄환 한 개로 그 정신적 통일체는 사라져 없어진다. 법률 조문 하나로 살아있는 사람을 교수대에 매달 수도 있다. 가스실에 집어넣어 일순에 수백만 수천만 명의 사람을 재로 만들 수도 있다. 라디오와 텔레비전은 음악을 반주로 하고 그런 일들을 전하고 외친다.

라디오점·162면

책점. 이것이야말로 우울한 곳이다. 역사 위의 대천재가 표절의 사기사와 어깨를 나란히 하고, 최고의 책이 최저의 책과 더불어 동열에 서 있다. 뿐만 아니라 아무리 좋은 책이라도 팔리지 않으면 잘 팔리는 속악한 책에게 자리를 양보해야 한다. 상인의 타산 저편에 모이는 저자들의 얼굴이 창백하다. 책점·162~163면

뒷골목으로 들어서면 명정酩酊의 거리.

사람에겐 과연 술에 취해야 하도록 멀쩡한 정신이란 있는 것일까. 사람에겐 과연 술로서 마비시키지 않으면 안 될 고통이란 것이 있는 것일까. 산다고 하는 것은 곧 죽어가는 것이다. 빨리 죽도록 학대하는 노릇이 곧 살아있는 방편인 것 같다. 서서히 자살하고 있는 사람들! 취한들의 흐느적거리는 걸음거리를 보면서 항

상 내게 떠오르는 상념은 이런 것이다.

명정酩酊 거리·자살하고 있는 사람들!·163면

내겐 위로할 말도 없다. 폐결핵 3기에 있는 폐인이 위로를 하면 그 위로는 더욱 비참하게 될 것 같아서다.

"남편을 기다릴 기력조차 없어지는 것 같아요. 죽었는지 살았는지나 알았으면 해요. 나는 할 말을 잃고 참 오늘 밤은 7월 16일이니 7월 기망이로구나 하고 소동파의 적벽부를 상기했다.

"임술의 가을, 7월 기망에 소자蘇子는 벗들과 더불어 배를 띄워 적벽의 아래서 놀았다. 청풍은 서래徐來하고 수파水波는 불흥不興인데……."

나는 한문을 아버지로부터 배웠다.

"재산도 없고 지위도 없는 애비가 네게 가리켜줄 것이라야 한문밖에 없다."

이렇게 말하고 틈이 있을 때마다 아버지는 내게 한문을 가르쳤는데 아버지는 나의 총명을 반기고 대견하게 여겼다.

'그런데 그 총명하다는 것이 나의 인생에 어떤 의미를 가졌다는 말인가!' 폭풍과 꽃·165-166면

달이 아름다운 것이 아니라 달을 보고 아름답다고 느끼는 그 눈과 마음이 아름다운 것이다. 마음·169면

"자네는 성질이 급해 탈이다. 그래 또 무슨 일이 있었나?"

"무슨 일이 아니라 신문이라는 것, 아니 신문기자란 직업에 염

증이 났어. 새삼스러운 말이지만 이대로 신문기자 노릇을 했다간 사람이 이상하게 될 것 같애. 친구가 와서 누구가 죽었다고 하면 대뜸 나오는 말이 자살인가? 타살인가? 버스가 사고를 냈다고 하면 사람이 몇 사람 죽었느냐 묻고, 한둘 죽었다면 그건 1단짜리다, 열이 죽었다면 그건 톱감인데 하는 식으로 되니까 말야. 뿐만 아니라 사회의 부정이 있어도 공분이라든가 그런 건 없고 오늘 톱감이 없던데 그것 됐다, 이런 식이거든……."

"무슨 직업에라도 그런 마이너스면은 있는 것 아닌가."

"그렇지, 야구 선수는 바른팔이 커진다든가."

"그 마이너스 면을 견딘다는 게 직업인일 텐데." 신문기자·173면

"헨리 밀러라는 미국의 소설가가 있지 왜. 그 사람 얘기에 재미나는 게 있어. 세계가 폭발하더라도 교정기자는 맞춤법 구두점에만 관심이 있을 거라구. 지진·폭동·기근·전쟁·혁명, 어떤 사건이건 교정기자의 눈엔 맞춤법이 틀려선 안 되는 기사, 오자가 있어선 안 되는 기사로 밖엔 비치지 않을 거란 거야. 난 처음 신문기자가 되었을 때 특종을 얻을 수만 있다면 사람이 수만 명 죽어도 좋다고 생각했지. 허나 그래도 좋다고 치자. 옳고 그릇된 것을 판단해서 그 판단대로 할 수만 있다면야 굳이 신문사를 그만둘 필요까지는 없겠지. 그런데 그것도 안 되구……. 무거운 절 떠나지 말고 가벼운 중이 떠나야지." 신문기자·173면

아름다운 건 섹스다. 나는 정치니 사회니 경제니 하는 것을 생각하면 골치가 아파 미칠 것 같애. 어찌된 일인지 내가 이렇게 되

어야 한다는 방향으론 되지 않거든.

적어도 죽음에의 계기를 가지고 있는 죽음은 권력자나 비권력자를 공평하게 대한다. "법 앞에 만민이 평등하다"는 말은 잠꼬대지만 "죽음 앞에 모든 인간은 평등하다"는 말은 진리다. 일체의 불평등을 구원하는 지혜는 죽음에 있다. 그래서 나는 나의 결핵균과 페어플레이를 할 것을 조약하고 있는 것이다. 죽음·176~177면

권철기는 서울로 떠났다. 바다를 버리고 나는 간다고 했다. 바다와 예낭을 버릴 작정을 했을 때 나의 마음이 어떻겠냐고도 했다. 건강한 사람은 직업이 있어야 한다. 그것이 그가 예낭을 떠난단 하나의 이유다. 병자는 직업을 찾을 필요가 없다. 병이 곧 직업인 것이다. 직업·178~179면

그날 밤 나는 샤로얀의 『인간 희극』을 꺼내 언제나 즐겨 읽는 다음의 대목을 폈다.

"……그리고 돈을 모아 청년에게 내밀며 "이걸 받아라. 이걸 갖고 집으로 가거라. 권총은 여기 두고 가라. 네가 이 돈 때문에 권총을 겨누었다고 하더라도 이 돈은 네 돈이다. 나도 너와 같은 기분에 사로잡혔을 때가 있었다. 그러니 네 마음을 나는 잘 안다. 무덤과 감옥엔 운수 나쁘게 가난한 집에 태어난 선량한 미국의 청년들로 꽉 차 있다. 그들은 결코 죄인이 아니다. 자 이 돈을 가지고 집으로 가거라." 하고 부드럽게 말했다. 청년은 권총을 꺼내 카운터 위에 밀어놓았다." 샤로얀의 『인간 희극』·180면

가난한 소년이 일시적인 과오를 범했을 때 이렇게 대접할 수 없을까. 경찰에 넘기는 행동이 버릇을 고치는 결과가 될까. 스핑글러 씨처럼 하는 것이 효과가 있을까. 마음먹기에 따라 범죄는 범죄가 안 될 경우가 있다. 스핑글러 씨를 만난 그 청년은 절대로 앞으론 그런 짓을 하지 않을 것이 아닌가. 나는 경찰서로 끌려간 그 소년의 처참하고 당황하고 어쩔 줄 몰라 하는 모습을 뇌리에 떠올려봤다. 그 소년의 앞날이 슬프게만 상상이 된다. 재사회화·181면

나는 소년의 얘기를 어머니에게 하고 샤로얀의 그 구절을 소리 내어 읽어드렸다. "나도 너와 같은 기분이 사로잡힐 때가 있었다. 그러니 네 마음을 나는 잘 안다. 무덤과 감옥엔 운수 나쁘게 가난한 집에 태어난 선량한 미국의 청년으로써 꽉 차 있다. 그들은 결코 죄인이 아니다."란 대목엔 더욱 힘을 주었다. 어머니는 길게 한숨을 쉬었다.

"세상에 그런 사람만 살면 얼마나 좋을까!"

바람이 일었다. 밤은 깊었다. 소년은 추운 감방에서 그 여윈 무릎을 안고 울고 있을지도 몰랐다. 비범죄화·181면

가을 날씨는 청명한 채 쇠잔해 갔다. 그런 어느 날 어머니는 병석에 누웠다. 병석에 누운 어머니를 보는 건 내 평생 있어서 처음이다. 그리고 마지막이란 것을 나는 믿게 되었다. 의사는 노쇠·과로라고 진단하고 심장이 극도로 쇠약해서 다시 회복할 수 없을 것이라고 선고했다. 그러나 나는 아주 평정한 마음으로 받아들였다.

종언이 시작된 것이다. 어머니의 칠십 평생은 아버지의 오십 생

애를 보태어 백이십 년을 살았고 나의 삼십오 세를 보태어 백오십오 년을 살아온 셈이다. 위대한 여성의 생애이다. 위대한 여성의 생애·182면

어머니가 숨을 거두는 날. 나는 지구도 그 맥박을 멎을 것을 확신한다. 그 순간 예낭도 멸망한다. 성주 오필리어도 결핵균의 염증이 빚어낸 환상이란 사실로 환원되고 만다. 결핵균마저도 내 싸늘한 시체 속에 한때 당황하다가 그들의 죽음 앞에 단념하게 될 것이다. 그들의 승리는 그들의 죽음으로써 끝난다. 진정한 승리는 사(死)의 승리다. 사(死)의 승리·182면

어머니는 힘없는 팔을 들어 헌 보자기를 가리켰다. 그걸 풀어보라고 한다. 은행 통장과 인장이 나왔다. 인장은 내 이름으로 돼 있었다. 통장엔 돈의 부피가 아라비아 숫자로 응결되어 있었다.
'그걸 가지고, 그걸 가지고!'
어머니의 말은 한숨으로 끝난다.
그 돈을 가지고 병을 고쳐보라는 뜻이다. 나는 잠자코 있다. 그러나 말보다도 더 명료한 의사가 나의 눈빛에 나타났다.
어머니의 헌 보자기·183면

'어머니가 죽는 날 나도 죽는다.'
어머니는 간신히 혼수상태에 빠졌다. 그 혼수상태에서 깨어나면 힘을 가다듬어 겨우 한다는 말이
"내가 죽거든, 불에 태워라. 뼈를 가늘게 갈아라. 뒷산에 올라가서 그 재를 뿌려라. 바다에도 던져라. 아예 무덤을 남기지 마

라.” 재·183면

말쑥이 이 지상에서 없어지자는 각오다. 흔적도 없이 보람도 없이 백오십오 년의 생애를 지워 버리자는 얘기다. 나는 역시 답을 하지 않았으나 그렇게 하기로 마음을 먹었다. 나도 재가 되어 예낭의 바다에 뿌려지길 바란다. 그러나 그건 누가 해줄까! 어머니가 병들어 누운 지 열흘 쯤 지난 날이다. 예낭 바다·183면

인기척 탓인지 어머니가 눈을 떴다. 눈을 떠도 요즘의 어머니는 의식이 몽롱해져서 사람을 분간하지 못한다.
“네가 왔냐, 네가 올 줄 알았다.”
“내가 너를 찾을 작정을 했다. 그런데 그만 이 꼴이 됐어. 그러나 꼭 돌아올 줄 알았다. 그러지 않고서야 어디 이애가⋯⋯.” 어머니는 윤씨를 경숙으로 알고 있었던 것이었다. 나는 심히 당황했다. 그러나 어떻게 할 수가 없었다. 예낭 어머니·184~185면

어머니는 말을 이었다.
“내가 너무했다. 네겐 아무 잘못도 없는 것을⋯⋯. 내가 너무했지. 그러나 돌아와줘 반갑다. 네가 올 줄 나는 알았다. 네 덕분에 나는 안심하고 죽을 수 있구나.” 예낭 어머니·185면

윤씨가 돌연 흐느껴 울기 시작했다.
“울지마라 며늘아, 네 손을 내봐라!”
하고 어머니는 윤씨의 손을 만지작거렸다.

"손이 왜 이렇게 거세노. 그 곱던 손이……. 그러나 이젠 됐다. 네가 돌아왔으니……. 영희를 만나면 애미가 돌아와 애비와 같이 산다고 하마. 영희를 만나 할 말이 생겼구나……."

윤씨의 흐느낌은 멎지 않았다.

"다신 집을 나가지 않겠지?"

어머니의 다짐하는 말이다. 흐느끼는 가운데 윤씨는 머리를 끄덕였다.

"그럼 됐다."

하고 어머니는 윤씨의 손을 놓으며 말했다.

"나는 안심하고 죽을 수가 있다." 예낭 어머니·185면

이 어처구니없는 어머니의 오해는 윤씨의 발을 우리 집에 묶어 버리고 말았다. 그 뒤 사흘이 지나서 어머니는 조용히 영원한 잠길에 들었다. 어머니는 고운 재가 되어 예낭의 흙이 되고 예낭의 바다가 되었다. 예낭의 풍물이 되어 버린 것이다. 그러나 예낭 풍물지風物誌란 이 땅의 숱한 어머니 가운데 한 어머니의 기록이라는 뜻이다. 그 어머니의 죽음과 더불어 끝나야 하는 기록, 이른바 종언에의 서곡이다. 태양도 끝날 날이 있다. 재·예낭 풍물지·기록 184~185면

패자의 관 정경연구, 1971

이병주, 〈패자의 관〉, 《소설·알렉산드리아》,
한길사, 2016, 225~244면

'아마, 성공할지 모른다.
그러나 확실히 죽는다.
그럼 마찬가지 아니냐.'
-나림 이병주

해설

1

〈패자의 관〉 선거소설·정치소설·기록소설이다. 이 작품은 1950
년대 자유당 선거 탄압과 부정선거, 민주당 흑색 선거를 고발하고
있다. 대학교수 출신 노신호와 K는 모두 선거에서 낙선한 인물이
다. 나림은 이 작품에서 패자의 삶을 애잔하게 그리고 있다. 노신
호가 자유당 시절 군인들에게 유세하는 장면이 나온다. 나는 나림
의 선거 연설로 들었다. 나림은 고향에서 두 번 국회의원에 출마
했다. 모두 낙선했다. 그 낙선 이유가 이 작품에 고스란히 담겨
있다. 국회의원 입후보 경험이 없으면 쓸 수 없는 작품이다. 노신
호는 여러 차례 선거에 낙선하고 서울 어떤 공사장에서 날품팔이
를 하다가 금호동 판자촌에서 쓸쓸히 사망한다. 나림은 "이런 인
물을 매몰시켜버리는 이 한국이란 토양이 한없이 원망스럽다."고
한탄한다. 1971년. 50세. 정경연구. 단편 19면.

2

〈패자의 관〉에 묘사된 선거 방해와 선거 조작은 모두 헌법 파
괴 행위들이다. 헌법 116조 제1항은 선거운동의 기회균등을 보장

하고 있다. 평등선거 원칙은 헌법상 선거제도의 기본 원칙이다. 선거의 공정성 확보는 선거운동의 기회균등 보장을 전제로 한다. 선거 공정성은 민주적 선거제도의 초석이다.

〈패자의 관〉은 선거 탄압·공무원 선거 개입·부정선거 문제를 고발하고 있다. 나림은 지리산 골짜기 작은 시골 마을의 선거 실태를 소재로 1950년대 후반 선거 풍속도를 자세히 묘사하고 있다. 오늘의 공직선거법에서 보면 모두 선거법 위반이다. 민주국가에서 있을 수 없는 일이다. 그러나 그러한 부정선거가 우리 역사에서 일어난 것이다.

나림이 고발한 부정선거는 수많은 역사를 거쳐 국민이 투쟁하여 개선되었다. 오늘의 공정선거는 우리 국민이 함께 쟁취한 역사적 산물이다. 나림 역할도 있었다고 본다. 이 작품은 과거를 돌아보며 현재를 비판한 소설이다.

노신호 씨는 50대가 안 되는 나이로 세상을 떠났는데 자살이나 다를 바가 없었다. 나이는 33~34세. 농과대학 교수라고 했다. 키는 중키, 해맑은 얼굴, 지적인 면모인데도 정이 들 수 있는 그런 인상이었다. 교수직을 그만두고 국회의원이 되겠다는데 속물의 냄새를 맡았다. "그래 대학교수로서도 충분히 사명을 다할 수 있을 텐데 국회의원은 해서 뭘 합니까."

노신호는 정치교수가 아니다. 전업 정치인이다.

"남의 힘으로 얻은 독립에 편승한 채 우리 스스로 독립운동을 추체험하는 시련을 포기했기 때문에 6·25동란 같은 참화가 생겼다고 보아야 할 때 문학도 보상 없인 전진하지 못할 겁니다."

합동정견발표회가 시작되자마자 노신호의 인기는 절정에 달했다.

"기어이 남북을 통일해야 하되 이 이상 한 사람의 희생도 내는 일이 없도록 하는 비법을 연구·안출하도록 정열과 성의를 다하겠습니다."

노신호의 사무장이 체포되고 Y선배도 철장 신세가 되었다. 노신호의 선거운동은 완전히 마비되고 말았다. 사람들의 입에서 노신호라는 이름이 사라져 갔다. 빨치산이 준동하고 있는 지구에서 빨갱이란 낙인이 찍힌 노신호를 주민들은 도울 수가 없게 되었다. 투표 사흘 전의 새벽 우리 고을의 동리마다 골목마다 하얗게 삐라가 뿌려졌다. '노신호 동무를 대한민국 국회로 보내자.'로 된 이 삐라엔 재산在山 빨치산 일동 또는 김일성이란 서명이 있었다. 재래식 한지에 조그만한 글로 등사한 이 삐라를 주워들고 나는 전율을 금하지 못했다.

3

헌법 제70조 제2항은 공무원 신분보장과 정치적 중립성을 규정하고 있다. 집권당의 영향으로부터 독립성을 유지하고 정당에 대한 불간섭과 정당의 불가담을 의미한다. 공무원은 업무 수행에서 정치적 편향성을 띠어서는 안 된다. 공무원은 국민 전체에 대한 봉사자이기 때문이다. 공익을 추구하고 행정의 전문성과 민주성을 높여 정권교체에도 불구하고 정책의 안정성을 유지하기 위한 것이다.

국가공무원법 제65조도 직업공무원의 정당 또는 정치 단체의 결성·가입을 금지하고 선거에서 특정 정당이나 특정인의 지지·반대하는 행위를 금지하고 있다. 직업공무원의 정치운동 금지이다.

공직선거법 제9조 제1항도 공무원의 선거 중립의무를 규정하고 있다. ① 공무원 기타 정치적 중립을 지켜야 하는 자(기관·단체를 포함한다)는 선거에 대한 부당한 영향력의 행사 기타 선거결과에 영향을 미치는 행위를 하여서는 아니된다. ② 검사(군검사를 포함한다) 또는 경찰공무원(검찰수사관 및 군사법경찰관리를 포함한다)은 이 법의 규정에 위반한 행위가 있다고 인정되는 때에는 신속·공정하게 단속·수사를 하여야 한다.

형법 제128조는 선거방해를 규정하고 있다. 검찰, 경찰 또는 군의 직에 있는 공무원이 법령에 의한 선거에 관하여 선거인, 입후보자 또는 입후보자 되려는 자에게 협박을 가하거나 기타 방법으로 선거의 자유를 방해한 때에는 10년 이하의 징역과 5년 이상의 자격정지에 처한다.

이상이 헌법 제70조 제2항·국가공무원법 제65조·공직선거법 제9조 제1항·형법 제128조 공무원의 정치 중립 규정들이다.

이것이 대한민국에 정착되기까지 30년도 안 걸렸다. 이제 누구도 법을 어기고 당선될 수가 없다. 이것이 우리가 알고 있는 법률 상식이다. 그러나 2012년 대선에서 국정원이 개입했다는 보도와 판결을 보면, 나림의 경고는 여전히 살아 있는 듯하다. 나림은 "역사의 그물망이 놓치고 지나간 실체적 진실을 소설을 통해 걷어 올렸다." -김종회, 문학의 매혹, 소설적 인간학, 이병주를 위한 변명, 146면

4

〈패자의 관〉에서 노신호와 K의 선거 패배는 조직적인 공권력의 선거 개입 때문이다. 오늘의 시각에서 보면 헌법·국가공무원법·공직선거법·형법 위반이다. 관련자들은 모두 형사처벌·행정처분을 받는다. 물론 이 소설은 불법 선거와 낙선자의 비극적인 삶에 초점을 맞추고 있다.

자유당은 상당한 무더기 표를 집어넣었다. 말 한마디 제대로 못하고 제국주의가 민주주의보다 낫다고 생각하고 있는 노인이 국회의원으로 선출되었다.

"우리는 지금 민도가 낮아 민주주의를 하지만 빨리 노력

해서 우리도 제국주의 해야 합니다. 제국주의를 해야 공산
당을 때려잡을 것 아닙니꺼."

〈패자의 관〉을 더 깊이 이해하기 위해 대한민국 현대사를 한
단락 인용한다.

> ……당시 내무부 장관 최인규는 이승만의 영구 집권을
> 위해 1960년 3·15부정선거를 기획하고 "이 대통령이 되지
> 않으면 일본과 공산당의 나라를 빼앗긴다"고 공무원들을
> 닦달했다. 최인규는 5·16쿠데타 이후 재판정에서 "3·15부
> 정선거는 국민이 잘살게 해보려고 한 것인데, 그만 역사에
> 오점을 남기게 되어 죄송할 따름입니다"라고 변명했다. 그
> 는 이승만 당선을 위해 105호, 108호라는 비밀경찰을 편
> 성했다. 105호는 '선거독찰반'이었고, 자유당 후보가 85%
> 를 득표하도록 만들어야 했다. 64명의 경찰 간부로 조직되
> 어 있었고, 서울시와 각 지방별로 운영했다. 각도 경찰국의
> 경감·경위급 30명으로 조직되어 있었는데, 이들은 관내 경
> 찰서를 각각 담당 구역으로 맡았다. 이승만 독재와 영구 집
> 권의 도구였던 정당의 이름이 바로 자유당이다.
>
> −김동춘, 『대한민국은 왜?』, 사계절, 2020, 151~152면

나림의 기록문학이 빛난다. 〈패자의 관〉에 경찰공무원의 선거
탄압과 자유당 부정선거 그리고 민주당의 흑색선전 장면이 상세
히 묘사되어 있다.

5

부정선거로 패배한 사람들은 선거 후 비참하게 살았다. 재산을 탕진하고 빚더미에 깔렸다. 선거 때 찍힌 '빨갱이' 낙인으로 한 인간은 완전히 부서진다. 더 이상 사회생활을 할 수가 없다. 나림은 이렇게 묘사한다.

노신호는 선거 때문에 J시에 있는 집을 팔고 시골에 있는 논밭을 팔았다. 그는 초라한 셋집에 들었다. 생활의 곤란이 뒤이었다. 온전한 직장 하나 구하지 못하고 이곳저곳을 전전했다. 그러한 정황가운데서도 그는 게으름 없이 공부하고 활달하게 살았다. 자유당 정권이 무너진 해 5대 선거에 노신호는 출마할 수 있었다. 그런데 결과는 뜻밖이었다. 노신호의 패인은 그에게 찍혀 있는 빨갱이란 낙인 때문이었다. "앞으론 정치를 단념하겠다."

6

나림은 작품 〈패자의 관〉과 〈겨울밤-어느 황제의 회상〉에서 '민주주의를 향한 선거 버스'를 혼자 밀고 있었다. 누가 이렇게 적나라한 기록을 소설로 남겨 놓았는가. 그래서 위대하다. 기록소설의 대가답다. 합동정견발표회에서 군인들에게 유세한 연설내용과 나환자촌에서 유세한 연설 문장은 찬란하다. 심장을 울린다.

지금은 합동정견발표회를 볼 수가 없다. 공직선거법 개정으로 폐지되었다.

7

나림은 쿠데타를 저주했다. 〈패자의 관〉에서 5·16을 쿠데타로 표현하지 않았다. "5·16혁명 후에도 노신호는……"라고 표현한다. 이 작품은 1971년에 발표되었다. 1972년 10월 유신헌법이 선포되기 전이다. 군사정권 시대에 작가의 생존 전략으로 읽힌다. 나림은 항상 요시찰 주의 인물이었다. 나림은 1990년 장편소설 〈「그를」 버린 女人〉에서 쿠데타에 대해 본인의 철학을 아주 상세히 서술하고 있다.

> 서울 어떤 공사장에서 날품팔이 한다고 했는데 육 년 전 돌연 나는 그의 부보^{訃報}를 받았다. 해박한 지식과 탁월한 통찰력을 담은 머리가 이미 하나의 물체가 되어 매장을 기다리고 있는 광경이 비수로서 찌르듯 나의 가슴을 찔렀다. Y선배는 노신호의 시체를 부둥켜안고 대성통곡을 했다. 이런 인물을 매몰시켜버리는 이 한국이란 토양이 한없이 원망스럽다.
> 노신호 무덤은 경기도 고양군에 있다. 몇몇 친구들이 뜻을 모아 그곳으로 정한 것이다.
> 우리는 그의 비문을 위해 다음의 글을 새겼다.

'아마, 성공할지 모른다.

그러나 확실히 죽는다.

그럼 마찬가지 아니냐.'

「아돌프」의 작가 콩스탕의 말이다.

패자의 관은 하늘이다. 바람이다. 흙이다, 풀이다.

이 세상에 패자가 아닌 사람은 없다. 어떻게 장식해도 죽음은 패배다.

대영웅도 대천재도 대정치가도 한번은 패자가 된다. 그리고 영원히 패자로서 남는다.

8

나는 노신호의 비문을 보고 인생무상^{人生無常}으로 읽었다. 친구들이 깊이 위로했다고 본다. 헌법 정신을 짓밟았던 당시 권력자들은 지금 지구상에 더 이상 생존하지 않는다.

노신호의 비극은 대한민국 현대사의 비극이다. 해방 후 10년의 그 슬픈 토양에서 몸부림을 친 한 지식인의 비극이다. 어디 이런 인물이 한두 명이겠는가.

나림이 50년 전 1971년 남긴 19면 짜리 이 작은 작품에서 헌법·국가공무원법·공직선거법·형법의 법문을 깊이 생각했다. 그가 남긴 목소리는 선거철만 되면 생생하게 울린다. 이것이 기록소설

이다. 소설 〈패자의 관〉과 헌법 제70조 제2항·국가공무원법 제
65조·공직선거법 제9조 제1항·형법 제128조 공무원의 정치 중
립 규정들을 함께 읽고 배우면 좋겠다. 이것이 나림이 원했던 독
서법이다.

줄거리

K씨가 낙선했다. 나는 K씨를 패배했다고 보지 않는다. 구김살 없는 인간성, 일에 대한 의욕, 보다 착하고 보다 아름다운 것에 대한 정열, 게다가 민주적 인격, 이렇게 생각해보니 금번의 실패는 결코 K씨의 인생에 있어서 마이너스가 되지 않는 것이라고 할 수 있었다.

그러한 K씨를 생각을 하다가 나의 생각은 문득 노신호씨에게 미쳤다. 노신호 씨는 선거 때문에 패가망신하고 선거 때문에 생명을 단축하는 사람이다. 대학교수의 직을 그만두고 국회의원이 되겠다는데 속물의 냄새를 맡았다. 그래 "대학교수로서도 충분히 사명을 다할 수 있을 텐데 국회의원은 해서 뭘합니까." 노신호씨는 국회의원이 되면 어떻게 하더라도 남북통일을 서두르는 방향으로 노력하겠다고 했다. 노신호는 가혹한 법률을 없앨 것과, 특히 부역했다는 제목으로 중형을 받은 사람들의 구제를 서둘겠다고 했다. "국민의 일부가 부역을 하도록 하는 상황을 만든 책임을 먼저 물어야 하지 않겠습니까. 그 가운데엔 악질도 있겠죠. 양민을 해친 놈들 말입니다. 그런 부류만을 가려내면 되는 겁니다."

그는 농업의 진흥을 주축으로 한 공업화에 관한 자기 비전을 설명했다. 사회사상, 정치사상에 도통에 있었다. 나는 노신호를 국회에 보내는 운동이 바로 애국운동과 통한다는 것을 믿고 의심하지 않았다.

"이 나라의 민주역량을 높이는 데 노력할 것과 이 나라를 살기 좋은 나라로 만들기 위해 일하겠다는 다짐에 있어서 누구에게도 뒤질 생각은 없습니다. 만일 여러분이 저를 국회에 보내주신다면 오늘 이 자리에서 저를 바라보고 있는 여러분의 그 진지한 눈동자를 잊지 않겠습니다."

자유당의 탄압 선거가 전국적으로 차츰 대두하기 시작한 무렵인데 우리 고을에선 가장 험악한 양상을 취했다. 노신호 씨의 인기가 결정적임을 알자 자유당은 경찰을 시켜 노신호씨의 운동자를 닥치는 대로 잡아들였다. 자동차는 정지위반·주차위반의 명목으로 압수했다. 노신호의 사무장이 체포되고 Y선배도 철장 신세가 되었다. 나까지 위험해졌기 때문에 나는 낮은 뒷동산에 숨었다가 밤엔 이웃집 헛간에서 잤다.

투표 사흘 전의 새벽 우리 고을의 동리마다 골목마다 하얗게 삐라가 뿌려졌다. '노신호 동무를 대한민국 국회로 보내자.'로 된 이 삐라엔 재산^{在山} 빨치산 일동 또는 김일성이란 서명이 있었다. 재래식 한지에 조그만한 글로 등사한 이 삐라를 주워들고 나는 전율을 금하지 못했다. 그래도 모자라 자유당은 상당한 무더기 표를 집어넣었다. 선거 결과는 보나마나였다.

노신호는 선거 때문에 J시에 있는 집을 팔고 시골에 있는 논밭을 팔았다. 그는 초라한 셋집에 들었다. 생활의 곤란이 뒤이었다. 그 후의 노신호는 빨갱이라는 낙인에서 벗어나지 못했다. 노신호는 나를 직장까지 찾아와서 앞으로는 정치를 하지 않겠다며 쓸쓸하게 웃었다. 그 석상에서였다. 노신호는 "앞으로 일 년이 못가 쿠데타가 발생할 거다. 두고 보람."하는 말을 내게 남겼다. 나는 쿠데타가 어떤 것인지 몰라 그저 흘려들었는데 이듬해의 5월 혁명을 보고 새삼스럽게 노신호의 통찰력에 놀랐다.

5·16혁명 후에도 노신호는 표면에 나타나지 않았다. 들리는 소리로는 서울 어떤 공사장에서 날품팔이를 한다고 했는데 육 년 전 돌연 나는 그의 부보訃報를 받았다.

우리는 그의 비문을 위해 다음의 글을 새겼다.

'아마, 성공할지 모른다.

그러나 확실히 죽는다.

그럼 마찬가지 아니냐.'

「아돌프」의 작가 콩스탕의 말이다.

천부의 재능과 성질과 의욕을 갖고도 패자敗者의 길을 끝내 걷지 않을 수 없었던 노신호. 지금도 거의 이름을 들먹이면 가슴이 쓰리다.

아마 비가 오는 모양이다. 패자의 관, 패자의 관, 나는 드디어 잠길에서 알았다. 패자의 관은 무형의 관이라는 것을.

패자의 관은 하늘이다. 바람이다. 흙이다, 풀이다.

다시 생각해본다. 이 세상에 패자가 아닌 사람은 없다. 어떻게 장식해도 죽음은 패배다.

대영웅도 대천재도 대정치가도 한번은 패자가 된다. 그리고 영원히 패자로서 남는다.

　'아마 성공할지도 모른다.

　그러나 확실히 죽는다.

　그럼 마찬가지가 아닌가.'

어록

내가 생각하기론 선거는 스포츠의 정치적인 표현이라고 본다. 선거법을 지켜 최선을 다하다가 다행히 이기면 좋고 져도 비통해하지 않을 정도의 수양은 있어야 되지 않겠는가. 나는 K씨를 패배했다고 보지 않는다. 어떤 승리도 그것이 인생 궁극의 승리로 통해야만 의미가 있는데 이번 K씨는 비록 패배일지라도 인생 궁극의 승리로 전환할 수 있는 계기가 된다는 뜻에서 승리와 마찬가지다. K씨는 그만한 역량과 천부를 가지고 있는 사람이 아닌가. 골목골목을 다니면서 많은 사람을 만나 악수도 하고 선거라는 열풍 속에서 세상을 고쳐볼 수도 있을 것이니 그만하면 얻은 것도 많고 배운 것도 많았을 것이다. 그렇게 밑진 건 아니지 않을까. 그랬는데

"선생님은요. 점잖은 소리를 하시지만서도요. 나는요. 그렇게 생각할 수가 없습니다요. 당당한 인물에게 졌다면 이처럼 분하지도 않겠고요."

하고 R이라는 청년이 나섰다. 아마 그 감정이 솔직한 것일 게다. 그러나 그렇게만 생각한다면 민주적 인격이니 수양이니 하는 말은 모두 위선이란 말인가. 승리·227면

그래 나는 '스포츠는 승리를 위한 노력인 동시에 패배를 배우는 훈련이기도 하다.'는 것이 K씨의 신념이라는 것을 설명하고 K씨는 이번의 시련을 통해 보다 큼직하게 성장할 것이라고 말했다. 성장·228면

구김살 없는 인간성, 일에 대한 의욕, 보다 착하고 보다 아름다운 것에 대한 정렬, 게다가 민주적 인격, 이렇게 생각해보니 금번의 실패는 결코 K씨의 인생에 있어서 마이너스가 되지 않는 것이라고 할 수 있었다. 인생·228면

그러한 생각을 하다가 나의 생각은 문득 노신호씨에게 미쳤다. 노신호 씨는 선거 때문에 패가망신하고 선거 때문에 생명을 단축하는 사람이다. 6년 전 그는 아직 50대가 안 되는 나이로 떠났는데 그 죽음은 비상수단을 쓰지 않았을 뿐이지 자살이나 다를 바가 없었다." 선거·229면

노신호씨는 국회의원이 되면 어떻게 하더라도 남북통일을 서두르는 방향으로 노력하겠다고 했다. 그리고 거기에 따르는 자기 나름대로의 방책을 말해 보기도 했다.

"다시는 이런 참사가 없게 하기 위해선 국민들도 통일에 성의를 가져야 하고, 국회의원의 제일의적인 의무가 통일의 성취라고 생각해요."

이렇게 말한 노신호의 눈빛과 말투는 진지했다. 노신호는 가혹한 법률을 없앨 것과, 특히 부역했다는 죄목으로 중형을 받은 사람들의 구제를 서둘겠다고 했다. 남북통일·230~231면

"국민의 일부가 부역을 하도록 하는 상황을 만든 책임을 먼저 물어야 하지 않겠습니까. 만일 그 책임을 따질 수 없다면 부역했다는 명목으로 국민을 벌할 수 없죠. 국민의 생명과 재산을 보존

하는 책무를 다하고 나서야 범법자를 다룰 수 있는 명분이 서는 겁니다. 일제에 아부하고 편성한 사람들을 불문에 부쳐놓고 참담한 전란 통에 부역했다는 명목으로 중형을 가한다는 건 아무래도 불합리합니다. 부역자는 이를 벌할 것이 아니라 부둥켜안고 울어야 합니다. 허기야 그 가운데엔 악질도 있겠죠. 양민을 해친 놈들 말입니다. 그런 부류만을 가려내면 되는 겁니다." 부역·231면

노신호는 우리 문학이 청산문학淸算文學의 고된 가시덤불의 길을 걸어야 했었는데 좌·우익 문학의 정치투쟁 때문에 그런 진지한 문제가 묵살되고 말았다고 하면서 언젠가는 우리나라 문학이 이 때문에 비싼 값을 치러야 할 것이라고도 했다.

"남의 힘으로 얻은 독립에 편승한 채 우리 스스로 독립운동을 추체험하는 시련을 포기했기 때문에 6·25동란 같은 참화가 생겼다고 보아야 할 때 문학도 보상 없인 전진하지 못할 겁니다."
청산문학淸算文學·232면

그 가운데 아직도 귀에 쟁쟁한 몇 개의 연설이 있다. 그 가운데의 하나는 당시 읍소재지에 주둔해 있었던 군인들을 상대로 한 것이었다. 다음에 그 개요를 옮겨보기로 한다.

"저도 말을 잘할 줄 안다는 것을 여러분께 과시하기 위해서 여러 가지의 얘기를 준비하고 이 자리에 나왔습니다. 그런데 정복을 입고 철모를 깔고 방바닥에 앉아 있는 여러분을 보니 그러한 준비가 모두 허탕이 되고 말았습니다." 연설·234면

"제게도 정복을 입은 군인이었던 시절이 있었습니다. 그러나 그건 일본놈을 위해 총칼을 든 노예의 군대생활, 치욕의 군대생활이었습니다. 누구를 위해 무엇을 하자는 총칼이냐고 서러워하면서도 비굴하게 복종하지 않을 수 없었던 군대생활, 오늘날 국민들은 우리 민족 모두가 겪은 수난의 일환으로 보고 용서해주는 태도를 취하고 있었습니다만, 그 너그러움에 저는 편승할 수가 없습니다." 군대생활·234면

"그런데 여러분도 조국과 민족을 위하는 영예로운 군인들입니다. 치욕의 군대생활을 한 자가 명예로운 군대생활을 하고 있는 여러분에게 무슨 말을 할 수 있겠습니까." 반성·235면

"저는 이제막까지도 여러분의 부형들 앞에서, 모자들 앞에서, 목숨을 걸고 나라와 민족을 위하겠노라고 떠들고 다니는 사람입니다. 그런데 만일 이 가운데서 여러분이, 그렇다면 국회가 백병전을 바로 연출하는 싸움터라고 볼 때 아니 시시각각 죽어 넘어지는 전쟁터와 다름없을 곳일 때 너는 그래도 국회에 가길 원하느냐고 물으신다면 솔직한 이야기로 저는 대답을 하지 못하겠습니다. 말하자면 저는 국가와 민족을 위하는 각오에 있어서 아득히 여러분께 미치지 못합니다. 여러분에게 미치지 못하는 각오를 가진 자가 어떻게 나를 국회에 보내주면 나라를 위하겠다고 떠벌릴 수 있겠습니까." 전쟁터·235면

"물론 제 나름대로 할 얘기가 있습니다. 이 나라의 민주역량을 높이는 데 노력할 것과 이 나라를 살기 좋은 나라로 만들기 위해

일하겠다는 다짐에 있어서 누구에게도 뒤질 생각은 없습니다. 그러나 수많은 전투에서 동지를 잃은 그리고 그 전투에서 살아남아 다시 내일 치열한 전쟁터로 나갈 여러분 앞에서는 그런 말들이 모두 외람된 노릇이 되고 말 것 같습니다. 제게 꼭 하고 싶은 말이 있다면 어떠한 전투에도 이겨 남도록 자중하고 자애하시라는 것뿐입니다." 자중자애·235면

이 연설이 있은 후 장내에 박수가 일지 않았다. 나는 이 연설이 실패하지 않았나 하고 생각했는데 그것도 순간의 일, 단에서 내려오는 노신호를 군인들이 환성을 지르며 둘러쌌다. 그리고는 자기 손을 내밀어 노신호와 악수를 청했다. 더러는 눈물이 글썽한 군인도 있었다. 환성·236면

그러나 노신호의 타격은 그로써 끝난 것이 아니다. 노신호는 선거 도중 당국이나 자유당에 의해서 빨갱이란 낙인이 찍혀 버린 것이다. 가까이서 겪은 우리들로서 도무지 납득이 안 가는 얘기였다. 노신호는 어느 모로 보아도 공산주의자가 아니었다. 인간을 존중하고 민주적인 인격을 갖춘 사람을 진실한 반공이라고 볼 때 노신호는 훌륭한 반공인이라고 할 수 있다. 그런데도 그 후의 노신호는 빨갱이라는 낙인에서 벗어나지 못했다. 낙인·240면

달려가 보니 금호동 판자촌, 다 쓰러져가는 판자집의 단칸방에서 그는 영원한 잠길에 들고 있었다. 그 준수했던 이마엔 푸릇푸릇한 기미가 서려 있었고 맑은 눈동자는 부어오른 듯한 눈꺼풀이

덮고 있었다. 해박한 지식과 탁월한 통찰력을 담은 머리가 이미 하나의 물체가 되어 매장을 기다리고 있는 광경이 비수로서 찌르듯 나의 가슴을 찔렀다. **금호동 판자촌·영원한 잠·242면**

5·16혁명 후에도 노신호는 표면에 나타나지 않았다. 들리는 소리로는 서울 어느 공사장에서 날품팔이를 한다고 했는데 육 년 전 돌연 나는 그의 부보訃報를 받았다. **날품팔이·242면**

진정 나는 그를 의정 단상에 세워 보고 싶었다. 그가 있고 없고에 국사가 좌우되리라고까진 그를 과대평가할 수 없지만 확실히 국회의 빛이 되었을 것은 틀림없었을 것이다. 뒤쫓아 온 Y선배는 노신호의 시체를 부둥켜안고 대성통곡을 했다. **대성통곡·242면**

"이런 인물을 매몰시켜버리는 이 한국이란 토양이 한없이 원망스럽다." **한국 토양·242면**

노신호의 무덤은 경기도 고양군에 있다. 중상과 모략·탄압밖엔 받지 못한 고향에 돌아가길 싫어할 것이라고 짐작하고 몇몇 친구들이 뜻을 모아 그곳으로 정한 것인데 우리는 그의 비문을 위해 다음의 글을 새겼다.
'아마, 성공할지 모른다.
그러나 확실히 죽는다.
그럼 마찬가지 아니냐.'

「아돌프」의 작가 콩스탕의 말이다. 비문·242면

천부의 재능과 성질과 의욕을 갖고도 패자敗者의 길을 끝내 걷지
않을 수 없었던 노신호. 지금도 거의 이름을 들먹이면 가슴이 쓰
리다. 패자敗者의 길·243면

나는 금번 낙선한 K씨와 노신호의 생각을 번갈아 하다가 잠을
자기로 했다. 유리창을 스치는 소리가 난다. 아마 비가 오는 모양
이다.

패자의 관, 패자의 관, 나는 드디어 잠길에서 알았다. 패자의
관은 무형의 관이라는 것을.

패자의 관은 하늘이다. 바람이다. 흙이다, 풀이다.

다시 생각해본다. 이 세상에 패자가 아닌 사람은 없다. 어떻게
장식해도 죽음은 패배다.

대영웅도 대천재도 대정치가도 한번은 패자가 된다. 그리고 영
원히 패자로서 남는다. 패자의 관·243면

'아마, 성공할지 모른다.

그러나 확실히 죽는다.

그럼 마찬가지 아니냐.' 비문·242면

겨울밤-어느 황제의 회상 문학사상, 1974

이병주, 〈겨울밤-어느 황제의 회상〉, 《소설·알렉산드리아》,

한길사, 2016, 245~293면

사형에 관한 문제는
이미 이론의 문제를 넘어
신념의 문제인 것이다.

-나림 이병주

해설

1

〈겨울밤-어느 황제의 회상〉 나림의 감옥 체험이 담긴 교도소 소설이다. 나림은 이 작품에서 사형폐지를 처음 주장했던 이탈리아 법학자 체자르 베까리아『범죄와 형벌』을 인용한다. 사형제도에 달통한 교정정책 소설이다. 이 작품에 일제 강점기 경남 부호의 아들 노정필이 겪은 굴곡진 인생사가 소개되어 있다. 1960년대 서대문형무소 내부 상황·이만용 전 경찰국장·무고한 구금자 두응규의사망·조용수사형집행·교수대전경·마르크스주의자·〈소설·알렉산드리아〉 논쟁·재소자의 감옥살이와 그 가족의 감옥살이·사형제도 폐지·노정필의 가족사·나림의 문학이론·학도병 시절 소주蘇州 사동수 이야기·천주교 신자인 그 친구 이야기를 흥미진진하게 소개하고 있다. 〈겨울밤-어느 황제의 회상〉의 주인공 노정필은 〈내 마음은 돌이 아니다〉에서 자살로 삶을 마친다. 1974년. 문학사상. 54세. 중편 48면.

2

소중한 건 민주주의요. 민주적으로 해나가면 하나하나 해결이 되는 겁니다. 그 해결이 틀렸으면 다시 민주적으로 고쳐 나갈 수도 있구요. 민주주의적인 방식을 버린 어떤 행동도 서로 그것이 현명한 성인의 결단이라고 해도 문제의 해결이 되는 것이 아니라 문제의 시작이 될 뿐이오. 바보스럽더라도 다수 의견을 합친 것은 그때그때 해결이 되지만 비록 현명한 결단이라도 대중의 의사를 거역한 건 장래의 폭발을 준비하는 불씨가 될 뿐이요. 그런 까닭에 민주주의를 소중히 해야된다는 것이고 선거에 있어서의 표를 존중해야된다는 말입니다.

나림은 민주주의를 이렇게 표현했다.

나림은 언론인 '조용수' 사형집행을 듣고 〈겨울밤-어느 황제의 회상〉을 썼다고 한다. 이 작품에서 조용수와 인품, 사형집행장, 보리밥을 먹는 시간에 사형집행 소식을 듣고 '내 속의 돼지'를 먹이는 장면을 비장하게 묘사하고 있다.

어제 조영수가 사형 집행을 당했다는 소식이 흘러들었다. 시간을 알아보니 내가 한창 식사를 하고 있던 무렵이었다. 불과 일백 미터도 떨어져 있지 않은 곳에서 옛날의 내 제자를 도살하는 작업이 진행되고 있었는데 나는 보리밥덩이를 분주히 입 속에 집어넣어 내 속의 돼지를 먹이고 있었던 것이다. 제자가 사형을 당했다고 해서 내가 밥을 먹지 않아야 할 까닭은 없다.

3

이 작품은 누구도 흉내 낼 수 없는 교도소 소설이다. 교도소·수형자·출소자·가족·사형제도·기록자·문학인·시인·인간의 삶이 자세히 묘사되어 있다.

어떤 죄명으로 당초엔 사형선고를 받았다가 무기명으로 감형되어 13년을 복역한 죄수가 있었다. 그런데 이 죄수의 기왕 지은 죄가 또 하나 발각되어 다시 재판을 받고 이번에도 사형선고를 받았다. 무기형으로 복역하고 있는 죄수이기 때문에 정상재량의 여지가 없다고 해서 극형이 언도된 것이다. 그 죄수의 형집행에 입회한 어떤 담당(그 사람은 그 일에 입회한 직후 형무관직을 그만두었다.)이 죄수의 마지막 말을 다음과 같이 전했다. "나는 이왕 당하게 되었으니 하는 수 없지만 내 뒤엔 다시 이렇게 참혹한 일이 없도록 했으면 좋겠다……."

나는 하필이면 이 구절에 괄호까지 해놓고 내게 보이느냐는 투로 눈으로서 물었다.

"그 사람이 누군지 알았소?"

"그 사람은 내 아우요."

"엣!"

하고 나는 놀랐다.

"바로 내 친아우요."

"이름만 들먹이면 이 선생도 알거요. 노상필이란 이름인데,"

193

"그에는 내가 죽인 거나 마찬가지요."

그 말투는 창자를 찢는 듯이 비참했다. 냉방에 불을 지피지 않고 겨울을 지내려고 한 그의 마음이 등골에 얼음을 댄 것처럼 내 가슴에 저려왔다. 노정필 씨의 그 돌이 되어버린 자세는 자기가 겪은 이십 년 징역 때문이 아니고 육친의 처참한 죽음을 겪은 그 충격 때문이 아닐까 했다.

4

〈겨울밤-어느 황제의 회상〉은 인간화 문제를 깊이 다루고 있다. 다섯 가지 소재가 등장한다. 소주 군인 시절·서대문 교도소·소설가 '나'·노정필과 하영신 그리고 노상필 이야기·천주교 신앙인인 그 친구 이야기이다. 일본 항복·6·25동란 인민위원장·황제·침묵·마르크스주의자·죽음·인생을 절묘하게 배치하면서 인간회복을 모색하고 있다.

내가 찾아가면 노정필 씨의 부인은 반가워 어쩔 줄을 모른다. 남편이 입을 여는 것은 나에게 뿐이기 때문이다. 내가 있으면 남편의 말소리를 들을 수 있기 때문이다. 부인은 그 화려했던 청춘을 눈도 코도 없는 세월 속에 날려보내고 모진 서리를 맞은 국화꽃처럼 시들어가고 있는 것이다.

그 인생도 처량하다고 할 수가 있다. 노정필 씨는 옥중에서 이십 년 징역살이를 하고 부인은 밖에서 이십 년 징역살이를 했다.

이것이 수형자의 삶이고 그 가족의 삶이다. 그들은 사십 년의 징역살이를 한 것이다.

5

1975년 작품 〈내 마음은 돌이 아니다〉도 같은 주인공인 노정 필이다. 나림은 노정필의 인생사가 아쉬웠던 모양이다. 이 작품도 나림의 기록문학이 잘 표현된 법률소설이다. 사회안전법이 1975 년 7월 16일 공포되었다. 노정필과 나림은 모두 이 법률의 보호 대상자이다. 노정필은 자살한다. 나림은 파출소에 신고용지를 받 으러 간다. 법학자 안경환 교수는 "나림은 법에 정통한 작가"라고 말한다. 나는 나림을 법률가와 교정정책에 대해 토론을 할 수 있 는 법조 전문 작가로 생각한다.

노정필은 20년 형을 살고 만기출소한다. 교도소 문화는 그를 황제주의·교조주의·엄숙주의 인간으로 개조했다. '나'는 '노정필' 과 이념대립을 펼친다. 그 대화는 깊고 넓고 흥미진진하다. 나림 은 이 작품에서 특정 이념과 교조에 복속하는 인간을 비판한다. 나림의 출세작이 소설에 등장한다.

"당신의 『알렉산드리아』라는 것을 읽어 보았소. 그런데 그건 기록자가 쓴 글이 아니고 시인이 쓴 시라고 보았소."

나는 듣고만 있을 수밖에 없었다.

"기록은 철저해야만 비로소 기록이 될 수 있는 것 아니겠소? 시인의 감상은 그것이 아무리 훌륭해도 기록은 될 수 없을 겁니다. 기록이 되려면 시와 결별해야 하오. 기록자는 자기 속의 시인을 추방해야 할 거요."

나는 노정필 씨의 이 말에 얼떨떨했다.

"기록이 문학으로서 가능하자면 시심 또는 시정이 기록의 밑바닥에 지하수처럼 스며 있어야 한다는 것이 나의 문학이론이었다. 그래야만 설득력과 감정이입이 함께 가능하다고 믿고 있었던 것이다."

노정필 씨의 표정은 더욱 싸늘하게 되었다.

"기록의 뜻 이외에 문학이 무슨 뜻을 가졌다고 생각하는 걸 보니 이 선생은 시인입니다."

"시인이 무엇이 나쁘냐고 반박하고 싶었지만 일단 그의 말을 들어 두기로 했다."

6

나림 문학의 특징은 여러 가지가 있다. 아름다운 문장·역사·철학·이념·낭만·박람강기博覽强記·담론·예리함이다. 사형폐지 주장은 〈겨울밤-어느 황제의 회상〉에서도 빠지지 않는다. 나림은 노정필과 어느 친구를 비교하며 이념형 인간의 경직성을 안타까워한다.

노정필 씨는 오늘도 내가 그 집을 나올 때 인사말이 없
었다. 이를테면 철저한 황제로서의 처신이었다. 나는 바로
그 점을 기점으로 해서 그를 경멸할 재료를 만들 수 있다.
그가 어떤 주위와 사상으로 잔뜩 무장한 성城이라고 치고,
내가 철저하게 서두르기만 하면 그 무장이 사실 돈키호테
의 갑옷이며 그 성의 내부는 거미줄로 꽉 찬 폐품창고나
다름없다는 검증을 해 낼수 있을지도 모른다.

　　그가 쌓고 겪은 경험의 진실이라는 것이 사실은 녹슨 칼
과 창이라는 것을 증명할 수 있을지도 모른다. 어떤 착각을
신념인 양 오인하고 있는 하나의 폐인廢人을 발견할지도 모
르지만 설혹 그렇다 치더라도 나는 그를 우리 민족의 수난
이 만들어낸 수난의 상징으로 보고 소중히 감싸줄 아량을
가지고 있다.

　　나는 그로부터 경멸을 받으면서도 예의를 잃지 않았다.
그의 도발에 성내지 않았다. 내가 그에게 접근한 덴 아무런
불순한 동기가 없었다. 그는 그것마저 경멸할지 모르지만
인간적인 호의, 약간의 호기심, 그런 것뿐이었다.

노정필의 인간성 회복을 소망하는 소설이다. 성城의 내부에 고립
되어 폐인廢人이 된 사람을 수난의 상징으로 보지만, 노정필의 경멸
은 참을 수 없다. 그럼에도 나림은 노정필 씨에게 예의를 잃지 않
았다.

이것이 나림문학이다

7

나림은 소설을 쓰는 이유를 《겨울밤-어느 황제의 회상》에서 자세히 설명한다. 나림은 노정필과는 달리, 가혹한 경험을 벗어나기 위한 환각을 찾는다. 이것이 나림 소설이다. 노정필은 마르크스주의에 매몰되어 살아가고 있지만, 나림은 소설을 통해 인간주의를 회복하려고 분투한다. 소설은 질곡의 현대사를 거쳐 온 나림에게 사명이 된 인간화 작업이다.

　　노정필 씨는
　　"기록자 되기보다 황제가 되는 것이 낫지 않겠느냐?"고
　　나를 비꼬았다.
　　그때 내가
　　"돌이 되는 것보다 황제가 되는 게 낫지 않겠느냐고?"
　　고 응수하지 못한 게 유감스럽다.
　　……

8

〈겨울밤-어느 황제의 회상〉은 왜 나림 이병주가 법에 정통한 작가인지 증명해 준다. 언론인·감옥·법·사상가·역사가가 아니면 이런 개인사를 문학으로 승화할 수 없다. 나림의 기록문학은 인간 회복 문학이다. 〈겨울밤-어느 황제의 회상〉은 소설가로 등장한 이

후 10년이 되는 해에 발표한 작품이다. 〈소설·알렉산드리아〉를 기념하는 '물줄기' 작품이다. 나림도 이를 의식하면서 쓴 것 같다. 사형폐지를 줄기차게 주장하고 있기 때문이다.

어떤 흉악범이 "나는 죽어도 내가 지은 죄는 남는다."고 말했다. 진정 그렇다. 그 범인은 죽어 없어지더라도 그 범인이 범한 죄는 남아 있다. 죄는 미워하되 사람을 미워해선 안 된다는 말이 있다. 이럴 때 미워해야 할 죄를 남겨 놓고. 미워해선 안 될 사람만 없앤다고 했서야 말이 안 된다. 두고두고 죄인이 스스로 범한 죄를 속죄할 수 있도록 생명을 허용해주는 것이 옳지 않을까.

꼭 그렇게 안 되겠다면 흉악범이 이외의 죄인에 대해선 사형을 적용하지 않는 배려만이라도 할 수가 없을까? 그것도 안 된다면 그 죄인에게 부모가 생존해 있을 경우엔 그 죄인의 사형집행을 부모님이 돌아가시고 난 이후로 연기하는 배려라도 있을 수 없을까.

교수대의 삼줄은 단말마의 고통을 겪은 사형수들의 목에서 분비된 기름으로 해서 반들반들 윤택이 나 있다고 한다. 반들반들 윤택이 나 있는 교수대의 삼줄을 상상해본다.

9

아무리 법률이 잘 정비되고 있고 신중하게 재판이 진행되었다고 해도 판결은 언제나 오판의 부분을 포함하고 있는 것이다. 똑같아 보이는 천의 사건, 만의 사건은 사람의 경험과 환경과 성품을 고려해 넣을 때 천 가지로 만가지로 다른 사건으로 나타난다. 그것을 불과 얼마 안 되는 경화된 법조문으로 다투려고 하면 법관의 양심 문제는 고사하고 필연적으로 오판의 부분이 생겨나지 않을 수가 없다.

최선을 다해도 오판에 부분이 남는다는 법관의 고민이 진지하다면 극단의 형만은 삼가야 할 것이 아닌가. 작년1973만 해도 이 감옥에서 처형된 사형수의 수가 57명이나 된다고 한다. 57명의 생명이 그 문으로 들어간 것이다. …… 조영수는 그 문으로 걸어들어가며 무엇을 생각했을까.

10

아아, 나는 이 감옥에서 나가는 날부터 사형폐지 운동을 해야 하겠다.

꽃피는 아침에 눈을 비비며 일어나 엄마를 부르던 아이가 커서 옥중에 앉아 사형을 기다리다가 드디어 저 문 속으로 사라졌다.

죽음엔 조금 빠르고 조금 늦는다는 것이 있을 뿐이다.

나림의 법사상이 그대로 표현되어 있다. 인간 존중과 생명 존중 사상이다.

줄거리

바보스러워야 황제가 될 수 있다.

십 년 전 나는 어떤 냉동고보다도 1도쯤 낮은 추운 감방에서 외로운 황제란 의식을 콩알 만한 호롱불처럼 돋우고 그 호롱불의 온기로 해서 빙하를 면했다. 십 년의 형기를 이 년 칠 개월 만에 끝내고 나는 풀려나왔다. 노정필은 무기형에서 감형된 이십 년의 형기를 꼬박 채우고 이 년 전에 출옥한 사람이다.

나는 조용수의 눈물이 얼어붙은 듯한 눈을 잊지 못한다. 조영수는 나를 보자 놀란 빛으로 "선생님도 이곳에 와 있었습니까."하고 중얼거렸다. 조영수는 고등학교 당시 내가 가르친 제자다. 일본에서 자금을 만들어 신문사를 경영하고 있었는데 그 자금의 출처에 말썽이 붙어 극형을 받는 처지가 되었다. 조영수는 "선생님 마음 단단히 가지시고 몸 조심하시오."하는 말을 남겨 놓고 면회장으로 나갔다. 어제 조영수가 사형 집행을 당했다는 소식이 흘러들었다. 불과 일백 미터도 떨어져 있지 않은 곳에서 옛날의 내 제자를 도살하는 작업이 진행되고 있었는데 나는 보리밥덩이를 분주히 입 속에 집어넣어 내 속의 돼지를 먹이고 있었던 것이다.

인간의 생명을 빼앗는 정도까지 율律한다는 건 인간의 권능을 넘는 월권행위가 아닐까. 사형폐지의 문제는 이론의 문제가 아니고 신념의 문제라고 하는 이유가 여기에 있다. 죄인에게 부모가 생존해 있을 경우엔 그 죄인의 사형집행을 부모님이 돌아가시고 난 이후로 연기하는 배려라도 있을 수 없을까.

나는 이 감옥에서 나가는 날부터 사형폐지 운동을 해야 하겠다. 꽃피는 아침에 눈을 비비며 일어나 엄마를 부르던 아이가 커서 옥중에 앉아 사형을 기다리다가 드디어 저 문 속으로 사라졌다. 죽음엔 조금 빠르고 조금 늦는다는 것이 있을 뿐이다.

내가 찾아가면 노정필 씨의 부인은 반가워 어쩔 줄을 모른다. 남편이 입을 여는 것은 나에게 뿐이기 때문이다. 내가 있으면 남편의 말소리를 들을 수 있기 때문이다. 부인은 그 화려했던 청춘을 눈도 코도 없는 세월 속에 날려보내고 모진 서리를 맞은 국화꽃처럼 시들어가고 있는 것이다. 그 인생도 처량하다고 할 수가 있다. 노정필 씨는 옥중에서 이십 년 징역살이를 하고 부인은 밖에서 이십 년 징역살이를 했다.

"이 선생은 어떤 각오로 작가가 되었습니까?"
"기록자가 되기 위해서죠."
"기록자가 되는 것보다 황제가 되는 편이 낫지 않겠소?"
"당신의 『알렉산드리아』라는 것을 읽어 보았소. 그런데 그건 기록자가 쓴 글이 아니고 시인이 쓴 시라고 보았소."
기록이 문학으로서 가능하자면 시심 또는 시정이 기록의 밑바닥에 지하수처럼 스며 있어야 한다는 것이 나의 문학이론이었다. 그래야만 설득력과 감정이입이 함께 가능하다고 믿고 있었던 것이다.

"나는 기록이자 문학인 것을 노리고 있는 겁니다. 문학이자 기록이라고 바꿔 말해도 좋지요."

"당신의 시인은 감옥에서 나가면 사형폐지 운동을 해야겠다고 했는데 그래 당신은 사형폐지를 위해 무슨 노력을 했소. 그저 문학을 했다는 말만 가지고 통할 것 같소? 당신의 시인은 세상을 기만하고 당신 자신마저도 기만했단 말이오."

노정필 씨는

"기록자 되기보다 황제가 되는 것이 낫지 않겠느냐?"고 나를 비꼬았다.

그때 내가

"돌이 되는 것보다 황제가 되는 게 낫지 않겠느냐고?"

고 응수하지 못한 게 유감스럽다.

……

돌이 되어버린 무신론자의 노정필과 인간의 천진성을 그대로 지닌 그 친구의 얼굴을 비교해 본다. 일제 때는 병정에 끌려 나가 생사의 고비를 헤맸다. 전범재판에서 하마터면 전범의 누명을 쓰고 처형될 뻔한 아슬아슬한 고비도 있었다. 6·25동란 때에는 친형을 잃었다. 그리고 2년 전엔 이십 수년의 애지중지해 온 부인을 잃었다. 게다가 사형선고나 마찬가지인 병의 선고를 받고 한동안 사경을 방황하던 때도 있었다. 그러나 그는 언제나 활달하려고 애썼고 스스로의 고통 때문에 주위의 사람을 우울하게 하지 않으려고 신경을 썼다. 보다도 가장 중요한 일은 철저한 천주교 신자이면서도 친구들에게 자기의 천주를 강요하지 않았다.

노정필 씨와 친구를 비교해서 우열을 말할 수는 없다. 그러나 인간은 인간적인 사람을 좋아하기 마련이다. 나는 천주교를 믿을 생각은 없지만 그 친구의 천주만은 믿고 싶은 생각이 있다. 인간이 보다 인간적일 수 있도록 하는 계기가 되는 천주란 기막힌 존재가 아닌가.

그런데 그 친구는 죽었다…….

어록

바보스러워야 황제가 될 수 있다. 황제·245면

만주의 어두운 광야에 울려퍼졌던 기적소리와 겹치고, 창들을 흔드는 바람소리는 감방의 흐느끼듯 하던 십 년 전의 바람소리와 겹친다. 십 년 전의 나는 어떤 냉동고보다도 1도쯤 낮은 추운 감방에서 외로운 황제란 의식을 콩알 만한 호롱불처럼 돋우고 그 호롱불의 온기로 해서 빙하화를 면했다. 그런데 지금 나의 방엔 스토브가 활활 타고 있다. 말하자면 호사스러운 노예가 쓸쓸한 황제 시절을 그 스토브 덕분으로 회상하고 있는 셈이다. 감방·246면

나는 은근히 내가 황제라면 영유할 수 있는 유일한 영토는 월세 계일 것이라고 믿고 있었던 것이다. 이렇듯 엉뚱한 생각을 가꾸며 일 년 남짓 더 그곳에 있다가 십 년의 형기를 이 년 칠 개월 만에 끝내고 나는 풀려나왔다. 친구들은 십 년 과정을 이 년 칠 개월에 졸업했으니 굉장한 수재라고 갈채를 보내왔지만 실상은 황제가 평민으로 격화된 것뿐이다. 우리들끼리는 서대문 교도소를 '서대문 아카데미'라고 줄여 '서아카데미'라고만 해도 통한다. 다른 종류의 사람들은 현저동 1번지라고 한다. 그러나 내 개인에 있어선 서대 문교도소는 언제나 두고 온 궁전이다. 서대문교도소·246면

두고 온 궁전! 그런데 그 궁전 의미가 노정필盧正弼에겐 어떤 빛깔을 띠고 있을까. 노정필은 무기형에서 감형된 이십 년의 형기를

꼬박 채우고 이 년 전에 출옥한 사람이다. 나의 경험으로 치면 그는 이십 년 동안 제왕학을 익힌 셈이다. 제왕학을 철저하게 익힌 탓인지 그는 말이 적다. 말이 적은 것이 아니라 도시 말을 하지 않는다. 처음 만나는 사람에겐 물론이고 모처럼 그를 찾아간 옛 친구에게도 인사말 한마디 없다. 입을 다물고 멍청이 한순간 상대방을 바라보다가 시선을 엉뚱한 방향으로 돌리곤 석상처럼 앉아 있을 뿐이다. 제왕학·247면

"요즘 감옥살이 같으면 지난 징역 도로 물렀으면 싶소." 감옥살이·256면

빨리 훌륭한 사람이 되어 버젓이 구혼할 수 있는 입장이 되었으면 했지만 사람은 콩나물처럼 빨리 클 수는 없는 것이었다. 사람·259면

"소중한 건 민주주의요. 민주적으로 해나가면 하나하나 해결이 되는 겁니다. 그 해결이 틀렸으면 다시 민주적으로 고쳐 나갈 수도 있구요. 민주주의적인 방식을 버린 어떤 행동도 설혹그것이 현명한 성인의 결단이라고 해도 문제의 해결이 되는 것이 아니라 문제의 시작이 될 뿐이오. 바보스럽더라도 다수 의견을 합친 것은 그때그때 해결이 되지만 비록 현명한 결단이라도 대중의 의사를 거역한 건 장래의 폭발을 준비하는 불씨가 될 뿐이요. 그런 까닭에 민주주의를 소중히 해야된다는 것이고 선거에 있어서의 표를 존중해야 된다는 말입니다." 민주주의·262~263면

두응규 씨는 의무실로 옮겨지는 도중에 숨을 거두었다고 한다. 그런데 그 이튿날 있은 판결은 두응규 씨는 물론 그 관계자 전원에게 무죄를 선고하고 있었다. 만일 내가 전방만 하지 않았더라도 씨알머리없는 잡담으로나마 거의 팽팽해진 신경을 어루만져 파열하지 않도록 방지했을지 모를 일이었다. 하두 어처구니없이 되어 나간 일을 겪은 나머지 두응규 씨는 내일로 다가온 판결공판에 지레 겁을 먹었을 것이 분명했기 때문이다. 두응규 씨는 낙천적인 한편 그처럼 소심한 사람이었다. 반야월半夜月의 과수원을 에덴동산처럼 꾸미겠다는 그의 꿈도 그의 죽음과 함께 사라졌다.

두응규·270면

두응규 씨 얼굴에 조용수의 얼굴이 겹친다. 면회하러 온 사람이 있다기에 대기실에 들어갔더니 수많은 사람 가운데 조용수만 수갑을 차고 앉아 있었다. 사형의 언도를 받은 사람은 감옥 안에서도 수갑을 차고 지내야 하는 것이다. 조영수는 나를 보자 놀란 빛으로 "선생님도 이곳에 와 있었습니까."하고 중얼거렸다. 조영수는 고등학교 당시 내가 가르친 제자다. 일본에서 자금을 만들어 신문사를 경영하고 있었는데 그 자금의 출처에 말썽이 붙어 극형을 받는 처지가 되었다. **조용수·270면**

나는 뭐라고 말할 수가 없었다. 입이 떨어지지 않는 것이었다. 조영수는 "선생님 마음 단단히 가지시고 몸 조심하시오."하는 말을 남겨 놓고 면회장으로 나갔다. 그래도 나는 한마디 말을 못했다. 사형을 받은 제자로부터 15년의 구형을 받은 사람이 도리어

위로의 말을 듣고 이른바 은사라는 입장의 인간이 따뜻한 말 한마디 못했다는 것이 슬픈 일이다. 조용수·270면

나는 조용수의 눈물이 얼어붙은 듯한 눈을 잊지 못한다. 준수한 얼굴을 물들인 그 깊은 우수를 잊지 못한다. 서로 어떤 죄를 지었기로서니 그 청춘, 그 얼굴, 그 눈빛으로선 사형을 당할 수 없는 인물이었던 것인데, 나는 그날로부터 불과 수일 후 그의 사형 집행이 있었다는 소리를 듣고 통곡을 했다. 그때의 감정을 나는 이렇게 적었다. 조용수·270면

……엄지손가락만 한 쇠창살이 10센티미터 가량의 간격을 두고 세로 일곱 줄이 박혀 있는 넓이의 창. 이 창살을 30센치미터의 폭으로 석 줄의 쇠창살이 가로질러 있다. 그 쇠창살 안으로 각각 여섯 칸의 사각형으로 나눠진 유리창문 두 짝이 미닫이 식으로 달려 있다. 이렇게 가로 세로 꽂힌 쇠창살에 열두 칸의 유리창이 겹쳐 누워서 보면 어린이가 서툴게 그려놓은 그래프 바닥처럼 보인다. 이 그래프의 좌표처럼 해가 걸리고 달이 걸리고 별이 걸린다. 교도소·271면

생각하니 나는 해를 가두고 달을 가두고 별을 가두어 놓고 살아 있는 셈이다. 얼마나 오만한 황제냐. 내가 갇혀 있는 것이 아니라 태양과 달과 별을 내가 가두어 놓고 있는 것이니 말이다. 그런데 하늘을 금지어 놓고 태양과 달과 별을 가두어 놓은 창 앞에서 발돋움을 하면 막바로 사형장의 입구가 보인다. 사형장·271면

두터운 담장의 일부에 거기만 푸르게 페인트칠한 문. 두 사람이 한꺼번에 들어갈 수 없을 정도로 좁고 키 작은 사람이라도 난장이가 아니면 꾸부리지 않고는 들어갈 수 없을 정도로 낮은 문이다. 문! 대통령이 관저로 들어가는 문, 유적의 황제가 유랑의 길에 오르기 위해 나서는 문, 어린 학생이 란도셀을 메고 학교로 들어가는 문, 술과 미희가 기다리고 있는 요정으로 들어가는 문, 쇠사슬에 묶여 들어가는 감옥의 문, 시체가 되어 거적때기를 쓰고 나가야 하는 감옥의 뒷문! 사람의 생활이란 따지고 보면 문을 드나드는 행동에 불과하다. 인류는 살아오는 과정에서 무수한 문을 세웠다. 앞으로 살아가는 과정에서 역시 무수한 문을 세울 것이다. 문 가운데 문을 세우고 또 그 문 속에 문을 세우는 문. 인생의 수를 무한하게 적분한 만큼의 수의 문을 드나들며 무수한 다른 문은 다 젖혀놓고 인생은 왜 하필이면 저 문으로 들어가야 하는가! **사형장·271~272면**

어제 조영수가 사형 집행을 당했다는 소식이 흘러들었다. 시간을 알아보니 내가 한창 식사를 하고 있던 무렵이었다. 불과 일백 미터도 떨어져 있지 않은 곳에서 옛날의 내 제자를 도살하는 작업이 진행되고 있었는데 나는 보리밥덩이를 분주히 입 속에 집어넣어 내 속의 돼지를 먹이고 있었던 것이다. 제자가 사형을 당했다고 해서 내가 밥을 먹지 않아야 할 까닭은 없다. 죽은 자로 하여금 죽게 하라! 죽을 만한 짓을 했기에 죽음을 당하는 거겠지……. 그런 운명이었기에 죽어간 것이겠지……. 어젠 청명한 날씨였다. 나뭇가지에 미풍이 산들거리고 새는 흥겹게 재잘거렸다. 이러한 날, 더 높은 하늘 날에 그 밀실에서 법률의 이름을 빌려 사람이

사람을 교살하는 작업이 진행되고 있었던 것이다. _{사형집행·272면}

사형이 뭣 때문에 필요한가를 생각해 본다. 사형이 필요하다는 논의만을 가지고라도 능히 하나의 도서관을 이룰 수 있는 부피가 될 게다. 동시에 그만한 부피의 사형이란 있을 수 없다는 논의도 가능할 것이 아닌가. 어떠한 경우라도 사람이 사람을 죽여서는 안 된다면 설혹 신의 이름으로 법률의 이름으로써도 사람을 죽일 수 없는 것이 아닌가. 이것을 한갓 감상론이라고 할지 모르나 사형에 관한 문제는 이미 이론의 문제를 넘어 신념의 문제인 것이다. _{신념·272면}

어떤 사람은 사형을 폐지하려면 이러이러한 조건의 충족이 선행되어 있어야 한다고 말한다. 그러나 인간 만사에 있어서 모든 조건의 충족을 기다려 이루어지는 일이란 드물다. 웬만한 조건으로서 타협하는 것이 인생이다. _{타협·272면}

그러니 우선 사형부터 없애놓고 그러한 조건이 충족되게끔 계속해서 노력할 수도 있을 것이 아닌가. _{노력·272면}

베카리아 이래 많은 사형폐지론이 나왔다. 그 골자는 사형이 궁극에 있어서 범죄예방을 위해 효과적인 것이 된다는 것이고 회복불가능한 것이고 속죄의 길을 막는 길이며 혹 오판이라도 있었을 경우 상환 불능한 것으로 그저 보복의 뜻만 강한 형벌이란 것이다. 그리고 사회의 질서를 위해서 사람이 사람을 율律하지 않을 수

211

없으되 인간의 생명을 빼앗는 정도까지 율律한다는 건 인간의 권능을 넘는 월권행위가 아닐까. 베카리아·273면

하지만 이러한 논의가 얼마나 무력한 것인지 나는 잘 알고 있다. 무력·273면

사형폐지의 문제는 이론의 문제가 아니고 신념의 문제라고 하는 이유가 여기에 있다. 사형폐지·273면

"어떤 흉악범이 "나는 죽어도 내가 지은 죄는 남는다"고 말했다. 진정 그렇다. 그 범인은 죽어 없어지더라도 그 범인이 범한 죄는 남아 있다. 죄는 미워하되 사람을 미워해선 안 된다는 말이 있다. 이럴 때 미워해야 할 죄를 남겨 놓고. 미워해선 안 될 사람만 없앤다고 했어야 말이 안 된다. 두고두고 죄인이 스스로 범한 죄를 속죄할 수 있도록 생명을 허용해주는 것이 옳지 않을까." 속죄·273면

꼭 그렇게 안 되겠다면 흉악범 이외의 죄인에 대해선 사형을 적용하지 않는 배려만이라도 할 수가 없을까? 그것도 안 된다면 그 죄인에게 부모가 생존해 있을 경우엔 그 죄인의 사형집행을 부모님이 돌아가시고 난 이후로 연기하는 배려라도 있을 수 없을까. 사형집행·273면

교수대의 삼줄은 단말마의 고통을 겪은 사형수들의 목에서 분비된 기름으로 해서 반들반들 윤택이 나 있다고 한다. 반들반들 윤택이 나 있는 교수대의 삼줄을 상상해본다. **교수대·273면**

무수한 생명을 묶어 없앤 그 삼줄을 만든 삼은 넓은 하늘 밑 넓은 들판에서 무럭무럭 자랐다. 4, 5월의 태양을 흠뻑 받고 농부들의 정성으로 해서 자랐다. 시골의 아낙네, 청순한 소녀들이 이빨로써 그 삼을 벗기고 하얀 포동포동한 살결의 무릎 위에서 꼬아 만들어진 삼줄이 교수대 위의 흉기로써 걸리게 된 것이 아닌가……. **삼줄·273~274면**

아무리 법률이 잘 정비되어 있고 신중하게 재판이 진행되었다고 해도 판결은 언제나 오판의 부분을 포함하고 있는 것이다. 똑같아 보이는 천의 사건, 만의 사건은 사람의 경험과 환경과 성품을 고려해 넣을 때 천 가지로 만가지로 다른 사건으로 나타난다. 그것을 불과 얼마 안 되는 경화된 법조문으로 다투려고 하면 법관의 양심 문제는 고사하고 필연적으로 오판의 부분이 생겨나지 않을 수가 없다. **오판·274면**

최선을 다해도 오판의 부분이 남는다는 법관의 고민이 진지하다면 극단의 형만은 삼가야 할 것이 아닌가. 작년^{1973년}만 해도 이 감옥에서 처형된 사형수의 수가 57명이나 된다고 한다. 57명의 생명이 그 문으로 들어간 것이다. …… 조영수는 그 문으로 걸어 들어가며 무엇을 생각했을까. **사형집행·274면**

아아, 나는 이 감옥에서 나가는 날부터 사형폐지 운동을 해야 하겠다. 꽃피는 아침에 눈을 비비며 일어나 엄마를 부르던 아이가 커서 옥중에 앉아 사형을 기다리다가 드디어 저 문 속으로 사라졌다. **사형폐지 운동·274면**

죽음엔 조금 바르고 조금 늦는다는 것이 있을 뿐이다. **죽음·274면**

박기영은 50세를 못 다 채운 나이로 돌아갔지만 그의 성실함엔 보통 사람이 백 년을 애써도 미치지 못할 것이다. **박기영·275면**

장 콕토은 자기 유언을 다음과 같이 썼다.

"사랑하는 사람들이여! 내가 죽거든 슬퍼하지 말고 눈물을 흘리지도 말라. 슬픈 척만 하고 눈물을 흘리는 척만 하라. 예술가는 본래 죽을 수가 없다. 죽는 척만 하는 것이다."

나는 이에 덧붙이고 싶다.

"어찌 예술가뿐이랴. 사람이란 본래 죽을 수가 없다. 죽은 척만 하는 것이다." 죽은 척만 한 사람들의 무수한 군상들이 내 뇌리에 흐른다. 소주蘇州의 병원에서 죽은 사람, 콘론마루의 침몰과 더불어 죽은 친구, 6·25동란 때 희생된 이광학, 강달현, 박창남, 그리고……

육신은 살아 있으면서 사자와 다를 바 없는 사람, 그 가운데의 하나가 노정필 씨다. 노정필 씨는 내가 그에게 마쓰모토의 『북의 시인』을 갖다준 지 일주일 후에 뜻밖에도 나를 찾아왔다.

분단예술가·275~276면

노정필 씨의 표정은 무겁게 굳어져 있었으나 역시 말이 없었다. 나는 공연히 그를 자극할 만한 것이 아니라고 생각하고 화제를 돌려 주로 문학이 얘기를 했다. 사르트르의 문학, 로만 밀러의 문학, 핸디 밀러의 문학을 들먹이며 그들의 세계 인식의 내용과 방법 같은 것을 설명했다. 내 딴으론 노정필 씨를 경화된 마르크스주의자로 보고 마르크스주의 이외에도 생생하고 보람 있는 인생과 역사와 사회에 대한 인식이 있고 가치 있는 문학이 가능하다는 것을 증거 세워 보고 싶었던 것이다. 마르크스주의자·277~278면

나는 노정필 씨가 동경유학을 하고 있던 시대를 꼽아 보며 라리사 라이스너의 아름다운 얼굴과 광채 있는 문학에 노정필 씨는 청춘을 느꼈던 것이 아닐까 했다. 그러나 나는 트로츠키 파에 흥미를 가지고 있는가를 묻고 이어

"파쟁 때문에 문학을 말살하는 그런 나라를 어떻게 생각하느냐"고 따졌다.

"이 선생은 철저한 반공주의자구면."

노정필 씨는 무표정하게 말했다.

"나는 결코 반공주의자는 아닙니다. 공산주의자들이 쓰는 어떤 수단에 반대할 뿐이죠."

"작가는 언제나 대중의 편에 서야 할 것이라고 아는데."

"공산주의자가 곧 대중의 편에 서는 주의일까요? 공산주의자는 공공연하게 부르주아 계급을 말살해야 한다고 외치고 있지 않습니까. 그런데 내가 보기엔 부르주아를 말살하는 동시에 인간도 말살하는 것 같은데요. 병을 고치려다가 사람까지 죽이는 서투른 의

사 같은 데가 없잖을까요." 공산주의자·278~279면

"새로운 사회를 만들려면 무리도 있는 법이요. 생각해 보시오. 1억의 인구 또는 7억의 인구가 돈걱정 하지 않고 살 수 있는 사회를 만들기가 그렇게 쉽겠소. 자본주의 나라를 보시오. 인간 가운데 최량最良의 부분이 돈걱정 때문에, 아니 돈 때문에 썩어가든지 파멸되어가든지 하고 있지 않소. 공산주의 사회엔 제1의 적으로 그런 병폐는 없을 것이 아니겠소. 일단 물질로 인한 노예상태로부터 사람을 해방시켜놓고 보자니까 그 작업이 힘들 것 아니겠소. 인간의 참된 자유는 대다수의 사람이 물질로부터의 자유를 획득한 연후에 이루어지는 것이 아니겠소. 그런 전제가 없이 들먹이는 자유란 모두가 잠꼬대요. 잠꼬대." 해방·279면

나는 라리사 라이스너의 책과 함께 내가 쓴 책 『알렉산드리아』를 그에게 주었다. 마음의 탓인지 그 뒷모습에 인간다운 냄새가 풍겨나고 있는 것처럼 느껴졌다.

내가 찾아가면 노정필 씨의 부인은 반가워 어쩔 줄을 모른다. 남편이 입을 여는 것은 나에게 뿐이기 때문이다. 내가 있으면 남편의 말소리를 들을 수 있기 때문이다. 부인은 그 화려했던 청춘을 눈도 코도 없는 세월 속에 날려보내고 모진 서리를 맞은 국화꽃처럼 시들어가고 있는 것이다.

그 인생도 처량하다고 할 수가 있다. 노정필 씨는 옥중에서 이십 년 징역살이를 하고 부인은 밖에서 이십 년 징역살이를 했다.

수형자와 그 가족의 삶·280면

노정필 씨는 아무 말도 않고 몇 달인가 전에 그에게 주었던 나의 책 『알렉산드리아』를 집어 들고 한 군데를 펴선 내 앞에 놓았다.

연필로 괄호를 해놓은 부분이 있었다. 그 부분 내용은 이러했다.

"어떤 죄명으로 당초엔 사형선고를 받았다가 무기명으로 감형되어 13년을 복역한 죄수가 있었다. 그런데 이 죄수의 기왕 지은 죄가 또 하나 발각되어 다시 재판을 받고 이번에도 사형선고를 받았다. 무기형으로 복역하고 있는 죄수이기 때문에 정상재량의 여지가 없다고 해서 극형이 언도된 것이다. 그 죄수의 형집행에 입회한 어떤 담당(그 사람은 그 일에 입회한 직후 형무관직을 그만두었다.)이 죄수의 마지막 말을 다음과 같이 전했다.─나는 이왕 당하게 되었으니 하는 수 없지만 내 뒤엔 다시 이렇게 참혹한 일이 없도록 했으면 좋겠다……."

나는 하필이면 이 구절에 괄호까지 해놓고 내게 보이느냐는 투로 눈으로서 물었다.

"그 사람이 누군지 알았소?"

"그 사람은 내 아우요."

"엣!"

하고 나는 놀랐다.

"바로 내 친아우요." 친아우·281면

"이름만 들먹이면 이 선생도 알거요. 노상필이란 이름인데,"

"그애는 내가 죽인 거나 마찬가지요."

그 말투는 창자를 찢는 듯이 비참했다. 냉방에 불을 지피지 않고 겨울을 지내려고 한 그의 마음이 등골에 얼음을 댄 것처럼 내

가슴에 저려왔다. 노정필 씨의 그 돌이 되어버린 자세는 자기가 겪은 이십 년 징역 때문이 아니고 육신의 처참한 죽음을 겪은 그 충격 때문이 아닐까 했다. **노상필·282면**

"이 선생은 어떤 각오로 작가가 되었습니까?"
"기록자가 되기 위해서죠."
"기록자가 되는 것보다 황제가 되는 편이 낫지 않겠소?"
말의 내용은 빈정대는 것이었지만 투엔 빈정대는 냄새가 없었다.
"나는 내 나름대로의 목격자입니다. 목격자로서의 증언만을 해야죠. 말하자면 나는 그 증언을 기록하는 사람으로 자처하고 있습니다. 내가 아니면 기록할 수 없는 일, 그 일을 위해서 어떤 승리의 작용이 나를 감옥에 보냈다고 생각합니다." **목격자·283면**

"이 선생은 어느 간수로부터 그 얘기를 들었을 때에 그 사람 죽은 사람의 이름이 뭐냐고 물어보기나 했소?"
"물어보지 않았습니다."
"기록자를 자처하는 놈이 그런 끔찍한 얘기를 듣고도 이름을 물어볼 용의가 없었소."
"당신의 『알렉산드리아』라는 것을 읽어 보았소. 그런데 그건 기록자가 쓴 글이 아니고 시인이 쓴 시라고 보았소."
나는 듣고만 있을 수밖에 없었다.
"기록은 철저해야만 비로소 기록이 될 수 있는 것 아니겠소? 시인의 감상은 그것이 아무리 훌륭해도 기록은 될 수 없을 겁니다. 기록이 되려면 시와 결별해야 하오. 기록자는 자기 속의 시인을 추방해야 할 거요." 기록자·283면

나는 노정필 씨의 이 말에 얼떨떨했다.

"기록이 문학으로서 가능하자면 시심 또는 시정이 기록의 밑바닥에 지하수처럼 스며 있어야 한다는 것이 나의 문학이론이었다. 그래야만 설득력과 감정이입이 함께 가능하다고 믿고 있었던 것이다." 문학·284면

"비참하게 아름다운 의상을 입힐 필요가 없다고 생각합니다. 단정한 형식을 꾸며 내기 위해서 썩어가는 시체를 두부모처럼 잘라 놓을 필요가 없다고 봅니다."

나는 일단 반발하지 않을 수 없었다.

"나는 기록이자 문학인 것을 노리고 있는 겁니다. 문학이자 기록이라고 바꿔 말해도 좋지요." 기록문학·284면

노정필 씨의 표정은 더욱 싸늘하게 되었다.

"기록의 뜻 이외에 문학이 무슨 뜻을 가졌다고 생각하는 걸 보니 이 선생은 시인입니다."

"시인이 무엇이 나쁘냐고 반박하고 싶었지만 일단 그의 말을 들어 두기로 했다." 시인·284면

노정필 씨는 말을 이었다.

"시는 구체적인 슬픔, 개체적인 죽음을 추상적으로 일반적으로

페인트칠해선 슬픔의 또는 죽음의 또 다른 의미가 있는 것처럼 꾸밉니다. 시는 바위덩어리와 같은 비참을 노래해서 사람을 취하게 하는 술과 같은 액체를 만들어 냅니다. 허무를 노래해서 허무에도 원인이 있고 그 원인을 잘라 없애야겠다는 의욕을 마비하게 합니다. 시는 또 절망을 노래해서 절망 속에서 무슨 구원이 있는 것처럼 조작합니다. 복잡한 것을 간단하게 꾸며서 사태의 진상과 멀리하고 총알 하나면 말살할 수 있는 인간을 무슨 대단한 것처럼 추켜 올리기도 하면서 무수한 생명을 짓밟은 발에 찬사를 써넣은 꽃다발을 보냅니다." 시^詩·284~285면

"시인은 패배를 미화해가지곤 모든 사람이 패배자가 되도록 권유합니다. 당신의 『알렉산드리아』는 그러한 시인의 교활한 작품이오. 모든 사람이 술에 취하지 않고 깨어 있어야 할 판인데 당신의 시인은 지옥을 천국처럼 그려 읽는 사람을 취하게 했다는 말이오." 소설·『알렉산드리아』·285면

"당신의 시인은 감옥에서 나가면 사형폐지 운동을 해야겠다고 했는데 그래 당신은 사형폐지를 위해 무슨 노력을 했소. 그저 문학을 했다는 말만 가지고 통할 것 같소? 당신의 시인은 세상을 기만하고 당신 자신마저도 기만했단 말이오."
나는 완전히 말을 잃고 말았다. 사형폐지 운동·285면

그는 나의 『알렉산드리아』를 읽고 싸늘한 분노를 느꼈던 것이 분명했다. 육신의 동생을 사형장에서 잃은 사람, 그 자신 죽음의

고비를 몇 차례 겪고 이십 년의 감옥살이를 한 사람으로 눈으로 보았을 때 나의 작품은 잔재주를 부리기 위해선 신성모독까지를 삼가지 않는 가장 저열하고 가장 비굴하고 가장 추악한 심성의 증거물처럼 보였을 것이다. 분노·286면

지금 조용히 앉아 생각하니 노정필 씨의 마음의 가닥가닥이 유리를 통해 들여다본 수족관의 내부처럼 선명해 보인다. 내게 죄가 있다면 그런 사람 앞에서 어둡잖은 나의 작품을 호락호락 내보였다는 바로 그 사실이다. 생각·286면

그러나 나는 후회하지 않겠다. 사람은 나름대로 살아갈 수밖에 없다. 독백·286면

나의 경솔함이 설혹 그의 경멸를 자초한 결과밖에 되지 않았다 하더라도 그 사실을 통해 노정필 씨의 인간회복을 촉진시켰다는 보람은 있었을 것 아닌가. 그는 그가 지닌 모든 미움을 보물처럼 아끼기 위해서 입을 다물어버릴 각오를 한 사람임에 틀림이 없는데 내게만은 그 미움을 털어놓지 않을수 없었다. 그런 사람의 미움을 받을 수 있다는 사실만으로서도 내겐 존재 이유가 있다는 역증명이 되지 않는가. 인간회복·287면

노정필 씨는 오늘도 내가 그 집을 나올 때 인사말이 없었다. 이를테면 철저한 황제로서의 처신이었다. 나는 바로 그 점을 기점으로 해서 그를 경멸할 재료를 만들 수 있다. 그가 어떤 주위와 사

상으로 잔뜩 무장한 성^城이라고 치고, 내가 철저하게 서두르기만
하면 그 무장이 사실 돈키호테의 갑옷이며 그 성의 내부는 거미줄
로 꽉 찬 폐품창고나 다름없다는 검증을 해낼수 있을지도 모른다.
성^城의 내부·287면

그가 쌓고 겪은 경험의 진실이라는 것이 사실은 녹슨 칼과 창
이라는 것을 증명할 수 있을지도 모른다. 어떤 착각을 신념인 양
오인하고 있는 하나의 폐인^{廢人}을 발견할지도 모르지만 설혹 그렇
다 치더라도 나는 그를 우리 민족의 수난이 만들어낸 수난의 상징
으로 보고 소중히 감싸줄 아량을 가지고 있다. 폐인^{廢人}·수난의 상징·287면

나는 그로부터 경멸을 받으면서도 예의를 잃지 않았다. 그의 도
발에 성내지 않았다. 내가 그에게 접근한 덴 아무런 불순한 동기
가 없었다. 그는 그것마저 경멸할지 모르지만 인간적인 호의, 약
간의 호기심, 그런 것뿐이었다. 예의·287면

나는 노정필 씨에게 대한 노여움을 풀어야겠다는 마음이 든다.
이 마음과 더불어 또하나의 얼굴이 솟아난다.
　그 얼굴의 주인공은 사동수^{謝東修}, 열두 살 난 중국의 소년이다.
〈중략〉 헌병들은 사동수를 동리 앞 정자나무에 꽁꽁 묶어놓고 권
총의 출처를 대라면서 고문하기 시작했다. 실신한 줄만 알고 배
속에 그냥 뉘어두었더니 상숙과 곤산^{崑山}으로 가는 수로의 갈림에
서 사동수가 물속에 기어들어갔다는 것이었다.
　바로 가까이 사탕수수밭 속에서 "시이상^{선생님}." 하는 사동수의

222

소리를 들었다. 나는 그를 끌어안고 실컷 울었다. 때마침 달이 솟아올랐다. 사동수의 얼굴은 보기조차 민망스러울 정도로 일그러져 있었다. 나는 막사로 돌아와 건빵과 모포를 가지고 다시 그곳으로 돌아왔다. 그리고 먹을 것을 날라다줄 것이니 그곳에 그냥 있으라고 이르고 서동수의 집을 찾아 그의 할머니를 안심시켰다.

그 일이 있고 사흘 후에 일본의 항복이 있었다." 사동수·287~290면

사동수는 지금 사십 세의 장년이 되어 있을 것이다. 열두 살의 나이에 보여 준 그 야무진 의지력이 반드시 훌륭한 인격으로 그를 키웠음에 틀림이 없다. 사동수를 생각하는 것은 내게 있어서 인생을 생각한다는 뜻이고 용기를 생각한다는 뜻이고 기필 내 인생을 보람있게 해야 한다는 다짐으로 된다. 인격·290면

시인은 나 때문에 본의 아닌 모욕을 받은 셈이다. 나는 그 시인들을 위해 변명해야 할 것이 아닌가. 그러자면 노정필 씨가 미워하는 시인이 되어야 할 것이 아닌가. 내 속의 시인을 발견해선 그 시인을 가꾸어야 할 것이 아닌가. 만건의 기록을 한 줄의 시로써 능가할 수 있는 시를 증거로서 제시해야 할 것이 아닌가 그리고 그 심판은 사동수에게 맡겨야 할 것이다. 시인詩人·290면

노정필 씨는 아마 하늘은 비가 오기 위해서 있고, 거리는 교통 사고를 있게 하기 위해서 있고, 집은 그 속에서 사람이 죽기 위해서 있고, 성공보다는 빛나는 실패를 위해서 인생은 있다는 것을 모르는 모양이다. 기록하지 않기 위해서 기록이 있고, 시를 쓰지

못하기 때문에 장황한 기록이 있다는 것도 모르는 모양이다.
노정필·290면

  용광로의 정열이 없으면 빙화하는 정열이라도 있어야 한다. 때
론 허물을 보다 정치精緻 하기 위해서 천재를 필요로 할 때가 있다.
노정필 씨의 인간회복은 그리고 보니 그가 미워하는 환각을 기르
는 길 이외엔 달리 도리가 없는 것 같다. 환각이 곧 시가 아닌가.
환각 없이 노정필 씨는 그 가혹한 경험을 인간화할 방도가 없는
것이 아닌가. 인간회복·290면

  노정필 씨는
"기록자 되기보다 황제가 되는 것이 낫지 않겠느냐?"고 나를
비꼬았다. 기록자·290면

  그때 내가
"돌이 되는 것보다 황제가 되는 게 낫지 않겠느냐고?"
고 응수하지 못한 게 유감스럽다. 돌·290면
……

  돌이 되어버린 무신론자의 노정필과 인간의 천진성을 그대로
지닌 그 친구의 얼굴을 비교해 본다. 그 친구의 역정이 결코 노정
필의 역정에 비해 수월했다고는 말할 수 없다. 일제 때는 병정에
끌려 나가 생사의 고비를 헤맸다. 전범재판에서 하마터면 전범의
누명을 쓰고 처형될 뻔한 아슬아슬한 고비도 있었다. 6·25동란

때에는 친형을 잃었다. 그리고 2년 전엔 이십 수년의 애지중지해 온 부인을 잃었다. 게다가 사형선고나 마찬가지인 병의 선고를 받고 한동안 사경을 방황하던 때도 있었다. 그러나 그는 언제나 활달하려고 애썼고 스스로의 고통 때문에 주위의 사람을 우울하게 하지 않으려고 신경을 썼다. 그 친구·292면

어떤 중대한 일도 유머러스하게나 아니면 표현을 못하는 수줍은 성격이기도 했다. 출중한 어학력을 가지고 있으면서도 도리어 그것을 부끄러워하는 태도마저 있었다. 어학의 부족을 한탄하는 나를 보고 그는 "대인大人은 외국어를 잘 씨부릴 필요가 없다"는 말로써 위로했다. 대인大人·293면

보다도 가장 중요한 일은 철저한 천주교 신자이면서도 친구들에게 자기의 천주를 강요하지 않았다. 기껏 이런 말을 할 정도였다.

"자네 모든 것이 다 좋은데 꼭 한 가지 탈이 있어. 그건 천주님을 모시는 일이다." 신앙인·293면

노정필 씨와 친구를 비교해서 우열을 말할 수는 없다. 그러나 인간은 인간적인 사람을 좋아하기 마련이다. 나는 천주교를 믿을 생각은 없지만 그 친구의 천주만은 믿고 싶은 생각이 있다.

인간이 보다 인간적일 수 있도록 하는 계기가 되는 천주란 기막힌 존재가 아닌가.

그런데 그 친구는 죽었다……. 인간·293면

칸나·X·타나토스 문학사상, 1974

이병주, 〈칸나·X·타나토스〉, 《여사록》,
바이북스, 2014, 64-68면

1959년 7월 31일의 기록만은
얼음장처럼 차가운 말로 새겨져야 한다는
생각을 버릴 수가 없다.

-나림 이병주

해설

1

〈칸나·X·타나토스〉. 국가권력이 정치인에게 사형을 집행한 법률소설이다. 이 작품에 조봉암 사형 집행 장면이 등장한다. '얼음처럼 차가운 말'로 쓴 1959년 7월 31일 나림의 일기다. 나림의 운명을 암시한 회고형 소설이다. 1959년 신문사 풍경·국제신보 편집회의·신문 제1면이 탄생하는 과정·사설·조봉암과 만남·진보당원으로 얽힌 이야기·정치 사찰·부친 사망, 부산과 하동의 당시 사정 등 세세한 이야기가 담겨 있다. 나림은 이 소설에서도 제목에 온점(•)을 찍었다. 소설 제목이 암시하듯이 필화사건 전조를 묘사하고 있다. 회고문학·자전문학·언론문학·기록문학이다. 1974년. 문학사상. 54세. 단편 22면.

2

나림은 1955년 〈국제신보〉에 입사하여 편집국장 겸 주필로 활동하였다. 모든 사건은 기미가 있는 듯하다. 신문 기사에 열광한 여성 독자가 칸나 꽃을 신문사 편집국에 보낸다. 그 칸나의 요염성은 그의 운명을 암시한다. 독자의 열광은 결국 필화사건으로 이어진다. 1959년 7월 31일. 그날 부친은 유언 한마디 없이 운명했다. 나림 자신도 아버지처럼 한마디 말도 없이 약 10개월 후 신문사에서 끌려가 '사회적으로' 사망했다. 필화사건이다.

3

1960년 5월 19일 오전 9시 30분경 권총을 찬 군인들이 〈국제신보〉 3층 논설위원실을 쳐들어왔다. 당시 나림은 석간신문 사설을 집필 중이었다. 군인에게 끌려 나갔다. 영장 제시도 없었다. 중부경찰서 유치장에 감금되었다. 이 체포사건은 신문사 편집국장 겸 주필 직업의 종말을 의미했다. 이어 서부산경찰서 유치장으로 이동하였다. 그 뒤 다시 경남경찰국 유치장으로 이송되었다. 강도 높은 수사가 진행되었다 —조봉권, 이병주 선생께서 일하신 직장에서 일하며 -언론인이 바라본 언론인 이병주, 2020 지역민과 함께하는 문학큰잔치, 이병주기념사업회, 2020, 5-10면. 8면

그가 〈칸나·X·타나토스〉에서 제목으로 뽑은 타나토스^{Thanatos}는 그리스 신화에서 죽음의 신이다. 나는 이 작품을 "혈기 왕성한 나의 사회 인식은 칸나처럼 요염했고, 내가 앞으로 쓸 사설들은 타나토스를 상징했었다. 아버지는 운명 때 유언을 남기지 않으셨는데, 나도 유언 없이 끌려가 사회적으로 사망했다. 그날의 운세를 되돌아 생각해보니 어디선가 웃는 소리가 내 귀에 들린다"라고 읽었다. 39세의 나림을 54세의 나림이 회상한 장면으로 생각하였다.

4

〈칸나·X·타나토스〉 마지막 문장이다.

> 북빙양의 심처에 동결된 차가움에 대한 향수가 겨우 찾
> 았다는 말이 기껏,
> '칸나·X·타나토스.'로 되었다. 어디선가 홍소^{哄笑}가 들린다.

나는 이 문장을 "칸나의 추락·부친의 사망·다가올 감옥살이,
이 운명을 회상하니 저절로 웃음이 나왔다"로 읽었다. 조봉암과
만남에 대해 자세히 서술하고 있다. 나림은 당시 본인의 정치사상
을 해명하고 싶었던 것 같다. 여러 가지 말이 많으니 꼭 기록으로
남겨두고 싶다로 읽었다.

나림의 아들인 이권기 교수는 "아버지는 작품에서 본인의 생각을
이미 밝혀 놓았습니다"라고 말했다. "왜 재심을 청구하지 않았습니
까"라는 내 질문에 대한 답변이었다. -2021년 8월 29일 전화 인터뷰

> 7월 31일, 아버지의 휘일^{諱日}이 돌아오면 나는 칸나꽃이
> 담뿍 꽂힌 항아리를 생각한다. 그리고 그 항아리가 깨진
> 후, 콘크리트 바닥에 엉클어진 칸나가 능욕당한 요염한 여
> 체 같더라는 인상을 상기한다. 그 처참감과 더불어 조봉암
> 씨에의 감회가 서리는 것인데 이래저래 1959년 7월 31일
> 의 기록만은 얼음장처럼 차가운 말로 새겨져야 한다는 생
> 각을 버릴 수가 없다.

이 소설에 등장하는 조봉암은 실명 정치인이다. 1958년 1월 간첩죄 및 국가보안법 위반혐의로 진보당원 16명과 함께 검거되어 대법원에서 사형이 확정되었다. 1959년 7월 31일 오후 11시 30분경 사형이 집행되었다.

5

2007년 9월 27일 진실·화해를 위한 과거사정리위원회는 조봉암 진보당 사건을 이승만 정권의 반인권적 정치 탄압으로 결론내렸다. 이 위원회는 국가가 유가족에게 사과하고, 독립유공자로 인정하며, 재심 청구를 권고하였다.

2011년 1월 20일 대법원 전원합의체는 국가변란과 간첩 혐의에 대해 전원 일치로 무죄를 선고하였다. 조봉암은 복권되었다. 사형집행 후 52년이 지난 후의 일이다.

나는 〈칸나·X·타나토스〉를 읽으면서 33·34세의 나림을 생각했다. 당시 해인대 교수였던 나림과 조봉암의 대화는 매우 흥미로웠다. '은행나무집' 첫 만남과 3만원 여비 사건이 나림의 운명을 흔들었다. 조봉암은 1952년 제2대 정·부통령 선거에 입후보하였다가 차점으로 낙선한 당시 거물 진보 정치인이었다. 나림보다 10살이 위였다. 진주 출신이다.

1959년 7월 31일, 조봉암이 사형 집행을 당한 날이 부친의 사망일과 겹치고, 그 자신이 편집국장으로써 '조봉암 사형 집행'을 국제신보 8월 1일자 제1면 톱기사로 뽑았다고 하니, 한편의 운명 드라마 같다. 나림은 2년 후 1961년 12월 21일 서대문형무소에서 제자 '조용수 사형집행 소식'도 듣는다. 나림은 사형제도에 트라우마를 갖고 있었다.

6

당시 정치적 혼란기에 나림이 얼마나 권력의 중심부에 서 있었는지 알 수 있다. 이런 경력의 소설가는 앞으로 나오기가 힘들 것이다. 기록을 문학으로 승화한 소설가다. 고인환 교수는 나림을 이렇게 평가했다.

"그는 당시의 문단과 일정한 거리를 유지하며 자신만의 독특한 문학 세계를 구축한 것이다."

-고인환, '기록자이자 문학' 혹은 '문학이자 기록'에 이르는 길, 180면

7

대법원 2011. 1. 20. 선고 2008재도11 전원합의체 판결
[간첩·간첩방조·국가보안법위반·법령제5호위반] 〈조봉암 재심사건〉

"62년이 지나 무죄가 선고되었다는데, 그 무슨 소용이 있소? 사

람은 죽고 없는데……." 나림은 틀림없이 이렇게 말했을 것이다.

대법원 2011. 1. 20. 선고 2008재도11 전원합의체 판결은 대
법원 1959. 2. 27. 선고 4291형상559 판결, 이른바 '진보당사
건'에 대하여 재심이 개시된 사안이다. 대법원은 원심 판결과 제1
심 판결 중 유죄 부분을 각 파기하고 직접 판결을 하였다. 제1심
판결에서 무죄가 선고된 진보당 관련 구 국가보안법 위반의 공소
사실에 대한 검사의 항소를 기각하고, 간첩 공소사실에 대하여 무
죄를 선고하였다. 무기불법소지행위에 대하여는 형의 선고를 유
예하였다. 대법원은 이 사안에서 여러 쟁점을 다루었다. 대법원
전원합의체 판결문의 판결요지를 읽어 보시길 바란다.

이 판결에 따르면 조봉암 -曺奉岩, 1899년 9월 25일~1959년 7월 31일은 오
심으로 억울하게 사형된 것이다.

【판결요지】

[1] 구 국가보안법-1958. 12. 26. 법률 제500호로 폐지 제정되기 전의 것 제1조,
제3조는 '국헌을 위배하여 정부를 참칭하거나 그에 부수하여 국
가를 변란할 목적으로 결사 또는 집단을 구성한 자로서 수괴와 간
부는 무기, 3년 이상의 징역 또는 금고에 처하고, 그 목적으로서
그 목적한 사항의 실행을 협의 선동 또는 선전한 자는 10년 이하
의 징역에 처한다'고 규정하고 있다.

여기에서 '국헌을 위배하여'라 함은 대한민국 헌법에 위반하는
것을, '정부를 참칭한다'고 함은 합법적 절차에 의하지 않고 임의

로 정부를 조직하여 진정한 정부인 것처럼 사칭하는 것을, '국가를 변란한다'고 함은 정부를 전복하여 새로운 정부를 구성하는 것을 각 의미하고, '결사 또는 집단'이라 함은 공동의 목적을 가진 2인 이상 특정 다수인의 임의적인 계속적 또는 일시적 결합체를 말한다.

그러므로 위 법 제1조, 제3조의 구성요건을 충족하기 위해서는 그 구성된 결사나 집단의 공동목적으로서 정부를 참칭하거나 그에 부수하여 국가를 변란할 목적, 즉 주관적 요건을 갖추어야 한다. 그와 같은 목적을 가지고 있는지 여부는 그 결사나 집단의 강령이나 규약에 의하여 판단하는 것이 보통이나, 외부적으로 표방한 목적이 무엇인가에 구애되지 않고 그 결사 또는 집단이 실제로 추구하는 목적이 무엇인가에 의하여 판단되어야 한다. 어느 구성원 한 사람의 내심의 의도를 가지고 그 결사 또는 집단의 공동목적이라고 단정해서는 아니 된다.

[2] 피고인이 평화통일의 실현 등을 강령·정책으로 하여 결성한 '진보당'은 그 경제정책이 사회적 민주주의의 방식에 의하여 자본주의 경제체제의 부작용이나 모순점을 완화·수정하려고 하였을 뿐 사유재산제와 시장경제체제의 골간을 전면 부인하는 취지가 아니다.

정치형태 역시 주권재민과 대의제도, 국민의 자유와 권리의 보장 등을 목표로 하였을 뿐 자유민주주의를 부정하는 내용이 아니어서 그 결성 목적이 대한민국헌법에 위배된다고 할 수 없다.

또한 진보당의 통일정책인 평화통일론이 북한의 위장평화통일론에 부수하는 것으로 인정되지 아니하고 이를 인정할 다른 아무런 증거도 없어 그 결성이 북한에 부수하여 국가를 변란할 목적으로 이루어진 것으로 볼 수 없으므로, 구 국가보안법 제1조, 제3조에 정한 '불법결사'에 해당하지 않는다.

[3] 형사재판에서 공소된 범죄사실에 대한 증명책임은 검사에게 있고, 유죄의 인정은 법관으로 하여금 합리적인 의심을 할 여지가 없을 정도로 공소사실이 진실한 것이라는 확신을 가지게 하는 증명력을 가진 증거에 의하여야 한다. 그러므로 그와 같은 증거가 없다면 설령 피고인에게 유죄의 의심이 간다 하더라도 피고인의 이익으로 판단할 수밖에 없다.

[4] 형법 제98조 제1항에서 간첩이라 함은 적국에 제보하기 위하여 은밀한 방법으로 우리나라의 군사상은 물론 정치, 경제, 사회, 문화, 사상 등 기밀에 속한 사항 또는 도서, 물건을 탐지·수집하는 것을 말한다.

간첩행위는 기밀에 속한 사항 또는 도서, 물건을 탐지·수집한 때에 기수가 되므로 간첩이 이미 탐지·수집하여 지득하고 있는 사항을 타인에게 보고·누설하는 행위는 간첩의 사후행위로서 위 조항에 의하여 처단의 대상이 되는 간첩행위 자체라고 할 수 없다.

[5] 피고인에 대한 간첩의 공소사실은 합리적인 의심이 없을 정도로 증명되었다고 보기 어렵고 달리 이를 인정할 만한 증거가 없을 뿐만 아니라, 진보당의 중앙위원장인 피고인이 이미 지득하고 있던 관련 문건 등을 보고·누설한 행위에 불과하여 그 사실 자체로서 형법 제98조 제1항에 규정된 간첩행위로 보기 어렵다.

[6] 재심이 개시된 사건에서 범죄사실에 대하여 적용하여야 할 법령은 재심판결 당시의 법령이다. 재심대상판결 당시의 법령이

변경된 경우 법원은 그 범죄사실에 대하여 재심판결 당시의 법령을 적용하여야 한다.

[7] 이른바 '진보당사건'에 관한 재심대상판결인 대법원 1959. 2. 27. 선고 4291형상559 판결에서 피고인에 대한 구 국가보안법 위반, 군정법령 제5호 위반 및 간첩의 공소사실이 각 유죄로 인정되어 사형이 집행되었는데, 피고인의 자녀들이 위 판결에 대해 재심을 청구하여 재심이 개시된 사안에서, 원심판결과 제1심 판결 중 유죄 부분을 각 파기하고 직접판결을 하면서 제1심 판결에서 무죄가 선고된 진보당 관련 구 국가보안법 위반의 공소사실에 대한 검사의 항소를 기각하고, 간첩의 공소사실에 대하여 무죄를 선고하는 한편, 무기불법소지에 의한 군정법령 제5호 위반죄에 대하여는 당시 적용법령인 위 제5호가 폐지되어 구 총포화약류단속법 −1981.1.10. 법률 제3354호 총포·도검·화약류단속법으로 전부 개정되기 전의 것을 적용하였으나, 피고인의 독립운동가 및 정치인으로서의 이력과 이 사건 재심에서 공소사실 대부분이 무죄로 밝혀진 점 등을 고려하여 그 형의 선고를 유예한 사례.

줄거리

1959년 7월 31일. 당시 나는 부산에 있는 K신문의 주필과 편집국장을 겸하고 있었다. 애독자라고만 말한 어떤 여인이 어제의 기사에 감동했다면서 항아리와 칸나 꽃을 가져왔다.

편집국장의 아침은 의욕에 차 있다.

"8월 1일, 더구나 아침에 나갈 신문인데 사망자의 일람표를 제1면에 낸다는 건 생각해 볼 문젭니다."

나는 자리에서 일어서서 오른팔을 쑥 뻗어 체육부장을 코끝에 건드릴 듯 하면서 "잔말 말고 내 시키는 대로 해요."

발꿈치 근처를 칸나의 잎사귀가 스친 기분이더니 항아리가 책상 아래로 굴러 떨어졌다. 병은 거짓말처럼 깨어졌다. 쏟아진 물을 뒤집어 쓰고 콘크리트 바닥에 쓰러지듯 누운 칸나는 능욕으로 유린된 요부의 여체처럼 처참했다. 왈칵 피 내음까지 났다.

바로 그 다음 순간에 있은 일이다. 무전실의 K기자가 달려왔다.

"조봉암 씨의 사형 집행을 했답니더."

"그런데 조봉암 씨의 마지막 말은 없었는가?"

"술을 한 잔 주었으면 했더랩니다."

"그래 술을 주었는가?"

"안 준 모양입니다."

내일 아침 사설은 K위원이 쓰시오. 조봉암은 죽어도 진보 사상은 살아 있다. 이런 골자로 쓰시오. 재판이나 기타 문제엔 일체 언급하지 말고 하나의 인간이 당한 비운에 중점을 두고 담담하게 쓰도록 하시오. 꼭 조봉암의 진보 사상을 들먹일 필요는 없을 거요."

내가 집에 도착했을 때 아버지는 이미 운영하고 있었다. 한마디의 말도 남기지 않았다는 그 사실이 나의 가슴을 에이는 듯했다. 이 세상에서 나와 가장 가까운 사람이 없어졌다는 실감마저 비통한 감정은 없다. 장례를 치르고 돌아 와보니 '조봉암은 가고 진보 사상을 살아 있다'는 사설이 문제로 되어 있었다.

7월 31일, 아버지의 휘일諱日이 돌아오면 나는 칸나 꽃이 담뿍 꽂힌 항아리를 생각한다. 그리고 그 항아리가 깨진 후, 콘크리트 바닥에 엉클어진 칸나가 능욕당한 요염한 여체 같더라는 인상을 상기한다. 그 처참감과 더불어 조봉암 씨에의 감회가 서리는 것인데 이래저래 1959년 7월 31일의 기록만은 얼음장처럼 차가운 말로 새겨져야 한다는 생각을 버릴 수가 없다. 북빙양의 심처에 동결된 차가움에 대한 향수가 겨우 찾았다는 말이 기껏,

'칸나·X·타나토스.'

로 되었다. 어디선가 홍소哄笑가 들린다.

어록

어떤 날 또는 어떤 일을 기록하기 위해선 얼음장처럼 차가운 말을 찾아야만 하는 경우가 있다. 그것도 냉장고에서 언 그런 얼음이 아니라 북빙양北氷洋 깊숙이 천만년 침묵과 한기로써 동결된 얼음처럼 차가운 말이라야 한다. 기억의 부패를 막기 위해서는 그 밖에 달리 방법이 없는 것이다. 기억·69~70면.

이해 7월 31일로써 아버지가 세상을 떠난 지 15년이 되었다. 눈 깜박할 사이에 지나버린 것 같은 느낌이어서 당황했다. 당황할 만도 하다. 15년이라면 한 마리의 독사가 수만 마리의 새끼를 칠 시간이며 책가방을 버거워하던 소년이 달 로켓을 조정할 수 있는 힘과 기술을 가꿀 수 있는 시간이다. 15년·65면

1959년 7월 31일.
당시 나는 부산에 있는 K신문의 주필과 편집국장을 겸하고 있었다.
그날 아침 출근을 했더니 내 책상위에 칸나의 꽃을 듬뿍 담아 놓은 청자풍의 꽃 항아리가 놓여 있었다.
사환 아이의 말에 의하면 애독자라고만 말한 어떤 여인이 어제의 기사에 감동했다면서 항아리와 그 꽃을 가져왔다는 것이다.
"상당히 잘난 여자던데요."
대강 짐작할 수 있듯이 편집국장의 책상이란 꽃병을 놓아둘 만한 사치스러운 장소가 아니다. 국내의 그날의 각 신문이 빠짐없이

놓여 있어야 하는데 순식간에 통신이 더미로 모이고 게라가 쌓여지고 조사부에서 꺼내 온 자료들이 붐비고 얼마 안가 물기가 축축한 대상이 몇 번이고 펼쳐져야 한다. 1959년 7월 31일·65~70면

나는 칸나의 꽃을 좋아하지 않는다. 백일하에 보면 음탕하게 타오르는 정면과 같고 그늘에서 보면 짙은 화장을 한 창부를 방불케하는 것이 지나치게 신경을 자극하기 때문이다.

그러나 나는 그 꽃병을 치우라고 할 수가 없었다. 호의에 대한 일종의 최면이랄 수도 있다. 하루쯤은 그 애독자의 호의를 받들어 그냥 둬두자는 마음이었다. 칸나·71면

편집국장의 아침은 의욕에 차 있다. 하얀 백지를 세계의 뉴스로 꽉 채워 멋진 신문을 만들자는 의욕으로써 행복한 시간이기도 하다. 신문처럼 무한한 기능을 가진 것은 없다. 어떻게 만들어져야 최고의 신문이 될 수 있다는 표준이 없기 때문에 아침마다의 의욕은 언제나 새롭다. 만들어놓고 보면 다시 매너리즘을 발견하고 환멸하는 것이지만 그 매너리즘을 이겨내기 위해서라도 아침엔 호랑이라도 잡을 듯이 서둘러야 하고 그만큼 아침의 편집회의는 활발해야 하는데 칸나에 마음을 빼앗겨 그날 아침의 회의는 흐지부지 끝냈다. 편집회의·71면

발꿈치 근처를 칸나의 잎사귀가 스친 기분이더니 항아리가 책상 아래로 굴러 떨어졌다.

병은 거짓말처럼 깨어졌다. 쏟아진 물을 뒤집어쓰고 콘크리트

바닥에 쓰러지듯 누운 칸나는 능욕으로 유린된 요부의 여체처럼 처참했다. 왈칵 피 내음까지 났다.

"보라구. 사고는 이처럼 순간에 일어나는 일이라구. 그러니 해수욕에 관해선 얼마든지 조심해도 지나치지 않아."

깨진 꽃병까지도 권위 의식을 위해 이용하고 있는 내 자신의 태도를 열적게 생각하면서도 나는 이렇게 얼버무린 것이지만 그러나 그건 건성이었고 아무렇게나 사환의 손에 쥐어 쓰레기통으로 옮겨지고 있는 칸나의 그 강렬한 색채는 일종의 처참함과 함께 내 망막에 남았다. 칸나·73~74면

바로 그 다음 순간에 있은 일이다. 무전실의 K기자가 달려왔다.

"조봉암 씨의 사형 집행을 했답니더."

"톱을 바꿔야 하겠구나."

"물론 바꿔야지."

"1면 톱? 3면 톱?"

"사진을 찾아라. 사진!"

편집부장이 조사부를 향해 고함을 질렀다.

"조봉암의 사진을 죄다 꺼내라."

"해수욕장 기사는 4면으로 돌려."

편집국 내는 아연 활기를 띠기 시작했다. 뉴스다운 대사건이 일어날 때마다 보이는 광경이다. 조봉암 사형집행·74면

사람을 사형 집행했다는 슬픈 사건도 신문사에 들어오면 이런 꼴이 된다. 무슨 면에 몇 단으로 제목은 어떻게 뽑고 사진은? 최

근 사진이라야 해, 하는 식으로 어떤 사건이건 신문 기자의 손에 걸리기만 하면 생선이 요리사의 손에 걸린 거나 마찬가지로 된다. 요리사에겐 생명에의 동정 따위는 없다. 그 생선이나 생물을 가지고 한 접시의 요리를 장만해야 한다. 신문사도 마찬가지다. 어떤 비극도 그것이 뉴스 감이면 한 방울의 감상을 섞을 이유도 없이 주어진 스페이스에 꽉 차도록 상품으로서의 뉴스를 장만해야 한다. 독자의 눈시울을 뜨겁게 하는 기사를 울면서 쓰는 기자란 거의 없다. 사형 집행을 지휘하고 지켜보는 검사의 눈도 기사를 쓰는 기자들처럼 차가웁진 않을 것이다. **신문사·74~75면**

"그런데 조봉암 씨의 마지막 말은 없었는가?"
"술을 한 잔 주었으면 했더랩니다."
"그래 술을 주었는가?"
"안 준 모양입니다." **조봉암 마지막 말·75~76면**

"내 좀 고향엘 갔다 와야 하겠소."
"부친이 병중에 계셨어."
나는 황급히 K위원을 돌아보고 말했다.
"내일 아침 사설은 K위원이 쓰시오. 조봉암은 죽어도 진보 사상은 살아 있다. 이런 골자로 쓰시오. 재판이나 기타 문제엔 일체 언급하지 말고 하나의 인간이 당한 비운에 중점을 두고 담담하게 쓰도록 하시오. 누구의 죽음인들, 그것이 설혹 대악인의 죽음이라고 해도 죽음에만은 동정할 수가 있지 않겠소. 진보 사상이라고 해서 구체적으로 설명할 필요는 없소. 사람과 사회는 부단히 진보

해야 한다는 일반 관념쯤으로 취급하면 되지. 꼭 조봉암의 진보 사상을 들먹일 필요는 없을 거요."사설·80~81면

술에 취한 탓도 있어 그 석상에서 나는 조봉암 씨를 맹렬하게 공격했다.……조봉암 씨는 묵묵히 듣고만 있다가 꼭 한마디 했다.

"정치가는 정치 운동을 통해서만이 교육하고 계몽할 수 있는 거니까."

계몽이나 교육을 하려면 정당을 만들 것이 아니라 계몽 단체를 만들어야 할 것이 아니냐는 나의 질문에 답한 말이다.

나의 공격은 그 술자리의 끝까지 계속되었다. 그러나 자리가 끝나고 헤어질 땐 나는 충심으로 사과를 드렸다. 술·82~83면

내가 집에 도착했을 때 아버지는 이미 운명하고 있었다. 하실 말씀 없느냐고 어머니가 애원을 해도 공허하게 눈을 뜨고 누운 채 한마디의 말도 남기지 않았다고 했다. 한마디의 말도 남기지 않았다는 그 사실이 나의 가슴을 에이는 듯했다. 이 세상에서 나와 가장 가까운 사람이 없어졌다는 실감만큼 비통한 감정은 없다.

운명·84면

7월 31일, 아버지의 휘일諱日이 돌아오면 나는 칸나 꽃이 담뿍 꽂힌 항아리를 생각한다. 그리고 그 항아리가 깨진 후, 콘크리트 바닥에 엉클어진 칸나가 능욕당한 요염한 여체 같더라는 인상을 상기한다. 그 처참감과 더불어 조봉암 씨에의 감회가 서리는 것인데 이래저래 1959년 7월 31일의 기록만은 얼음장처럼 차가운 말

로 새겨져야 한다는 생각을 버릴 수가 없다. 북빙양의 심처에 동결된 차가움에 대한 향수가 겨우 찾았다는 말이 기껏,

　'칸나·X·타나토스.'

로 되었다. 어디선가 홍소哄笑가 들린다. 1950년 7월 31일·85면

내 마음은 돌이 아니다 한국문학, 1975

이병주, 〈내 마음은 돌이 아니다〉, 《삐에로와 국화》, 이병주 중·단편 선집,

바이북스, 2021, 14–49면

나는 어떤 사상이라도 간디의 사상과 결부되지 못하는 것은
악이라고 생각합니다. 나는 지도급에 있는 사람들이
좀 더 간디를 연구하고 이해했으면 해요.

-나림 이병주

해설

1

〈내 마음은 돌이 아니다〉. 제목이 강렬하다. 사람의 영혼을 감시하는 사회안전법을 고발한 소설이다. 사회안전법은 1975년 7월 16일에 공포되었다. 국가와 사회의 안전 유지를 목적으로 제정한 법이다. 특정 범죄에 대한 재범위험을 예방하고, 사회복귀를 위한 교육 개선이 필요한 사람에게 보안처분을 한다. 나림은 사회안전법이 공포되자, 일제 강점기 보호관찰법을 회상하며, 소설 주인공으로 노정필을 내세워 독재정권 사법정책을 잔잔하게 비판하였다. 이 법률은 1989년에 '보안관찰법'으로 대체되었다. 나림의 박람강기博覽强記가 잘 표현된 법률소설이다. 1975년. 54세. 한국문학. 단편 35면.

2

〈내 마음은 돌이 아니다〉는 〈겨울밤-어느 황제의 회상〉의 완결작이다. 1975년 작품이다. 노정필이 다시 주인공으로 등장한다. 〈겨울밤-어느 황제의 회상〉은 노정필의 교도소 생활을 다루고 있고, 〈내 마음은 돌이 아니다〉는 노정필의 교도소 출소 후의 생활을 다루고 있다.

노정필은 좌익운동 혐의로 20년간 복역하고 출소 후 '돌'처럼 산다. 노정필은 1975년 7월 16일 사회안전법이 통과되자 삶을 포기한다.

　　하 여사는 울먹거리는 소리로 이렇게 말했다.
　　"이 선생의 책에 있는 대로 해를 가두고 달과 별을 가둬두고 살기 위해 떠난다고 전해달라고 합디다."
　　나라가 살고 많은 사람이 살자면 노정필 같은 인간이야 다발 다발로 역사의 수레바퀴에 깔려 죽어도 소리 한 번 내지 못한 들 어쩔 수 없는 일이다.
　　나폴레옹처럼 죽어야 할 사람이 있고 소크라테스처럼 죽어야 할 사람도 있다. 소나 개나 돼지처럼 죽어야 할 사람도 있다.

나림은 해·달·별·역사의 수레바퀴를 이렇게 장엄하게 표현하고 있다.

　　나는 관할 파출소를 향해 느릿느릿 걸었다. 신고용지를 받으러 갈 참이었다.

나림의 고백은 감시를 당해 본 사람만이 알 것이다.

3

나림은 자신이 포착한 인생의 진실을 소설로 기록하였다. 노정필은 역사의 수레바퀴에 깔린 인물의 표상이다. 노정필의 절규다.

내 마음은 돌이 아니다.

천재 작가의 걸작이다. 나림은 역사의 진실을 그대로 소설로 형상화했다. 법률 통과 3개월 후다. 상상만으로 살이 떨린다. 이 법률로 나림도 보호관찰 대상자가 되었다.

노정필이 자살하기 전 나림과 치열한 이념 논쟁을 펼친다. 이 장면은 소·개·돼지의 하소연으로 이 소설의 또 하나 매력이다. 마르크스주의자와 간디주의자의 설전은 오늘날에도 큰 울림이 있다.

4

"나는 대한민국이 보통의 능력을 갖고 보통으로 노력만 하면 살 수 있는 나라라고 생각해요. 정치가 그 정도로만 되어 있다고 하면 이 어려운 환경 속에 있는 나라치고 더 이상 바랄 것이 없지 않겠습니까."

"북쪽의 김일성이 지랄만 안 하면 이보다 훨씬 좋은 나라가 되겠죠."

"공산당 정권의 생리 자체가 백성을 억압하는 시스템을

갖게 마련 아닙니까. 소련의 예가 있지 않소."

"스탈린의 만행에 대해서는 어떻게 생각하죠?"

"나도 마르크스주의의 일부의 진리는 승인합니다. 그러나 마르크스주의가 진실로 인간의 복지에 도움이 되려면 간디주의, 즉 마하트마 간디의 사상을 세례洗禮를 받아야 한다고 생각해요."

"간디주의는 이상주의라고 하기보다는 몽상夢想이라고 하는 편이 옳지. 몽상 갖곤 일부도 전진하지 못합니다."

"내가 말하는 마르크스주의 개혁에의 의사를 승인하되 간디주의의 세례를 거쳐야 한다는 뜻입니다. 노선생은 간디주의를 한갓 몽상으로써 처리하고 계시지만 결코 그런 것이 아닙니다. 폭력으로써 어느 목적을 달성할 수 있을지 모르나 폭력을 썼기 때문에 거기서 새로운 문제가 생겨선 달성한 그 목적의 보람을 망쳐 버린다는 지혜가 함축되어있는 겁니다. 그러니 폭력으로써 어떤 개인이 어떤 집단의 일시적인 야심을 이룰 수는 있으나 인류가 염원하는 궁극의 목적은 달성할 수 없다는 뜻입니다."

"스탈린이 즐겨 그런 흉악한 짓을 했겠어요? 폭력으로써 잡은 정권이기 때문에 끝끝내 폭력으로서 지키지 않으면 안 되게 된 것 아닙니까. 폭력 없이 이룰 수 없는 일이라면 폭력을 써서도 이루지 못한다는 게 간디의 주장입니다. 간디의 독립사상도 마찬가지죠. 인도의 독립을 원하는 건 독립 자체가 귀중해서가 아니라 인도의 백성이 잘 살기 위한 조건을 만들기 위해서 독립을 해야 한다는 거였습니다. 간디의 말이 있죠. 영국인이 인도에서 철수하는 게 독립이 아니다.”

"독립이란 평균적인 백성이 운명의 결정자가 자기 자신
이며 선출된 대표를 통해 자기 자신이 입법자^{立法者}라는 것을
자각하는 것이라고 했어요. 나는 어떤 사상이라도 간디의
사상과 결부되지 못하는 것은 악이라고 생각합니다. 나는
지도급에 있는 사람들이 좀 더 간디를 연구하고 이해했으
면 해요."

5

나림은 한국의 사마천이다. 결코 잊을 수 없는 작가다. 형법학
계는 나림에게 어떤 말도 하지 않았다. 나림은 100명의 형법학자
가 해야 할 몫을 혼자서 감당했다. 그래서 나림은 위대한 법률 전
문 작가다.

"내 마음은 돌이 아니다!"

인간의 영혼을 법률로 감시하지 말라.
나림의 절규는 오늘에도 울린다.

통곡을 터뜨렸으면 하는 충동을 억지로 참아야 했다.

6

거의 절대적인 권력을 가지고 있는 사람에게 나림은 이런 선고
를 받은 적이 있다.

"헤엄을 쳐서 나간다면 모르되 그러지 않고선 절대로 당
신을 해외에 보낼 수 없다."

이것이 사회안전법이다.

대한민국 헌법은 다음과 같이 선언한다.

헌법 제10조 [인간의 존엄성과 기본권 보장] 모든 국민은 인간
으로서의 존엄과 가치를 가지며, 행복을 추구할 권리를 가진다.
국가는 개인이 가지는 불가침의 기본적 인권을 확인하고 이를 보
장할 의무를 진다.

헌법 제11조 [국민의 평등권 보장·특수계급제도 부인·영전의
효력 제한] ① 모든 국민은 법 앞에 평등하다. 누구든지 성별·종
교 또는 사회적 신분에 의하여 정치적·경제적·사회적·문화적 생
활의 모든 영역에 있어서 차별을 받지 아니한다. ② 사회적 특수
계급의 제도는 인정되지 아니하며, 어떠한 형태로도 이를 창설할
수 없다. ③ 훈장등의 영전은 이를 받은 자에게만 효력이 있고,
어떠한 특권도 이에 따르지 아니한다.

헌법 제13조 [형벌 불소급·일사 부재리·소급 입법 제한·연좌제
금지] ① 모든 국민은 행위시의 법률에 의하여 범죄를 구성하지
아니하는 행위로 소추되지 아니하며, 동일한 범죄에 대하여 거듭

처벌받지 아니한다. ② 모든 국민은 소급입법에 의하여 참정권의
제한을 받거나 재산권을 박탈당하지 아니한다. ③ 모든 국민은 자
기의 행위가 아닌 친족의 행위로 인하여 불이익한 처우를 받지 아
니한다.

헌법 제17조 [비밀한 사생활과 자유] 모든 국민은 사생활의 비
밀과 자유를 침해받지 아니한다.

헌법 제18조 [비밀 통신] 모든 국민은 통신의 비밀을 침해받지
아니한다.

헌법 제19조 [양심의 자유] 모든 국민은 양심의 자유를 가진다.

사회안전법은 헌법 위에 군림했다. 소급입법으로 처벌을 받고
사회안전법으로 양심의 자유와 비밀 통신의 자유와 비밀한 사생
활의 자유를 침해받으며, 정치적·경제적·사회적·문화적 생활의
모든 영역에서 차별받았다. 헌법 제10조는 완전히 종이였다. 나
림은 이것을 〈내 마음은 돌이 아니다〉에서 울부짖은 것이다. 소설
이 할 수 있는 저항이었다.

줄거리

노정필은 무기형에서 감형된 20년의 형기를 꼬박 채운 사람이다. 그동안 친아우를 사형장^{死刑場}에 잃기도 했다. 2년 전에 출옥했는데 출옥 이래 전혀 말을 하지 않았다. 실어증^{失語症}에 걸린 사람이 아닐까 하고 처음 얼마 동안은 내 자신이 의심해 봤을 정도였다.

돌이 되어버린 사람, 사람의 형상을 지닌 돌이니 석상^{石像}일 수밖에 없는 사람! 그것이 내가 알고 있는 노정필 씨였다. 나는 그를 우리 민족의 수난이 만들어낸 수난의 상징으로 보고 소중히 감싸줄 아량을 가지고 있다. 나는 그로부터 미움을 받으면서도 예의를 잃지 않았다. 그의 도발에 성내지 않았다.

"나는 대한민국이 보통의 능력을 갖고 보통으로 노력만 하면 살 수 있는 나라라고 생각해요. 정치가 그 정도로만 되어 있다고 하면 이 어려운 환경 속에 있는 나라치고 더 이상 바랄 것이 없지 않겠습니까."

"내가 말하는 마르크스주의 개혁에의 의사를 승인하되 간디주의의 세례를 거쳐야 한다는 뜻입니다. 노선생은 간디주의를 한갓 몽상으로써 처리하고 계시지만 결코 그런 것이 아닙니다. 폭력으로써 어느 목적을 달성할 수 있을지 모르나 폭력을 썼기 때문에 거기서 새로운 문제가 생겨선 달성한 그 목적의 보람을 망쳐 버린다는 지혜가 함축되어있는 겁니다. 그러니 폭력으로써 어떤 개인이 어떤 집단의 일시적인 야심을 이룰 수는 있으나 인류가 염원하는 궁극의 목적은 달성할 수 없다는 뜻입니다."

"스탈린이 즐겨 그런 흉악한 짓을 했겠어요? 폭력으로써 잡은 정권이기 때문에 끝끝내 폭력으로서 지키지 않으면 안 되게 된 것 아닙니까. 폭력 없이 이룰 수 없는 일이라면 폭력을 써서도 이루지 못한다는 게 간디의 주장입니다. 간디의 독립사상도 마찬가지죠. 인도의 독립을 원하는 건 독립 자체가 귀중해서가 아니라 인도의 백성이 잘 살기 위한 조건을 만들기 위해서 독립을 해야 한다는 거였습니다. 간디의 말이 있죠. 영국인이 인도에서 철수하는 게 독립이 아니다."

"독립이란 평균적인 백성이 운명의 결정자가 자기 자신이며 선출된 대표를 통해 자기 자신이 입법자立法者라는 것을 자각하는 것이라고 했어요. 나는 어떤 사상이라도 간디의 사상과 결부되지 못하는 것은 악이라고 생각합니다. 나는 지도급에 있는 사람들이 좀 더 간디를 연구하고 이해했으면 해요."

사회안전법社會安全法에 대한 이야기가 정계의 일각에서 돋아나 차츰 표면화되기 시작할 무렵이었다. 그 법률은 내게도 무관한 것이 아니었다.

"일제 때 보호관찰법이란 무시무시한 법률이 있었소. 그런 법률의 뽄을 안 보는게 이상하다고 생각했지."
"이 선생도 그렇게 되면 행동의 제한을 받겠구면요."

"난 어떤 법률이건 순종할 작정입니다. 나는 철저하게 나라에 충성할 작정이니까요. 소크라테스처럼."

"노 선생은 대부호의 아들로서 왜 하필이면 그런 길을 택했소. 예술의 길도 있고 학문의 길도 있고 대카당의 길도 있는데 말요."

"모든 길은 로마로 통한다고 생각한 거요."

"로마로 통하는 길이 감옥으로 통해 버렸군요. 대부호의 아들이면서 무산자의 신봉자의 선봉에 서서 으쓱해 보고 싶었던 거죠. 색다른 영웅이 되고 싶었던 거죠. 새로운 타입의 영웅이 말요."

"영웅이 아니라 용이 되어 승천할 작정이었소."

"용이 되어 하늘을 날을 생각을 했다니까."

"실컷 이용만 해 놓고 정작 부르주아의 반동이란 낙인이 찍혀 숙청당할 생각은 못 했소."

드디어 1975년 7월 19일, 사회안전법은 통과되었다. 이어 정식으로 공포되었다.

8월에 들어섰다. 같이 신고를 하자는 의논도 할 겸 나는 노정필을 찾았다. 그런데 그땐 벌써 그는 갈 곳으로 가고 만 후였다.

"이 선생의 책에 있는 대로 해를 가두고 달과 별을 가둬두고 살기 위해 떠난다고 전해달라고 합디다."

하 여사는 울먹거리는 소리로 이렇게 말했다.

나라가 살고 많은 사람이 살자면 노정필 같은 인간이야 다발다발로 역사의 수레바퀴에 깔려 죽어도 소리 한 번 내지 못한들 어쩔 수 없는 일이다.

나폴레옹처럼 죽어야 할 사람이 있고 소크라테스처럼 죽어야

할 사람도 있다. 소나 개나 돼지처럼 죽어야 할 사람도 있다. 노
정필이 전해달라고 했다는 그 말을 상기하고 뭐니뭐니 해도 그가
나의 가장 열심한 애독자였다는 아쉬움을 되씹으며 나는 관할 파
출소를 향해 느릿느릿 걸었다. 신고용지를 받으러 갈 참이었다.

어록

그 사람을 생각하고 있으니 마음이 시詩의 빛깔로 보인다.

이끼가 끼기 시작한 석상石像의
그 바래진 슬픔을
살결에 스미이고
일월日月을 가두기 위해
그 사람은 그곳으로 떠났다. 석상石像·14면

그는 시를 싫어하는 사람이다. 그의 말에 의하면 '시는 구체적인 슬픔, 개체적인 죽음을 추상적으로 일반적으로 때론 감동적으로 페인트칠해선 슬픔의 또는 죽음의 또 다른 의미가 있는 것처럼 꾸민다. 허무를 노래해서 허무에도 원인이 있는데 그 원인을 없애야겠다는 의혹을 마비시킨다. 절망을 노래해선 절망 속에 무슨 구원이 있는 것처럼 조작한다. 총알 하나면 말살할 수 있는 인간을 무슨 대단한 존재처럼 추켜올리기도 하면서 무수한 생명을 짓밟는 발에 찬사를 새긴 꽃다발을 보내는 노릇이다.' 그런데도 그를 생각하면서 어줍잖게 시를 모방하는 심성으로 기울어든다는 게 무슨 까닭인지 알 수가 없다. 그 사람·14~15면

그는 나와 가깝지도, 멀지도 않을 사람이다. 그에게 애착이나 동정을 느끼는 바도 아니다. 그런데도 나는 그를 지나쳐 버릴 수 없는 것이다. 그 사람의 이름은 노정필盧正弼. 노정필·15면

돌이 되어버린 사람, 사람의 형상을 지닌 돌이니 석상石像일 수밖에 없는 사람! 그것이 내가 알고 있는 노정필 씨였다. 돌·19면

하 여사는 문갑 속에서 종이를 꺼내 내 앞에 놓았다. 가느다란 연필 글씨는 다음과 같이 적혀 있었다.

연필, 연필! 연필을 샀다. 백화점에서 연필을 샀다. 연필은 좋다, 대단히 좋다, 내 인생에 처음으로 연필을 손에 쥔 날은? 소년, 고향, 산, 바다, 이것이 국산품이라고? 우리 사람이 만든 연필이라고? 연필을 만들 수 있는 손은 문화를 만들 수 있다. 학문은 연필로부터, 로마에서 먼 길, 돈키호테에 갑옷, 거미줄로 꽉찬 폐품 창고? 착각을 신념인 양 오인하고 있는 폐인?······ 연필·22~23면

노정필 씨는 시인이 아닌 나를 보고 시인이라고 했다. 시인이 무슨 대역大逆을 범한 죄인처럼 비난하고 그 비난은 결국 내게 돌렸다. 과연 그럴 수 있는 일일까. 말하자면 시인은 나 때문에 본의 아닌 모욕을 받은 셈이다. 나는 그 시인들을 위해 변명해야 할 것이 아닌가. 그러자면 노정필 씨가 미워하는 시인이 되어야 할 것이 아닌가. 내 속의 시인을 발견해선 그 시인을 가꾸어야 할 것이 아닌가. 만권萬卷의 기록을 한 줄의 시로써 능가할 수 있는 시를 증거로서 제시해야 할 것 아닌가. 시·27면

성공보다는 빛나는 실패를 위해서 인생은 있다는 사실을 모르는 모양이었다. ······때론 허물을 보다 정치精緻하기 위해서 천재天才를 필요로 할 경우도 있다. 노정필 씨의 인간회복은 그러고 보니

그가 미워하는 환각幻覺을 가구는 길 외엔 달리 도리가 없다.

인생·28면

"나도 마르크스주의의 일부의 진리는 승인합니다. 그러나 마르크스주의가 진실로 인간의 복지에 도움이 되려면 간디주의, 즉 마하트마 간디의 사상의 세례洗禮를 받아야 한다고 생각해요." 간디·39면

"폭력을 배제해야 한다는 말씀이군요."

"그렇습니다."

"간디주의가 그야말로 지나친 이상주의가 아닐까요."

"계급을 없애고 각 개인의 자유가 만인의 자유와 통하도록 해야 한다는 마르크스주의는 지나친 이상주의가 아니구요?"

"간디주의는 이상주의라고 하기보다는 몽상夢想이라고 하는 편이 옳지. 몽상 갖곤 일부도 전진하지 못합니다." 간디주의·39면

"내가 말하는 마르크스주의 개혁에의 의사를 승인하되 간디주의의 세례를 거쳐야 한다는 뜻입니다. 노 선생은 간디주의를 한갓 몽상으로써 처리하고 계시지만 결코 그런 것이 아닙니다. 폭력으로써 어느 목적을 달성할 수 있을지 모르나 폭력을 썼기 때문에 거기서 새로운 문제가 생겨선 달성한 그 목적의 보람을 망쳐 버린다는 지혜가 함축되어있는 겁니다. 그러니 폭력으로써 어떤 개인이 어떤 집단의 일시적인 야심을 이룰 수는 있으나 인류가 염원하는 궁극의 목적은 달성할 수 없다는 뜻입니다." 폭력·40면

"스탈린이 즐겨 그런 흉악한 짓을 했겠어요? 폭력으로써 잡은 정권이기 때문에 끝끝내 폭력으로써 지키지 않으면 안 되게 된 것 아닙니까. 폭력 없이 이룰 수 없는 일이라면 폭력을 써서도 이루지 못한다는 게 간디의 주장입니다. 간디의 독립사상도 마찬가지죠. 인도의 독립을 원하는 건 독립 자체가 귀중해서가 아니라 인도의 백성이 잘 살기 위한 조건을 만들기 위해서 독립을 해야 한다는 거였습니다. 간디의 말이 있죠. 영국인이 인도에서 철수하는 게 독립이 아니다." 독립사상·40면

"독립이란 평균적인 백성이 운명의 결정자가 자기 자신이며 선출된 대표를 통해 자기 자신이 입법자立法者라는 것을 자각하는 것이라고 했어요. 나는 어떤 사상이라도 간디의 사상과 결부되지 못하는 것은 악이라고 생각합니다. 나는 지도급에 있는 사람들이 좀 더 간디를 연구하고 이해했으면 해요." 간디 연구·41면

"이 선생이야말로 행복한 사람이요. 인도에서 간디를 떠메고 올 정도로 정열이 있으니까 말요. 지금 내겐 아무런 생각도 없소. 다만 이조李朝의 장롱 같은 목물木物을 한 개라도 만들 수 있었으면 하는 소원이랄까, 희망이랄까 그런 게 있을 뿐이오."
나는 호되게 얻어맞은 것 같은 얼떨떨한 기분이 되었다.
목물木物·41면

하 여사는 딸 집에 갔다면서 없고 노파가 차를 날라왔다.
"여전히 신문을 보시지 않습니까."

"안 봅니다."

"안 듣습니다."

"무슨 소식을 듣진 않았습니까."

"못 들었는데요. 본래 삼불주의三不主義니까."

삼불이란 불견不見, 불청不聽, 불언不言을 말하는 것이다."

삼불주의三不主義·42면

"요즘의 기분은 어떻습니까."

"나쁠 건 없죠. 그런데 곰곰이 생각해보니 이 선생의 생각이 옳아요. 정치에 지나친 기대를 가져선 안 되는 것 같아요. 사람은 제각기 노력해서 나름대로의 생활을 꾸려나가야 한다는 걸 알았소. 그리고 보통의 능력으로 보통의 노력을 해서 보통으로 살아갈 수 있는 사회면 더 바랄 것이 없다는 것이 이 선생의 말이었는데 그런 뜻에서 대한민국도 이 정도면 됐다는 생각을 하게 되었습니다." 보통·42~43면

"생각이 그렇게 달라지신 데는 무슨 동기가 있었을 것 아닙니까."

하고 물었다.

"동기가 뭐 있겠소. 매일매일 노동을 하고 있으니 차츰 마음이 밝아진 거죠. 무엇을 만든다는 것, 노동의 보람을 보아가며 산다는 것, 그게 좋은 거더면, 목공소의 분위기도 좋구요. 모두들 구김살이 없어요. 가난하긴 하지만 궁하지 않은 생활들을 하고 있거든. 그래 느낀 거죠. 이만한 생활 분위기를 만들어 낼 수 있는 정

치면 군이 경계하고 반대할 필요도 없고 지나치게 몸을 도사릴 것까지도 없다고." 노동·43면

"사회안전법의 취지와 그 윤곽 설명을 듣자 노정필의 얼굴에 묘한 웃음이 번졌다." 사회안전법·45면

"일제 때 보호관찰법이란 무시무시한 법률이 있었소. 그런 법률의 뽄을 안 보는게 이상하다고 생각했지." 보호관찰법·45면

"그러나 모릅니다. 그 법률이 제정될지 안 될지."
"두고 보시오. 절대로 그 법률은 성립됩니다."
나는 아무 말도 하지 않았다. 그러자 노정필이
"이 선생도 그렇게 되면 행동의 제한을 받겠구먼요."
"난 어떤 법률이건 순종할 작정입니다. 나는 철저하게 나라에 충성할 작정이니까요. 소크라테스처럼." 충성·46면

드디어 1975년 7월 19일, 사회안전법은 통과되었다. 이어 정식으로 공포되었다.
8월에 들어섰다. 같이 신고를 하자는 의논도 할 겸 나는 노정필을 찾았다. 그런데 그땐 벌써 그는 갈 곳으로 가고 만 후였다. 자살·47~48면

"이 선생의 책에 있는 대로 해를 가두고 달과 별을 가둬두고 살기 위해 떠난다고 전해달라고 합디다."

하 여사는 울먹거리는 소리로 이렇게 말했다. 해·달·별·48면

"나라가 살고 많은 사람이 살자면 노정필 같은 인간이야 다발다발로 역사의 수레바퀴에 깔려 죽어도 소리 한 번 내지 못한 들 어쩔 수 없는 일이다." 역사의 수레바퀴·48면

나폴레옹처럼 죽어야 할 사람이 있고 소크라테스처럼 죽어야 할 사람도 있다. 소나 개나 돼지처럼 죽어야 할 사람도 있다. 소나 개나 돼지처럼 죽어야 할 사람·48~49면

노정필이 전해달라고 했다는 그 말을 상기하고 뭐니뭐니 해도 그가 나의 가장 열심한 애독자였다는 아쉬움을 되씹으며 나는 관할 파출소를 향해 느릿느릿 걸었다. 신고용지를 받으러 갈 참이었다. 파출소·신고용지·49면

철학적 살인 한국문학, 1976

이병주, 〈철학적 살인〉, 《그 테러리스트를 위한 만사》,

한길사, 2006, 171~195면

어떤 법률도 도덕도 사랑을 넘어설 순 없다.
사랑 이상의 가치가 이 세상에 있다고
나는 생각하지 않는다.

-나림 이병주

해설

1

〈철학적 살인〉 제목이 강렬하다. 확신범의 살인 사건과 재판 그리고 변화무쌍한 인간심리를 묘사한 소설이다. 주인공은 민태기·김향숙·고광식이다. 대학 동기동창이다. 3인칭 소설로 주인공의 시각을 대변하였다. 사랑의 시각과 윤리 문제를 제시하였다. 민태기는 이런 인간은 죽여야 한다고 결정하고 냉철한 판단으로 고광식을 살해하였다. 사랑을 장난으로 하는 놈은 살려 둘 수 없다고 생각했다. 나림의 법사상이 잘 표현되어 있다. 1976년 작품. 56세. 한국문학. 단편 24면.

2

민태기 아내 김향숙은 재능과 미모가 뛰어난 30대 여성이다. 민태기는 가난한 농부의 아들이다. 향숙의 선명한 루즈는…. 지옥이 있다면 지금의 내 마음이 지옥이다. 비누 물방울 같은 행복! 고광석, 남의 행복의 성城을 산산이 부숴 놓았다고 생각하니 더욱 용서할 수가 없었다. 민태기는 정확하게 고광식의 두상을 겨눠 그 큰 화분을 힘껏 내리쳤다.

장난으로 유린하는 놈은 용서할 수 없다. 철학에 의해 그
놈을 죽였다. 관대한 처분을 바라지 않는다. 검사는 10년을
구형했다. 판사는 5년을 선고했다.

어떤 법률도 도덕도 사랑을 넘어설 수 없다. 경솔하고 허
망한 질투가 저지른 비이성적 행동이었음을 깨닫게 된 것
이다. 고광식 아내 한인정이 1주일에 한 번씩 편지를 보내
왔다. 사랑에 있어서 육체란 그다지 중요한 문제가 아니란
발견을 하기도 했다. 민태기와 한인정이 맺어져서 사랑의
성을 쌓을 수 있다면 그건 기막힌 인생드라마일 것이라고
생각하곤 했다.

민태기는 아내를 유혹한 고광식을 죽였다. 나림은 현실 균열을
의식하지 못하는 속물을 경멸했다. 법·철학·도덕·범죄·재판·양
형·형사철학이 어우러진 걸작이다.

3

우리나라는 간통죄를 폐지했다. 형법 제241조 간통죄는 수많은
우여곡절을 겪다가 2015년 2월 26일 헌법재판소 위헌 결정으로
폐지되었다. 2008년 10월 30일 이후 간통죄 유죄 확정판결을 받
은 사람은 재심절차로 재판이 진행되었고, 기소된 사건은 모두 면
소판결을 받았다. 형법에 자유사상이 투영된 것이다.

일본은 간통죄가 없다. 간통죄 폐지 이후 수사역량이 그만큼 절

약되었다. 이 사건은 간통 사건이 아니고 성범죄 사건이다. 법정에서 이 부분이 깊게 다루어졌다면, 법적 판단과 민태기의 양형은 달라졌을 것이다. 재판이 끝나고 변호사가 민태기에게 전한 내용이 사실이라는 전제에서다. 나림은 여기까지 확장하지 않았다. 〈소설·알렉산드리아〉처럼 중편이었다면, 아마도 더 치밀하게 법리 논쟁이 이어졌을 것이다.

4

이 작품은 과실치사와 고의살인을 설명하고 있다. 재판 과정을 자세히 묘사하면서 양형 문제를 심도 있게 다루고 있다. 일본 고베 재판소 판결을 소개하고 있다. 양형 인자를 찾아가는 과정이나, 집행유예 그리고 가석방도 작품에 그려 놓았다. 그래서 나림은 빼어난 법률소설가이다. 언론사 편집국장과 본인 재판 경험이 없었다면, 이렇게 생생하게 묘사할 수 없었을 것이다.

형사재판이란 두 가지 차원이 있다. 하나는 유무죄이다. 도덕과 상관이 없다. 법률과 증거만으로 판단한다. 다른 하나는 양형이다. 범죄의 경중과 도덕이 개입한다. 어떤 인생을 살아왔고, 어떤 경험을 했으며, 어떤 문제를 갖고 있는지 살핀다. 나림은 이 문제를 정확히 알고 있는 작가이다. 형법학자들은 이것을 형사절차 이분二分이라고 말한다. 유·무죄 판단 절차와 양형 절차를 구분한다.

나림은 〈철학적 살인〉에서 이 두 문제를 명확하게 서술하고 있다. 하나는 고의 문제이고, 다른 하나는 인간성·사랑·도덕성의 문제이다.

아무리 법률이라도 인간성을 깡그리 무시할 수 없다. 법정도 갑에 대해 동정을 금할 수가 없다.

나림은 양형 문제를 이렇게 문학적으로 표현하고 있다. 나림은 법에 대한 해박한 지식이 있었기에 유무죄와 양형을 나누어 통찰한 것이다. 법이 문학을 만날 때 이렇게 만나야 하는 것이다. 한국소설에서 법과 판례에 대한 성찰이 이렇게 깊게 표현된 작품은 드물다. 범죄성립요건과 형벌을 아는 작가이다.

5

나림의 생각은 "어떤 법률도 도덕도 사랑을 넘어설 수 없다. … 사람은 이성에 따르기보다 감정에 따르는 게 훨씬 정직하고 인간적일 수 있다는 신념을 가꾸게도 되었다." 이것은 문학인의 신념이다. 나는 이것이 바로 문학과 법학의 차이이고, 법학과 문학이 만나는 의미라고 본다. 재판은 결국 국민의 이름으로 하는 것이다. 독일은 판결문을 낭독할 때 그 첫 문장이 "국민의 이름으로 이 판결을 선고합니다."이다. 국민이 성숙하면 법정형과 형벌은 달라지거나, 낮아질 수밖에 없다.

나림은 〈철학적 살인〉에서도 그 특유의 인간성과 낭만성을 뿌려 놓았다. 고광식 아내 한인정에 대한 아름다운 망상·望狀·妄想이 그것이다. 인간은 사랑 앞에서는 어쩔 수 없나 보다. 나림은 인간의 본성을 정확히 본듯하다. 역시 나림의 소설 끝 문장은 인간적이고 문학적이다.

> 이런저런 생각에 곁들여 민태기는 현실성 여부는 고사하고 만일 고광식의 아내였던 한인정과 자기가 맺어서 사랑의 성을 쌓을 수 있게 된다면 그건 기막힌 인생의 드라마일 것이라고 생각하곤 했다. –〈철학적 살인〉 마지막 문장

기상천외한 발상이다. 아마도 나림은 독자에게 긴장을 풀어주고 자유로운 영혼, 인간과 사랑에 대한 사색을 요청한 듯하다. 토론을 할 만하다.

6

안광은 "전체적으로 소설 〈철학적 살인〉은 이병주 작품들이 대개 그러하듯이 극적인 상황에서 인간이 처한 사랑과 질투와 구원의 문제를 심리적 묘사의 치열함으로 수준 높게 형상화한 작품이다. 작품의 진가는 주인공의 확산에 찬 살인행위가 점차 변화과정을 겪으면서 인간 본성의 심지를 건드리고 구원의 가능성을 열어두는 부분이라 볼 수 있다. 한편 이 소설에서는 다시 한번 인간에

대한 문학과 법률의 차이를 간결하게 보여주고 있다."고 평했다.

-안광, 사랑의 법적 책임-이병주의 「철학적 살인」을 중심으로, 김윤식·김종회 외 지음, 이병주 문학의 역사와 사회 인식, 바이북스, 2017, 300면

법학자와 소설가가 보는 관점은 이렇게 약간 결이 다르다. 그래서 만남이 필요한 것이다. '소설의 행간에서 보석을 찾아 이를 고급스럽게 완상玩賞-즐기며 감상하다하는 일은' -고종주, 평론에 관하여, 대담 소설가·법학자·애독자 모두에게 큰 기쁨이 될 것이다.

줄거리

사랑하는 아내에게 과거가 있었다는 것과 그 과거의 사나이와 아내가 정을 통하고 있다는 사실을 알았을 때, 남편은 어떻게 해야 하는 것일까.

민태기는 30대 중간에 있는 나이로 나라에서도 굴지하는 대상 사회사의 부장이며 미구에 승진할 앞날을 가진 사람이다. 아내 김향숙은 부유한 집안의 딸로서 자란, 재능과 미모가 함께 뛰어난 갓 서른을 넘긴 여성이다. 그리고 두 사람은 금술이 좋기로 소문난 부부이기도 했다.

이름은 고광식이구요. 미국에서 무역을 하는 사람인데 일주일 전에 귀국해서 P호텔에 투숙하고 있다는 겁니다. 고광식의 방 번호는 1103호입니다. 민태기는 고광식을 알고 있었다. 대학의 동기 동창이며 학교 시절 줄곧 라이벌의 관계에 있었다. 그는 부잣집 아들이었고 민태기는 가난한 농부의 아들이었다.

"그 고광식과 아내가……. 그들은 언제부터 아는 사이였을까?"

"이성을 잃어서는 안 된다."

'오늘도 향숙은 내가 선택한 옷을 입고 그놈과 어울렸을 것이다.'

숨이 막힐 듯했다.

'지옥이 있다면 지금의 내 마음이 지옥이다.'

'비누 물방울 같은 행복!'

"도리가 없죠. 사람은 자기 바탕대로 살아야 하니까."

"말해봐, 솔직하게! 이 개 같은 년!"

세상이 무너지는 듯한 굉음과 더불어 향숙은 의자와 함께 뒤로 넘어졌다. 민태기는 자기도 모르게 황급히 달려가 향숙을 안아 일으켰다.

"이 자식아, 향숙은 네가 안아! 그리고 병원으로 데리고 가!"

"지금도 넌 향숙을 사랑한다며? 사랑한다면 이 자식아, 네가 책임을 져야 할 게 아닌가."

"내가 왜 책임을 져?"

"장난이 아니면 뭣고?"

"네게도 아내가 있어."

"뭐라구? 네게도 아내가 있다구?"

민태기는 자기의 손목을 물어뜯으려고 이빨을 세우고 덤비는 고광식의 낯짝을 턱으로부터 밀어올려 힘껏 벽에다 부딪쳤다. '쿵'하는 소리가 지나치게 높았다 싶었는데 고광식의 다리에서 힘이 빠졌다. 고광식의 멱살을 쥔 민태기의 손에 중량이 걸려왔다. 손을 놓았다. 고광식의 몸뚱어리는 꺾어지듯 마룻바닥에 거꾸러졌다.

'저런 놈을 없애버리는 것도 일이다.'

민태기는 빛나는 날이 있을지도 모르는 자기의 장래를 냉정한 이성으로 복수의 행동과 맞바꾸기로 했다. 민태기는 정확하게 고광식의 두상을 겨눠 그 큰 화분을 힘껏 내리쳤다.

276

"그놈이 만일 살아 있고 기회가 있다면 나는 한 번 더 그놈을 죽일 작정입니다."

'어떤 법률도 도덕도 사랑을 넘어설 순 없다. 사랑 이상의 가치가 이 세상에 있다고 나는 생각하지 않는다. 남편을 가진 여자가, 아내를 가진 사내가 사랑에 겨워 남의 눈을 피해 밀회를 한다고 할 때 법률은 이를 벌할 수 있을지 모르나 인간성의 재판에선 이를 용서할 것이다.'

'장난으로 사랑을 유린한 놈은 용서할 수 없다. 나는 감정적으로 그놈을 죽인 것이 아니라 나의 철학에 의해 그놈을 죽였다. 그러니 나는 정상의 재량을 바라지 않고 관대한 처분을 바라지도 않는다……'

A검사는 민태기에게 징역 10년을 구형했다. B판사는 민태기의 형량을 가급적 적게 그리고 재량을 설득력 있는 것으로 하기 위해 각국의 판례집을 뒤적이고 있었다. B판사는 민태기에게 징역 5년을 선고했다.

향숙 씨는 카운터에서 페퍼민트로 보이는 술을 꼭 석 잔 마셨답니다. 그랬더니 온몸이 나른해지기 시작하더니 앉을 수도 설 수도 걸을 수도 없게 정신이 몽롱해졌다는 겁니다. 어이가 없었더랍니다. 그러나 창피하기도 해서 목욕탕에 가서 목욕을 하고 화장을 고치고 나오면서 얼굴에 침이라도 뱉고 싶었지만 그대로 나와 버렸다는 겁니다. 그런데 중국집에서 그런 장면을 장면이 되고 보니

심한 충격을 느꼈던 모양이죠?

　시간이 감에 따라 그는 자기의 한 행동이 철학적인 살인이기는
커녕, 경솔하고 허망한 질투가 저지른 비이성적 행동임을 깨닫게
된 것이다. 그러나 고광식을 죽인 것을 결코 뉘우치진 않았다. 사
람은 이성에 따르기보다 감정에 따르는 게 훨씬 정직하고 인간적
일 수 있다는 신념을 가꾸게도 되었다.

　민태기는 그 편지의 주인, 한인정韓仁貞이란 여성이 고광식의 아
내였음에 틀림이 없을 것이라고 짐작하면서도 그 여인에게로 쏠
리는 마음을 어떻게 할 수가 없었다. 동시에 불의의 사고로 꼭 한
번 고광식에게 짓밟힌 김향숙의 육체는 혐오하면서도 오랜 시일
고광식의 육체와 섞여 있던 한인정을 용납할 수 있을 것이라는 심
리적 전개로 해서 스스로 놀란 마음으로 사랑에 있어서 육체란 그
다지 중요한 문제가 아니란 발견을 하기도 했다.

어록

'지옥이 있다면 지금의 내 마음이 지옥이다.'

하마터면 쏟아질 뻔한 눈물, 그러니까 눈언저리를 적신 눈물을 민태기는 이불의 커버로써 닦았다.

'비누 물방울 같은 행복!'

이 말이 뇌수 전체에 그야말로 비누 물방울 같은 거품으로 번졌다. 지옥·181~182면

"도리가 없죠. 사람은 자기 바탕대로 살아야 하니까." 모멸·182면

그 볼품없이 꺼꾸러진 꼴이 민태기의 분노를 더했다. 그까짓 모밀대 같은 녀석이 남의 행복의 성을 산산이 부숴놓았다고 생각하니 더욱 용서할 수 없었다. 창쪽나무 위에 놓인 큼직한 화분을 집어 들었을 때 민태기는 결정적인 살의를 가졌다. 살인·187면

'저런 놈을 없애버리는 것도 일이다.'

민태기는 빛나는 날이 있을지도 모르는 자기의 장래를 냉정한 이성으로 복수의 행동과 맞바꾸기로 했다. 민태기는 정확하게 고광식의 두상을 겨눠 그 큰 화분을 힘껏 내리쳤다. 살인·187면

경찰에 출두한 민태기의 태도는 침착하고 냉정했다. 그의 진술은 그냥 그대로 문장이 될 만큼 정연했다. 현장 검증에서 시종일관 태도에 흐트러진 곳이 없었다.

변호사는 창가에 화분은 두 사람이 격투하는 바람에 넘어진 것이 아닌가 하고 과실치사 방향으로 꾸며 나가려고 했지만 민태기는 자기가 행동한 그대로 말하고 분명한 살의가 있었다는 것을 밝혔다. 그리고 덧붙이길

"그놈이 만일 살아있고 기회가 있다면 나는 한 번 더 그놈을 죽일 작정입니다." 살인·187~188면

재판정에 있어서의 그의 최후 진술도 이와 같았는데 그 진술에선 색다른 말이 끼어 있었다.

'어떤 법률도 도덕도 사랑을 넘어설 순 없다. 사랑 이상의 가치가 이 세상에 있다고 나는 생각하지 않는다. 남편을 가진 여자가, 아내를 가진 사내가 사랑에 겨워 남의 눈을 피해 밀회를 한다고 할 때 법률은 이를 벌할 수 있을지 모르나 인간성의 재판에선 이를 용서할 것이다.' 최후진술·188면

'진정한 사랑은 남의 가정을 생각할 수 없을 정도로 강력하게 발현되는 경우도 있다. 동시에 그 일이 폭로되었을 때 용감하게 벌을 받을 뿐이 아니라 그 사랑에 따른 모든 책무를 져야 한다.' 최후진술·188면

'그러나 진정한 사랑이 아닌 일시적인 기분, 동물적인 성적 충동으로 남의 가정을 유린하는 결과를 가져올 행동을 하는 남녀는 어떠한 명분으로도 그대로 용서할 수 없다.' 최후진술·188면

'만일 그때 향숙 씨가 넘어졌을 때 고광식이 달려가서 향숙씨를 안아 일으키는 성의만 있었더라도 나는 그를 더욱 미워했을지는 몰라도 죽이진 않았을 것이다. 사랑한다면 책임을 지고 데리고 가라고 했을 때 고광식이 그렇게 하겠다고 단언을 했어도 나는 그래 죽이지 않았을 것이다. 내가 그에게 향숙을 책임지라고 마지막 요구했을 때 그는 그 제의를 거절하는 이유로서 내게도 아내가 있다는 말을 했다.' _{최후진술·188면}

　'나는 그 말을 듣고 그를 죽일 작정을 했다. 자기의 가정을 파괴할 용의와 각오도 없이 그만한 사랑도 없이 어떻게 남의 아내를 탐할 수 있단 말인가. 분명히 고광식은 장난으로 장난하는 기본으로 향숙을 농락했다는 결론을 얻었다.' _{최후진술·188-189면}

　'장난으로 사랑을 유린한 놈은 용서할 수 없다. 나는 감정적으로 그 놈을 죽인 것이 아니라 나의 철학에 의해 그놈을 죽였다. 그러니 나는 정상의 재량을 바라지 않고 관대한 처분을 바라지도 않는다…….' _{최후진술·189면}

　질투로 인한 살인 사건, 치정에 의한 살인 사건이라고 하면 간단한 사건이다. 그러나 구형량을 정해야 하는 검사의 심리는 복잡했다. 검사 뿐 아니라 남편된 입장에 있는 사람이면 '그럴 경우 나는 어떻게 행동할 것인가' 하는 생각을 안 해볼 수 없는 것이다. 사건을 담당한 A검사는 하룻밤을 꼬박 새우다시피했다.

_{구형·189면}

281

민태기란 전도가 양양했을 인물에 대한 동정도 있었지만

'나 같으면 어떻게 할까.'

하는 문제를 쉽사리 풀 수 없었기 때문이다.

A 검사는 드디어 검사라는 입장은 사정私情을 섞어선 안 되는 입장, 즉 국가를 대표하는 입장에 서야 한다는 원칙을 새삼스럽게 깨달았다. 어떠한 입장에서도 사사로운 감정으로 사람을 죽여서는 안 된다는 것이다. 민태기는 분명히 귀중한 국민 한 사람을 죽여 없앴다. 고광식은 살려 두었으면 수출증대에 크게 이바지할 수 있던 사람이 아니었던가. 남의 가정을 파괴하고 여자를 농락하는 탕아의 존재쯤은 국가에 그다지 큰 손실을 가져오는 것은 아니다. 이렇게 결론을 짓고 A검사는 민태기에게 징역 10년을 구형했다. 구형·189면

B판사의 고민도 A검사의 고민에 못지않았다. 구형이 5년쯤만 되어도 징역 3년에 집행유예 5년 정도로 선고할 수 있을 터인데, 징역 10년의 구형이니 사정이 딱해 있다. 뿐 아니라 징역 10년을 구형하는 논고의 내용이 너무나 완벽하고 보니 섣불리 형량을 정할 수도 없었고 정상 재량을 대폭으로 한다면 검찰이 불복할 것이니 아무런 보람도 없을 것이었다. 양형·189~190면

B판사는 민태기의 형량을 가급적 적게 그리고 재량을 설득력 있는 것으로 하기 위해 각국의 판례집을 뒤적이고 있었다. 양형·190면

그러다가 다음과 같은 골자의 판례를 발견했다. 목수를 직업으로 하는 사내가 있었다. 그 사나이의 이름을 갑이라고 해둔다. 갑은 을이란 자가 경영하는 목공소 에서 일하고 있었는데 어느 날 자기 아내와 을이 정을 통하고 있는 현장을 보고 아내와 이혼했다. 갑은 재혼했다. 그때 을은 공장에서 나와 다른 데서 일하고 있었는데 처와 을이 또 밀회를 했다. 갑은 그 재혼한 아내와 헤어지고 다시 다른 여자를 맞이 들였다. 그런데 을은 또 갑의 세 번째 마누라를 농락했다. 이때까진 참아왔던 갑도 드디어 분통을 터뜨려 을을 죽이겠다고 나섰다. 을은 갑의 서슬이 보통이 아님을 알자 어디론지 피신해 버렸다. 갑은 만사를 제치고 을을 찾아 방방곡곡을 헤맸다. 3년이나 세월이 흐른 뒤 갑은 을을 고베 어느 여관에서 붙들어 비수로써 난자 끝에 드디어 죽이고 말았다.

일본 고베 재판소 판례·190면

이 사건을 재판한 고베재판소는 심의 끝에 가볍게 무죄를 선고했다. 그 판결 이유인즉 요약하면 법률은 개인의 개인에 대한 복수를 금지하는 것을 원칙으로 하지만 이런 경우는 다르다. 일본에는 현재 간통죄가 없어 아내를 빼앗긴 남편의 울분을 풀어줄 합법적인 수단이 없다. 그러니 당하고만 있어야 하는 처지다. 그런데 본 건의 경우는 한 번이 아니라 세 번이나 동일인에 의하여 남자로서의 면목을 짓밟힌 것이다. 그럼에도 불구하고 법률은 그에게 대해 보복을 금지하고 있다. 갑은 자기 힘으로 보복할 수단을 찾았다. 그래서 보복을 했다. 아무리 법률이라도 인간성을 깡그리 무시할 수 없다. 법정도 갑에 대해 동정을 금할 수가 없다. 첫 번째 아내를 빼앗겼을 때 을을 죽였더라도 10년 이상의 형은 받지 않았을 것이다. 두 번째 아내를 빼앗겼을 때 을을 죽여더라도 징역 3년에 집행유예 5년쯤 낙착되었을 것이다. 이와 같은 양형^{量刑}의 비율을 감안한다면 한 두 번까지 참고 견뎠다가 세 번째 복수를 감행한 갑에게 무죄를 선고할 수밖에 도리가 없다…….

일본 고베재판소 판례·189~190면

이것은 1950년도 일본 고베재판소가 내린 판결인데 검찰도 이 판결 이유에 승복한 것으로 나타나 있다. 일본 고베재판소 판례·190면

B판사는 일본 재판관들의 재량권의 폭에 약간 부러움을 느끼면서도 민태기 사건에 참고가 되지 못하는 게 아쉬웠다. 우리나라엔 간통죄가 있어 배신당한 남녀가 합법적으로 보복할 수 있는 기회가 있다. 그런 만큼 민태기에 대한 정상 재량의 폭은 줄어드는 셈이다. 선고·190면

B판사는 민태기에게 징역 5년을 선고했다. 검찰도 민태기도 이의 없이 이 판결에 승복했다. 민태기는 기결수가 되었다. 선고·190면

"고광식은 용서할 수 없는 자입니다. 저는 저번의 사건이 저와 선생님과의 참된 행복에로의 협동을 위한 기회를 마련하는 것이란 아름다운 해석으로 지금 생기에 넘쳐 있습니다. 어떻게 이런 뻔뻔스러운 여자가 있을까 싶으시겠지만 근원을 따지면 선생님의 철학에서 얻은 용기가 시킨 행동입니다." 한인정 편지·194면

"어떤 법률도 도덕도 사랑을 넘었을 수 없다고 선생님은 말씀하셨습니다. 사랑은 모든 가치의 으뜸이라고도 선생님은 말씀하셨습니다. 그리고 선생님은 그 사랑의 철학으로 감히 사람을 죽이기까지 하셨습니다. 저도 그 철학으로 모든 잡스럽고 제이의적인 조건을 넘었을 각오를 했습니다. 가출옥의 온전이 있을 것이라고 하니 2년 후이면 출옥하게 될 것이 아니겠습니까. 저는 그날을 손꼽아 기다리겠습니다. 부디 건강에 유의하시고 아울러 저를 기억해 주시기 바라마지 않습니다." 한인정 편지·194면

민태기는 그 편지를 볼 때마다 쓸쓸한 웃음을 띄지 않을 수 없었다. 시간이 감에 따라 그는 자기의 한 행동이 철학적인 살인이기는커녕, 경솔하고 허망한 질투가 저지른 비이성적 행동임을 깨닫게 된 것이다. 그러나 고광식을 죽인 것을 결코 뉘우치진 않았다. 사람은 이성에 따르기보다 감정에 따르는 게 훨씬 정직하고 인간적일 수 있다는 신념을 가꾸게도 되었다. 성찰·194면

그런데 민태기는 그 편지의 주인, 한인정韓仁貞이란 여성이 고광식의 아내였음에 틀림이 없을 것이라고 짐작하면서도 그 여인에게로 쏠리는 마음을 어떻게 할 수가 없었다. 동시에 불의의 사고로 꼭 한번 고광식에게 짓밟힌 김향숙의 육체는 혐오하면서도 오랜 시일 고광식의 육체와 섞여 있던 한인정을 용납할 수 있을 것이라는 심리적 전개로 해서 스스로 놀란 마음으로 사랑에 있어서 육체란 그다지 중요한 문제가 아니란 발견을 하기도 했다.

인간과 사랑·194~195면

이런저런 생각에 곁들여 민태기는 현실성 여부는 고사하고 만일 고광식의 아내였던 한인정과 자기가 맺어서 사랑의 성을 쌓을 수 있게 된다면 그건 기막힌 인생의 드라마일 것이라고 생각하곤 했다. 인간심리·195면

그 테러리스트를 위한 만사 한국문학, 1983

이병주, 〈그 테러리스트를 위한 만사〉, 《그 테러리스트를 위한 만사》,

한길사, 2006, 7~170면

언어도가 단하고 심행처가 멸하면 집검 또는 집총하여
바깥으로 뛰어나가 누구의 원수이건
원수를 골라 죽이는 게 테러리스트야.

-나림 이병주

해설

1

〈그 테러리스트를 위한 만사〉. 독립투사 하경산·무정부주의자 동정람의 슬픈 노년을 그린 작품이다. 경산은 무허가 판잣집에서 학처럼 살고 있다. 정람은 유라시아 대륙을 휩쓸고 돌아다닌 노^老 혁명가·피리의 명수·박람강기한 로맨티스트이다.

"경산과 정람은 꼭 같은 레벨에 있는 예술가예요."

랑팔의 피리는 음악일진대 정람의 피리는 한이다. 예술이 한을 표현한다고 하더라만 한이 한을 표현하는 것에 당할 수가 있겠는가.

이 작품은 굵직한 주제와 흥미로운 소재들이 절묘하게 조화를 이루고 있다. 기록자는 '나'이다. 만주 독립운동·혁명·레닌 면담· 이동휘·여운형·호랑이·피리·테러리스트·임두생·순애·고아원·동 남아연방·목로술집·진주댁·임영숙 등이 등장한다. 두 노인의 파 란만장한 인생사, 과거와 말년이 상세하게 묘사되어 있다. 소설 후반에 비극적인 인생 만사가 등장한다. 정람의 인생 만년 보금자 리는 뜻밖의 사건으로 하룻밤 사이에 궤멸한다. 독립운동가 경산· 무정부주의자 정람·운명의 진주댁이 연출한 그 날밤 목로술집의 슬픈 연극무대는 가슴 아픈 현대사를 옮겨 놓았다. 나림은 월광에 이름 없는 인물, 네 사람을 축원했다. 경산·진주댁·정람·임영숙이다. 〈그 테러리스트를 위한 만사〉는 테러와 살인을 다룬 역사소설·기록소설·법률소설이다. 방대한 내용을 탁월하게 구성한 휴머니즘 소설이다. 〈그 테러리스트를 위한 만사〉는 〈소설·알렉산드리아〉 이후 20년 만에 등장한 서사적 작품이다. 〈그 테러리스트를 위한 만사〉에서 나림의 테러 철학은 인간애와 인도주의로 포장되어 있다. 1983년. 한국문학. 63세. 중편 164면.

2

〈그 테러리스트를 위한 만사〉에 정람과 에스토라야의 사랑이 나온다. 이 소설의 제목 '그 테러리스트들'에 해당하는 주인공들이다. 폴란드 출신 에스토라야는 슬픈 가족사를 안고 있다.

"다섯 살 난 에스토라야는 자기의 아버지와 어머니가 총살당하는 광경을 목격했다. 그로써 그 여자의 운명은 결정된 거야."

에스토라야는 복수를 위해 테러리스트가 된다. 정람은 젊은 시절 테러리스트 에스토라야를 사랑한다. 그러나 에스토라야는 정람에게 마가복음 제8장 35절을 읽으라고 한다. 거기에는 다음과 같이 적혀 있다.

"—너희들이 너희들의 영혼을 구하려면 반드시 죽음에 이르니라. 만일 너희들이 너희들의 영혼을 나를 위해 버리면 그때 너희들의 영혼은 구함을 받을지어다……. 내가 다 읽었을 때 에스토라야는 속삭였다. 알겠죠? 내 마음을."

에스토라야는 다친 몸이 낫기도 전에 다시 러시아로 들어간다. 요한복음 제12장 25절에도 비슷한 문장이 있다. "제 목숨을 좋아하는 이는 그것을 잃을 것이요." 이것이 테러리스트의 철학이다. 이 대목을 읽으면서 우크라이나 사태를 생각했다. 폴란드 유형의 에스토라야와 우크라이나 유형의 에스토라야는 언제나 나올 수가 있다. 우리는 그런 세상에 살고 있다.

3

누구나 한 번쯤은 인생에서 사랑에 빠진다. 나림은 운명적 사랑을 엄숙하게 묘사한다. 왜 나림은 정람과 에스토라야를 주인공으로 데려왔을까. 나는 이 점이 궁금했다.

동유럽 폴란드는 1795년 프로이센·러시아·오스트리아 3국에 분할되었다. 1918년에 독립한다. 제2차 세계대전으로 서부 지역은 독일에, 동부 지역은 소련에 분할 점령되었고 1945년 해방되었다.

폴란드는 우리나라와 비슷한 역사를 갖고 있다. 아픔과 한이 많은 민족이다. 1939년 소련은 카틴 숲에서 폴란드 지도자 약

22,000명을 학살했다. 2010년 4월 10일 대학살 70주년 희생자 추모행사가 열렸다. 이날 폴란드 대통령과 수행원들은 비행기 사고로 카틴 숲에서 사망했다. 95명이 목숨을 잃었다. 독일 나치 군대는 1944년 8월 1일부터 10월 2일까지 63일 동안 바르샤바 봉기자 20만 명을 학살했다.

독일 제상 비스마르크는 "폴란드를 독일에 단도短刀라고 했다." 일본 군사 자문관인 독일인은 "조선을 일본에 단도短刀"라고 표현했다. 강대국들은 조선과 폴란드를 위험한 국가로 인식한 것이다. 오늘의 우크라이나·미얀마·아프가니스탄·베트남·핀란드·대한민국을 생각하면 된다.

나림은 대한민국과 폴란드의 비슷한 역사적 운명을 포착하고, 독립을 위해 투신한 정람과 에스토라야를 소설에서 만나게 한 듯하다. 그래서 역시 나림이다. 비슷한 역사와 인물을 절묘하게 설정했다. 이것은 나림의 천재성과 비상함이라 볼 수밖에 없다. 나림 소설은 이처럼 역사성이 있고 구조가 웅장하다. 그만큼 박식하다는 의미다. 정람과 에스토라야의 만남은 예술이다.

4

테러리스트는 형법에서 확신범이다. 정람은 〈그 테러리스트를 위한 만사〉에서 관동군 악질 밀정 임두생 테러를 결심한다. 임두생은 연탄가스 중독으로 부모를 잃은 고아 '순애'를 돌본다. 정람은 임두생 테러를 단념한다. "임두생이 죽으면 순애는 어디로 갑니까." "고아원." 이 문장이 가슴에 닿았다. "6·25동란으로 얼마나 많은 고아가 생긴 줄 아십니까." 나는 이렇게 해독해 보았다.

이 작품에 잔잔한 인도주의 정신이 흐른다. 나림은 등장인물 모두에게 인간 회복을 조금씩 뿌려 놓았다. 테러리스트에 대한 역사적·철학적·문학적 물음은 나림 문학의 특징이다. 철학적 사유가 없으면 이런 표현이 나오기 어렵다. 나림은 〈그 테러리스트를 위한 만사〉에서 서양 문명과 동양 문명의 차이점을 설명한다. 공부가 넓다.

"이 선생은 동양과 서양이 근본적으로 다른 것이 뭐라고 생각하세요."

"근본적으로 다른 건."

"서양에서 진행된 일은 비록 그것이 비합리적인 것이라도 합리적으로 해석될 수가 있어요. 그런데 동양에 있어선 합리적인 성싶은 것까지도 합리적인 해석이 불가능하니까요."

나림은 서양 역사의 발전사를 자세히 소개한다. 원시시대·봉건시대·자본주의시대·민주정당시대를 역사적으로 설명한다. 나림은 합리적 변동이라고 말한다.

5

정람은 〈그 테러리스트를 위한 만사〉에서 동남아연방을 주장한
다. 진정한 대동아 이론이 나타나기 위해선 앞으로 백 년쯤을 기
다려야 한다고 말한다. 나는 나림 생각으로 읽었다. 현재 유럽연
합^{EU}은 2000년 1월 1일부터 유럽 23개국이 유로화를 단일 화폐
로 사용한다. 나림의 통찰력과 상상력이 놀랍다. 나림의 분석을
들어보자.

"동양을 망치는 건 동양 내에 있어서의 내셔널리즘이야.
대국적 견지에 서서 이 내셔널리즘을 조정해야만 되지 않
겠는가?"

"극동에서 동남아에 걸쳐 연방을 건설했으면 하는 데 있
었어. 명칭을 동남아연방이라 해놓고 일본공화국, 한국공화
국, 만주공화국, 화중공화국, 화남공화국, 월남공화국, 타이
공화국, 말레이공화국, 필리핀공화국, 인도네시아공화국을
그 연방 속에 흡수하는 거야. 정치체제는 그 각 공화국에서
1명씩을 선출해서 최고통치회의로 하기로 하고 국방과 외
교를 일원적으로 하고 언어는 공통의 하나와 각 공화국어
를 사용하도록 이른바 바이랭귀지二重言語 제도로 하구 말야.
인구와 식량의 일원적 기구를 두고 과밀지대와 과소지대를
조절케 하구 말야. 요컨대 대동아 지역이 하나의 나라로서
소비에트연방, 미합중국, 유럽 제국, 아프리카 제국과 공존
해 나가자는 거야."

아마도 서양은 이러한 구상을 원하지 않을 것이다. 미국·중국·러시아·유럽연합의 패권 경쟁을 보면 이해할 수 있을 것이다. 어쨌든 나림의 상상력은 지금부터 약 40년 전인 1983년 작품에서 동남아연방론으로 표현되었다. 한국문단에서 이러한 주장을 펼친 작가는 나림이 유일할 것이다. 그래서 "나림은 우리 문단의 최후의 거인이다. 작은 붓대 하나로 천재의 꿈을 지켜온 그에게 모자를 벗지 않을 수 없다."

-김인환, 「천재들의 합창」, 『그 테러리스트를 위한 만사』, 한길사, 2006, 333면

이것이 문학의 힘이다. 그러나 우리는 현재 이상주의자들이 정치철학을 펼 수 없는 암담한 시대에 살고 있다. 강대국은 세력 확장을 추구하고 있고, 약소국은 독립을 꿈꾸기 때문이다. 핀란드·폴란드·우크라이나는 대표적인 나라들이다. 여기에 서양과 동양이 충돌하고 있다. 미얀마·아프카니스탄 사태이다. 이것을 먼저 겪은 나라가 대한민국·베트남이다. 대한민국과 타이완은 여전히 불안정한 지역이다. 나림은 "경산을 생각하고, 정람을 생각한다."고 말하는데, 나는 "지나온 역사를 생각하며 다가올 역사를 생각한다"로 읽었다.

6

〈그 테러리스트를 위한 만사〉에서 또 하나 중요한 한 부분은 제목처럼 테러리스트의 철학이다. 테러리스트 개념은 오늘날 매

우 부정적이다. 9.11 테러 이후 테러리스트 용어는 거의 금지용어가 되었다. 그러나 나림의 소설 〈그 테러리스트를 위한 만사〉는 9.11 테러와 관련이 없다.

나림은 〈그 테러리스트를 위한 만사〉에서 니체를 소환하고, 신은 죽었다고 한다. 나림은 인간 파괴 범죄자를 응징하는 자는 신이 아니고, 섭리의 집행자인 테러리스트다고 말한다. 나림의 철학적 사유와 문학적 표현은 소설에서 거의 예술로 승화한다.

"혁명이라니 그게 뭡니까."

"이 집 주인이 바뀌었으니 그게 혁명 아닌가."

"진실로 아름다운 건 이름 같은 게 없어야 하오. 무명은 무구無垢와 통하는 것이여."

"불교의 문자에 언어도言語道가 단斷하다는 말이 있지 왜."

"언어도가 단하고 심행처가 멸하면 집검執劍 또는 집총執銃하여 바깥으로 뛰어나가 누구의 원수이건 원수를 골라 죽이는 게 테러리스트야."

"신은 이미 죽었다 이거야. 섭리의 집행자는 사람일 밖에 없다 이거야. 테러리스트는 신을 대리한 승리에 집행자야."

"용기와 실천력이 자기에게 있다는 것을 행동으로 증명하는 그 순간에 섭리의 집행자로서의 자격을 얻는 거지. 그는 사람이면서 이미 사람이 아니야 초인이 된 거지. 니체가 말하는 그따위 빈혈적이고 귀족적인 초인이 아니라 다혈질이며 괴위魁偉하고 당당한 초인이지. 잠꼬대를 닮은 영웅으로서의 초인이 되는 거야. 그런 초인이 곧 테러리스트다."

"들어보게. 테러리스트는 살생을 하지 않아. 살사殺死할 뿐이야. 다시 말해 이미 죽은 자를 죽이는 것이야."

"테러리스트는 자비를 베푸는 사람이다. 죽길 준비했는데도 죽지 못하는 놈에게 죽음의 형식을 주니까."

"테러리스트는 욕심이 없는 사람이다. 세계를, 사회를, 시정해서 그 속에서 멋지게 살겠다는 따위의 욕심이란 없어. 죽어야 하는 자를 죽인다는 섭리의 집행자일 뿐이며 아무런 보상을 바란질 않는다."

"테러리스트는 시인이다. 우주의 원한을 스스로의 가슴속 용광로에 집어넣어 섭리의 영롱한 구슬을 주조해내는 언어 없는 시인, 영혼의 시인이다."

"윤리란 건 일본놈들이 만들어 놓은 수신책修身冊 같은 것이 아닌가. 수신교과서적인 윤리로써 사회를 이해하고 처신할 수 있겠는가."

"노예처럼 살기를 원하지 않고 당당한 인간으로서 정과 이성을 고루 충족하며 이 세상을 살아갈 수 있겠는가. 그 깊은 곳에 있는 영혼의 신비와 슬픔 섞인 원한을 이해할 수 있겠는가."

〈그 테러리스트를 위한 만사〉를 읽으면서 우크라이나 사태와 일제 강점기를 생각한다. 약소국의 전사들이 가지는 감정들이다.

"테러리스트란 결국 원한에 사무친 인간들을 대표하는 엘리트란 말이다."

"북극의 빙산 위에 테러리스트의 탑을 세웠으면……."

"진정한 테러리스트가 되려면 얼음장처럼 미쳐야 해."

"그가 조국으로부터 받은 것은 완전히 아무것도 없는 것입니다."

"그 아이는 어디로 가야 합니까."

"고아원에 가야 하겠죠."

"죄는 죄대로 남지만 늘그막에 그 정도로 인간 회복을 할 수 있다는 건 진정 다행한 일 아닌가. 나는 그 다행을 축하하기 위해 그놈을 용서해줄 작정이야. 다행한 일이란 그처럼 흔한 게 아니거든."

7

소설 제목 〈그 테러리스트를 위한 만사〉에서 '만사'에 해당하는 부분도 예술이다. 정람은 인생 만년에 E대학 음악과를 졸업한 젊은 음악도 임영숙을 만난다. 작곡 전공자로 프랑스 유학을 준비하고 있다. "음악을 하는 사람이라면 정람의 피리에 관심을 가질 만하지." 임영숙은 정람을 천재로 생각한다. 피엘 랑팔의 플루트 소리가 천재의 소리라면 정람의 피리 소리는 신의 소리이다. 정람의 음악엔 신령과 통하는 그 무엇이 있다. 임영숙의 생각이다.

"랑팔의 피리는 음악일진데 정람의 피리는 한이다. 예술이 한을 표현한다고 하더라만 한이 한을 표현하는 것에 당할 수가 있겠는가." 경산이 물었다.

"피리를 배우겠다는 말인가?"

"아녜요. 그 음악의 진수를 배우고 싶어요. 채보도 하고 싶구요."

"전 결혼하지 않을 거예요. 음악에 전념할 작정입니다. 그동안에 집중적인 지도를 받고 싶어요. 갔다왔다하는 시간이 아까운걸요."

"호기심이 강하다는 건 아직도 성장의 여지가 있다는 얘깁니다."

"저 아가씬 정람에게 홀딱 빠져버린 모양이다."

"정람이 손주 딸을 찾은 걸세, 영숙은 할아버지를 찾았구."

임영숙은 정람의 임종까지 전 생애를 바친다.

"어머니 생각해보세요. 정람이란 사람은 기막힌 플루트 주자일 뿐 아니라 천재적인 작곡가예요. 그러면서도 그는 자기의 천재를 모르고 있어요. 즉흥적으로 부는 그 피리 소리가 그대로 명곡이에요. 그것도 한두 가지가 아니고 수십 수백 곡이 있을는지 몰라요. 그러니 전 지금 노다지 광산을 발견한 기분이에요. 전 모든 수단을 쓰고 있는 거예요. 노예처럼 시중을 들고 모든 잡일을 도맡아 하고 게다가 여자로서 애교까지 거리낌 없이 발휘하고 있는 거예요. 그러니 아무 말씀 마시고 날 그냥 두고 돌아가세요."

8

목로술집으로 들어서자 중년의 그 여자가 상냥한 얼굴로 나를 맞이 했다. 정람이 놀란 빛으로 돌아보며 물었다.

"이번 동동주는 꽤 맛이 있어." 동동주는 맛이 좋았다. 한국의 맛이라고나 할지. "하여간 토속적인 것이 맛이 좋아."

정람은 동동주를 마신다기보다 핥고 있다고 하는 편이 나올 만큼 조금씩 조금씩 마시고 있었다. 나는 정람과 안주인과의 사이에 사랑의 정이 서서히 교류하고 있다는 것을 확인할 수 있었다.

그러나 정람의 말년은 뜻밖의 사건으로 비극으로 끝난다. 나림은 이 장면을 이렇게 묘사하고 있다.

그런데 이 보금자리는 뜻밖인, 실로 뜻밖인 사건으로 하룻밤 사이에 궤멸하고 말았다.

그해의 겨울이 깊어 첫눈이 내리던 밤의 일이다. 진주댁과 정람과 그날 밤 사건을 살펴보니, 인생은 순식간에 바뀌는 것 같다.

진주댁이 처음 결혼한 남편은 결혼한 지 두 달도 채 안 되어 징용으로 끌려가 태평양 어느 섬에서 죽었다. 아이도 없이 혼자 살다가 어느 사업가의 첩이 되었다. 본처가 아들을 낳지 못한다고 해서 정식으로 중매인을 넣어 청혼한 것이다. 남의 첩이 되긴 싫었으나 주변의 압력에 굴복하고 말

앉다. 첩으로 들어가자마자 아들을 낳긴 했는데 얼마 후 본처가 아들을 나왔다. 그때부터 구박이 시작되었다. 진주댁은 자기가 낳은 아들을 데리고 그 집을 나왔다. 나올 때 얼마가를 받은 것으로 서울에 집을 장만하고 삯바느질을 하며 아들을 키워 왔는데 그 아들이 말썽꾸러기라고 했다.

짝을 잃은 노인의 슬픔을 짐작할 수 있었다.

"선생님. 진주집의 아주머니는 기막힌 미인이예요. 나이는 사십 전후, 선생님들 연배에게 기가 막힌 대상의 여자예요."

사랑의 정이 서서히 교류하고 있다.

"목공은 어릴 때부터 배워야 하는 거야. 뼈가 굳어버리고 나선 배우기 힘들어."

신장을 한 목로주점은 처음 나온 기생처럼 예뻤다. 아무튼 진주댁의 그 목로주점은 정람 선생과 나와의 우정을 가꾼 보금자리였다.

9

나림은 그날 밤 목로술집 진주댁 살인 사건을 이렇게 묘사하고 있다.

진주댁의 아들이 가게 안으로 들어서더니 성큼 정남 앞으로 다가섰다. 정람이 거기 앉으라고 자리를 가리켰다. 그 찰나 아들의 포켓에서 잭나이프를 빼들었다. 그러곤,

"더러운 영감쟁이."

하고 덤벼들었다.

정람은 민첩하게 제일격은 피했으나 아들은 두 번째 칼을 휘둘렀다. 그때 진주댁이 사이에 들어섰다.

아들은 어머니를 밀쳤다. 진주댁은 미치지 않으려고

"이놈아, 나를 죽여라."

하고 악을 썼다.

"늙어도 곱게 늙어. 이런 영감쟁이와 놀아난 년은 엄마가 아니다."며 아들은 사정없이 진주댁을 밀어 버렸다. 아이쿠, 하고 진주 대기 흙바닥에 쓰러졌다.

정람이,

"이 만고에 후레자식놈 같으니."

라며 벌떡 일어서서 아들의 어깨를 치고 칼을 빼앗으려고 했다. 젊은 아들인데도 나이 많은 정람의 적수는 아니었다. 비틀하면서 칼을 뺏기지 않으려고 팔을 치웠다. 흙바닥에서 일어난 진주댁이 아들의 허리를 안았다. 허리를 안긴 채 아들은 정람을 겨누어 칼질을 했다.

앗차 하는 순간이었다. 진주댁이 몸을 돌려 아들과 정람과의 사이에 끼었을 때 칼이 진주댁의 몸을 찔렀다….

진주댁은 이윽고 병원에서 숨을 거두고 말았다.

10

그 직후 정람은 행방을 감추어버렸다. 임영숙은 말년에 정람을 모셨다. 무명의 음악가가 무명인 채 한국에 묻혀 있다. 지금은 대로가 되어버려 그 옛날의 흔적도 남기지 않은 공덕동을 지나면서 나는 경산을 생각하고, 정람을 생각한다. 그런데 이 치졸한 기록이 과연 두 선생을 위한 진혼의 보람을 다할 수 있을는지 아득한 기분이기만 하다.

슬픈 현대사의 계곡에서 인간회복을 읽었다. 경산·정람·진주댁을 잃었지만, 임영숙을 발견했다. 나림이 남긴 인물상이라 생각한다. 이런 심성이 현대사에 존재했다는 점이다.
나림 작품의 화두는 아래의 문장이다.

"인간이 된다는 것 그것이 예술이다."

〈예낭 풍물지〉와 〈별이 차가운 밤이면〉에서 인용된 문장이다.
나는 에스토라야·경산의 부인·진주댁·임영숙은 모두 인간의 심성을 가진 인물이라고 생각한다. 인간의 심성을 예술로 승화시킨 인물들이다. 나림이 작품에서 정람의 만년을 위해 진주댁과 임영숙을 설정하지 않았다면, 우리는 모성애·인간애·인본주의를 찾기가 어려웠을 것이다. 나림은 이런 인물들을 잊어서는 안 된다고 말한 듯하다. 나림 문학이 남겨 놓은 소중한 가치다.

11

　진주댁 아들도 슬픈 역사가 낳은 시대의 희생자이다. 단순히 살
인자로만 보지 않는다. 그 아이에게 나는 연민이 있다. 불우한 환
경에서 태어나, 아버지 사랑도 받지 못하고 성숙한 의식을 형성할
수 없었던 아이이다. 자기의 의지처인 어머니가 다른 남자를 만나
결혼한다는 것은 큰 충격이다. 이 아이의 전 생애를 보면 평화를
찾을 수 없는 환경이 영혼을 지배했다고 본다. 여기에까지 우리가
더 큰 연민을 느낄 수 있다면 〈그 테러리스트를 위한 만사〉는 역
사와 이념 그리고 음악과 패배, 휴머니즘의 만남 등으로 대작^{大作}임
을 알 수 있을 것이다. 천재 작가의 예술성이 발현된 최고의 중편
이라고 생각한다.

　나림 작품의 첫 문장은 작품 전체를 압축하는 힘이 있다. 그래
서 나는 나림 작품을 읽을 때마다 첫 문장을 깊이 사색한다. 〈그
테러리스트를 위한 만사〉는 첫 문장이 '가슴이 아프다'이다.

　"―얼마나 훌륭한 재질을 가진 인물들이 이 죽음의 집에
　서 햇빛을 보지 못한 채 매몰되고 말았을까 하는 생각을
　하면 가슴이 아프다."

줄거리

산비탈에 경산 선생의 집이 있었다. 삼일운동을 비롯해 항일투쟁의 경력이 혁혁한 노투사 하경산河耕山은 부엌방을 합쳐 세 간 방으로 된 무허가 판잣집에서 학처럼 살고 있었다. 그 무렵 나는 일주일에 두세 번꼴로 경산 선생을 찾았다. 나는 경산으로부터 지조의 아름다움이란 것을 배웠다. 경산은 결코 자기의 독립투쟁을 말하길 좋아하지 않았고 자기가 지켜온 항일정신을 자랑삼아 얘기한 적이 한 번도 없었다.

"정람은 부모를 몰라. 고아로 자란 거지. 정람을 키운 사람은 하얼빈의 러시아정교 교회의 신부였다고 하더만. 그러니까 그 사람은 어려서부터 러시아 말을 익히며 자란 사람이야."

"정람은 풍소를 잘 불어."

"이군은 만주엘 가본 적이 있소."

"없습니다."

"만주의 광야에 서면 아득히 허공 속으로 용해되어버린 지평선에 둘러싸이게 되지. 여름이면 우리의 키 길이보다 크게 자란 고량高粱 때문에 시야가 막혀버리기도 하구. 그 광야를 방향만 잡고 걷는 거야. 마차가 있나, 자동차가 있나. 일본놈에게 붙들릴까봐 기차를 탈 순 없구, 그렇게 걸어 나는 안동서 심양까지 걸어간 적이 있어."

정람이 한숨을 쉬었다. 그리고 다음과 같은 말을 했다.

"이군 내 꿈을 얘기하지. 경산은 나를 무정부주의라고 하지만 그리고 그게 사실이긴 하지만 기왕 내가 속해있던 조직, 조직이랄 것도 아닌 서클이었는데 그 서클의 꿈은 극동에서 동남아에 걸쳐 연방을 건설했으면 하는 데 있었어. 명칭을 동남아연방이라 해놓고 일본공화국, 한국공화국, 만주공화국, 화중공화국, 화남공화국, 월남공화국, 타이공화국, 말레이공화국, 필리핀공화국, 인도네시아공화국을 그 연방 속에 흡수하는 거야. 정치체제는 그 각 공화국에서 1명씩을 선출해서 최고통치회의로 하기로 하고 국방과 외교를 일원적으로 하고 언어는 공통의 하나와 각 공화국어를 사용하도록 이른바 바이랭귀지二重言語 제도로 하구 말야. 인구와 식량의 일원적 기구를 두고 과밀지대와 과소지대를 조절케 하구 말야. 요컨대 대동아 지역이 하나의 나라로서 소비에트연방, 미합중국, 유럽 제국, 아프리카 제국과 공존해 나가자는 거야."

"이상으로선 그저 그만입니다"

하고 나는 공감했다. ·

"이렇게 대치만 해갖곤 동양의 평화라는 건 없는 거야. 백인의 우월을 배제할 수도 없고 말야. 동양을 망치는 건 동양 내에 있어서의 내셔널리즘이야. 대국적 견지에 서서 이 내셔널리즘을 조정해야만 되지 않겠는가?"

정람의 말엔 열정이 있었다.

"이 조그만 반도 하나도 통일을 못 하는데……."

내가 한 말이었다.

"임영숙이 정람이란 노인에게 시중을 잘 듭니까."

"정성을 다하는 것 같애."

"정람이라는 분 경력이 어떻습니까?"

"유라시아 대륙을 휩쓸고 돌아다닌 노혁명가야. 피리의 명수, 박람강기한 로맨티스트."

"이군, 임두생이란 놈의 거처를 내가 알았다고 언젠가 말했지?"

"예."

"그놈의 손에 걸려 죽은 한국인의 수는 직접 간접으로 수십 명은 될 걸세. 그놈의 밀고 때문에 백 명 가깝게 모인 집이 폭파되어 몇 사람 제외하곤 몰살한 경우도 있으니까. 그러나 나는 그런 불특정 다수까지 들먹일 생각은 없어. 다만."

나는 다음 말을 기다릴 뿐이었다.

"한 가지만을 문제로 하겠어. 경산의 부인이 바로 그놈에게 붙들려 죽은 거야. 그저 죽기만 했으면 또 몰라. 그놈이 욕을 보인 바람에 자살을 했어. 경산이 허무주의자가 된 까닭이 그 사건에 있지. 자긴 말하지 않아도 나는 알고 있어."

"임두생과 통해 있는 놈이 바로 독립군 내부에 있었으니 말이 돼? 경산의 부인은 착하고 아름다웠지. 그들 부부는 신념을 같이한 부부였어. 세상에 그런 결합은 쉽지 않을 거로구만. 그런데 임두생이란 놈에게 붙들렸지. 그 고문이 오죽 했겠나."

"그래도 경산의 거처를 불지 않자 왜놈 헌병에겐 이 여자를 데리고 가면 경산의 거처를 알아낼 수 있다고 헌병대에서 꺼내 여관으로 데리고 가선 반실신 상태에 있는 부인을 능욕했단 말일세. 정신을 차려 그 수모를 알자 부인은 '임두생이 원수'란 쪽지를 써놓고 자결하고 만 거야. 그런 짓을 한 놈이 해방된 조국에 돌아와서 한 말은 나는 빨갱이를 잡기 위해 일본군과 협력한 일이 있을 뿐이라는 거였어. 그리고 또 한다는 소리가 대한민국의 적이 공산당이면 나는 대한민국을 위한 공로자라고 했겠다. 좌우의 투쟁 속에 미꾸라지처럼 용케 살아남은 거야. 그놈을 내가 발견했어. 나는 기뻤다. 내 마지막 가는 길에 소원 성취를 할 수 있구나 하구……."

그런데 경산은 정람을 말렸다.

"죽은 자로 하여금 죽게 하라!"

"스스로 벌을 받도록 내버려둬라."

하는 등의 말을 하며 경산은 한사코 정람을 말렸다.

그러나 정람은 듣지 않았다.

정람은 착착 준비를 서둘렀다.

재작년인가 그 재작년, 근처에 세들어 살던 미장이 부부가 연탄 중독에 걸려 그 딸아이를 남겨놓고 죽었다. ……그래도 임두생은 그 일만은 양보하지 않고 그 아이를 데리고 와서 자기 방에 재우고 손수 먹을 것도 찾아 먹이며 2년 동안을 지내 왔다고 했다. 아무튼 임두생의 그 소녀 이름은 선애라고 한단다. 그 소녀에 대한 정성은 대단한 것인 것 같았다.

"불교의 문자에 언어도言語道가 단斷하다는 말이 있지 왜."

"언어도가 단하고 심행처가 멸하면 집검執劍 또는 집총執銃하여 바깥으로 뛰어나가 누구의 원수이건 원수를 골라 죽이는 게 테러리스트야."

"신은 이미 죽었다 이거야. 섭리의 집행자는 사람일 밖에 없다 이거야. 테러리스트는 신을 대리한 승리의 집행자야."

"용기와 실천력이 자기에게 있다는 것을 행동으로 증명하는 그 순간에 섭리의 집행자로서의 자격을 얻는 거지. 그는 사람이면서 이미 사람이 아니야 초인이 된 거지. 니체가 말하는 그따위 빈혈적이고 귀족적인 초인이 아니라 다혈질이며 괴위魁偉하고 당당한 초인이지. 잠꼬대를 닮은 영웅으로서의 초인이 되는 거야. 그런 초인이 곧 테러리스트다."

"들어보게. 테러리스트는 살생을 하지 않아. 살사殺死할 뿐이야. 다시 말해 이미 죽은 자를 죽이는 것이야."

"테러리스트는 자비를 베푸는 사람이다. 죽길 준비했는데도 죽지 못하는 놈에게 죽음의 형식을 주니까."

"테러리스트는 욕심이 없는 사람이다. 세계를, 사회를 시정해서 그 속에서 멋지게 살겠다는 따위의 욕심이란 없어. 죽어야 하는 자를 죽인다는 섭리의 집행자일 뿐이며 아무런 보상을 바라질 않는다."

"테러리스트는 시인이다. 우주의 원한을 스스로의 가슴속 용광로에 집어넣어 섭리의 영롱한 구슬을 주조해내는 언어 없는 시인, 영혼의 시인이다."

"진정한 테러리스트가 되려면 얼음장처럼 미쳐야 해."

"다섯 살 난 에스토라야는 자기의 아버지와 어머니가 총살당하는 광경을 목격했다 그로써 그 여자의 운명은 결정된 거야. "

"에스토라야가 기막힌 테러리스트였다는 것은 백군이 소탕된 뒤에 시작한 테러였는데도 그녀의 테러는 언제나 결정적이었고 그런데도 붙들리지 않았다는 점이다."

"이 선생은 동양과 서양이 근본적으로 다른 것이 뭐라고 생각하세요."

"근본적으로 다른 건."

"서양에서 진행된 일은 비록 그것이 비합리적인 것이라도 합리적으로 해석될 수가 있어요. 그런데 동양에 있어선 합리적인 성싶은 것까지도 합리적인 해석이 불가능하니까요."

"그런데 동양, 특히 우리나라의 경우는 도저히 합리적인 해석이 30퍼센트까지도 가능하지 않다는 겁니다. 고려조가 이조로 바뀐 것은 당시 지배계급들의 세력균형의 문제이지 역사의 필연이라는 것은 없었던 거지요. 역사의 필연, 그 합리적인 진행을 외면하면서 지탱해온 것이 이조의 성격이었습니다. 그런 까닭으로 500년 동안은 진보라고 하는 것이 전혀 없었던 시기였거든요. 그런데다 합리적인 서양 문명이 들이닥쳐 놓으니 혼란이 생깁니다. 도저히 합리성이란 찾아볼 수 없게 된 거죠."

진주댁이 처음 결혼한 남편은 결혼한 지 두 달도 채 안 되어 징용으로 끌려가 태평양 어느 섬에서 죽었다. 아이도 없이 혼자 살다가 어느 사업가의 첩이 되었다. 본처가 아들을 낳지 못한다고 해서 정식으로 중매인을 넣어 청혼한 것이다.

남의 첩이 되긴 싫었으나 주변의 압력에 굴복하고 말았다. 첩으로 들어가자마자 아들을 낳긴 했는데 얼마 후 본처가 아들을 낳았다. 그때부터 구박이 시작되었다. 진주댁은 자기가 낳은 아들을 데리고 그 집을 나왔다. 나올 때 얼만가를 받은 것으로 서울에 집을 장만하고 삯바느질을 하며 아들을 키워 왔는데 그 아들이 말썽꾸러기라고 했다.

짝을 잃은 노인의 슬픔을 짐작할 수 있었다.

"선생님. 진주집의 아주머니는 기막힌 미인이예요. 나이는 사십 전후, 선생님들 연배에게 기가 막힌 대상의 여자예요."

진주댁의 아들이 가게 안으로 들어서더니 성큼 정남 앞으로 다가섰다. 정남이 거기 앉으라고 자리를 가리켰다. 그 찰나 아들은 포켓에서 잭나이프를 빼들었다. 그러곤,

"더러운 영감쟁이."

하고 덤벼들었다.

정람은 민첩하게 제일격은 피했으나 아들은 두 번째 칼을 휘둘렀다. 그때 진주댁이 사이에 들어섰다.

아들은 어머니를 밀쳤다. 진주댁은 미치지 않으려고

"이놈아, 나를 죽여라."

하고 악을 썼다.

"늙어도 곱게 늙어. 이런 영감쟁이와 놀아난 년은 엄마가 아니다."며 아들은 사정없이 진주댁을 밀어 버렸다. 아이쿠, 하고 진주댁이 흙바닥에 쓰러졌다.

정람이,

"이 만고에 후레자식놈 같으니."

앗차 하는 순간이었다. 진주댁이 몸을 돌려 아들과 정람과의 사이에 끼었을 때 칼이 진주댁의 몸을 찔렀다.

진주댁은 이윽고 병원에서 숨을 거두고 말았다.

그 직후 정람은 행방을 감추어버렸다.

그래도 한 달에 한 번 꼴로 경산을 찾았던 것인데, 석 달 동안의 외국 여행을 하고 찾아갔을 때엔 이미 경산은 이 세상에 없었다.

십수 년이 흘렀다.

오늘 잡지사의 전교로 한 통의 부고가 날아들었다.

"동정남 선생이 어젯밤(4월 21일) 돌아가셨습니다."

발신자는 임영숙이었다.

장지는 청평호를 바라보는 산기슭이었는데 거긴 경산 선생의 무덤이 있었다.

"어떻게 그것을 아셨는지, 경산 선생 옆에 묻어 달라는 것이 그분의 유언이었습니다."

임영숙은 그 큰 사건을 당하고 행방을 감춘 정람을 찾아내는 데 꼬박 2년이 걸렸다고 했다. 그러니 프랑스고 뭐고 자신의 장래를 모두 팽개치고 정람의 만년을 모셨다는 얘기가 된다.

지금은 대로가 되어버린 공덕동을 지나면서 나는 경산을 생각하고, 정람을 생각한다.

어록

　—얼마나 훌륭한 재질을 가진 인물들이 이 죽음의 집에서 햇빛을 보지 못한 채 매몰되고 말았을까 하는 생각을 하면 가슴이 아프다. **죽음의 집·7면.**

　"이군은 이 세상에서 가장 중요한 게 무엇이라고 생각하오."

　"어머니, 애인, 아들, 내가 가지고 있는 책, 문학에의 애착, 예를 들면 이렇게 많단 말입니다."

　그러자 정람은 나의 손을 덥석 잡았다.

　"진짜 문학을 하는 사람을 만난 것 같소이다."

　나는 그 찬사에 또 얼떨떨했다. **문학·34-35면**

　호랑일 산스크리트어로선 비야그라. **호랑이·44면**

　"우리 가까이에 이런 천재가 있어요."

　임영숙이 조용히 중얼거렸다.

　피엘 랑팔의 플루트 소리가 천재의 그것이라면 정람의 피리 소리는 신의 그것이었다. 정람의 음악엔 신령과 통하는 그 무엇이 있는 것이다.

　"랑팔의 오십 세 쌓은 기량이 정람 칠십 세의 풍상이 만들어 낸 소리에 어찌 겨룰 수 있겠는가 말이다. 랑팔의 피리는 음악일진데 정람의 피리는 한이다. 예술이 한을 표현한다고 하더라만 한이 한을 표현하는 것에 당할 수가 있겠는가." **피리·소리·예술·한恨·67~68면**

휴—하는 한숨 소리가 들리더니 임영숙 어머니의 말이 있었다.

"그렇게까지 할 게 뭐 있니. 사람은 자기가 가진 것을 활용하면 그만이지 남의 것을 얻어 성공하면 뭣하니." 성공·76면

"이게 한국 작가의 방이로군."

"초라한 게 좋아. 초라한 게 한국인의 채취에 어울려. 이방 마음에 들었다."

며 웃었다. 한국인 채취·97면

그런데 경산은 정람을 말렸다.

"죽은 자로 하여금 죽게 하라.!"

"스스로 벌을 받도록 내버려둬라."

하는 등의 말을 하며 경산는 한사코 정람을 말렸다.

그러나 정람은 듣지 않았다.

정람은 착착 준비를 서둘렀다. 복수·100~101면

"한 그루의 나무에도 마음이 있을텐데 테러리스트에게 마음이 없겠는가."

"보다 큰 사랑을 위해선 사람을 죽일 수도 있지." 테러·107면

"불교의 문자에 언어도言語道가 단斷하다는 말이 있지 왜." 불교·108면

"그건 즉 말로썬 도저히 할 수 없는데까지 갔다는 얘기가 아닌가."

"한데 언어도가 단해도 마음은 좀 더 갈 수가 있지. 그게 심행처心行處란 것이 아니겠는가." **심행처心行處·108면**

"심행처도 멸하는 곳이 있지. 즉 언어도가 단하고 심행처가 멸하면 불도佛徒는 괘구벽상掛口壁上하고 면벽구년面壁九年하는 거라. 입을 떼어 벽 위에 걸어 놓고 벽을 향해 9년을 앉아 있다는 얘긴데 꼭 9년일 건 없지. 영원히 그렇게 해도 돼. 9란 숫자엔 영원이란 뜻도 포함돼 있는 거니까."

"……." **괘구벽상掛口壁上하고 면벽구년面壁九年·108면**

"그런데 그러지 않겠다는 게 테러리스트다. 언어도가 단하고 심행처가 멸하면 집검執劍 또는 집총執銃하여 바깥으로 뛰어나가 누구의 원수이건 원수를 골라 죽이는 게 테러리스트야." **테러리스트·108면**

"왜 꼭 죽여야 하는 겁니까. 적당한 벌이 얼마라도 있을 텐데요. 깨우쳐 줄 수도 있을 게구요."

"이 사람아. 내 말을 어떻게 듣고 있어. 언어도가 단했다는데 무얼 어떻게 깨우친단 말인가. 심행처가 멸했다는데 벌을 어떻게 평량評量한단 말인가."

"……."

"신은 이미 죽었다 이거야. 섭리의 집행자는 사람일 밖에 없다 이거야. 테러리스트는 신을 대리한 승리의 집행자야."

섭리의 집행자·108~109면

"용기와 실천력이 자기에게 있다는 것을 행동으로 증명하는 그 순간에 섭리의 집행자로서의 자격을 얻는 거지. 그는 사람이면서 이미 사람이 아니야 초인이 된 거지. 니체가 말하는 그따위 빈혈적이고 귀족적인 초인이 아니라 다혈질이며 괴위(魁偉)하고 당당한 초인이지. 잠꼬대를 닮은 영웅으로서의 초인이 되는 거야. 그런 초인이 곧 테러리스트다." 초인·109면

"그러나 살생은 어디까지나 살생이 아닙니까. 살생은 무슨 의미에서라도 죄악이 아닙니까."
"살생은 죄악이지."
"테러리스트는 살생은 안 해." 살생·109면

"들어보게. 테러리스트는 살생을 하지 않아. 살사(殺死)할 뿐이야. 다시 말해 이미 죽은 자를 죽이는 것이야." 테러리스트·109면

"테러리스트는 자비를 베푸는 사람이다. 죽길 준비했는데도 죽지 못하는 놈에게 죽음의 형식을 주니까." 테러리스트·110면

"테러리스트는 욕심이 없는 사람이다. 세계를, 사회를 시정해서 그 속에서 멋지게 살겠다는 따위의 욕심이란 없어. 죽어야 하는 자를 죽인다는 섭리의 집행자일 뿐이며 아무런 보상을 바라질 않는다." 테러리스트·110면

"테러리스트는 시인이다. 우주의 원한을 스스로의 가슴속 용광

316

로에 집어넣어 섭리의 영롱한 구슬을 주조해내는 언어 없는 시인, 영혼의 시인이다." 테러리스트·110면

"테러리스트를 무시하는 윤리와 논리는 쉽게 만들어낼 수가 있지. 그러나 그 윤리란 건 일본놈들이 만들어놓은 수신책修身冊 같은 것이 아닌가. 수신교과서적인 윤리로써 사회를 이해하고 처신할 수 있겠는가. 노예처럼 살기를 원하지 않고 당당한 인간으로서 정과 이성을 고루 충족하며 이 세상을 살아갈 수 있겠는가. 산술로써 에펠탑을 만들 수 있겠는가. 별과의 거리를 잴 수 있겠는가. 하물며 그 깊은 곳에 있는 영혼의 신비와 슬픔 섞인 원한을 이해할 수 있겠는가." 테러리스트·110~111면

"테러리스트란 결국 원한에 사무친 인간들을 대표하는 엘리트란 말이다." 테러리스트·111면

"그들이 원하지 않겠지만 북극의 빙산 위에 무릇 이 지상에 존재했던, 그리고 존재하고 있는, 앞으로 존재할 테러리스트들을 위한 탑을 하나 세웠으면 해. 극북極北의 사상에 순절하는 숙명을 가졌다는 그것만으로도 위대하지 않은가. 숭고하지 않는가. 북극의 빙산 위에 테러리스트의 탑을 세웠으면……." 테러리스트·111면

"진정한 테러리스트가 되려면 얼음장처럼 미쳐야 해." 테러리스트·112면

다섯 살 난 에스토라야는 자기의 아버지와 어머니가 총살당하는 광경을 목격했다. 그로써 그 여자의 운명은 결정된 거야.

에스토라야·113면

"아름다운 분이었어요?"

"그렇지. 새벽의 명성明星처럼 숭고하기도 했지."

"그렇게 아름다운 분이 테러리스트라! 그야말로 드라마틱하군요."

정람은 이 말엔 대꾸도 않고 묵묵히 술잔을 만지작거리고 있더니 물밀듯 회상이 밀려 몰려오는 모양으로 먼 눈빛이 되었다. 회상·120면

"눈이 오는 날이었어. 창밖으로 내리는 눈을 보며 나는 물었지. 이제 다시 러시아의 잠입해서 위험한 일을 하지 말고 하얼빈에서 평온하게 사는 게 어떠냐고. 에스토라야는 왼팔을 묶은 붕대를 말없이 끄르고만 있었지. 그건 지난 번 행동 때 입은 부상이었어. 그 부상이 낫기도 전에 다시 러시아로 잠입할 계획을 세우고 있던 것이 안타까워 만류했던 것인데 그녀는 듣지 않았어. 부상한 팔이 낫도록까지만이라도 기다리는 게 어떠냐고 했지. 그래도 고개를 저을 뿐이어서 나도 잠잠해 버렸는데 그녀가 떠날 무렵 용기를 내어 물어보았다. 당신은 뭣 때문에 테러를 하느냐고. 그랬더니 그녀는 곧 대답하지 않았어." 에스토라야·120면

"두 눈에 눈물이 넘칠 듯 솟고 있었다. 눈물이 넘친 눈으로 나를 가만히 보고 있더니 일어서서 책상 앞으로 갔다. 내 책상 위에

성서가 있었다. 성서의 어느 군데를 펴 보이고 날더러 읽으라고 했다. 거긴 다음과 같이 적혀 있었다. ─너희들이 너희들의 영혼을 구하려면 반드시 죽음에 이르니라. 만일 너희들이 너희들의 영혼을 나를 위해 버리면 그때 너희들의 영혼은 구함을 받을지어다……. 내가 다 읽었을 때 에스토라야는 속삭였다. 알겠죠? 내 마음을."

나는 잠자코 있었다. 성서·120면

임영숙이 잔을 비우곤 꿈꾸듯 말을 했다.

"꽃다발을 받구요. 박수가 터져 음악당을 뒤흔들어 놓은 뒤 조용하게 되면 전 이렇게 말할 거예요. 여러분이 지금 박수를 보낸 그 음악을 만든 천재는 지금 한반도 어느 두메에 조용히 잠들고 계십니다. 자기 음악에 보낸 이 갈채 소리도 듣지 못하고서. 그는 고아로 자랐습니다. 고통의 조건, 가난의 조건, 박해의 조건 이외의 아무것도 그에게 조국이 준 것이라곤 없습니다. 강보에 싸인 채 버려진 그 아이를 기른 것은 하얼빈의 어느 러시아인이었습니다. 그리고 보니 그가 조국으로부터 받은 것은 완전히 아무것도 없습니다. 낫싱이었습니다." 무대·125면

"죄는 죄대로 남지만 늘그막에 그 정도로 인간회복을 할 수 있다는 건 진정 다행한 일 아닌가. 나는 그 다행을 축하하기 위해 그놈을 용서해줄 작정이야. 다행한 일이란 그처럼 흔한 게 아니거든." 용서·127면

좋은 사람은 비록 상대방이 나쁜 짓을 하더라도 되도록 좋게 해석해주려는 심성을 가진 사람이고, 나쁜 사람은 남의 좋은 일을 보아도 그걸 되도록 나쁘게 해석하려고 드는 심성을 가진 사람이라고 할 밖에 없는 것이 아닌가. 심성心性·127~128면

"그래요. 시궁창같이 오염된 사회에서 칠십 년 넘게 사시면서 어떻게 심성들이 그처럼 깨끗할 수 있을까요? 저는 놀랐어요."

"마음이 꼭 소년들 같애요. 아니, 소년들도 그처럼 순진하지 못할 거예요. 경산 선생도 그렇구, 정람 선생도 그렇구."

"순진한 어른들이죠."

"그러면서도 세상일은 환히 알고 계시거든요. 남의 사정도 잘 이해해 주신단 말이에요. 세상 일을 다 아시면서 소년, 아니 천사처럼 순진하다는 것 상상이라도 할 수 있어요?" 노인 소년·순진한 어른·130면

"이 선생이 프랑스에 가려는 목적이 뭐죠?"

"단순합니다. 서양문명의 중심에서 살아봤으면 하는 마음이었죠."

"이 선생도 결국 서양문명의 숭배자였군요."

"지식인치고 서양 문명의 숭배자 아닌 사람이 있었습니까. 나는 우리가 가지고 있는 가장 소중한 것을 간직하고 가꾸기 위해서는 서양 문명을 진지하게 배워야 한다고 생각하니까요. 지금 사방에서 하는 근대화란 일단은 서구화를 말하는 것 아니겠습니까."

서양 문명·133면

"뒤에 내가 물어봤지. 레닌의 말은 이랬어? 이동휘 씬 무식하지만 순진하고 기백이 있는데 여운형 씬 다소 유식하지만 소피스트케이트한 데가 있다는 거야." 이동휘와 여운형·164~165면

아무튼 진주댁의 그 목로술집은 정람 선생과 나와의 우정을 가꾼 보금자리였다. 아니 우정이라고 하기보다 사제간의 정이라고 하는 것이 옳을지 모른다. 나는 그로부터 중국에서부터 시베리아에 깔린 민족의 슬픈 역사를 배운 동시에 러시아 문학의 진수를 배웠다. 내가 그 이름이라도 알고 있는 러시아 작가가 10명 이상을 넘기지 않는데 나는 정람을 통해 세프첸코, 크루이로프, 페트로프 등 수많은 천재들을 알았다.

거의 초인적이라고 할 수 있는 정람의 기억력은 그들 작품의 줄거리와 특색있는 장면을 선명하게 전개하는 것인데 그런 얘기를 듣고 있으면 옛날 할머니의 얘기에 귀를 기울이고 있던 시절이 생각나기도 했다. 정람·165~166면

그래도 한 달에 한 번 꼴로 경산을 찾았던 것인데, 석 달 동안의 외국 여행을 하고 찾아갔을 때엔 이미 경산은 이 세상에 없었다.

십수 년이 흘렀다.

오늘 잡지사의 전교로 한 통의 부고가 날아들었다.

"동정남 선생이 어젯밤(4월 21일) 돌아가셨습니다."

발신자는 임영숙이었다.

나는 황급히 성북구 상도동으로 되어 있는 주소를 찾아갔다. 뜻밖에도 아담한 집, 피아노까지 놓은 아득한 방에 바야흐로 봄철을

만나 만발한 갖가지 꽃에 묻혀 정람은 평화로운 얼굴로 잠들어 있었다.

장지는 청평호를 바라보는 산기슭이었는데 거긴 경산 선생의 무덤이 있었다.

"어떻게 그것을 아셨는지, 경산 선생 옆에 묻어 달라는 것이 그분의 유언이었습니다."하고 임명숙이 울먹거렸다. **청평호·170면**

임영숙은 그 큰 사건을 당하고 행방을 감춘 정람을 찾아내는 데 꼬박 2년이 걸렸다고 했다. 그러니 프랑스고 뭐고 자신의 장래를 모두 팽개치고 정람의 만년을 모셨다는 얘기가 된다. **만년·170면**

지금은 대로가 되어버린 공덕동을 지나면서 나는 경산을 생각하고, 정람을 생각한다. **공덕동·170면**

운명의 덫 별과 꽃들의 향연, 영남일보, 1979

이병주, 《운명의 덫》,
나남, 2018.

아아, 저것이 내 발톱 밑으로 들어갈 대바늘이로구나.
형사는 내 엄지발톱 위에 대바늘을 갖다 대더니
망치로 꽝, 쳤다.
바위덩어리 같은 격심한 동통^{疼痛}이
뇌천^{腦天}을 부수는 듯했다.
나는 죽기로 결심하고 굴복하지 않기로 했다.

-나림 이병주

해설

1

《운명의 덫》은 대중소설의 백미이다. 운명과 결투하는 인간의 의지와 어머니의 사랑이 담겨 있다. 1979년 〈영남일보〉에 《별과 꽃들의 향연》으로 1년간 총 294회 연재되었다. 그해 10월 26일 궁정동에서 총소리가 들렸다. 당대 최고의 스타 소설가가 왜 대구영남일보에 이 글을 연재했는지 의미심장하다. 구미가 고향인 그에게 보낸 항의서로 보였다. 1981년 《풍설》로, 1987년 《운명의 덫》으로 제목을 바꾸었다. 1989년 10월 9일부터 1990년 3월 27일까지 KBS 대하드라마로 50회 방영되었다. 1979년. 59세, 장편 355면.

이 작품은 살인죄 누명을 쓴 남상두가 억울한 옥살이를 20년간 하고 나서 출옥 이후 진범을 찾아가는 치열한 과정을 그리고 있다. 전개가 빠르고 추리소설 같은 법률·재판소설이다. 《운명의 덫》은 세 개의 주제를 담고 있다. 법률·인생·용서이다. 43년이 지난 오늘의 시각에서 보면 당연한 현실이지만, 당시 시각에서 보면 혁명적 고발소설이다. 나림의 법사상을 잘 읽을 수 있다. 수사·고문·묵비권·자백·감정·재판·사형폐지·함정·혁명·대구10월폭동사건·증거능력·증명력·재심·위증죄·용서가 나온다. 형사소송법 전반을 다루고 있다. 나림의 체험이 담긴 소설이다.

수사 과정에서 고문하는 장면은 너무 생생하여 나림이 직접 겪은 고문 현장을 옮겨 놓은 것이 아닌가 생각했다. 《운명의 덫》을 읽으면서 헌법과 형사소송법 수사절차 조문이 떠올랐다. 하동 이병주 문학관에서 유심히 본 출옥 때 찍은 나림과 어머니 사진이 생각났다. 얼굴·수염·한복·어머니 모습이다. 황제문학·교도소문학의 탄생 장면이 담겨 있다.

2

《운명의 덫》은 소제목 '나그네'로 시작한다. 주인공 남상두는 살인죄로 20년을 복역하고 출옥한다. 남상두는 젊은 시절을 폐허로 만든 S읍을 찾는다. 인구 7~8천의 산간 소읍이다.

"S읍에 가면 남상두南相斗를 알아볼 사람이 있을까? 살인자가 돌아왔다고 해서 모두들 피할까?"

23년 전 그날 처음으로 S읍을 찾아갈 때를 남상두는 회상했다. 신설된 여고 국어교사로 부임하는 중이었다. 교사로서 인생을 출발하는 포부, 이에 따른 흥분 같은 게 있었다.

"착한 교사가 되자. 누구보다도 부지런하고, 인정 많고, 땀을 많이 흘리는 교육자가 되자고 다짐했을 터이다."

《운명의 덫》 중반부에 남상두가 왜 S읍 여고 국어교사로 갔는지 설명하고 있다. 남상두는 원래 고고학을 중심으로 한 언어학을 공부할 포부를 가졌다. 그러다가 짬이 있으면 역사와 문학에도 발을 뻗칠 작정이었다. 남상두 인생은 순탄하게 시작되었다. 서울의 명문 초등학교를 나와 중·고교 대학도 KS마크 학교를 나왔다. KS가 반드시 좋은 것은 아니지만 그런 순탄한 경로를 밟았다는 얘기다. 그런데 대학과 대학원의 중간 단계에서 세속을 경험할까 하고 잠시 직장을 가졌다. 그곳이 S읍 여고이다. 사고는 그 직장에서 생겼다. 억울한 누명을 쓰게 되고 인생을 망치게 된다. 아무런 희망도 없이 굴욕을 견디는 나날만이 계속되었다.

3

《운명의 덫》에 남상두의 부임 장면과 교육관이 나온다. 나름의 교육관이라고 생각한다. 기차 앞자리에 앉은 노인과 대화다. 이 소설의 전반부에 실려 있다.

　"교육이란 어려운 일이요. 젊은이는 힘든 사업을 시작하
는군."
　말이 오가는 동안 남상두는 노인이 전직 교육자임을 알
았다.
　"40년 교사 생활에 남는 것은 후회뿐이오."
　노인은 교육에 관한 몇 마디 충고를 했다.
　"첫째는 정치적 의견을 너무 강하게 내세우지 말라는 것

이었다. 그 이유로 일제 때 예를 들었다. 조선총독부 시키는 대로 충실히 했더라면 자기는 해방 후에 교단에 설 수 없었을 것이란다.

둘째 충고는 교칙의 범위를 너그럽게 잡고 가능한 한 학생들을 관대하게 대하라는 것이었다.

학생이 결정적으로 나쁜 짓을 하는 현상을 보아도 본척만척해야 하우."

나는 둘째 충고를 가장 좋은 교훈으로 받아들였다. 학생이 결정적으로 나쁜 짓을 하는 현상을 보아 버리면 응분의 조치를 취해야 하는데 그러면 사제師弟 사이가 단절된다는 그의 설명에 감복했기 때문이다.

"섣불리 나쁜 버릇을 고치려다간 교육의 기회를 잃을 위험이 있다오. 좋은 학생을 만드는 게 목적이 아니라 훌륭한 인간으로 키우는 데 목적이 있지 않겠소?"

나는 그 노인을 만난 것을 다행으로 여겼다. 지금도 그 노인의 의견을 존중하는 신념에는 변함이 없다. 그런데 운명은 참으로 이상한 작용을 한다. S읍이 나를 파멸시키는 동기에 그 노인의 말이 있었던 것이다. 그 노인이야 말로 나를 운명의 덫에 걸리게 한 내겐 운명적 존재였다.

4

나림은 《운명의 덫》에서 고문의 야만성을 고발한다. 《운명의 덫》의 압권은 고문 장면이다. 헌법과 형사소송법은 고문을 금지하고 있다.

> 의심스러운 것은 벌하지 않는다. 그때만 해도 나는 이런 법의 정신을 알았고 법관들의 양식을 믿었다. 내가 고문을 받은 취조실은? 피투성이의 광경. 다리뼈가 산산이 부서지는 고통과 영혼이 분쇄되는 절망이 엄습했다. 그 고문이 삼십 분쯤 계속되었을까? 변형사의 고문은 혹독했다.
>
> 나는 눈을 감았다. 고문이란 어떤 단계를 넘어 쓰면 일종의 관성이 붙는가 보았다. 아아, 저것이 내 발톱 밑으로 들어갈 대바늘이로구나. 나는 죽기로 결심하고 굴복하지 않기로 결심했다.
>
> 검사는 변 형사처럼 혹독한 고문은 하지 않았지만, 논리적, 귀납적으로 몰아세우는 지 검사의 추궁도 육체적 고문 못지않은 고통이었다. 남상두! 너는 철저한 비인간이다. 냉혈동물이다. 너는 사람을 살해한 죄, 그러고도 뉘우칠 줄을 모르는 죄, 이중의 죄를 지은 놈이다. 너 같은 놈은 도저히 용서할 수 없다.

나림의 유언서이다. "고문보다 증거다." 나림의 유언이 가슴에 다가온다. 그의 유언은 형사소송법 전부이기 때문이다.

"재판 판결이란 무서운 거예요. 판결 전에는 선생님의 무죄를 믿던 친구들이 판결 후에는 대부분이 유죄를 믿더군요."

"나의 비극적인 운명은 나 하나만 망치는 것이 아니고, 내 주변에 '비극의 바다'로 만든 꼴이었다."

"그 밧줄의 출처만 철저히 추궁해도 진범을 잡을 수 있지 않았을까."

5

나림은 사형제도에 트라우마가 있다.《운명의 덫》에서 남상두의 표현을 통해 사형제도를 비판하고 있다. 1965년 〈소설·알렉산드리아〉에서부터 1979년 《운명의 덫》까지 그의 소설 곳곳에서 사형제도의 문제점을 지적하였다. 억울한 자와 오판 그리고 생명존중이 나림의 사형폐지 사상이다. 형법학자 100명이 담당할 몫을 소설 곳곳에 뿌려 놓았다. 남상두 이야기를 들어보자.

"저는 앞으로 사형폐지 운동을 벌일 작정입니다. 저는 1심에서 사형선고를 받았습니다. 2심에서도 마찬가지로 사형선고였습니다. 그러다가 대법원 3심에서 무기징역으로 바뀌었고 그 후 20년으로 감형된 것입니다. 만일 1, 2심 판결대로 사형당했다면 오늘처럼 여기에서 있지도 못했을 것 아닙니까? 저는 속절없이 살인범으로서 시신에 낙인이 찍힌 채 영원히 고혼孤魂이 되는 것입니다. 그럴 경우 어머니는 어떻게 되겠습니까? 사형은 어떤 조건에서도 회복 불능이라는 이유만으로도 폐지돼야 할 것입니다. 법률은 그 존엄성을 위해서라도 회복 불능의 과오를 범해서는 안 됩니다. 흉악범 가운데 만에 하나라도 억울한 자가 있을지 모른다는 배려가 있어야 합니다. 이 모든 이유를 차치하고서라도 여기에 서서 발언하는 제 자신이 사형폐지를 정당화하는 증거가 되지 않겠습니까?"

나림은 소설 〈칸나·X·타나토스〉에서 조봉암 사형집행을 다루었다. 〈국제신보〉 편집회의와 부친 사망 소식을 함께 묘사한 작품이다.

"1959년 7월 31일의 기록만은 얼음장처럼 차가운 말로써 새겨져야 한다는 생각을 버릴 수가 없다."

그의 소설은 논문보다 강하다. 가슴에 박힌다. 나림은 1965년부터 사형폐지론자가 되었다. 후배 작가는 지금 그의 열매를 먹고 있다.

그런데 나림은 왜 이 소설을 1979년 대구 〈영남일보〉에 《별과 꽃들의 향연》으로 발표했을까? 살아남은 자의 복수일까? 그해 10월 26일 궁전동에서 총격 사태가 발생하였다. 하늘은 이 작가를 1979년 대구로 내려보냈다. 그렇지 않으면 이러한 작품이 나올 수가 없다.

6

나림은 《운명의 덫》에서 남상두의 재심청구 준비과정을 자세히 묘사한다. 이 소설의 핵심 부분이다. 나림이 왜 법률소설가인지 명확하게 보여준다. 재심 문제를 이렇게 표현할 수 있는 작가는 많지 않을 것이다. 형사소송법·군사법원법에서 재심은 피고인에게 유죄판결이 확정된 후 피고인의 무죄를 입증할 만한 새로운 증거를 제시하여 다시 재판해 줄 것을 청구하는 것을 말한다. 이미 확정된 판결을 뒤집는 것이다. 따라서 재판 과정이 잘못됐거나 새로운 증거가 발견됐다는, 즉 무죄를 증명할 만한 새로운 근거가 요구된다. 대부분 기각된다. 재심 결정만 내려져도 죄가 없는 사람으로 취급된다. 과거 독재 시절 있었던 불법적·위헌적인 재판·수사 피해자에게 재심신청이 인용되고 있다. 나림의 문장을 인용한다.

"세상에 완전범죄가 있게 해서는 안 된다. 그런 완전범죄가 수사 실수 때문에 빚어졌다면, 또 전혀 엉뚱한 사람에게 누명을 씌워 벌을 준다면 도저히 용서할 수 없는 일이 아닌가."

"놀라운 것은 지금 선창수와 윤신애의 관계, 변동식과 성정애의 관계를 목격한 사람들의 증언이었다. 이 밖에도 내 무죄를 증명할 만한 증언이 더러 있었다. 그런데 내가 재판을 받을 때에는 이런 증언이 하나도 없었다. 증인으로 채택조차 안 되었던 것이다."

"걱정입니다. 수집한 증거로는 심증을 줄 수는 있어도 결정적인 판결을 얻어내는 데 부족합니다."

"생생히 녹음테이프가 있는데도요?"

"유력한 증거는 되겠지요. 그러나 그 증언에 나타난 사람들이 부인하면 증거능력을 잃을 염려가 있습니다. 게다가 경찰이나 검찰이 호락호락 승복하지 않을 테니 난관이 있겠지요. 일관성 있는 명백한 반증 자료가 없는 한 기존 판결을 뒤집기는 매우 어렵습니다."

"우리 심정으로는 애매하지 않아도 법률적으로는 모두 애매한 증거뿐입니다. 선창수가 범인이라 돼 있는데 선창수가 범인이란 증거는 이 테이프뿐입니다. 그런데 어떤 사람의 고백만으로 특정인에게 유죄판결을 내릴 수는 없습니다."

"그럼 선창수를 법정에 끌어내면요?"

"선창수를 법정에 끌어낼 수단이 법률엔 없습니다. 더욱이 애매한 정보로는 시효가 지난 사건의 재심을 위한 강제 출두가 어렵습니다."

"무슨 방법이 없겠습니까?"

"가장 수월한 방법은 진범 선창수의 자백을 받는 것이지요."

"그자가 순순히 자백을 하겠소?"

"자백을 시켜 보겠습니다."

7

이튿날 선창수와 변동식을 만나고 온 정한기 변호사의
보고는 다음과 같다.

"두 사람에게 이렇게 자수를 권했습니다. '자수하면 그
사건은 이미 시효가 지났으니 형사책임을 면할 수 있지만
이편에서 재심을 청구하면 증인으로 출정해야 하는데 그때
바른대로 말하지 않으면 위증죄에 걸립니다. 현재의 위증은
바로 범죄가 되므로 위증으로 해서 옛날에 범죄가 법적으
로 살아나게 됩니다. 아시겠습니까? 20년 전의 범죄가 시
효라고 하지만 현재의 위증죄를 다스릴 때에는 정상 재량
에서 시효에 걸리지 않을 때와 똑같은 중량으로 양형^{量刑}에
적용합니다. 이 점을 잘 아시고 행동하십시오. 자수하면 최
소한의 체면은 유지하지만 자수하지 않으면 법정에서 다투
게 됩니다. 이편에서는 소상한 증거를 가지고 있습니다. 끝
끝내 당신들이 버티면 당신들은 위증죄를 범할 수밖에 없
습니다. 순수히 자수하시는 게 좋을 겁니다.' 그랬더니…."

"자수서를 쓰겠다고 한 그런 장소에 말이 녹음되어 있습
니다. 그러니 선창수가 자수서 작성을 거절하면 이 녹음을
법정에 제출할 겁니다. 그러면 판사가 무슨 자수서를 쓸 작
정이냐고 묻겠지요? 그들에겐 빠져나갈 길이 없습니다."

진실이 보람을 다하기 위해서는 아픔을 필요로 하는 경

우가 있다는 감회가 솟았다.

남상두는 변호사가 선창수와 변동식의 자술서를 갖추어 재심청구서를 법원에 제출했다는 소식을 들었을 때 안도의 숨을 내쉬는 한편 깊은 허탈감에 사로잡혔다. 모든 것이 헛되다는 허무감이 다시금 내 마음을 사로잡았다.

8

《운명의 덫》에 주옥같은 문장이 많다. 인생과 사랑에 관한 문장이다.

"참고 견뎌라. 불행도 인생이다."

"잃어버린 시간의 의미를 찾을 수 있을까요?"

"사람마다 마음속에 지옥地獄을 갖고 있지 않을까요?"

"세상은 무서워요. 어디에 함정이 있을지 모르지요. 제가 단정하게 보인다면 무장武裝한게 그렇게 보일 뿐입니다."

"하루 동안 가장 좋은 시간이 황혼이라고요."

"초로初老의 여성이 눈가의 잔주름을 겁내지 않아도 된다고 하고
요."

"인생에 한 번쯤 혁명 일이 닥칠지 모릅니다. 남이 뭐라고 해도
신경을 쓰지 않아도 될 날이, 아니 그럴 겨를이 없이 결단해야 할
순간이 있을지 모릅니다."

"그 애의 사랑을 받는다면 선생님의 과거가 얼마나 불행했든
간에 일시에 보상받을 겁니다."

"세상에 주의主義도 얼마나 많은데 하필이면 그 패배주의를 골라
잡으시느라고 수고하셨습니다."

"영국에서는 선거 낙선과 사랑, 고백 퇴짜는 결코 수치가 아니
라는 말이 있어요. 선거도 사랑도 남의 마음을 얻는 것이 아니겠
어요? 자기 마음도 맘대로 할 수 없는데 남의 마음을 못 얻었다고
해서 어떻게 수치일 수 있겠어요?"

"울긴 왜 울어?"
"저는 선생님이 제 아버지가 아니란 걸 다행으로 생각해예."
나는 얼떨떨했다.
"저는 선생님을…."
"사모하고 있어예."
나는 아찔했다.

"인간의 의지란 보잘것없기도 하죠?"

"어떤 우연이 작동하기만 하면 천년을 쌓아놓은 인간 의지의 흔적도 유리 조각처럼 산산이 부서지는걸요. 그런 우연 속에 살면서 인간의 의지를 뽐내 봤자 아네요?"

"마음은 이 육체의 백 배쯤 아름다워요."

"허니문은 이틀째 밤이 가장 중요한 거예요."

"어머니 뱃속에 있을 때의 사람은 식물적 존재라나요. 이성異性을 알기까지의 사람은 동물적 존재이고, 이성을 아는 그 순간이 인생의 첫날밤이란 거예요."

"당신 부인을 소중히 여기시오."

"어머니! 저를 딸처럼 생각해 주세요. 저는 며느리로서는 자신이 없어요."

"선생님은 우리들의 별이었습니다. 동반자인 김순애라는 또 하나의 별을 동반하고…. 신의 섭리는 과연 심오합니다."

9

나는 《운명의 덫》 마지막 문장들을 읽으면서 '역시 이병주다' 감탄했다. 남상두 어머니는 사실상 20년을 아들과 함께 교도소 안과 밖에서 생활한 분이다. 이슬처럼 맺힌 눈물은 어머니의 아픔이다. 나림 작품은 모성애를 따뜻하게 그린다. 순애는 젊은 어머니의 옛 모습이다. 이 두 사람이 대한민국 가정을 이끈 주체다. 시어머니와 며느리姑婦의 바람직한 관계로 보았다. 우리 젊은이들이 이 대목을 어떻게 읽을지 궁금하다.

신혼여행은 소박하게 경주로 가기로 했다. 석굴암 앞에서 동해의 해돋이를 보자고 김순애가 제의했다. 순애는 어머니를 모시고 가자고 했다. 어머니는 쾌히 승낙했다. 어머니는 과거 하숙집 아주머니, 윤학로 읍장의 부인에게 동행을 청했다.

"사람은 오래 살고 볼 일이오. 오래 살지 못했더라면 내가 어찌 이런 며느리를 만나겠소?"

경주 K호텔에 도착했다. 김순애는 한복 무용복으로 갈아입고 고전무용을 선보였다. 어머니는 눈물을 글썽이며 기뻐했다.
무용을 마치고 자리로 돌아와 어머니께 술잔을 올리면서 순애는 이렇게 말했다.

"어머니! 이제야 제가 춤을 배운 까닭을 알았어요. 어머니 앞에서 이렇게 춤추려고 배운 거예요. 이제 제 무용은 보람을 다한 거예요."

이런 광경이 감격스럽지 않을 수 없었다. 나는 중얼거렸다.

"이와 같은 행복을 마련하는데 원인이 되었다 싶으니 선창수니, 변동식이니 하는 자들을 용서하고 싶네요."

김순애가 발끈했다.

"남 군은 그게 탈이에요. 놈들은 절대로 용서할 수 없어요. 놈들을 용서할 수 없다는 벨만은 가져야 해요. 어머니 그렇죠?"

어머니는 고개를 끄덕끄덕했다. 그 눈엔 이슬처럼 맺힌 눈물이 있었다.

나림 어머니의 눈물로 느꼈다. 회한의 눈물방울이다.

10

《운명의 덫》에 대한 작가의 말이 소설책에 실려 있다. 아주 귀중한 나림의 음성이다. 나림 작품 전체를 이해하는 데 도움이 된다. 몇 단락을 인용한다.

"어디에 함정이 있는지 모르는 것이 인생이다, 이렇게 말하면 운명론자가 될 수밖에 없는 사람의 설명이 되겠지만 일제의 탄압, 해방 후에 혼란, 그리고 4·19, 5·16, 10·26, 6·29를 겪는 동안에 우리는 많은 운명적 사건을 목격하고 자칫 만사를 운명적, 숙명적으로 보아 넘기고 싶은 심성의 위험에 놓였다.

사실 얼마나 많은 사람이 스스로는 책임질 아무 짓도 하지 않으면서도 운명의 작희作戲라고밖엔 할 수 없는 함정에 빠져들어 유위有爲한 장래를 마치고 심지어는 비명이 쓰러졌던가.

나는 이러한 사람 가운데 하나를 골라 그 억울한 운명에 함께 눈물을 흘리며 그 재생의 기록을 이 소설에서 시도해 보았다. 모델이 없지는 않은 원래의 주인공은 정치와 관련이 있었던 인물인데, 나는 뜻한 바 있어 그 정치성을 완전히 배제하는 바람에 90%의 픽션fiction, 戲劇이 되었다.

나는 이 작품에서 절망의 낭떠러지에 굴러떨어진 주인공을 살리기 위한 힘으로서 어머니의 절대적인 도움을 그렸는데 여긴 다분히 상징적인 의미가 포함됐다. 대체로 인간의 재생은 정신적이건 물질적이건 모성애를 바탕으로 이루어진다.

아무튼 이 작품의 주제는 운명과 결투하는 인간의 의지이며 그 의지의 승리가 있기 위해서는 어머님의 사랑을 비롯한 주위의 사랑이 결정적인 도움이 된다는, 그 언저리에 있다. 읽어 한 가닥 다소곳한 즐거움과 위안이 되리라고 나는 믿는다."

줄거리

'의심스러운 것은 벌하지 않는다.'

그때만 해도 나는 이런 법의 정신을 알았고 법관들의 양식을 믿었다.

내가 고문을 받은 취조실은? 피투성이의 광경….

변 형사는 자백하라고 윽박지르는데도 내가 버티자 독기가 바짝 오른 모양이었다. 그는 나를 의자에서 떠밀어 내렸다. 내가 마룻바닥에 뒹굴자 오금 사이에 박달나무 몽둥이를 끼우곤 다리를 묶어 앉혀 무릎을 짓밟았다. 다리뼈가 산산이 부서지는 고통과 영혼이 분쇄되는 절망이 엄습했다. 나는 하지 않은 짓을 했다고 자백할 수 없었다. 그 고문이 삼십 분쯤 계속되었을까?

변 형사의 고문은 혹독했다. 그래도 나는 하지 않은 짓을 했다고 허위자백할 수는 없었다. 그런 어느 날 변 형사는 가사假死상태로 유치장에 누운 나를 끌어내더니 노트 한 권을 내밀며 읽어보라고 했다. 윤신애의 일기장이었다.

"무엇 때문에 읽어라 하는 거요?"

"잔말 말고 그 빨간 밑줄 쳐진 곳을 읽어봐."

나는 입을 다물었다. 묵비권黙祕權 행사 외에는 달리 방도가 없었다. 변 형사는 다시 몽둥이를 휘둘렀다. 이번에 왼쪽 어깨를 때렸다. 이어 등을 치고 정강이를 걷어찼다. 나는 눈을 감았다. 고문이란 어떤 단계를 넘어서면 일종의 관성이 붙는가 보았다. 고통은 가중되고 있지만 이에 비례해서 견딜 힘도 보태진다.

"마지막 기회다. 순순히 자백해!"

나는 이미 말라버린 눈물을 가슴 속에 흘렸다. 어떤 고문이 새로 시작될까? 공포에 가슴이 떨렸다.

"자백하기만 하면 정상 참작이 돼 줄잡아 사형은 면한다. 이 자식아, 나는 내 손으로 잡은 네놈을 사형장으로까진 보내기가 싫어서 이렇게 마음을 쓰는 거야."

변 형사는 몽둥이로 마룻바닥을 쿵, 울렸다. 묵비권을 쓰기로 한 나는 눈을 감은 채 몸을 떨고만 있었다.

"이 녀석, 눈 떠!"

벼락같은 고함과 함께 두개골이 터질 듯 아팠다. 몽둥이로 내 머리를 내리친 것이다. 나는 의자로부터 떨어져 마룻바닥에 나뒹굴었다. 변 형사는 내 머리칼을 덥석 쥐고 나를 일으켜 앉혔다.

"안 되겠어. 이놈의 손톱을 죄다 빼버리겠다. 그리고 교사 주제에 제자와 놀아난 이놈의 물건을 잘라 버려야겠다."

중얼거리는 변 형사의 말을 들으며 나는 드디어 마지막 순간이 다가왔다고 느꼈다. 그는 나를 일으켜 세워 취조실 가운데 돌출된 기둥으로 끌고 갔다. 나를 의자에 앉힌 채 그 기둥에 의자 채 밧줄로 묶었다.

"이놈 발톱부터 뽑아야겠다."

그는 네 오른쪽 다리를 벤치에 고정시켜 묶었다. 나는 눈을 감았다. 공포의 현장을 보기가 끔찍하기 때문이다. 그때 대뜸 주먹이 내 뺨으로 날아왔다.

"자식아 눈 떠! 과학적 수사를 어떻게 하는지 똑똑히 봐둬야지."

변 형사는 자기 책상에 가서 서랍을 열고 온갖 기구 가운데 한

줄의 대바늘을 꺼냈다. 끝을 날카롭게 깎아 놓은 대바늘은 뜨개질
용보다는 작고 이쑤시개보다는 큰 것이었다.

"아아, 저것이 내 발톱 밑으로 들어갈 대바늘이로구나."

내 심장이 송곳으로 찔리는 듯 아프기 시작했다. 숨이 멎을 정
도로 가슴이 뒤틀렸다. 변 형사가 다음에 집어 든 것은 망치였다.

"순순히 자백만 하면 이런 절차가 필요 없다 어때, 내 말 알아
듣겠나?"

나는 일순 허위자백이라도 할까 하는 유혹을 느꼈다.

'검찰청이나 법정에서 부인할 수 있겠지? 그러나….'

안 될 일이었다. 비록 거짓말이라 하나 나는 내 입으로 윤신애
를 죽였다고 말하지는 못한다. 자백하면 윤신애가 밴 아이의 애비
라는 사실도 받아들여야 한다.

"나는 죽어도 그런 거짓을 꾸밀 수는 없다."

변 형사는 내 발톱 위에 대바늘을 갖다 대더니 망치로 꽝, 쳤
다. 바위덩어리 같은 격심한 동통疼痛이 뇌천腦天을 부수는 듯했다.
뇌 속이 폭발 직전으로 팽창했다. 그런데도 기절은 면했다. 변 형
사는 숨을 몰아쉬며 고함을 쳤다.

"이놈아! 내가 잔인하다 싶으냐? 사람을 죽인 네놈의 잔인에 비
하면 새 발의 피鳥足之血야."

변 형사는 다시 망치를 들더니 다른 대바늘을 갖다 놓곤 내리
쳤다. 검은 피가 발가락에서 펑펑 솟아 내렸다. 세 번째 대바늘이
꽂혔을 때 나는 비명을 질렀다. 아마 생명체가 내지를 수 있는 극
한적 비명이었으리라.

"이 자식아! 이건 아직 시작에 불과해!"

'애라, 자백을 꾸밀까?'

유혹이 뭉클한 눈물로 솟았다. 그러나 곧 아니라는 결심이 잇따랐다. 나는 죽기로 결심하고 굴복하지 않기로 했다. 변 형사는 다시 벼락같은 고함을 질렀다.

"눈을 떠!"

아마 그때가 아니었을까. 어깨에 무궁화를 단 경찰관이 쑥 들어왔다. 변 형사가 동작을 멈추었다.

"누구야? 누가 이놈에게 머큐로크롬을 발라 주었어?"

그 후 나는 1주일 동안 아무 일 없이 유치장에서 지냈다.

"객관적인 증거가 내 유죄를 증명하고 있어. 아무리 부인해도 소용없어. 그러니 순순히 뉘우치면 그만큼 정상 참작의 폭이 넓어질 것 아닌가!"

"나는 사실 규명을 바랄 뿐 정상 참작을 원하지 않습니다."

검사의 눈이 얼음장처럼 빛났다. 그러나 감정을 억누른 투로 말했다.

"아무리 흉악한 짓을 해도 뉘우치면 용서를 받을 수 있어. 하물며 전도양양한 청년이 아닌가. 법률은 죄를 미워하지 사람을 미워하지는 않아. 개과천선改過遷善할 의사만 뚜렷하면, 그것이 증명되기만 하면 우리도 죄인을 구하는 방도를 연구하는 거야, 알았어?"

"추호도 반성하지 않는다 할 땐 네가 저지른 죄는 극형에까지 가고 만다. 나는 그런 불행을 피하고 싶어. 전도양양한 청년을 죽이고 싶진 않아. 어때? 피차 불행을 피해 보지 않겠는가? 사람이면 뉘우칠 줄 알아야 해!"

검사는 유죄를 단정적으로 믿는 듯했다. 검사의 말은 계속됐다.

"순간의 잘못으로 죄를 지을 수 있어. 누구에게나 있을 수 있는 일이야. 그러나 사람이 짐승과 다른 점은 뉘우칠 줄 안다는 거야. 물론 너도 마음속으로 뉘우치고 있겠지. 하지만 마음속으로 뉘우치는 것만으론 어떻게 할 수 없어. 자백하지 못하는 것은 용기가 없는 탓이겠지? 용기를 내봐요. 용기를!"

"……"

"검사 입장을 떠나서 하는 말인데, 자네 자백 없이 없이도 이 증거만 갖고도 얼마든지 법정에 내놓을 수 있어. 그게 되레 수월해. 그런데도 자네 자백을 요구하는 것은 내 인생이 가련해서다. 반성의 흔적 없이 법정에 가면 결과는 뻔하다. 극형이야 극형! 그걸 뻔히 알면서 나는 그럴 수 없다. 나는 검사 이전에 인간이니까."

"그렇다면 왜 내가 무죄라는 상상은 못 하고 유죄라는 전제만 이야기하고 있소?"

"이 녀석이 감히 누구 앞에서 말대꾸야?"

"네가 범인이라는 증거는 조리정연한데 범인이 아니라는 증거는 하나도 없어. 그런데도 무죄를 추정한단 말인가?"

"어쨌든 나는 그 사건과 아무런 관련이 없으니까요."

검사는 변 형사처럼 혹독한 고문은 하지 않았지만, 논리적, 귀납적으로 몰아세우는 지 검사의 추궁도 육체적 고문 못지않은 고통이었다.

"남상두! 너는 철저한 비인간이다. 냉혈동물이다. 너는 사람을 살해한 죄, 그리고도 뉘우칠 줄을 모르는 죄, 이중의 죄를 지은 놈이다. 너 같은 놈은 도저히 용서할 수 없다."

"재판 판결이란 무서운 거예요. 판결 전에는 선생님의 무죄를 믿던 친구들이 판결 후에는 대부분이 유죄를 믿더군요."

"박 형! 나를 좀 도와주슈. 나는 어떤 일이 있어도, 앞으로 내 생애를 허송하는 일이 있더라도 윤신애를 죽인 자를 찾아내야 하겠소. 뿌려진 윤신애의 뼛가루 하나하나가 원령怨靈이 되어 공기 속에 가득 찬 것 같소. 내 원수를 찾을 것이 아니라 윤신애의 원수를 찾아야만 하겠소."

"남선생님 심정은 알겠습니다만… 그때 못 밝힌 일을 지금 어떻게 밝히겠습니까?"

"그땐 밝히지 못한 게 아니라 밝히지 않은 것입니다."

"설령 밝힌다 해도 시효가 지나지 않았습니까?"

"물론이죠. 그러나 그런 건 상관하지 않습니다. 진범을 알아내면 그만입니다."

"그 사건에 애매한 점이 많기는 했지요. 그러나…."

"그렇지요. 하지만 내 진술은 채택되지 않았고 필적 감정조차 하지 않았습니다."

나는 상념에 잠겼다. 세상에 완전범죄가 있게 해서는 안 된다. 그런 완전범죄가 수사 실수 때문에 빚어졌다면, 또 전혀 엉뚱한 사람에게 누명을 씌워 벌을 준다면 도저히 용서할 수 없는 일이 아닌가.

"그런 사고방식이야말로 위험천만입니다. 수사관이나 재판관의 편의주의를 따름입니다. 9개 증거를 찾았다면 나머지 1개를 찾도록 노력해야 하지요. 아무 죄도 없는 사람이 누명을 쓰고 사형당하는 경우를 생각해 보세요."

그 밧줄의 출처만 철저히 추궁해도 진범을 잡을 수 있지 않았을까. 나는 경찰에게도 검찰에게도 윤신애를 교살할 때 쓴 밧줄에 관해선 일언반구 질문도 받지 않았다.

"선생님의 문제는 법원에서 판결이 난 것 아닙니까?"

"신애를 죽인 진범을 찾아내야지요. 살해당했으니 죽인 놈이 있을 것 아닙니까? 나는 꼭 찾아내고야 말겠습니다."

"본인은 지금까지도 억울한 기분인 모양입니다."

"억울하면 또 어쩔 건데? 결판이 나버린 사건을…."

"애매하건 어쨌건 유죄로 판결이 났잖소."

"판결이야 그렇지만 본인으로서는 억울했을 거다, 그거요."

"법치국가에서는 판결이 제일 아닌가. 유죄, 무죄를 판단하는 건 판사니까."

"경찰관이 검거한 사건 가운데 60%를 공소유지할 수 있으면 성적이 좋은 편이라고 하던데요."

"웬걸, 작년도 통계를 보니 경찰관 검거 건수 가운데 유죄 판결은 30%밖에 안 되더라고."

"내 가끔 생각하지만, 윤신애 살해사건 말입니다. 그것도 변 형이 아니었더라면 아마 공소유지를 할 수 없었을 겁니다."

"그야 그렇지. 사실 남상두라는 놈은… 본인으로서는 억울할 거요."

"수사는 이런저런 증거를 모아, 제기랄, 증거가 모자라면 날조라도 해갖고 공소를 유지할 수 있지만……"

"유능한 수사관 치고 증거 날조 안 해본 사람 없을걸요."

"대구교도소를 한 바퀴 돌고 호텔로 갑시다."

나는 이곳에서 3년을 지낸 후 안양교도소 등 7~8군데를 전전했다. 그중 가장 인상 깊은 곳이 대구교도소였다. 징역 초년생인 탓도 있었겠지만 대구교도소 생활은 내 피부와 혈관에 깊은 흔적을 남겼다.

나는 전과자란 낙인 때문에 교도소 지배권에서 벗어나지 못함을 절감했다. 저 속에서 억울한 누명을 쓰고 복역하는 사람이 있는 한 나에게 진정한 해방은 없다는 심경이었다.

"증거를 밝혀 억울한 사람을 도와야지요. 그게 시민의 의무이자 인간으로서의 모럴입니다."

"증인이 되었다간 자기의 과거가 탄로 나고, 그 때문에 당신의 사랑을 잃을지 모른다는 불안감이 있답니다. 정의로운 템플러 씨, 당신은 과거 일 때문에 부인을 사랑할 수 없게 될 경우를 상상할 수 있습니까?"

"그럼 오늘 저녁, 귀가하시거든 부인께 용기내라고 말하세요. 부인은 당신의 사랑을 잃을까 입을 열지 않습니다."

"거기서 체육 선생님과 친한 사내와 저는 관계를 가졌습니다.

윤신애와 체육 선생은 이미 도착해서 그 안에서 육체관계를 맺는 것 같습니다. 체육 선생은 제가 윤신애를 죽인 게 아니냐고 엉뚱하게 죄를 덮어씌우려 하더군요."

"남 선생은 억울하다!"

이렇게 외치고 싶었으나 용기가 나지 않았다. 그 경찰관이 가끔 찾아와서 잠자코 있으라고 협박했다. 어느 날 체육 선생이 성정애를 찾아왔다. 그는 상의 안주머니에서 조그만 노트를 꺼내놓았다.

"그게 뭡니까?"

"이건 윤신애의 일기다."

성정애는 끔찍한 것을 본 기분으로 몸을 떨었다.

"정애야! 남상두가 범인이 되어야 우리가 사는 기라. 이 바보야!"

"눈 딱 감고 잠자코 있는 거야."

"그럴 수 없어요."

"그럴 수 없다면 네가 사형장으로 갈 테야?" 네 아버지, 네 어머니와 동생은 어떻게 될 거고?"

"이 일기장만 갖고 온 남상두가 약간 불리하다는 것뿐이지 결정적으로 남상두를 범인으로 만들 수 없어."

"조금만 노력하면 된다. 이 일기 중간에 비어 있는 곳이 많아. 여기에다 윤신애 글씨를 닮게 몇 마디만 써넣으면 되는 거다."

"울긴 왜 울어? 내가 있는데…."

"명심할 것은 평생 침묵을 지켜야 한다는 점이야. 네가 일기장에 글을 썼다는 사실이 밝혀지면 너는 그야말로 마지막이다. 증거 날조죄, 위증죄에 걸릴 뿐 아니라 윤신애 살해죄를 몽땅 뒤집어써야 한다. 알겠나?"

정애는 이중으로 배신을 당했다.

"대부분 감옥에서 내가 상상한 그대로야."

"글쎄, 그 녹음테이프를 재심을 청구하는 자료로 삼아야 하겠지만 체육 선생이니, 형사니 하는 보통명사가 있을 뿐 누구를 지칭하는 고유명사는 한마디도 없잖은가."

재심청구 준비가 됐다는 통지를 받고 나는 대구로 내려갔다. 대구에서 내가 할 첫 번째 일은 재심청구를 위해 수집한 기록을 일람하는 것이었다. 훑어보니 조사 사업이 헛되지 않았음을 알았다.

명목은 S읍을 중심으로 한 씨족관계 조사라 했지만 그 사건에 관한 인물들의 행적 등이 광범위하게 조사되어 있었다. 놀라운 것은 지금 선창수와 윤신애의 관계, 변동식과 성정애의 관계를 목격한 사람들의 증언이었다.

이 밖에도 내 무죄를 증명할 만한 증언이 더러 있었다. 그런데 내가 재판을 받을 때에는 이런 증언이 하나도 없었다. 증인으로 채택조차 안 되었던 것이다.

법원에 재심청구를 하기에 앞서 나, 계 사장, 김용옥, 그리고 정한기 변호사 등이 한자리에 모여 회의를 했다. 먼저 계 사장이 변호사에게 물었다.

"정 변호사님, 자신이 있습니까?"

"걱정입니다. 수집한 증거로는 심증을 줄 수는 있어도 결정적인 판결을 얻어내는 데 부족합니다."

"생생히 녹음테이프가 있는데도요?"

"유력한 증거는 되겠지요. 그러나 그 증언에 나타난 사람들이 부인하면 증거능력을 잃을 염려가 있습니다. 게다가 경찰이나 검찰이 호락호락 승복하지 않을 테니 난관이 있겠지요. 일관성 있는 명백한 반증 자료가 없는 한 기존 판결을 뒤집기는 매우 어렵습니다."

"변호사님께서는 자신이 없다는 말씀입니까?"

"이 정도로는 어렵습니다. 마음은 뻔한데 마음대로 안 되는 것이 법률 문제입니다. 99개 증거를 모았는데 1개 증거가 부족해서 목적을 달성하지 못하는 경우도 있습니다. '의심스러운 것은 처벌하지 않는다'는 원칙이 있는데, 이 원칙이 피의자에게 적용되는 경우는 드물고 확정판결을 유지하는 데는 결정적입니다. 즉, 애매한 증거로는 원심을 깰 수 없다는 뜻이지요."

"지금 우리가 제출한 증거는 애매한 것이 아니지 않습니까?"

"우리 심정으로는 애매하지 않아도 법률적으로는 모두 애매한 증거뿐입니다. 선창수가 범인이라 돼 있는데 선창수가 범인이란 증거는 이 테이프뿐입니다. 그런데 어떤 사람의 고백만으로 특정인에게 유죄판결을 내릴 수는 없습니다."

"그럼 선창수를 법정에 끌어내면요?"

"선창수를 법정에 끌어낼 수단이 법률엔 없습니다. 더욱이 애매한 정보로는 시효가 지난 사건의 재심을 위한 강제 출두가 어렵습니다."

"무슨 방법이 없겠습니까?"

"가장 수월한 방법은 진범 선창수의 자백을 받는 것이지요."

"그자가 순순히 자백을 하겠소?"

"자백을 시켜 보겠습니다."

"어떻게?"

"그 방법과 수단은 제게 맡겨 주십시오."

"선창수의 자백을 받아내신다면 저도 협력하지요. 범죄 사실은 이미 시효가 지났지만 위증은 현재의 범죄가 될 수 있습니다. 그런 사정을 미묘하게 이용하면 혹시…."

서종희는 고개를 번쩍 들었다.

"자수를 시키겠습니다. 자백도 시키겠습니다. 자기가 지은 죄에 대한 책임을 져야죠. 지금 별거 중 입니다만 상관없습니다. 그는 자수 않고는 배길 수가 없을 거예요."

"이 녹음테이프는 남상두 씨가 직접 미국에 가서 녹음해 온 겁니다. 재심 재판이 열리면 성정애도 귀국할 예정입니다."

그때 변동식이 소리를 질렀다.

"거짓말이다! 이건 전부 조작이다. 이따위 테이프를 믿을 사람이 어디 있겠어? 괜히 헛고생 말라고 하시오!"

"거짓인지 진실인지 본인이 곧 한국에 나타날 테니까 그때 판가름 날 것 아니겠소?"

"매수당해서 이따위 거짓말을 하는 년은 찢어 죽여야 해. 나타나기만 해봐라. 당장!"

"남상두 씨가 미국에까지 가서 이런 녹음을 한 것은 사건의 전모가 거의 밝혀진 연후입니다. 반년 넘게 걸려 수십 명의 조사원이 S읍을 샅샅이 뒤져 성정애라는 이름이 나온 겁니다. 난데없이 성정애가 불쑥 튀어나온 게 아닙니다."

"20년 전의 일을 조사했으면 얼마나 했겠소? 하나같이 증거능력은 없을 것이니 헛수고만 했구만."

"남상두란 분은 보통이 아닙니다. 20년을 억울하게 감옥살이를 한 사람의 집념이란 대단합니다."

"집념만 갖고 되는 줄 아시오?"

변동식은 콧방귀를 뀌었다. 그러나 그건 허세가 섞인 말이었다.

"변 형! 억울한 사람을 20년이나 징역살이를 시켰으니 미안하게 여길 줄도 알아야 할 것 아뇨?"

"나는 미안할 게 없소."

"나쁜 짓을 하고도 일말의 양심의 가책도 없는 거예요?"

"돈에 매수돼 남의 뒷구멍이나 캐는 인간의 입에서도 양심 소리가 나올까?"

이처럼 변동식은 어디까지나 뻔뻔스러웠다.

"20년 전의 일을 갖고 평지풍파를 일으켜 어쩔 작정입니까?"

"200년 전의 일이라도 억울한 누명은 벗어나야 하지 않습니까?"

"평지에 풍파를 일으킬 뿐 쉽사리 누명을 벗지 못할걸요?"

"한 조각의 양심도 없다는 얘기입니다. 그려."

"설혹 일이 그렇게 된 거라도 이미 시효가 끝났소. 어떤 형사적 책임도 우리에게 지울 수 없소."

"이 나라의 법률은 당신들을 그냥 둘지 모르지만 사회는 당신들을 용납하지 않을 것이요. 설혹 평지에 풍파를 일으킨 결과가 되어 법률적으로 남상두 씨가 누명을 벗지 못한다 하더라도 사회적으로는 누명을 벗을 것이오. 그렇게 하기 위한 증거엔 궁하지 않소."

이 말을 끝으로 김영옥은 그 자리에서 나왔다.

이튿날 선창수와 변동식을 만나고 온 정한기 변호사의 보고는 다음과 같다.

"두 사람에게 이렇게 자수를 권했습니다. '자수하면 그 사건은 이미 시효가 지났으니 형사책임을 면할 수 있지만 이편에서 재심을 청구하며 증인으로 출정해야 하는데 그때 바른대로 말하지 않으면 위증죄에 걸립니다. 현재의 위증은 바로 범죄가 되므로 위증으로 해서 옛날에 범죄가 법적으로 살아나게 됩니다. 아시겠습니까? 20년 전의 범죄가 시효라고 하지만 현재의 위증죄를 다스릴 때에는 정상 재량에서 시효에 걸리지 않을 때와 똑같은 중량으로 양형量刑에 적용합니다. 이 점을 잘 아시고 행동하십시오. 자수하면 최소한의 체면은 유지하지만 자수하지 않으면 법정에서 다투게 됩니다. 이편에서는 소상한 증거를 가지고 있습니다. 끝끝내 당신들이 버티면 당신들은 위증죄를 범할 수밖에 없습니다. 순수히 자수하시는 게 좋을 겁니다.' 그랬더니…."

선창수는 응하겠다고 하더란다. 변동식은 다른 반응이었다 한다.

"선창수에게 덤벼들었습니다. 뭣 때문에 자수하느냐? 그럼 우리 신세는 망친다고 떠들더군요. 선창수는 이러나저러나 신세는 망친 게 아니냐고 타이르더군요. 그래 저는 1주일 시한을 주고 자리를 떠났습니다."

"순수히 자수서를 쓸까요?"

"자수서를 쓰겠다고 한 그런 장소에 말이 녹음되어 있습니다. 그러니 선창수가 자수서 작성을 거절하면 이 녹음을 법정에 제출할 겁니다. 그러면 판사가 무슨 자수서를 쓸 작정이냐고 묻겠지요? 그들에겐 빠져나갈 길이 없습니다."

이런 대화가 오갈 때 서종희로부터 전화가 왔다.

"선창수는 순순히 자수하겠다고 제게 맹세했습니다. 그 점은 걱정 마시고 일을 추진하십시오."

나는 변호사가 선창수와 변동식의 자술서를 갖추어 재심청구서를 법원에 제출했다는 소식을 들었을 때 안도의 숨을 내쉬는 한편 깊은 허탈감에 사로잡혔다.

"어디로 모실까요?"

"대구교도소 주위를 한 바퀴 돌아봅시다."

벌써 어둠이 짙은 교도소 담장 위에 불빛이 선명하게 윤곽을 그려낼 뿐 보이는 것은 없었다. 그러나 나는 교도소의 덩치를 알고 그 내부를 안다. 그 속엔 나처럼 억울하게 징역살이를 한 사람들도 있으리라.

나의 재심청구가 성공할 것이라는 확신이 섰을 때 김순애와 나는 결혼을 서둘렀다. 어머니가 제안했다.

"결혼식은 그곳에서 해라. 네가 누명을 쓴 곳에서. 누명을 벗었다는 증거를 보일 겸 새 인생을 그곳에서 시작해라."

S읍의 결혼식, 어머니의 배려와 아이디어에 탄복했다.

날짜는 11월 3일, 장소는 S여고 강당을 빌리기로 했다.

"남상두 선생에게 누명을 씌운 건 다름 아닌 우리 읍입니더."

한편에서는 축사가 진행되고 있었다. 사회생활과를 맡은 분이
었다.

다음 축사자는 박우형이었다.

"사필귀정이라는 게 저절로 이뤄지는 게 아니라는 점을 강조하
렵니다. 자칫 잘못하면 뱀이 우물로 들어가는 꼴인 사필귀정蛇必歸井
이 될 수도 있습니다. 정의가 실현되려면 치열한 노력이 있어야
합니다."

제자들은 서로 권하고 사용하더니 마이크를 잡은 사람은 하경
자였다.

"선생님은 우리들의 별이었습니다. 동반자인 김순애라는 또 하
나의 별을 동반하고…. 신의 섭리는 과연 심오합니다."

"남상두 신랑의 모당母堂이신 채 여사님께서 S읍의 발전을 위해
10억 원을 기금으로 하는 장학재단을 설립하시겠다고 하십니다."

"S여고 합창단이 〈어머니의 노래〉를 합창하기 시작했다.

"신랑 이야기를 들어 봅시다!"

"저는 앞으로 사형폐지 운동을 벌일 작정입니다. 저는 1심에서
사형선고를 받았습니다. 2심에서도 마찬가지로 사형선고였습니
다. 그러다가 대법원 3심에서 무기징역으로 바뀌었고 그 후 20년
으로 감형된 것입니다. 만일 1, 2심 판결대로 사형당했다면 오늘
처럼 여기에서 있지도 못했을 것 아닙니까? 저는 속절없이 살인

범으로서 시신에 낙인이 찍힌 채 영원히 고혼孤魂이 되는 것입니다. 그럴 경우 어머니는 어떻게 되겠습니까? 사형은 어떤 조건에서도 회복 불능이라는 이유만으로도 폐지돼야 할 것입니다. 법률은 그 존엄성을 위해서라도 회복 불능의 과오를 범해서는 안 됩니다. 흉악범 가운데 만에 하나라도 억울한 자가 있을지 모른다는 배려가 있어야 합니다. 이 모든 이유를 차치하고서라도 여기에 서서 발언하는 제 자신이 사형폐지를 정당화하는 증거가 되지 않겠습니까?"

나는 중얼거렸다.

"이와 같은 행복을 마련하는데 원인이 되었다 싶으니 선창수니, 변동식이니 하는 자들을 용서하고 싶네요."

김순애가 발끈했다.

"남 군은 그게 탈이에요. 놈들은 절대로 용서할 수 없어요. 놈들을 용서할 수 없다는 벨만은 가져야 해요. 어머니 그렇죠?"

어머니는 고개를 끄덕끄덕했다. 그 눈엔 이슬처럼 맺힌 눈물이 있었다.

어록

'의심스러운 것은 벌하지 않는다.'

그때만 해도 나는 이런 법의 정신을 알았고 법관들의 양식을 믿었다. **법의 정신·20면**

내가 고문을 받은 취조실은? 피투성이의 광경….

변 형사는 자백하라고 윽박지르는데도 내가 버티자 독기가 바짝 오른 모양이었다. 그는 나를 의자에서 떠밀어 내렸다. 내가 마룻바닥에 뒹굴자 오금 사이에 박달나무 몽둥이를 끼우곤 다리를 묶어 앉혀 무릎을 짓밟았다. 다리뼈가 산산이 부서지는 고통과 영혼이 분쇄되는 절망이 엄습했다. 나는 하지 않은 짓을 했다고 자백할 수 없었다. 그 고문이 삼십 분쯤 계속되었을까? 누군가 변 형사를 타일렀다. **고문·40면**

"명색의 교육자인데 양심이 있지 않겠나? 육체적으로 괴롭히는 건 그만하고 정신적으로 타일러 봐!"

"이게 교육자라고요? 지독한 놈입니다. 파리도 못 잡을 듯한 꼴을 한 이런 놈에게 흉악범 소질이 있는 겁니다. 그러니 이런 놈들은 말로는 어림도 없습니다."

"더 타일러 봐. 그래도 안 듣거든. 변 형사 요량대로 하고.…"

오금에서 나무 방망이가 빠져 나갔는데도 나는 설 수 없었다. 의자에 끌어 앉히는데 겨우 책상에 양팔을 짚고서 견뎌 낼 수 있었다. 아픔은 머리에 중추에서 욱신거렸다.

"그러니까 바른대로 말해!"

"나는 죽이지 않았소!"

나는 악을 썼다. _{변형사·40~41면}

"재판 판결이란 무서운 거예요. 판결 전에는 선생님의 무죄를 믿던 친구들이 판결 후에는 대부분이 유죄를 믿더군요." _{판결·56면}

나는 불을 끄고 누워 외등이 유리창 틈으로 스며들어 와 천장에 이룬 무늬를 바라보며 언제나 해보는 상념에 잠겼다. 세상에 완전 범죄가 있게 해서는 안 된다. 그런 완전범죄가 수사 실수 때문에 빚어졌다면, 또 전혀 엉뚱한 사람에게 누명을 씌워 벌을 준다면 도저히 용서할 수 없는 일이 아닌가. _{완전범죄·95면}

"하여간 심증(心證)만으로 처벌하지 않는다는 원칙이 관철되지 않는 이상 우리나라 재판을 건전하다고 할 수 없지요."

그리고 나는 영국의 사례를 들었다. 영국의 재판에서는 진범이 아닐 가능성이 조금이라도 있으면 벌하지 않는다는 원칙이 철두철미하다. _{영국 재판·99면}

"우리나라 재판에서도 그런 원칙은 서 있지요."

김영옥은 최근 몇 가지 판결을 예로 들었다.

"그 정도 갖고는 안 됩니다. 영국에서는 범죄 전모에 관한 확실한 진상을 파악하지 않는 한 유죄 판결을 내리지 않습니다. 100명의 진범을 놓치더라도 1명의 억울한 피고인을 만들어서는 안 된다는 원칙이 철저하지요." _{유죄 판결·99면}

"아닙니다. 사람은 죽어도 원한은 살아 있을 겁니다. 죽어 없다고 해서 원한까지 잊어서는 안 됩니다. 저는 윤신애의 원한을 잊지 않을 작정입니다."

"그래서 어떻게 하시겠습니까?"

"신애를 죽인 진범을 찾아내야지요. 살해당했으니 죽인 놈이 있을 것 아닙니까? 나는 꼭 찾아내고야 말겠습니다." **진범·141면**

그러더니 잡음이 한동안 들린다. 이윽고 대화는 이어졌다.

"남상두란 인물, 기억합니까?"

"…그자를 사형시켜야 했는데, … 그자가 살아 나왔구나. 그런데 그자 물골이 어떻다고 합니까? 한 20년 썩었으면 형편없을 건데."

"형편없기는 커녕 멋진 신사였다고 하던데."

"본인은 지금까지도 억울한 기분인 모양입니다."

"억울하면 또 어쩔 건데? 결판이 나버린 사건을…."

"애매하건 어쨌건 유죄로 판결이 났잖소."

"판결이야 그렇지만 본인으로서는 억울했을 거다, 그거요."

"법치국가에서는 판결이 제일 아닌가. 유죄, 무죄를 판단하는 건 판사니까."

"그야 그렇지. 그러나 죄 없는 사람을 죄인으로 몰아붙인다는 건 못 할 짓 아니요."

"직무수행을 하다 보면 그런 경우도 있지 않겠소? 김 형! 우수한 수사관은 사건 진상과 관계없이 자기가 작정한 방향으로 밀고 나가 공소를 유지하고 유죄판결을 받으면 되는 능력자 아니겠소?"

"그렇다고 해서 죄가 없는 줄 뻔히 알면서 그렇게 하는 건…."

"그럼 변 형은 그 사람이 무죄인 줄 알고 덮어씌웠소? 그렇다면 변 형의 수단과 기술이 월등한 셈이오."

"월등할 것까지야…. 그리고 그 사람에게 불리한 증거를 완벽하게 모을 수 있었거든."

"죄인이 아닌데도?"

"죄인이 아니라는 소리는 아니오. 혹시 그가 죄인일지도 모르지."

"변 형! 무슨 소리를 하는 거요?"

"그렇다는 얘기지 뭐? 이런 얘기는 그만둡시다. 그자가 나타나 봤자 내겐 가렵지도 아프지도 않은 일이니까. 술맛 떨어지겠소."

녹음은 여기서 끝났다. 변창식·219~221면

날짜변경선을 지날 때였다. 김순애가 말을 걸어왔다.

"선생님, 인간의 의지라는 건 참 대단하죠?"

"수백 명의 승객을 싣고 하늘을 날도록 만든 인간의 의지…."

"위대하지요!"

"인간의 의지란 보잘것없기도 하죠?"

"……?"

"어떤 우연이 작동하기만 하면 천년을 쌓아놓은 인간 의지의 흔적도 유리 조각처럼 산산이 부서지는걸요. 그런 우연 속에 살면서 인간의 의지를 뽐내 봤자 아네요?"

"그렇다고 해서 어디를 포기할 수야 없잖소." 인간의 의지·292~293면

"증거를 밝혀 억울한 사람을 도와야지요. 그게 시민의 의무이자 인간으로서의 모럴입니다."

"그 억울한 사람이 바로 제 남편입니다. 남편이 교사로 일할 때 여학생을 살해했다는 누명을 썼는데요. 당신 부인 성정애가 내 남편이 범인이 아니라는 사실을 확실히 아는 세 사람 가운데 하나예요. 그런데 부인은 그 문제에 대해서는 언급하지 않으려고 합니다. 그 이유는 당신을 사랑하고 있기 때문입니다. 증인이 되었다 간 자기의 과거가 탄로 나고, 그 때문에 당신의 사랑을 잃을지 모른다는 불안감이 있답니다. 정의로운 템플러 씨, 당신은 과거 일 때문에 부인을 사랑할 수 없게 될 경우를 상상할 수 있습니까?"

"오, 노우! 나는 과거를 묻지 않습니다. 아내와 나는 길거리에서 만나 사랑을 맹세했습니다. 과거를 묻지 않지요."

"그러면 당신 부인이 내 남편을 위해 증언해도, 그 증언의 내용이 어떻든지 사랑이 파괴되는 경우는 없으리라고 확신합니까?"

"확신합니다. 뿐만 아니라 나는 그런 용기 있는 아내를 가졌다는 사실을 자랑으로 여기겠습니다."

"그럼 오늘 저녁, 귀가하시거든 부인께 용기내라고 말하세요. 부인은 당신의 사랑을 잃을까 입을 열지 않습니다."

"해보겠습니다. 미세스 남." 증언·310~311면

나는 변호사가 선창수와 변동식의 자술서를 갖추어 재심청구서를 법원에 제출했다는 소식을 들었을 때 안도의 숨을 내쉬는 한편 깊은 허탈감에 사로잡혔다. 모든 것이 헛되다는 허무감이 다시금 내 마음을 사로잡았다. 자술서·348~349면

"어디로 모실까요?"

"대구교도소 주위를 한 바퀴 돌아봅시다."

벌써 어둠이 짙은 교도소 담장 위에 불빛이 선명하게 윤곽을 그려낼 뿐 보이는 것은 없었다. 그러나 나는 교도소의 덩치를 알고 그 내부를 안다. 그 속엔 나처럼 억울하게 징역살이를 한 사람들도 있으리라. **대구교도소·349면**

해제

나림 이병주의 법사상
하태영 동아대학교 법학전문대학원 교수·형사법

I. 서론

나림 이병주는 닮고자 필사적으로 애쓴 사람이 있다. 황용주다. 학병 세대인 두 거장은 한국 사회에 엄청난 영향을 미쳤다. 일본 식민지 청년에게 입신출세는 일본 유학이었다. 진주공립농업학교와 대구사범학교에서 퇴학하고 관부연락선에 오른다. 본토와 식민지를 연결하는 배다. 이 배는 계층의식·계층혁명을 싣고 떠났다.

일본 유학은 설움과 고통과 열정이었다. 황용주는 오사카 중학을 졸업하고 고보 진학을 위해 3수까지 한다. 할당 입학제였다. 근대·고등교육·입신출세 사회였다. 일본어·영어·불어는 생존 언어였다. 고보 진학 후 이념과 출세 문제로 갈등했다. 독립운동을 하는 학생도, 일본 사회에 동화된 학생도 있었다. 학병 세대를 나림 이병주만큼 통렬히 앓고 자기비판으로 고뇌한 사람도 없을 것이다.

일본은 1941년 12월 7일 하와이를 공격했다. 선전포고 없는 전쟁이었다. 유학생은 방향을 잃었다. 전쟁의 여파는 컸다. 길 잃은 청년에게 운명은 가혹했다. 죽음이냐 탈출이냐. 학병 세대는 번민했다. 원자탄 두 개로 일본은 패망했고 유학생은 완전히 방향을 상실했다. 한반도는 이념으로 분화하고 있었다. 유학파가 생존하기에 험난한 사회였다. 좌·우 이념 대립은 깊어 갔다. 지리산을 중심으로 좌·우 갈등은 심화하였다. 생명 전쟁이었다. 6·25는 유학생이 품었던 입신출세의 꿈을 산산조각 내었다. 일본에서 성공하였거나, 학업을 마치고 귀국하였거나, 학병으로 살아남아 귀환하였거나, 상처뿐인 인생이었다. 앞날은 모두에게 불투명했다. 각자 생존 길을 찾았다. 이것이 한국 현대 역사이다.

이병주·황용주·박정희는 생존자였다. 정부가 수립되고 이승만 정권이 출범했다. 독재가 심했다. 4·19 혁명이 터졌다. 민주당 정권은 무능했다. 5·16 군사 쿠데타가 이들의 운명을 다시 흔들었다. 생존자는 모두 일본군 장교 출신이었다. 입신출세를 꿈꾸던 사람이었다. 운명은 부산에서 시작되었다. 박정희는 5·16 군사 쿠데타의 주인공으로, 황용주와 이병주는 언론사 주필로 활동했다. 이병주·황용주·박정희는 전성기를 맞이하였다. 그러나 5·16 군사 쿠데타 주인공과 그 주변 권력은 두 언론인에게 회복 불능의 상처를 주었다. 권력 주변은 이병주·황용주의 운명을 시기했다. 두 주필은 모두 형사처벌을 받고 사회와 격리되었다. 시기만 달랐다. 서대문형무소·부산교도소였다. 소급입법으로 처벌되었다.

"밤이 깔렸다." 정치권력은 괴물이었다. 세상은 밤이 되었다. 이병주·황용주는 이 밤을 견뎠다. 나림 이병주의 '옥창獄窓문학'은 이렇게 탄생했다. 그러나 그 밤은 짧았다. 5·16 군사 쿠데타는 발발 20년 후 역사의 장에서 퇴장했다. 박정희·이병주·황용주는 모두 차례로 세상을 떠났다. 박정희는 1979년 10월 26일, 이병주는 1992년 4월 3일, 황용주는 2001년 8월 25일이었다. 학병 세대의 운명은 이렇게 끝났다. 전쟁으로 사망하든, 동란으로 사망하든, 투쟁으로 사망하든, 쿠데타로 사망하든, 총알로 사망하든, 고문으로 사망하든, 교도소에서 사망하든, 질병으로 사망하든, 어쨌든 이들 1920대 세대는 '힘든 연극'을 마치고 모두 세상을 떠났다. 나림이 작품에서 언급하였듯 결국 죽음은 피할 수 없는 것이다. 이것이 박정희·이병주·황용주 인생이다. 나림은 이러한 파란만장한 인생과 역사를 소설로 수필로 기록했다. 나림의 문장은 자기반성·자기회의에서 나왔다.

나림 이병주가 필사적으로 닮고자 애쓴 사람을 언급한 이유가 있다. 나림 작품에서 황용주가 형으로 자주 등장하기 때문이다. 황용주의 삶은 한국 현대 역사처럼 파란만장했다. 황용주의 무남독녀 황란서 씨의 회고다. '아버지의 눈물'이다. 법학자 안경환 교수의 '황용주 평전'을 인용한다.

"나는 평생 아버지가 오열하는 모습을 세 번 정도 본 것 같다. 첫 번째가 바로 할아버지 장례식 때였다. 두 번째는 내가 한국에 나가 이혼 소식을 전할 때였다. 잠자코 듣고 계시다 아무 말도 안 하시고 피곤하겠다, 자거라 내일 이야기하자. 한밤중에 아버지의 오열 소리를 들었다. 마지막으로 돌아가시기 직전에 나의 손을 잡고 오열한 것이다." -안경환, 『황용주 그와 박정희 시대』, 476면.

나는 황용주의 울음을 주목한다. 왜냐하면 이병주의 울음이기 때문이다. 역사에 굴복한 인간의 눈물, 청년 시절 오사카에서 흘렸던 눈물, 도쿄에서 흘렸던 눈물이 겹치기 때문이다. 황용주의 일기를 보면 그가 얼마나 객지에서 치열하게 살아왔는지 알 수 있다.

황용주는 일본 패망과 함께 상해에서 귀국한 후 30대 중반에서 40
대 중반까지 권력과 함께 질풍노도의 10년을 살았다. 누구나 그러
하듯 부모를 잘 챙기지 못했을 것이다. 불효자식의 눈부신 활동이
내 눈에도 선명했다. 떠난 후의 심정을 알 듯했다. 이러한 애절함
이 나림 작품에 모두 녹아 있다.

　황란서 씨가 프랑스에서 이혼을 하고 한국으로 돌아와 그 사연
을 황용주에게 말했다. 그 순간 아버지의 심정은 어떠하였겠는가.
아마도 찢어졌을 것이다. 황용주의 젊은 시절과 딸의 삶이 포개졌
을 것이고, 황용주의 현재 삶과 딸의 앞날이 겹쳐졌을 것이다. 그
냥 눈물이 흘러내렸을 것이다. 나에게도 영화 장면처럼 똑같은 감
정이 다가왔다. 어리석음과 회한이 파도처럼 밀려왔을 때 누구도
그 슬픔을 참을 수 없는 것이다. 미친 역사와 질풍노도 인생사에
서 밀양 아들·란서 아버지·무직자 자신에 대한 통곡이었을 것이
다. 대한민국 땅에서 흘린 한 많은 사나이의 눈물이라고 할까. 황
용주는 1965년부터 권력에 사찰당하며 만년을 실업자로 살았다.
황용주 평전을 보면 40대 중반부터 생계가 어려웠다. 술로 슬픔
을 달랬다. 박정희가 연초 상견례에서 주는 금일봉을 12개월로
나누어 연명했다. 황용주는 죽을 때 '정희야, 란서야'를 불렀다.
황용주가 이 생애에서 극진히 사랑한 사람이 '혁명동지 박정희이
고, 피붙이 황란서'였다. 이것이 나림 문학 곳곳에 담겨 있다.

　나림은 옥창獄窓에서 만난 사람들의 '눈물의 뿌리'를 복기하며
소설을 썼고 '눈물 방울방울로 염주를 만든 문장'을 남겼다. 1920
년대 우리나라 학병 세대의 슬픈 인생사다. 우리 아버지 세대의
이야기이기도 하다. 그래서 나림 작품은 생생한 현대사의 기록이

다. 나림 체험이 담긴 자전소설은 현대사를 증언한 역사소설이다. 나림은 기록문학과 역사문학의 지평을 열었다. 나림에게 그 암울한 현대사가 '밤'이 되었다. 그들의 운명을 '깔렸다'고 표현했다. 야만의 시대를 말한 것이다.

나림의 문장은 그 밤이 깔린 계곡을 거쳐온 눈물이다. 그들의 눈물이 붉은 피가 되었고, 거대한 저수지에 모였다. 그것이 나림^那林 호반^{湖畔}이다. 그 검붉은 저수지가 월광에 물들었다. 붉은 잉크의 파도가 위대한 문장이 되었다.

"역사는 산맥을 기록하고 나의 문학은 골짜기를 그린다."

형법학자 하태영이 새긴 나림 이병주의 법·소설·삶이다.

"밤이 깔렸다."

〈소설·알렉산드리아〉 첫 문장이다.

나는 나림의 첫 소설에서 나림이 남긴 시대 목소리를 찾아 나섰다. 해설·줄거리·어록을 요약했다. 나림 이병주의 작품을 법률가의 시각으로 읽었다. 깜짝 놀랄만한 문장을 정리했다. 그의 법사상은 밤이 깔린 시대의 절박함에서 나왔다. 그의 작품이 유언이었고 그의 문장은 행동이었다. 회의사상^{懷疑思想}으로 일관했다.

1965년부터 나림은 사형폐지를 주장했다. 고문금지·소급효금지·교도소 개선·불법체포·불법 구속 금지·증거재판주의·인도적 형벌도 함께 주장했다. 재소자와 재소자 가족의 삶을 교도소문학·옥창^{獄窓} 문학으로 표현하였다. 100년 전 1920년대 출생 일본 유학 세대가 겪은 근대성에 촛불을 켠 작가이다. 우리나라 제1의 정통 법률소설가라고 생각한다. 한국 현대 문학이 낳은 위대한 천재 작가다.

II. 나림의 유언장

나림은 태산^{泰山} 같은 바위 위에서 그 바위의 울음소리를 가슴에
새기고 있었다. 바로 그 울음 문자가 88권 소설이 되었고, 40권
산문이 되었다. 나림 문장은 100년의 한^恨을 엮어 놓은 유언장이
다. 이제 나는 그 유언서를 공개하려고 한다.

1. 회고

나림은 1971년 로마 여행을 한다. 로마 언덕에 앉아 지난 50
년을 회상한다.

"왜 내가 유럽화가 되었을까?"

『잃어버린 시간을 위한 문학 기행』을 1988년 《문학정신》에 발
표한다.

나림은 이렇게 고백한다.

"유럽인이 되고 나서야 동양에의 회귀를 생각하게 되었다. 유럽
에서는 찾을 수 없는 보물이 동양에 있다는 것을 발견하게 되었
다"

"우리는 아직 어설픈 유럽인이다."

1) 소년

"일곱 살 때 보통 학교에 입학했다. 로마에 앉아 생각하면 이때
부터 나의 유럽화가 시작되었다. 일본인은 일본식 교육을 시작한
것이지만, 따지고 보면 그때 일본인은 그들의 방식을 통해 결국은

나를 유럽화시킬 작업을 시작한 셈이 된다. 물론 그때 내가 그 사실을 자각했을 까닭이 없다. 50세의 나이로 로마 언덕에 앉아 깨닫게 된 것이다." -『잃어버린 시간을 위한 문학 기행』

2) 공부

"우리가 배운 커리큘럼, 즉 교과목은 아득히 2천 수백 년 전 희랍의 아리스토텔레스가 고안한 교과목 그대로이다. 국어, 산술, 이과理科, 역사, 지리, 체조, 창가唱歌, 수신 등. 국어라는 것은 일본어이고 사용하는 말은 희랍어 아닌 일본어 또는 한국어지만 가르치는 방법과 형식은 희랍식, 즉 유럽식이었다."
-『잃어버린 시간을 위한 문학 기행』

3) 중학교

"중학교에서 영어를 배우고 수학, 특히 기하학을 배움으로써 나의 유럽파는 촉진되었다. 잘 배우고 못 배우고는 문제가 아니다. 영어를 배우고 있다는 사실, 기하학을 배우고 있다는 사실 자체가 유럽화였다. 일본인은 황민교육皇民教育을 시키고 있다면서 기실 유럽인을 만들고 있었다." -『잃어버린 시간을 위한 문학 기행』

4) 교육

"우리가 일본인의 황민교육에 반발하게 된 것은 물론 한국인으로서의 민족의식 탓이겠지만 그 근본엔 유럽화된 의식이 있었다. 예컨대 일본인의 우리에 대한 황민화교육은 불합리하다. 부조리하다는 것이다. 불합리, 부조리는 유럽의 관념이다. 동양의 사상에도 불합리, 부조리 관념은 있다. 그러나 우리가 불합리하다 또는 부조리이다 하고 사고하며 판단할 땐 유럽적인 관념으로서 한다. 민족의 의식도 우리는 유럽적인 관념을 통해 스스로 납득하고 표현한다." -『잃어버린 시간을 위한 문학 기행』

5) 대학

"대학에 들어가서 학문적인 모든 이상이 유럽의 있다는 것을 알았다. 유럽적인 검증檢證에 합격해야만 진리眞理 일수 있다는 것을 알았다. 결국 근대화란 유럽화라는 것을 깨닫게 되었을 때 나는 관념상으론 유럽인이 되어 버린 것이다." -『잃어버린 시간을 위한 문학 기행』

6) 유럽인

"우리의 양복차림은 어색하다. 어색하긴 하지만 양복을 입고 있다는 것, 즐겨 입는다는 것은 사실이다. 그런 만큼 우리는 어색한 유럽인이다. 어느덧 우리들은 어색한 그대로 유럽인이었다."
-『잃어버린 시간을 위한 문학 기행』

7) 동양인

"유럽인이 되고 나서야 동양에의 회귀를 생각하게 되었다. 유럽에서는 찾을 수 없는 보물이 동양에 있다는 것을 발견하게 되었다. 공자孔子와 장자莊子, 사마천司馬遷을 그 본연의 가치로서 발견하기 위해서 우리 스스로가 유럽인이 되어야 했다는 사실엔 애달픈 진실이 있다." -『잃어버린 시간을 위한 문학 기행』

8) 회상

"나는 어릴 적부터 백부로부터 《추구秋句》라는 책을 배웠다. 그

맨 처음 있는 문장은

天高日月明

地厚草木生

이다.

이 단순소박한 문장의 뜻을 내가 절실하고 눈물겹게 터득하기 위해선 유럽의 학림學林을 헤매야만 했다." -『잃어버린 시간을 위한 문학 기행』

9) 유럽 정신

"동양의 웅장한 지적 풍경을 거시적으로 조망하기 위해선 유럽인이 고안한 망원경을 빌려야 하고, 동양의 그 치밀한 정신의 무늬를 미시적으로 관찰하기 위해선 역시 유럽인이 창안하여 만든 현미경을 빌려야 하는 것이다." -『잃어버린 시간을 위한 문학 기행』

"폴 발레리의 말 그대로, 카이사르의 이름과 성 베드로의 이름, 그리고 아리스토텔레스, 플라톤, 유클리드의 이름이 동시에 의미와 권위를 가지고 있는 곳이 유럽이라면 한국도 이미 유럽이다." -『잃어버린 시간을 위한 문학 기행』

"한국의 지식인도 카이사르의 《갈리아 전기》를 읽고 성 베드로의 복음을 읽고 아리스토텔레스, 플라톤을 읽고 유클리드의 기하학을 배웠다. 그렇다면 평균적인 유럽인으로서 손색이 없는 것이 아닌가?" -『잃어버린 시간을 위한 문학 기행』

"그런데도 아직 유럽인으로서 자처할 수 없는 것은 유럽을 오늘의 유럽으로 만든 근본적인 작용력作用力, 즉 발레리가 말한 유럽 정신을 배우지 못한 탓이다."-『잃어버린 시간을 위한 문학 기행』

10) 민주주의

"정신을 배우지 못하고 민주주의가 가능하겠는가? 자유에 대한 갈망과 평등에 대한 도덕적 요청이 신념으로 되지 못한 곳에 민주주의의 의욕이 자랄 수 있겠는가? 냉철한 이성과 불타는 열정과 그 정열로서도 시행착오를 범하지 않을 수 없었는데 그 시행착오를 철저하게 반성할 줄 아는 심성이 민주주의를 만들었다는 사실의 과정이 유럽의 역사이다. 유럽의 역사는 그런 까닭에 민주주의가 얼마나 어려운 것인가를 밝혀주는 교훈이기도 하다. 한마디로 말해 우리는 유럽인이 되지 못하고선 유럽의 민주주의를 배울 수 없다. 우리는 아직 어설픈 유럽인이다."-『잃어버린 시간을 위한 문학 기행』

11) 헌법 개정

"나는 그때 진행 중에 있는 한국의 선거를 생각하게 되었다. 재선再選 이상은 할 수 없게 규정된 헌법을 박정희 대통령은 국회에 압력을 주어 3선 할 수 있도록 변경했다. 그리고 3선하기 위해 출마했다. 한국에서는 그 선거가 진행 중이었다.

이제 내가 어떻게 그때 로마에 올 수 있었던가. 아니 세계 일주 여행을 할 수 있게 되었는가를 설명해야 할 차례가 된 것 같다."

"헤엄을 쳐서 나간다면 모르되 그러지 않고선 절대로 당신을 해외로 보낼 수 없다."

거의 절대적인 권력을 가지고 있는 사람으로부터 나는 이런 선고를 받은 적이 있다. 그러한 내가 어떻게 해외로 나올 수 있었는가. 이 수수께끼를 풀어야 하겠다." -「잃어버린 시간을 위한 문학 기행」

12) 외출

"3선개헌에 의한 선거이고 보니 약간의 불안이 있었던 모양이다. 겁없이 지껄이고 글을 쓰고 하는 불평분자를 처리해야 할 필요가 생겼다. 감옥에 가두어 버리는 것이 상책이지만 그로 인해 말썽이 난다고 하면 곤란했다. 그래서 고안한 것이 선거 기간 동안 외국으로 추방하는 수단이었다. 이 수단을 고안한 사람은 내게 다소의 호의가 있었을 것이다. 나는 그 권유에 응하기로 했다. 실로 28년 만의 외출이었다."「잃어버린 시간을 위한 문학 기행」

13) 3선 개선

1971년 로마를 여행하고 있던 시간에 한국에선 3선 개헌이 추진되었다. 그해 나림은 〈패자의 관〉을 발표했다. 선거소설이었다.

2. 운명

나림은 정통 법률소설가이다. 법정 소설가·교도소 전문 소설가·역사 소설가·기록 소설가로 표현할 수도 있다. 형사소송의 세 주체인 피고인·검사·법원의 역할을 알고 있는 작가이다. 가해자·피해자·소송당사자·소송관여자의 개념을 정확히 아는 작가이다. 피고인·변호인·경찰·검사·판사·수사·재판·증거·형벌·교도소의 현실을 알고 있는 작가이다. 수형자·석방자의 삶을 직접 경험한

작가이다. 여기에 동서양 고전과 역사·철학·문학·문장·문체를 아
는 작가이다. 온점(•)과 단문의 미학을 구사하는 작가이다. 일본에
서 공부했지만 일본 문체를 극복한 작가이다. 한마디로 법을 소설
로 쓸 수 있는 작가이다.

1) 체포

나림을 소설가로 만든 사람은 두 사람이 있다. 두보와 사마천이
다. 〈나라는 망해도 산하는 있어 봄이 오니 초목이 우거진다〉 두
보杜甫의 시다. 나림은 1961년 1월 1일 국제신보 신년사에서 〈조
국은 없고 산하만 있다〉고 썼다. 1961년 5·16 군사 쿠데타가 터
지고 3일 후인 5월 19일 아침 9시 나림 이병주와 변노섭 논설주
필은 〈국제신보〉 사무실(부산 중구 남포동 옛 부산시청 부근인 대교로 2가
69번지)에서 끌려 나갔다. 영장 제시도 없었다. 부산 중앙동 중부
산경찰서 유치장에 감금되었다. 그리고 여러 곳을 거쳐 8월 말 부
산역에서 기차로 서울로 압송되었다. 군부는 나림에게 정치사상
에 대한 법적 책임을 물었다.

2) 재판

5·16 혁명검찰부는 1961년 10월 30일 나림을 기소하였다.
11월 16일부터 혁명재판부는 공판을 시작하였다. 죄명은 특수범
죄처벌법에 관한 법률 제6조 특수반국가행위 위반이었다. 이 법
은 부칙에 공포한 날로부터 3년 6개월까지 소급한다는 단서가 있
었다. 죄형법정주의에 반하는 법률이었다. 모멸·고문·증거 조작·
재판·선고가 신속하게 진행되었다. 용공분자로 날조되었다. 사형

은 면했지만 징역 10년을 선고받았다.

3) 수감

필화사건으로 결국 서대문형무소에 수감되었다. 1961~1963년 2년 7개월을 복역했다. 1963년 봄에 부산교도소로 이감되었다. 부산 서구 서대신동 구덕운동장 앞 삼익아파트 자리이다. 나림은 수감 생활에서 사마천의 《史記》를 정독한다. 1963년 12월 16일 민정 이양 특별사면으로 석방된다. 2년 7개월 동안 "희망은 무한하다. 그러나 나는 글러먹었다. -카프카"라는 말을 새겼다. 이 문장은 〈소설·알렉산드리아〉에서 형이 보내온 14통의 편지 중 마지막 편지에 실려 있다.

4) 출옥

경남 하동군 북천면 이병주문학관에 가면 출옥 장면 사진이 있다. 바짝 마른 몸·수염·흰 한복 입은 어머니가 보인다. 어머니는 나림 작품의 원동력이다. 교도소에서 두 가지를 결심하고 나왔다. "역사의 올바른 기록자가 될 것이다."

"국가의 녹祿을 먹지 않을 것이다." 아들 이권기 교수의 회고이다.

3. 작가

나림은 준비된 작가였다. 그의 인생이 위대한 작가를 만들었다. 일본 유학·근대화 견학·학병 참전·패전·교수·이념 대립·지리산·편집국장·3·15 부정선거·4·19 혁명·5·16 군사 쿠데타·체포·구속·고문·수사·재판·수감생활을 체험한 사람이었다. 나림에게 교도소는 '국립호텔'이었다. 엄청난 메모를 했다.

1) 주필

필력은 검증되어 있었다. 〈국제신보〉 주필 겸 편집국장 시절 (1959~1961)에 〈도청도설〉을 신설하였다. 그 칼럼을 매일 쓴 주필이 나림이었다. 저널리즘과 문학은 이렇게 접목되었다. 누구도 범접할 수 없는 자유문학인이 되었다. 이런 작가는 100년에 한 명 나오기 힘들다는 주장에 공감한다.

2) 평가

나림 이병주에 대한 평가는 극명하게 대립한다. 호불호^{好不好}가 심하다. 나림이 독재정권에 맞서 싸운 1959-1961년 〈국제신보〉 지면을 보면 나림을 무 자르듯 평가해서는 안 된다는 사실을 알 수 있다. 나림은 결토 잊힐 수 없는 작가다. 많은 평론가가 나림을 평가하고 있다. 후기에서 별도로 정리하였다.

4. 작품

망국^{亡國}·식민지·일본 유학·대학교수·국회의원 2번 낙선·국제신문 편집국장·조봉암 사형집행 날 부친 사망·불법체포와 고문과 모멸과 용공분자·서대문형무소·부산교도소를 거쳐, 그리고 「소설·알렉산드리아」·「관부연락선」·「예낭 풍물지」·「여사록」·「칸나·X·타나토스」·「겨울밤-어느 황제의 회상」·「삐에로와 국화」·《바람과 구름과 비^雨》·《지리산》·《산하》·《남로당》·《공산주의의 허상과 실상》·《나 모두 용서하리라》·《행복어사전》·「그 테러리스트

를 위한 만사」·《그해 5월》·《당신의 뜻대로 하옵소서-소설 김대
건》·《비창悲愴》·《운명의 덫》·「그」를 버린 女人》·《그대를 위한 종
소리》·《달빛 서울》·《별이 차가운 밤이면》·「법률과 알레르기」 등
주옥같은 작품을 발표했다. 법률소설은 빛이 났다.

나림은 작품에서 문학·역사·전쟁·분단·지리산·산하·쿠데타·행
복·예술·한국 가을·어머니·근대 100년을 속삭였다. 한국 문단에
큰 발자국을 남겼다.

나림은 소설에서 "유언을 남기기 말라"고 말했다.

나는 이렇게 이해한다. "작품이 유언이고, 행동이 유언이다."

III. 나림의 법의식을 분석한 네 명의 문학평론가

한국 작가 가운데 나림 이병주만큼 법에 통찰한 작가는 없다.
나림의 사유와 깊이, 그리고 예리함은 법학자 수준이다. 나림의
법의식을 분석한 네 명의 문학평론가가 있다. 김경민의 〈이병주
소설의 법의식 연구〉, 김경수의 〈이병주 소설의 문학법리학적 연
구〉, 노현주의 〈Force/Justice로서의 법, '법 앞에서' 분열하는
서사. 이병주 소설의 법의식과 서사성〉, 그리고 추선진 〈이병주
소설에 나타난 법에 대한 성찰 연구〉이다. 나림 법사상은 헌법 정
신과 유럽 정신에서 출발했다. 그것은 인간·존엄·자유·평등·박애
이다. 나림은 자신의 시대와 자신의 사건을 이 그물망으로 건져내
어 재구성했다. 이것이 나림의 문학이다. 문학평론가 네 명의 견
해를 들어 보고 내용을 간략히 분석한다. 나림 법사상의 근원·법

인식의 범위·법률 지식의 깊이를 기준으로 삼았다.

1. 김경민의 〈이병주 소설의 법의식 연구〉 분석

1) 법의 지배

김경민은 〈이병주 소설의 법의식 연구〉에서 나림의 법의식이 무엇인지 묻고, 그것은 어디서 왔는지를 찾고 있다.

김경민의 분석이다. "나림은 일제 식민지와 전쟁, 독재정권으로 이어지는 전체주의 시대를 살았다. 나림은 정의 부재의 시대에 이상사회를 현실 세계에서 구현할 수 있는 힘을 법에서 찾았다. 나림의 법의식은 이데올로기에 의한 지배가 아닌 모든 구성원의 합의로 만들어진 법의 지배이다. 나림이 꿈꾸는 정의의 모습은 개인의 존엄성과 자유가 다른 어떤 가치보다 우선하는 사회이다. 그렇다면 인간 존엄과 자유의 사상은 어디서 왔는가?" 김경민의 주장을 더 정확히 파악하기 위해 그의 논문을 요약한다.

"이병주는 여러 소설에서 일관되게 개인의 자유와 권리를 제한하고 억압하는 일체의 것을 비판한다. 이는 나림이 살았던 시대 상황과 무관하지 않다. 나림이 살았던 시대는 일제 식민지와 전쟁, 독재정권으로 이어지는 전체주의 시대였다. 개인의 존엄성과 자유가 묵살되었던 전체주의 사회는 한마디로 정의가 부재한 시대였다. 이런 시대의 폭력을 경험했던 이병주였기에 나림이 제시하는 정의의 모습은 개인의 존엄성과 자유가 다른 어떤 가치보다 우선되는 사회이다. 이병주는 이런 이상사회를 실현시킬 수 있는 힘을 법에서 찾았다. 인간을 노예상태로 만들 위험성을 내포한 절대 권력자 혹은 특정 사상에 의한 통치를 반대하는 나림은 법에 의한 통치의 중요성을 강조한다. 나림이 현실의 법제도와 법집행의 한계와 모순에 대한 경계와 비판을 소설을 통해 계속했던 것은 이 때문이며, 이것이 바로 이병주 소설에 나타난 법의식의 핵심이라 할 수 있다." -김경민, 『이병주 소설의 법의식 연구』

2) 분석

나림 법사상의 근원은 헌법 정신과 유럽 정신이다. 나림이 일제 식민지에서 배우고 익힌 사상이다. 인간·존엄·자유·정의·평등·박애이다. 나림은 이 법사상을 통해 전 근대적 권력 운용을 신랄하게 비판한다. 소위 여과지濾過池이다. 독재정권과 전체주의 사회가 자행하는 야만의 법률 집행을 소설로 통렬하게 고발한다.

법의 이념이 무엇인지, 악법이 집행되는 현실이 어떤 모습인지를 나림은 소설과 수필에서 법률과 재판의 이름으로 절묘하게 묘사한 것이다.

김경민이 본 '개인의 존엄성과 자유'는 헌법 정신과 유럽 정신의 핵심이다. 그러나 세 가지가 더 있다. 정의·평등·박애이다. 나림 문학은 법률과 법집행을 비판하고 있다. 확고한 법사상을 갖고 소설을 쓰는 작가는 나림밖에 없다. 법을 악력握力으로 장악한 작가이다. 통찰력이 있고 탁월하고 설득력이 있다. 작품 전체가 일관성을 갖는다. 나림이 '로마'에서 한 고백을 들으면 이해할 수 있다. 왜 28년 만에 외출했는지, 왜 로마에 갔는지, 한국에서 어떤 일이 벌어지고 있었는지 알 수 있다. 한국에서 3선 개헌이 진행되었다. 사회안전법이 제정되었다.

2. 김경수의 〈이병주 소설의 문학법리학적 연구〉 분석

1) 법적 허구

김경수는 법과 문학의 관계를 분석했다. "법은 허구의 일환이고, 그에 대한 회의가 문학의 허구이다." 김경수의 주장을 더 정확히 파악하기 위해 바로 그의 논문을 요약한다.

"작가 이병주는 등단작 「소설·알렉산드리아」[1965]에서부터 개인적 복수의 정당성의 문제와 소급법의 문제, 그리고 사형제도의 비인간성 등을 고발한 작가로, 이후 일련의 작품을 통해 법적 정의에 의문을 제기하고, 법의 존재를 둘러싼 다양한 물음을 제기한 작가다. 이병주는 초기소설에서 의사-법률이야기 혹은 대항적 법률이야기[counter-legal story]를 집중적으로 창작하는데, 그 핵심은 법이 그 자체로 일관되고 완전한 연역적 체계이지만 더 근본적으로는 어떤 사회를 유지시키기 위해 요구되는 사회적 허구[fiction]의 일종이며, 그런 만큼 법리 자체에 대한 회의가 있을 수 있고 또 반드시 필요하다고 하는 것이다. 법이 한 사회의 제도적 허구의 일환이라는 점, 그리고 그런 만큼 대항적 허구에 의해 스스로를 갱신하지 않는 한 그 법은 맹목일 수밖에 없으며, 그런 시대를 살아가는 사람들의 삶은 근본적으로 부조리한 것이 될 수밖에 없다는 인식을 이병주는 초기 소설에서 집요하게 거론하고 있다. 이병주는 이처럼 현실적으로 구속력을 갖는 법리 자체에 대한 끝없는 반성을 자신의 소설을 통해 촉구한 것인데, 이 점에서 그는 법적 허구와 맞서는 문학적 허구의 본질적으로 대항적인 성격을 인식한 거의 최초의 작가로서, 우리 문학에 대한 문학법리학적 고찰에 가장 적절한 작가라 할 수 있다." -이병주, 『소설의 문학법리학적 연구』

2) 분석

나림은 법을 허구라고 말하지 않았다. 법률과 현실의 불일치를 고발했다. 자연법과 법실증주의이다. 나림은 〈법률과 알레르기〉에서 다음과 같이 말한다.

"법률은 자체의 역사를 지니고 있고 그 역사 속에서 얻은 지혜와 정신이 있다. 일사부재리, 불소급의 원칙 같은 것은 인류의 노력이 수천 년 누적된 위에 쟁취할 수 있었던 성과를 우리나라의 법률가들은 예사로 무시한다."

"헌법의 본문에 행위시의 법률이 아니고서는 이를 벌할 수 없다는 규정을 삽입한 줄 안다. 그래 놓곤 부칙에 가서는 이것을 뒤집어 버리는 조문을 단다."

"검사, 변호사, 법학도들이 그들의 생명으로 알고 있는 법의 존엄성을 위해서 그 힘을 결집하면 위정자의 실수를 사전에 방지할 수도 있는 것이다. 악법도 그것이 악법이라고 진단되었을 땐 마땅히 폐기의 절차가 늦어지면 법을 운용하는 사람의 작량^{酌量}으로 폐기와 똑같은 동력을 나타낼 수도 있다."

"또 하나 경계해야 할 사상에 일벌백계주의^{一罰百戒主義}라는 것이 있다. 이것처럼 또한 위험한 사고방식은 없다."

"또 하나 법률의 위신을 더럽히고 있는 사례는 법관들의 확대해석이다. 정치범과 사상범이 피고자인 경우 지나칠 정도로 확대해석이 횡행하고 있다는 인상이 짙다."

"똑같이 재판에 참여하면서 판사와 검사의 형량에 엄청난 차이가 있는 것도 법률 불신의 원인이 된다."

"법률의 신뢰란 결국 법관의 신뢰라는 뜻이다. 훌륭한 법관이란 그러한 사정을 극복해나가는 능력까지를 겸하고 있는 법관을 말하는 것이다."

나림은 법사상을 소설을 통해 구현하였다. 법은 사회적 허구가 아니고, 역사성을 가지고 있다. 나림은 올바른 법을 준수하고, 악법을 폐기해야 한다고 주장한다. 나림 작품 전체에 이러한 자연법 정신과 실정법 정신이 고스란히 담겨 있다. 〈소설·알렉산드리아〉에서 사라·한스의 재판은 실정법 위반과 자연법 정신의 충돌이다. 〈철학적 살인〉도 마찬가지다. 문학평론은 이것을 해석해야 한다. 문학은 정의의 문제를 이야기하기 때문이다. 김경수가 언급한 문학을 통한 법 비판 기능은 깊이 공감한다. 그러나 '법의 허구'라는 표현보다 '법의 부조리'가 옳다. 추상적이기 때문이다. 문학평론은 일반 독자를 위한 글이다. 소설만큼 읽기가 쉬우면 좋겠다.

3. 노현주의 〈Force/Justice로서의 법, '법 앞에서' 분열하는 서사. 이병주 소설의 법의식과 서사성〉 분석

1) 폭력과 정의로서 법

노현주는 나림의 법인식을 '법 앞에서 분열하는 서사와 학병 세대의 국가건설 콤플렉스'로 분석했다. "나림은 체제 순응 태도를 보였다. 법의 권위를 정의로 변질시킨 국가를 우선했다. 서사 주체의 분열을 봉합했다. 대체가 불가능한 신념을 향해 죽음도 마다 않는 욕망의 윤리학을 도입했다. 법과 국가에 대한 수호 의지로 법의 내적 폭력성을 은폐했다. 권력의 판결과 법령에 순응하는 태도를 보였다. 이병주 소설에 나타난 법의식과 국가관은 60년대 사회의 중추적 지식인 세대로 성장한 일제 말 교양주의 세대 혹은 학병 세대가 가진 '국가건설' 콤플렉스와 국가 실현을 위한 망각의 원리를 내포하고 있었다." 노현주의 주장을 더 정확히 파악하기 위해 바로 그의 논문을 요약한다.

"이병주는 소설을 통해 주권 부재와 무책임의 정치, 정치 공작과 분단이데올로기를 이용하는 현실정치를 비판하며 정치의식을 표명했던 작가다. 또 사상과 표현의 자유, 그리고 폭력과 공포의 정치를 배제하고 법치에 의한 정치를 지향해야 한다는 신념을 표명했다. 그러나 이병주의 소설에는 법의식과 정치의식의 선진성과 함께 마치 그것을 부정이라도 하는듯한 체제 순응적인 태도를 보이는 서술이 함께 등장하면서 서사주체의 분열이 나타나고 있다. 본고는 정의가 배제된 법에 대한 해체 가능성보다도 법의 권위를 정의로 변질시키는 국가를 더 우선했던 작가 혹은 텍스트의 법의식과 서사의 분열 양상을 고찰해 보았다. 이 서사주체의 분열은 작가와 그가 속한 세대적 차원에서 '직능의 덕'을 내면화한 '선한 국민'의 철학에서 기원하고 있고, 시대적 측면에서는 비상시국의 일상화로 국가 위기를 정치작동의 원리로 삼았던 군사정권의 폭력적 법의 활용에서 비롯되었다고 볼 수 있었다. 폭력에 대한 비판과 법(국가)에 대한 긍정이라는 정치의식의 아이러니와 서사주체의 분열적 모습을 봉합하기 위하여, 작가는 대체불가능한 신념을 향해 죽음도 마다않는 욕망의 윤리학을 도입한다. 법과 국가에 대한 수호의지의 이면으로 법의 내적 폭력성을 은폐함으로써 지향되었던 신념은 숭고를, 분열적 인물은 윤리성을 획득할 수 있었다. 이어서 이병주의 소설에 나타나는 정치적 비판과 이상적 국가의 상이 매우 혁신적임에도 국가권력의 판결과 법령에 순응하는 태도를 보였던 양가적 태도에 대해 작가가 속한 세대의 법의식과 국가관으로 확장하여 고찰하여 보았다. 이병주의 소설에 나타난 법의식과 국가관은 60년대 사회의 중추적 지식인세대로 성장한 일제말 교양주의 세대 혹은 학병세대가 가진 '국가건설' 콤플렉스와 국가 실현을 위한 망각의 원리를 내포하고 있었다. 60년대 이후 한국이 시민사회의 정치적 자율성을 소거하고 국가권력이 전 사회를 장악했던 극도의 발전주의 국가 형태를 띤 것과 기성 지식인들에게 내재되어 있던 법의식과 국가관이 서로 협력관계로서의 상관성을 보여주고 있다고 보았다. 이병주 소설의 분열된 서사성 또한 법과 국가를 향한 학병세대 지식인의 사명감 속에서 규명될 수 있는 것이었다."

2) 분석

노현주는 평론계의 일반적 해석과 결별하고 새로운 해석을 시도한다. 나림 이병주의 법의식은 "이병주 소설의 분열된 서사성 또한 법과 국가를 향한 학병 세대 지식인의 사명감 속에서 규명될 수 있는 것이다"고 했다. 소설에 대한 오독과 비약 해석이라는 지적이 있다.

나림은 법치국가·헌법 정신·유럽 정신·저항 정신·정의·선한 인간·통일의 길·국가권력 비판·권력형 판결과 법령 비판에 투철한 작가다. '일제 말 교양주의 세대 또는 학병 세대의 '국가건설 콤플렉스' 그리고 국가 실현을 위한 망각의 원리'라는 표현은 가혹한 분석이다. 나림은 미쳐버린 현대사를 주목한 기록자이기 때문이다. 나는 '분열된 서사성'보다 '분노한 현대사'로 나림 작품을 읽었다. 나림의 문장을 오독하면 체제 순응이라는 분석에 빠질 수 있다.

4. 추선진의 〈이병주 소설에 나타난 법에 대한 성찰 연구〉 분석

1) 법제도와 법집행에 대한 성찰

추선진은 나림의 법인식을 "법제도와 법집행에 대한 성찰을 통해 소설이 현실 비판과 보완하는 역할을 맡고 있다"고 주장한다. 추선진은 "법의 성찰과 인간성 회복이 나림 문학의 특징이다"고 말한다. 추선진의 주장을 더 정확히 파악하기 위해 바로 그의 논문을 요약한다.

"이병주 소설에는 법에 대한 성찰이 나타난다. 이는 두 번에 걸쳐 법에 의한 구속을 경험한 그의 체험과 관계한다. 법에 대한 성찰은 크게 세 가지 형태로 나타난다. 첫째, 작가는 현실 비판과 함께 감옥 체험을 형상화하는 것을 통해 자신을 구속시킨 법의 부당함을 주장한다. 『내일 없는 그날』, 「소설 ·알렉산드리아」, 「예낭 풍물지」, 『그해 5월』에 이러한 작가 의식이 등장한다. 이들 소설을 통해 이병주는 자존감을 회복하고 소설가로서의 자의식도 확립해 나간다. 둘째, 작가는 비인간적인 법 집행의 상황을 고발하면서 사형제도에 대한 반대 입장을 표명한다. 「소설·알렉산드리아」, 「겨울밤」, 「내 마음은 돌이 아니다」, 「거년의 곡」, 「쓸 수 없는 비문」이 그러하다. 「내 마음은 돌이 아니다」의 경우, 사형제도와 함께 사회안전법의 제정에 대한 당혹감을 표현하면서, 법이 인간성을 파괴하는 현실에 대해 비판한다. 셋째, 본격적인 법 소재 소설을 통해 인간적인 법 집행관을 등장시켜 정의로운 법 실행을 지향하는 작가 의식을 보여준다. 「철학적 살인」, 「삐에로와 국화」, 「거년의 곡」이 이에 해당한다. 특히 「삐에로와 국화」는 법률가를 돕는 문학가가 등장하여 법의 비인간성을 경계하고 수정해 줄 수 있는 문학의 역할에 대해 논의한다. 현실을 비판하는 데 있어 법에 대한 언급은 필수적이라 할 수 있음에도 불구하고 한국 소설에서 법에 대한 성찰이 나타나고 있는 작품은 드물다. 이병주의 소설이 이를 다룰 수 있었던 것은 작가의 체험 때문이며, 무엇보다 작가의 법에 대한 해박한 지식을 바탕으로 한 통찰이 있었기 때문이다. 이병주 소설에 나타나는 법에 대한 성찰은 법에 대한 거부나 부정이기보다는 법의 보완 및 발전을 위한 성찰이다. 특히 이병주는 법이 문학과 만날 때 인간을 이해하고 정의를 수호할 수 있다고 판단한다. 이에 이병주는 그의 소설을 통해 문학은 법의 비인간성을 비판하고 경계할 수 있어야 하며, 법의 기반은 곧 인간을 이해하는 문학이어야 한다고 주장한다."

2) 분석

추선진의 분석에 공감한다. "법에 대한 성찰·작가의 체험·법에 대한 해박한 지식·통찰·법의 보완과 발전·법과 문학의 만남·인간 이해·정의 수호·법의 비인간성 비판과 경계·법의 기반·인간을 이해하는 문학이 있었기 때문이다." 나림이 경험한 법제도와 법집행은 부조리하다. 그러나 내가 묻고 싶은 것은 나림 법사상의 뿌리다. 그 성찰이 어떤 사상적 저수지에서 흘러왔고, 그 법사상을 어떻게 깨달았는지 궁금하다. 그 해답을 찾기 위해 나는 고민하였다. 나림 이병주의 법사상으로 들어가자.

IV. 나림 이병주의 법사상

나림 이병주는 헌법주의자이다. 인간 존엄·생명 존중·자유주의·인도주의·평등주의 헌법관을 갖고 있다. 나림은 사형제도·불법 수사·고문·자백 강요를 신랄하게 비판한다. 그리고 사형폐지·불구속수사·고문금지·증거재판주의·인간적 형벌·인도적 감옥을 주장한다. 한국 사법제도의 근대화를 성찰하고 있다. 이러한 근대 사고의 뿌리는 헌법 정신과 유럽 정신이다. 권력에서 독립, 독재 국가에서 자유, 사회에서 가정·가족 보호이다. 나림은 소년 인권과 어머니 사랑에 관심이 깊다. 이 모든 것은 바로 근대 법률의 정신이며, 헌법이 추구하는 근본 가치이다. 헌법 정신이 무너진 시대에 헌법 정신을 일으켜 세우려고 각성한 작가이다. 이념과 실제의 균열을 직시한 작가다. 법률 이념과 법률 집행 현실을 냉철하게 기록한 작가다. 이 작가는 법사상을 갖고 있다. '법'과 '인간'을 아는 정통 법률소설가다. 이것이 다른 소설가와 다르다.

1. 법률

나림은 헌법 정신과 유럽 정신으로 법을 보았다. 나림은 악법·소급입법·치안유지법·형법을 비판한다. 법률은 아직 권력의 시녀로서 의상을 벗어 본 적이 없다고 말한다. 자유·평등·인권·독립의 원리를 법률 소설 전반에 깔아 놓았다. 나림이 20세에 처음 견학한 일본 형사 재판도 헌법 정신·유럽 정신과 거리가 멀다. 나림이 강조한 것은 법의 존엄성이며, 이에 대한 시민의 감시이다. 나림이 주장하는 재판 비평가 양성도 이러한 정신에서 나온 것이다. 식민지는 근대 국가이며, 교육은 유럽 교육이며, 유학은 근대 국가의 견학이다. 근대의 정신은 유럽 정신이며, 언론은 유럽 정신의 확산이다. 나림은 전^前 근대화가 만연한 독재 시대에 정면으로 맞선 작가이다. 그래서 근대 법학의 원리를 알고 있는 법률소설가로 보면 된다. 이러한 주장을 뒷받침하기 위해 나는 다음의 나림 문장을 제시한다.

1) 일본 교토의 지방법원 법정 견학

"나는 20세가 되던 해에 가을. 일본 교토의 지방법원 법정에서 재판으로 받고 있는 상황을 방청하고 있었다. 검사는 피고가 진술한 자백서를 읽고는 물적 증거로서 그들의 하숙에서 압수했다는 책과 그들의 회람잡지 몇 권을 들어 보였다. 검사도 단아한 얼굴의 미남에 속하는 청년이었다." -『법률과 알레르기』

2) 치안유지법과 형법

"고문에서 얻든 자백을 증거로 확대해석을 채택하고. 치안유지법과 형법의 틀에 맞추어 어마어마한 죄를 구축해 가는 광경을 보면서, 등뼈가 경화를 일으키고 앞면에 신경이 경련을 일으키는 것을 느꼈다." -『법률과 알레르기』

"법률이라고 하면 지금도 그 검사의 얼굴이 선명하게 떠오른다. 나와 법률가의 첫 대면은 이처럼 불행했다." -『법률과 알레르기』

"악인을 제재하는 법률이 아니었다. 양순한 청년들을 무자비하게 단죄하는 법률이었던 것이다." -『법률과 알레르기』

3) 악법

"해방이 되고 민족주의의 사회가 되고 우리의 독립을 맞이했음에도 법률은 아직 내게 있어서 권력의 시녀로서 의상을 벗어 본 적이 없고 거미줄처럼 그 묘한 조작을 그대로 지니고 있었으며 악법을 또한 법이라고 고집하는 태도를 고치려 들지 않았다."
-『법률과 알레르기』

4) 죄형법정주의

"하지만 아쉬움은 없다. 나는 죄인이었으니까. 죄인은 그만한 벌을 받아야 한다. 그런데 죄인이란 무엇일까. 범죄란 무엇일까. 대영백과사전은 '범죄…… 형법위반 총칭'이라고 되어 있다는 것이고 제임스 스티븐은 '그것을 범하는 사람이 법에 의해서 처벌되어야 하는 행위, 또는 부작위'라고 말했고 유식한 토마스 홉스는 '범죄란 법률이 금하는 것을 하는 것'이라고 말하고 있다는데, 나는 이것을 납득할 수가 없다." -『예낭 풍물지』

5) 소급입법

"법률은 자체의 역사를 지니고 있고 그 역사 속에서 얻은 지혜와 정신이 있다. 일사부재리, 불소급의 원칙 같은 것은 인류의 노력이 수천 년 누적된 위에 쟁취할 수 있었던 성과를 우리나라의 법률가들은 예사로 무시한다. 헌법의 본문에 행위시의 법률이 아니고서는 이를 벌할 수 없다는 규정을 삽입한 줄 안다. 그래 놓곤 부칙에 가서는 이것을 뒤집어 버리는 조문을 단다." -『법률과 알레르기』

"형법 어느 페이지를 찾아보아도 나의 죄는 없다는 얘기였고 그밖에 어떤 법률에도 나의 죄는 목록에조차 오르지 않고 있다는 변호사의 얘기였으니까 그런데도 나는 십 년의 징역을 선고받았다. 법률이 아마 뒤쫓아 온 모양이었다. 그러니까 대형백과사전도 스티븐도 홉스도 나를 납득시키지 못했다. 나는 스스로 나를 납득시키는 말을 만들어야 했다. '죄인이란 권력자가 너는 죄인이다' 하면 그렇게 되어 버리는 사람이다." -『예낭 풍물지』

"그런데 하나 물어볼 것이 있어. 왜 그 논설을 썼을 때 처벌되지 않고 하필이면 그때 재판을 받았는가."
"논설을 썼을 땐 그걸 벌할 법률이 없었던 거지. 먼저 붙들어 잡아 가두고 난 뒤에 법률을 만들었지."

"그럼 소위 소급입법이라는 게로구먼."

"그렇지."

"소급법을 만들지 못하게 하는 헌법 같은 게 없었나?"

"넌 뚱딴지 같은 소리만 하는구나. 벌해야 할 사람을 벌하는데 소급법이면 어떻구 법률이란 수단을 거치지 않으면 어때."

말셀은 눈을 깜빡거리며 중얼거렸다. -『소설·알렉산드리아』

6) 법의 존엄성

"국가의 이익을 위해서는 극도로 냉혹한 수 있는 검사, 옳다고 믿으면 사형선고를 불사하는 검사, 사회정의를 위해선 아낄 것이 없다고 외치는 변호사, 진정한 법의 정신을 연구하는 법학도들이 그들의 생명으로 알고 있는 법의 존엄성을 위해서 그 힘을 결집하면 위정자의 실수를 사전에 방지할 수도 있는 것이다." -『법률과 알레르기』

"악법도 그것이 악법이라고 진단되었을 땐 마땅히 폐기의 절차가 늦어지면 법을 운용하는 사람의 작량^{酌量}으로 폐기와 똑같은 동력을 나타낼 수도 있다." -『법률과 알레르기』

7) 재판 비평가

"법률에 관해선 할 말이 많다. 이 나라에서도 일반 독자들을 위한 재판 비평 같은 것이 허용되고 전문적인 재판 비평가가 문예 평론가의 수만큼 있어야 할 것이다. 법률가의 수중에만 맡겨 둘 수는 없지 않는가." -『법률과 알레르기』

2. 수사

  형사소송법은 응용된 헌법이다. 나림은 형사소송법 정신과 유럽 정신으로 수사의 현실을 보았다. 폭행·고문·자백 강요를 비판한다. 불법체포·구속·포송줄 압송·육체 고문·정신 고문·자백 증거를 신랄하게 비판한다. 나림은 이러한 관행은 법의 정신이 아니라고 말한다. 권력 종속·인간 속박·인권 차별의 현실을 법률 소설 후반에 깔아 놓았다. 나림이 경험한 수사도 헌법 정신·유럽 정신과 거리가 멀다. 나림이 강조한 것은 수사에서 인간 존엄이며, 이에 대한 시민의 관심이다. 재판 비평가 양성도 헌법 정신에서 나온 것이다. 독재는 전 근대 국가이며, 고문은 야만이며, 자백 강요는 전 근대 국가의 관행이다. 전 근대화가 만연한 수사 관행에 정면으로 맞선 작가가 나림 이병주이다. 나림은 고문의 야만성을 여러 작품에서 고발한다. "저것이 내 발톱 밑으로 들어갈 대바늘이로구나. 나는 죽기로 결심하고 고문에 굴복하지 않기로 결심했다." 고문의 야만성은 아직도 근절되지 않았다. 진화한 고문 방법은 다양하다. 가족과 기업을 볼모로 수사하고, 구속기간이 짧다는 빌미로 정신 고문을 한다. 밤샘 수사와 매일 불러 수사하는 방법이다. 그래서 근대 형사소송법학의 이론을 아는 법률소설가로 보면 된다. 이러한 주장을 뒷받침하기 위해 나는 다음의 나림 문장을 제시한다.

1) 형사소송법의 정신

"의심스러운 것은 벌하지 않는다. 그때만 해도 나는 이런 법의 정신을 알았고 법관들의 양식을 믿었다." -『운명의 덫』

2) 압송

"감옥에서 나온 지 벌써 두 번째 봄을 맞이하는 셈이다. 수갑을 차인 채 서울의 감옥으로 떠날 때, 예낭의 바다와 산과 거리가 어쩌면 그처럼 아름다울 수 있었을까! 들것에 실려 이제 출감한 병든 눈으로 예낭을 돌아보았을 때 그 바다와 산과 거리가 어쩌면 그토록 아름다울 수 있었을까. 따지고 보면 '나'라는 인간은 아직 옥중에 있고 폐병의 보균자가 폐병과 함께 지금 밖에 나와 있는 것이다." -『예낭 풍물지』

3) 고문

"내가 고문을 받은 취조실은? 피투성이의 광경. 다리뼈가 산산이 부서지는 고통과 영혼이 분쇄되는 절망이 엄습했다. 그 고문이 삼십 분쯤 계속되었을까? 변 형사의 고문은 혹독했다." -『운명의 덫』

"나는 눈을 감았다. 고문이란 어떤 단계를 넘어 쓰면 일종의 관성이 붙는가 보았다. 아아, 저것이 내 발톱 밑으로 들어갈 대바늘이로구나. 나는 죽기로 결심하고 굴복하지 않기로 결심했다."
-『운명의 덫』

4) 권력

"나는 번데기이긴 하나 죽지는 않았다. 언젠가 때가 오면, 내 스스로 쌓아 올린 이 고치의 벽을 뚫고 나비가 되어 창공으로 날 것이다. 다시는 장난꾸러기 아이들에게 잡혀 곤충 표본함에 등에 바늘을 꽂히우고 엎드려 있는 꼴은 당하지 않을 것이다. 간악한 날짐승을 피하고, 맹랑한 네발짐승도 피하고, 전기가 통한 전선에도 앉지 않을 것이고, 조심스레 꽃 사이를 날아 수백수천의 알을 낳을 것이다." -『소설·알렉산드리아』

"그러나 한편 이런 생각도 든다. 일단 이 고치의 벽을 뚫고 나가기만 하면, 가장 황홀하게 불타고 있는 불꽃 속에 단숨으로 뛰어들어 흔적도 없이 스스로를 태워 버렸으면 하는." -『소설·알렉산드리아』

"수백수천의 알을 낳았다고 하자. 결국은 모두가 번데기가 될 운명에 있는 것이 아닌가. 번데기가 되어도 나비까지 될 수 있으면 좋지만, 간악한 인간들은 고치의 벽을 뚫기 전에 고치와 더불어 뜨거운 물속에 집어넣어 삶아버리는 것이다." -『소설·알렉산드리아』

4) 검사
"검사는 변 형사처럼 혹독한 고문은 하지 않았지만, 논리적, 귀납적으로 몰아세우는 지 검사의 추궁도 육체적 고문 못지않은 고통이었다."
"남상두! 너는 철저한 비인간이다. 냉혈동물이다. 너는 사람을 살해한 죄, 그리고도 뉘우칠 줄을 모르는 죄, 이중의 죄를 지은 놈이다. 너 같은 놈은 도저히 용서할 수 없다." -『운명의 덫』

5) 자백

"그 밧줄의 출처만 철저히 추궁해도 진범을 잡을 수 있지 않았을까." -『운명의 덫』

나림은 증거재판주의를 강조한다. "고문이 아니고 증거다."

3. 재판

나림은 헌법 정신과 유럽 정신으로 형사재판을 보았다. 불법체포로 한 가정은 풍비박산이 난다. 독재국가에서 구속은 유죄의 의미이고, 기소는 교도소를 가는 승차표이며, 재판은 구금시설 유치를 위한 허가장이 되었다. 무죄추정의 원칙이 헌법 정신이고 유럽 정신이다. 그러나 무죄추정의 원칙에 우리가 눈을 뜬 것은 오래된 역사가 아니다. 형사소송법의 이념과 실제가 이렇게 다른 것이다. 나림은 확대해석·형량 불균형·죄수 낙인을 신랄하게 비판한다. 무죄 원칙·재판 신뢰·공정한 판결·법의 신뢰를 이론가와 집행자에게 정면으로 묻는다. 경찰·검사·판사는 불법 집행 공모한 공동정범이 아니냐? 나림 자신이 직접 겪은 5·16 군사 형사재판도 헌법 정신·유럽 정신과 거리가 멀다. 나림이 강조한 것은 재판의 존엄성이며, 이에 대한 국민의 감독이다. 재판 비평가 양성도 헌법 정신·유럽 정신에서 나온 것이다. 5·16 군사재판은 전 근대 재판이며, 군사재판부는 권력의 아부자이다. 증거는 위법수집증거이다. 형벌은 인격 살인이며, 사형은 인간 말살이다. 나림은 법률소설에서 이들 불법 재판을 모두 기록으로 남겨 놓았다. 나림이 남긴 문장은 사법부에 대한 분노이다. 전 근대화가 만연한 독재시대에 불법 재판에 정면으로 맞선 작가가 나림 이병주이다. 억울한 누명을 쓰고 옥살이를 한 화성 사건을 생각해 보시라. 그래서 근대 형사소송법학의 이론에 정통한 법률소설가로 보면 된다. 이러한 주장을 뒷받침하기 위해 나는 다음의 나림 문장을 제시한다.

1) 법률 해석

"또 하나는 법률의 위신을 더럽히고 있는 사례는 법관들의 확대 해석이다. 피고인에게 불리한 증거가 양립했을 땐 유리한 증거를 채택하도록 하는 규정까지 있다. 정치범과 사상범이 피고자인 경우 지나칠 정도로 확대 해석이 횡행하고 있다는 인상이 짙다."
-『법률과 알레르기』

2) 양형

"똑같이 재판에 참여하면서 검찰 구형과 판사의 선고 사이에 엄청난 거리가 있는 사례를 왕왕 볼 수 있다. 판사와 검사의 형량에 엄청난 차이가 있는 것도 법률 불신의 원인이 된다."
-『법률과 알레르기』

3) 홈스 판결

"홈스는 에이브럼스 사건에서 "사상의 자유란 국가와 정부가 싫어하는 사상의 자유까지 보장해야만 한다"라고 지적하고 하급심에서 유죄 판결을 받은 에이브럼스 등에게 무죄를 선고했다."
-『법률과 알레르기』

4) 법관 신뢰

"법률의 신뢰란 결국 법관의 신뢰라는 뜻이다. 우리나라에서도 이상과 같은 훌륭한 법관이 많은 것으로 믿지만 주위 사정이 그 관망을 덮고 있는 모양이다. 하지만 훌륭한 법관이란 그러한 사정을 극복해나가는 능력까지를 겸하고 있는 법관을 말하는 것이다." -『법률과 알레르기』

5) 판결

"재판 판결이란 무서운 거예요. 판결 전에는 선생님의 무죄를 믿던 친구들이 판결 후에는 대부분이 유죄를 믿더군요." -『운명의 덫』

6) 낙인

"나의 비극적인 운명은 나 하나만 망치는 것이 아니고, 내 주변을 '비극의 바다'로 만든 꼴이었다." -『운명의 덫』

4. 형벌

나림은 1965년부터 사형폐지를 주장한다. 어떤 형법학자보다도 열정적이다. 〈소설·알렉산드리아〉·〈겨울밤-어느 황제의 회상〉·〈칸나·X·타나토스〉에서 나림은 계속해서 사형폐지를 다룬다. 나림은 사형 집행 장면을 극적으로 묘사하고 있다. 나림은 자유형 폐해·일반예방 위험성·사형제도 문제점·1959년 7월 31일 조봉암 기록·사형폐지 운동을 여러 작품에서 강조한다. 형법학자 주장처럼 형벌과 책임주의를 역설한다. 일벌백계 사상은 전 근대 국가 사상이다. 이것이 헌법 정신이고 자유주의 정신이다. 입법부와 사법부가 경청해야 할 내용이다. 그래서 근대 형사정책학에 통달한 법률소설가로 보면 된다. 이러한 주장을 뒷받침하기 위해 나는 다음의 나림 문장을 제시한다.

1) 자유형

"법률은 선인을 보호하고 악인을 제재하는 법률이 아니었다. 학문을 좋아하며 다분히 감상적인 양순한 청년들을 돌연 법정에 끌어내어 무자비하게 단죄하는 법률이었던 것이다. 일곱 명의 학우 중 세 명은 1~2년의 실형 선고를 받았고, 네 명은 집행유예 처분을 받았다." -『법률과 알레르기』

2) 일반예방

"또 하나 경계해야 할 사상에 일벌백계주의罰百戒主義라는 것이 있다. 이것처럼 또한 위험한 사고방식은 없다. 이것은 전체를 위해 개인을 희생시켜도 무관하다는 사고방식과 통하는 것인데 우리는 전체가 개인, 개인의 집합으로 이루어졌다는 사실을 주목할 필요가 있다. 막연한 전체를 위하여 구체적인 개인을 희생시킬 수 없다. 죄와 벌을 다룰 땐 일벌백계주의罰百戒主義니 전체를 위한 경각이니 하는 생각을 버리고 공정한 판단을 하도록 해야만 된다." -『법률과 알레르기』

3) 사형

"작년만 해도 이 감옥에서 처형된 사형수의 수가 57명이나 된다고 한다. 57명의 생명이 그 문으로 들어간 것이다. 나는 그 푸르게 페인트칠한 조그마한 문과 그 곁에 서 있는 플라타너스 위의 아직 어린 나무를 바라보고 있다. 저 어린 플라타너스는 머지않아 적적한 거목으로 자랄 것이다. 그때까지 또 몇 사람이 저 문을 들어간 채 나오지 않을 것인지. 아아, 나는 이 감옥에서 나가는 날부터 사형폐지 운동을 해야 할까보다. 꽃피는 아침에 눈을 비비며 일어나 엄마를 부르던 아이가 커서 옥중에 앉아 사형을 기다리고 있다." -『소설·알렉산드리아』

"만일 1·2심 판결대로 사형당했다면 오늘처럼 여기에 서 있지도 못했을 것 아닙니까?" -『운명의 덫』

나림은 《운명의 덫》에서 남상두의 표현을 통해 사형제도를 비판하고 있다. 1965년 〈소설·알렉산드리아〉에서부터 1974년 〈겨울밤-어느 황제의 회상〉·1983년 《운명의 덫》까지 그의 소설 곳곳에서 사형제도의 문제점을 지적하고 있다. 억울한 자·오판· 생명 존중이 그의 사형폐지 사상이다.

"이 조 노인의 아들은 나와 같은 무렵에 서울의 감옥에 구금되어 있다가 그해의 초겨울 사형을 당했다. 선고를 받고 수갑을 찬 조 노인의 아들과 나는 미결감방에 한동안 같이 있은 적이 있다. 그가 처형될 무렵엔 나는 그와 같이 있지 않았다. 수일 후, 그의 처형 소식을 전해 듣고 나는 며칠 동안 식욕을 잃었다. 수갑을 채인 채 눈을 감고 벽을 등지고 앉은 모습이 지금도 눈에 선하다." -『예낭 풍물지』

"어제 조영수가 사형 집행을 당했다는 소식이 흘러들었다. 불과 일백 미터도 떨어져 있지 않은 곳에서 옛날의 내 제자를 도살하는 작업이 진행되고 있었는데 나는 보리밥덩이를 분주히 입 속에 집어넣어 내 속의 돼지를 먹이고 있었던 것이다. 인간의 생명을 빼앗는 정도까지 율律한다는 건 인간의 권능을 넘는 월권행위가 아닐까. 사형폐지의 문제는 이론의 문제가 아니고 신념의 문제라고 하는 이유가 여기에 있다. 죄인에게 부모가 생존해 있을 경우엔 그 죄인의 사형집행을 부모님이 돌아가시고 난 이후로 연기하는 배려라도 있을 수 없을까. 나는 이 감옥에서 나가는 날부터 사형폐지 운동을 해야 하겠다. 꽃피는 아침에 눈을 비비며 일어나 엄마를 부르던 아이가 커서 옥중에 앉아 사형을 기다리다가 드디어 저 문 속으로 사라졌다. 죽음엔 조금 빠르고 조금 늦는다는 것이 있을 뿐이다." -『겨울밤-어느 황제의 회상』

"꼭 그렇게 안 되겠다면 흉악범 이외의 죄인에 대해선 사형을 적용하지 않는 배려만이라도 할 수가 없을까? 그것도 안 된다면 그 죄인에게 부모가 생존해 있을 경우엔 그 죄인의 사형집행을 부모님이 돌아가시고 난 이후로 연기하는 배려라도 있을 수 없을까." -『겨울밤-어느 황제의 회상』

4) 1959년 7월 31일 조봉암 기록

형법학자 100명이 담당할 몫을 나림은 소설 곳곳에 뿌려 놓았다. 나림은 〈겨울밤-어느 황제의 회상〉·《운명의 덫》에서 "저는 앞으로 사형폐지 운동을 벌일 작정입니다" 라고 선언한다.

〈칸나·X·타나토스〉에서는 조봉암 사형집행을 다루고 있다. 1959년 7월 31일 국제신보 편집회의와 부친 사망 소식을 상세히 묘사한다.

"1959년 7월 31일의 기록만은 얼음장처럼 차가운 말로써 새겨져야 한다는 생각을 버릴 수가 없다." -칸나·X·타나토스

이 소설의 마지막 문장이다.

나림은 〈예낭 풍물지〉와 〈겨울밤-어느 황제의 회상〉에서도 조용수 사형집행을 비판한다.

5) 사형폐지 운동

나림의 소설은 법학 논문보다 강하다. 대중소설가로서 가슴에 박히는 문장들이 많기 때문이다. 나림은 대중소설을 통해 사형폐지 운동을 펼치고 있다. 이러한 의도와 파급효과를 쉽게 무시해서는 안 된다.

"저는 앞으로 사형폐지 운동을 벌일 작정입니다. 저는 1심에서 사형선고를 받았습니다. 2심에서도 마찬가지로 사형선고였습니다. 그러다가 대법원 3심에서 무기징역으로 바뀌었고 그 후 20년으로 감형된 것입니다. 만일 1, 2심 판결대로 사형당했다면 오늘처럼 여기에 서 있지도 못했을 것 아닙니까? 저는 속절없이 살인범으로서 시신에 낙인이 찍힌 채 영원히 고혼孤魂이 되는 것입니다. 그럴 경우 어머니는 어떻게 되겠습니까? 사형은 어떤 조건에서도

회복 불능이라는 이유만으로도 폐지돼야 할 것입니다. 법률은 그 존엄성을 위해서라도 회복 불능의 과오를 범해서는 안 됩니다. 흉악범 가운데 만에 하나라도 억울한 자가 있을지 모른다는 배려가 있어야 합니다. 이 모든 이유를 차치하고서라도 여기에 서서 발언하는 제 자신이 사형폐지를 정당화하는 증거가 되지 않겠습니까?" -「운명의 덫」

5. 교도소

나림은 옥창獄窓 문학의 최고봉이다. 교도소는 재소자들이 속죄하며 수양하는 장소이다. 나림은 형무소 시설 열악함·감방 침구 상태·형무소 식단·수형생활 고단함·가석방 기준에 대해서 신랄하게 비판한다. 교정시설에서 과밀 수용은 교정행정을 어렵게 만든다. 나림은 교정행정 인도화를 소설을 통해 적나라하게 파헤친다. 헌법 정신과 유럽의 근대 입법 정신에 투철하지 않으면 이러한 사상을 표현할 수가 없다. 교도소는 세탁소가 아니고, 재소자는 세탁소의 빨래가 아니다. 그들은 인간이다. 그래서 근대 교정학 이론에 해박한 법률소설가로 보면 된다. 이러한 주장을 뒷받침하기 위해 나는 다음의 나림 문장을 제시한다.

1) 서대문 형무소

"……영화 20도라고 한다. 감방은 영락없이 냉동고다. 천장만 덩실하게 높은 이 이 좁은 감방에서 세 사람이 웅크리고 앉았는데 그 입김이 유리창에 서려 하늘로 통하는 유일한 창구는 하얗게 두

툼하게 얼어붙었다. 조금 받아놓은 물도 돌덩이처럼 얼어붙었다. 방 한구석에 놓인 변기통도 얼어붙었다." -『소설·알렉산드리아』

"……엄지손가락만 한 쇠창살이 10센티미터가량의 간격을 두고 세로 일곱 줄 박혀 있는 넓이의 창. 이 창살을 30센치미터의 폭으로 석 줄의 쇠창살이 가로질러 있다. 그 쇠창살 안으로 각각 여섯 칸의 사각형으로 나눠진 유리 창문 두 짝이 미닫이식으로 달려 있다. 이렇게 가로세로 꽂힌 쇠창살에 열두 칸의 유리창이 겹쳐 누워서 보면 어린이가 서툴게 그려놓은 그래프 바닥처럼 보인다. 이 그래프의 좌표처럼 해가 걸리고 달이 걸리고 별이 걸린다."
-『소설·알렉산드리아, 겨울밤—어느 황제의 회상』

2) 감방

"미군에서 불허한 담요를 깐다. 그 위에 DDT를 듬뿍 친다. 이나 벼룩, 기타 반갑지 않은 곤충의 침략을 방지하기 위한 수단이다. 무위안좌無爲安坐도 열여섯 시간이면 거친 노동에 비길 만한 피로를 가져온다. 그 피로한 육체를 DDT가루 위에 눕힌다. 두터운 문밖으로 정복한 관리가 우리 안전을 지키느라고 복도를 왔다갔다 하는 소리가 들린다. 생각하면 이곳은 참 모르고 좋은 곳이다. 화재의 염려가 없다. 아닌 밤중에 수재를 입을 위험도 없다. 강도의 침입을 걱정할 필요도 없고 체포당할 공포도 없다. 견고한 호위, 주도한 배려 속에 이 밤도 나는 황제답게 의젓하게 잠들 것이다.……" -『소설·알렉산드리아』

3) 식단

"황제의 식탁은 으레 성찬이다. 강렬한 스팀으로 인해서 연화되었다가 다시 원통형으로 굳어진 사등밥이란 관명^{官名}이 붙은 밥. 게다가 넓은 태평양도 비좁다는 듯이 움크려서 살아온 새우의 아들의 아들들이 소금 속에 미라가 되어 나타나기도 하고 살은 이지러져 흔적이 없고 앙상한 뼈로서 미루어 생선엔 제법 깡치가 센 듯한 생선이 등장하기도 한다. 그런데 소위 생선이라는 게 나타날 때마다 감방 안에서는 가끔 시비가 벌어진다. 이 생선은 바다생활 1년에 육지생활에 3년의 경력을 가졌다느니, 아니 바다 1년 육지 5년의 관록을 가졌다느니……." -『소설·알렉산드리아』

"수프는 지구의 깊은 곳에서 나온 물의 성질을 지닌채 된장의 향기를 살큼 풍긴다. 들여다보면 거울도 될 수 있어, 황제는 그 수프를 거울삼아 가끔 나르시스의 감정을 가져볼 수도 있다. 황제의 식탁은 이처럼 성찬이지만 고적하다. 그러나 오만하게 버티고 앉아 황제다운 품위를 지키며 젓가락질을 한다." -『소설·알렉산드리아』

4) 수형생활

"그런데 이 궁성과 황제에겐 너무나 금지규정이 많다. 나는 우울한 게 아니라 지쳐 있는 것이다. 지쳐 있는 신경을 일깨우기 위한 노력이 성전을 왜곡했는지 모를 일. 용서하라. 아우."
-『소설·알렉산드리아』

나는 소년의 얘기를 어머니에게 하고 샤로얀의 그 구절을 소리

내어 읽어드렸다. "나도 너와 같은 기분에 사로잡힐 때가 있었다. 그러니 네 마음을 나는 잘 안다. 무덤과 감옥엔 운수 나쁘게 가난한 집에 태어난 선량한 미국의 청년으로써 꽉 차 있다. 그들은 결코 죄인이 아니다."란 대목엔 더욱 힘을 주었다. 어머니는 길게 한숨을 쉬었다.

"세상에 그런 사람만 살면 얼마나 좋을까!"

바람이 일었다. 밤은 깊었다. 소년은 추운 감방에서 그 여윈 무릎을 안고 울고 있을지도 몰랐다. -『예낭 풍물지』

5) 가석방

"사기死期가 거의 확정된 사람을 감옥에 가둬 둘 필요는 없다. 아무리 매정스러운 법률도 죽은 사람, 죽어가는 사람을 징역살이시킬 순 없다. 죽는 마지막 의식만 남았으니 그건 집에 가서 치러라. 이렇게 해서 나는 감옥으로부터 추방된 것이다. 그랬는데 옥살이에서 풀려나오자 한 달도 못 되어 나는 보행을 할 수 있게 되었다. 의사는 아직도 절대 안정을 강요하지만 내 병은 내가 잘 안다." -『예낭 풍물지』

6. 재소자

재소자는 곧 사회복귀자이다. 영혼의 치유가 없고 희망이 없으면, 사회복귀 후에도 어려움에 직면한다. 재소자는 자유의 소중함을 안다. 나림 소설 곳곳에 '재소자가 갈망하는 자유'가 표현되어 있다. 교정행정의 혁신이 교정복지와 사법 복지의 측면에서 중요한 과제다. 이것은 모두 헌법 정신과 유럽 정신에 해당한다. 그래서 근대 교정학의 지킴이로서 법률소설가로 보면 된다. 이러한 주장을 뒷받침하기 위해 나는 다음의 나림 문장을 제시한다.

1) 영혼

지금 내가 있는 이 옥사는 72개의 감방을 가지고 있다. 대충 계산해 보니 무기수 를 빼고도 2천 년의 징역이 이 옥사에 들어앉아 있는 것이다. 그러니 이 감옥 전체를 합하면 몇만 년의 징역이 될지 모른다. 감옥 속에서의 산술은 언제나 이렇게 터무니가 없다. -『소설·알렉산드리아』

'사람을 죽여서 굶주린 개의 창자를 채워라.'
누구의 말이었던가?
벽의 낙서를 본다.

또렷하게 새겨진 '忍之爲德'이란 글자'참는 것이 덕이니라.'—이렇게 주석 까지 달고. '미결 통산 121일.' '입소 단기 429×년 ×월 ×일. 만기 42××년 ×년 ×일. '사랑하는 영아.' '살자니 고생이요, 죽자니 청춘.' '여우의 연구.' '무전이 유죄로다.' '법률의 올개미' '왜 생명을 깎아야 하나.' '변소의 낙서만도 못한…….'B와 K에 있어서의……. -『소설·알렉산드리아』

2) 자유

"……옥창獄窓 너머로 산을 바라볼 수 있다. 거의 산마루까지 기어오른, 따닥따닥 부스럼 딱지 같은 판자집엘 들락날락하는 사람의 그림자를 볼 때도 있다. 나는 그런 사람들을 자유라고 부른다. 자유로운 사람이 아니라 바로 자유 그것. 그래 사람이 셋이 모이면 저기 자유가 셋이 있다고 말하고 다섯이 보이면 저기 자유가 다섯 있다고 말한다."

자유, 얼마나 좋은 말인가. −『소설·알렉산드리아』

3) 형무소 감방

"달이란 참으로 사람을 미치게 한다. 나는 어느덧 형무소 감방의 쇠창살 창에 걸렸던 달을 회상하고 있었다. 일단 형무소를 다녀나온 사람의 눈은 다르다. 역사라는 의미, 법률이라는 의미, 사회라는 의미, 인생이라는 의미를 적막하고 황량한 빛깔로 물들어 놓는 눈이 되어 버린다. 나는 아직도 감방에 있어야 할 나를 생각했고 지금 이렇게 예낭의 바닷가에서 달을 쳐다보고 있는 폐결핵균을 생각한다." −『예낭 풍물지』

4) 희망

"희망은 무한하다. 그러나 나는 글러먹었다." ─카프카.

인간의 근원적인 자유이건 이 역사의 필연이건, 다만 그런 것은 마음의 조작에 불과한 것이다. 그러나 이 조작의 방식의 여하에 따라 생의 건설방식이 달라진다.

나의 불면의 눈꺼풀은 무겁다. 그러나 나는 애써 중얼거려 본다. "스스로 힘에 겨운 뭔가를 시도하다가 파멸한 자를 나는 사랑한다." 형이 즐겨 쓰는 니체의 말이다. 그러나 이 비장한 말도 휘발유가 모자란 라이터가 겨우 불꽃을 튀겼다가 담배를 갖다대기 전에 꺼져버리듯, 나의 가슴에 공동의 허전한 메아리만 남겨놓고 꺼져버린다. -『소설·알렉산드리아』

7. 재소자 가족

　나림은 사법 복지 정책을 소설에서 표현하고 있다. 나림과 그 지인들의 삶을 작품에 담은 듯하다. 나림은 불법체포·가족해체·가정해체를 절묘하게 묘사한다. 구금은 최후의 수단이 되어야 한다. 재소자 가족은 재소자와 같이 교도소 생활을 하는 것이다. 그래서 형사소송법 강제수사와 형사재판부 실형 선고는 신중해야 한다. 인도적 형벌을 재소자와 그 가족까지 확장하여 고민해야 한다. 나림은 이렇게 표현한다. "영희는 아빠가 체포된 그 찰나에 이미 죽었다고 생각한다. 아버지가 죄인으로 묶였을 때 그 딸은 그때 죽어야 하는 법이다." "노정필 씨는 옥중에서 이십 년 징역살이를 하고 부인은 밖에서 이십 년 징역살이를 했다." 그래서 근대 교정학 이론에 달통한 법률소설가로 보면 된다. 이러한 주장을 뒷받침하기 위해 나는 다음의 나림 문장을 제시한다.

1) 불법체포
　"오월이었다. 나는 실록의 내음과 청포의 향기가 삽상한 아침 공기에 서려 있는 집을 나왔다. 그때 유치원에 가는 영희 차비를 차려주고 있으면서 경숙은 "오늘도 빨리 돌아오세요."했다. 영희는 그 고사리 같은 손을 귀엽게 흔들어 보이면서 "아빠 잘 다녀와요."라고 했다. 나는 어젓한 가장의 품위와 아빠로서의 행복한 미소를 지니고 회사로 향했다. 평화의 상징으로서의 화재가 될 만한 하늘이였다. 거리였다.

그런데 바로 그날 나는 집으로 돌아가지 못했다. 그리고 영영 그 집으론 돌아가지 못했다. 신록의 내음과 창포의 향기가 삽상한 아침 공기에 서려 있는 아담하고 단란했던 그 집! 나는 그 집으로 다시는 도로 돌아가지 못한다······.

그날 오후 나는 회사에서 체포됐다. 그로서 하나의 가정은 수라장이 되었다. 십 년 걸려 이루어놓은 나의 가정은 튼튼한 성이기는커녕 작은 유리그릇에 불과했다." -『예낭 풍물지』

2) 가족해체

마누라의 이름은 경숙이다. 경숙은 내가 감옥살이를 삼 년째 하던 어느 날, 마지막 편지를 내게 보냈다. 진눈깨비가 내리는 추운 날, 나는 그 편지를 읽고 오한으로 몸을 떨었다. 그 편지를 마지막으로 하고 경숙은 딴 사나이 품으로 갔다. 감옥에서 나온 지 벌써 이 년이 넘어서도 나는 아무에게도 경숙의 행방을 묻지 않았다. 아무에게도 묻지 않고 그 여자를 찾을 작정이었다. 작정이었다기보다 우연히 만나기를 바랐다.

"나를 용서해 주시오."

"나를 버리고 딴 사람에게 갔다고 해서 께름한 생각이랑 일체 갖지 마시오. 책임은 내게 있으니까요."

"부디 행복하게 살아가시오."

"기왕 우린 아름답게 살지 않았소. 슬픈 대목은 잊어버리고 앞으론 아름다운 추억으로써 서로를 이해합시다." -『예낭 풍물지』

3) 가정해체

"나라고 하는 중심이 없어지자 시멘트 바닥에 굴러떨어져 산산이 조각나 버렸다. 운동비다, 변호사비다 해서 집은 남의 손으로 건너갔다. 한 해가 가고 두 해가 갔다. 내가 짊어진 징역은 고스란히 십 년이었다……. "-『예낭 풍물지』

"그동안 팔 수 있는 건 모두 모조리 팔았다. 영희란 여섯 살 난 딸은 급성폐렴으로 죽었다. 직접 사인은 급성폐렴이지만 영희는 내가 체포된 그 찰나에 이미 죽었다고 생각한다. 하늘보다도 높게 생각하던 아버지가 죄인으로 묶였을 때 그 딸은 그때 죽어야 하는 법이다."-『예낭 풍물지』

"다신 유치원에 안 가겠다고 하잖아. 그래, 무슨 까닭이냐고 물었더니 동무들이 느그아버지 죄인이 되어 푸른 옷 입고 감옥살이 한다더라고 놀려대더라는 건데, 그후 며칠 안 가서 애가 자리에 눕더니 하룻밤 사이에 그만……."

"어머니는 영희 죽음에 대해서 이렇게 울먹이며 말했지만, 나는 영희에의 애착은 부풀어 있으면서도 그 죽음에 대해선 냉담했다. 여섯 살 난 영희가 나의 영원한 영희, 죽음으로써도 어떻게 할 수 없는 유대가 나와 그애를 함께 묶고 있는 것이다."-『예낭 풍물지』

"나의 스토리는 영희의 죽음에 이르자 중단된다. 세상이 뭣인지도 알기 전에 슬픔을 먼저 안 아이, 살기에 앞서 죽음부터 익혀 버린 그 가냘픈 영혼! 나는 다시 눈을 감는다."-『예낭 풍물지』

"……영희의 죽음이 있은 후, 집안의 형편은 더욱 말이 아니었다. 경숙은 시어머니에게 직장을 구해 나가겠노라고 했다. 어머니는 자기가 생선장수라도 할 테니 경숙은 집안에 머물러 있어야 한다고 완강히 거절했다. 그러나 밀어닥치는 곤란은 어떻게 할 수가 없었다. 경숙은 그의 친구가 경영하고 있다는 다방일을 거들어 주게 되었다. 월급이 삼만 원이나 된다는 게 커다란 유혹이었다. 체포됐을 무렵의 내 월급이 그 정도였으니까." -『예냥 풍물지』

"……드디어 경숙은 시어머니의 집에서 나오지 않을 수 없었다. 경숙의 미모가 모든 사건의 원인이다. 미인박명이란 말은 나면서부터 미녀가 기막힌 팔자를 타고나는 것이 아니라 이리떼 같은 사내들이 미녀를 가만두지 않는 데에 운명의 장난이 시작된다. 세상은 미녀의 정절을 거의 절대로 용납하지 않는다. 운명의 여신은 이 여인의 미모를 질투한다고 했다. 경숙에겐 그러니 잘못이 없다. 경숙을 미워해선 안 된다. 용서를 받을 사람은 바로 나다. 결코 경숙이 아니다." -『예냥 풍물지』

8. 어머니

나림은 어머니 문학을 애잔하게 표현한 작가다. 가정을 살린 사람은 어머니이다. 가정이 있는 경우, 특히 부모와 자녀가 있는 경우, 강제수사는 가능한 신중해야 한다. 형사재판에서 실형 선고는 더욱 신중해야 한다. "어머니 눈엔 이슬처럼 맺힌 눈물이 있었다." 이 문장은 자식과 함께 형벌을 받은 어머니의 마음을 표현한다. 헌법 정신과 유럽 정신은 가정·가족·어머니를 소중하게 보호한다. 그래서 근대 교정학 이론에 해박한 법률소설가로 보면 된다. 이러한 주장을 뒷받침하기 위해 나는 다음의 나림 문장을 제시한다.

1) 임종

어머니는 병석에 누웠다. 종언이 시작된 것이다. 어머니의 칠십 평생은 아버지의 오십 생애를 보태어 백이십 년을 살았고 나의 삼십오 세를 보태어 백오십오 년을 살아온 셈이다. 위대한 여성의 생애이다.

어머니는 힘없는 팔을 들어 헌 보자기를 가리켰다. 그걸 풀어보라고 한다. 은행 통장과 인장이 나왔다. 인장은 내 이름으로 돼 있었다. 통장엔 돈의 부피가 아라비아 숫자로 응결되어 있었다.

'그걸 가지고, 그걸 가지고!'

어머니의 말은 한숨으로 끝난다.

그 돈을 가지고 병을 고쳐보라는 뜻이다. 나는 잠자코 있다. 그러나 말보다도 더 명료한 의사가 나의 눈빛에 나타났다. -『예낭 풍물지』

2) 재·흙·바다

"하여간 너 죽는 날 나는 죽는다. 어미를 오래 살릴 생각이 있거든 빨리 병을 고치고 그럴 생각이 없거든 알아서 해라!" -『예낭 풍물지』

"어머니는 고운 재가 되어 예낭의 흙이 되고 예낭의 바다가 되었다. 예낭의 풍물이 되어 버린 것이다. 그러나 예낭 풍물지風物誌란 이 땅의 숱한 어머니 가운데 한 어머니의 기록이라는 뜻이다. 그 어머니의 죽음과 더불어 끝나야 하는 기록, 이른바 종언에의 서곡이다. 태양도 끝날 날이 있다." -『예낭 풍물지』

나림은 〈예낭 풍물지〉에서 부산의 어머니들을 추모한다. 예낭禮郎을 나는 무한헌신으로 읽었다. '너 죽는 날 나는 죽는다.' 이것이 어머니이다.

3) 눈물

"경주 K호텔에 도착했다. 김순애는 한복 무용복으로 갈아입고 고전무용을 선보였다. 어머니! 이제야 제가 춤을 배운 까닭을 알았어요?" -『운명의 덫』

"나는 중얼거렸다. 선창수니, 변동식이니 하는 자들을 용서하고 싶네요. 김순애가 발끈했다. 남군은 그게 탈이에요. 놈들은 절대로 용서할 수 없어요. 놈들을 용서할 수 없다는 벨만은 가져야 해요. 어머니 그렇죠? 어머니는 고개를 끄덕끄덕했다. 그 눈엔 이슬처럼 맺힌 눈물이 있었다." -『운명의 덫』

나는 〈운명의 덫〉 마지막을 문장을 읽고 "역시 이병주다" 감탄했다.
"어머니! 저를 딸처럼 생각해 주세요. 저는 며느리로서는 자신

415

이 없어요." -『운명의 덫』

4) 부인
"당신 부인을 소중히 여기시오." -『운명의 덫』

나는 어머니와 가족이 사법 정책의 핵심이라고 생각한다. 그러면 나림은 범죄예방 전문가라고 볼 수 있다. 이것이 적극적 일반예방이다. 그의 작품에 어머니·가족·인간애가 흐른다.

9. 양심·도덕·탐욕·파멸

나림은 소설에서 양심·도덕·탐욕·파멸을 절묘하게 다룬다. 이것이 붕괴하면 범죄가 된다. 소설을 읽는 자체가 범죄예방의 효과가 있다. 결국 뇌가 움직이면 예방이 되고 교화가 된다. 나림은 법률과 도덕의 경계를 우리에게 묻는다. 그래서 근대 병리사회학 이론에 정통한 법률소설가로 보면 된다. 이러한 주장을 뒷받침하기 위해 나는 다음의 나림 문장을 제시한다.

1) 탐욕
"이래도 지옥이 없어요?" -『매화나무의 인과』
나림 유언서는 한 문장이다.
"탐욕의 종착역은 지옥이다." -『매화나무의 인과』

2) 양심

"양심의 받침대를 무너뜨렸는가 봐요." -『비창』

"미숙은 그녀 자신에게 사형을 집행한 것이다. 하잖은 남자들 사이로 우왕좌왕하다가 어느 날 돌연 날개가 부러져 버렸다. 사랑 없는 관능官能의 쾌락은 스스로를 추하게 만들 뿐이다. 파멸로 이끌 뿐이다. 미숙은 마지막에 가선 인생에서 가장 소중한 것이 재능도 아니고 자존심도 아니란 것을 알았던 모양이다." -『비창』

3) 파멸

"한 통의 유서가 있었다. …이 하늘 아래에서 가장 훌륭한 남자 가 내 남편이라는 사실을 확인했을 때에는 이미 시기가 늦어 있었 습니다. 나는 나 자신을 재판하고 스스로 사형을 선고하고 스스로 사형을 집행하려고 합니다." -『비창』

4) 도덕

"순아에게 남길 말은 내 아버지 같은 남자를 발견하면 생명을 다해 사랑하고 그러지 못하거든 평생을 독신으로 살며 남자 같은 것은 거들떠보지도 말라는 것입니다. 유진희 씨에게 순아를 잘 부 탁한다고 전해 주십시오." -『비창』

10. 예술

나림 작품에서 사랑은 빠지지 않는다. 주인공의 작은 움직임에 도 사랑을 아름답게 묘사한다. 그 사랑은 자유에 대한 열정이다. 나림 작품은 대중문화의 저수지이다. 《비창悲愴》에 이런 문장이 있다. "결국 모차르트 20번 듣기 위해 음악회 가신 거로군요." 예술·음악도 범죄예방에 효과가 있다. 예술은 범죄예방을 위해 인간이 고안한 최고 작품이다. 야만성을 제거하기 때문이다. 그래서 근대 사회병리학 이론에 달통한 법률소설가로 보면 된다. 이러한 주장을 뒷받침하기 위해 나는 다음의 나림 문장을 제시한다.

1) 자유

"꿈속에 그리던 뉴욕 거리…. 나는 자유의 여신상을 바라보며 눈물을 흘렸다. 그 쓰라린 감옥 생활의 어느 밤. 나는 문득 자유의 여신상을 꿈속에서 본 적이 있다. 지금 그곳에 올 줄이야? 나는 뉴욕에서 나의 고향을 느꼈다." -『운명의 덫』

2) 인생

"화(和)를 관철한 인생은 성공한 인생이다. 운명이 내리는 결정은 기껏 죽음일 것이니까." -『비창』

11. 지도자

나림은 지도자를 민주적 인격자로 본다. 성심성의를 인격화하면 민주적 인격이 된다. 민주적 인격을 가진 사람이 정치를 하고 법률을 만들어야 한다고 나림은 말한다. 나림의 인간학이다. 그래서 근대 인간학을 성찰한 법률소설가로 보면 된다. 이러한 주장을 뒷받침하기 위해 나는 다음의 나림 문장을 제시한다.

1) 성심성의

"선량한 사람에겐 혹독한 세파가 더욱 심하게 주름을 만든다. 성심성의라는 문자가 있는데 이것을 그대로 인격화하면 그게 변형석이라는 인물이 나타나는 것이다. 변형섭 씨를 생각하면, 민주적 인격이란 말을 상기한다. 그리고 변형섭 씨를 통해 지도자상이란 것을 구상해 본 적이 있다. 농민에 끼이면 농민이 되고 노동자에 끼이면 노동자가 되는데, 어떠한 주장도 하지 않고 그저 평범하게 살아가는 데도 생활 태도 자체가 모범이 되고 그 커뮤니티의 힘이 되는 사람, 그리고 자기에겐 엄격하면서도 남에게 대해선 관대한 사람……." -『여사록』

2) 겸손

"나는 박사 안 하고 박사 광내줄 사람 될란다. 박사 아닌 사람이 많아야 박사의 광이 날 것 아니가." -『여사록』

3) 권력

모세의 오서를 읽어보면 권력에 관해서 뭣인가를 배울 수 있다.
왜 권력이 필요했느냐?
어떻게 해서 권력이 필요했느냐?
어떻게 해서 권력이 발생했느냐?
권력은 무엇으로 지탱했느냐?
권력이 어떤 형태로 변해갔느냐? -『소설·알렉산드리아』

권력이 스스로 지탱하기 위해서 꾸며진 구구한 계교, 그 계교를 위해서 또 꾸며진 계교의 가지가지. 그런 개교로 꾸몄을 당시엔 대견한 일. 그러나 지금은 생각해보면 보잘 것 없는 책략.
-『소설·알렉산드리아』

"히틀러가 왜 게르니카를 폭격했지요? 그 이유를 아십니까."

사라의 이러한 질문에 한스는 "히틀러는 공산주의자들의 세력을 꺾기 위해서 한 짓일 겁니다."하고 말했다.

"빨갱이를 폭격하려면 빨갱이 있는 곳을 폭격해야 되지 않겠소? 왜 아무런 죄도 없는 사람들을 죽이는 거죠? 빨갱이도 아무것도 아닌 순박한 백성들만 살고 있는 도시를 왜 불사르는 거죠? 노인과 여자와 어린아이는 왜 죽이는 거죠? 전쟁과는 아무런 관련도 없는 도시에다 뭣 때문에 폭탄을 뿌린 거죠? -『소설·알렉산드리아』

"권력과 인성'이란 표제가 보인다. 나는 싸늘하게 웃어 본다. 어떤 철학자가 뭐라고 해도 권력에 관한 한 나의 인식이 보다 절실할 것으로 믿는다. 권력은 이것을 가지고 있는 사람에겐 빛이 되지만 갖지 못하는 사람에겐 저주일 뿐이다. 권력은 사람을 죽인다. 비력자非力者는 죽는다. 권력은 호화롭지만 비권력자는 비참하다. 권력자의 정의와 비력자의 정의는 다르다. 권력자는 역사를 무시해도 역사는 그를 무시하지 않는다. 비권력자는 역사에 구원을 요청한다. 그러나 역사는 비권력자를 돌보지 않는다. 역사의 눈은 불사의 눈이다. 죽어야 하는 인간과는 아무런 관계가 없는 눈이다. 그 점 결핵균은 위대하다." -『예낭 풍물지』

4) 평등

"적어도 죽음에의 계기를 가지고 있는 죽음은 권력자나 비권력자를 공평하게 대한다. "법 앞에 만민이 평등하다"는 말은 잠꼬대지만 "죽음 앞에 모든 인간은 평등하다"는 말은 진리다. 일체의 불평등을 구원하는 지혜는 죽음에 있다. 그래서 나는 나의 결핵균과 페어플레이를 할 것을 조약하고 있는 것이다." -『예낭 풍물지』

IV. 결론

나림 작품을 관통한 법사상은 헌법 정신·유럽 정신이다. 나림 작품의 주제는 천명天命이다. 운명運命이라고 한다. 헌법 정신·유럽 정신·인간 정신이 만난다. 동양에서 천명은 인간의 만남을 뜻한다. 인간은 만남에서 인간성을 회복한다. 나림은 "화和를 관철한 인생은 성공한 인생이다"고 말한다.

나림은 유럽 정신에 투철하고 동양학에 통달한 작가이다. 나림은 묵자墨子와 다산茶山을 좋아했다. 김윤식 교수도 묵자형 문학평론가이다. 이 두 사람의 만남은 천명이다. '학병 세대'와 '근대성'이 만남 지점이지만, 정신적 만남은 겸애와 평화 그리고 혁명이다. 겸애와 평화가 붕괴한 지점을, 비극적 현대사를, 몰락한 사람을 태산과 태두가 함께 관찰한 것이다.

근대로 가는 길목에서 역사가 희롱한 인물들을 소설에서 깊이 형상화했다. 형·K·노정필·유태림·하준수·박달세도 그렇게 분류된 인물이다. 나림은 좌절한 인물을 작품의 주인공으로 초대했다.

야만의 현대사에서 잔인하게 살아남은 사람은 권력을 쥐었다. 그 권력에 협력한 사람은 고위직 공무원이 되었다. 적절히 타협한 사람은 교육자가 되었다. 이 부조리한 현대사를 기록한 소설가가 나림이고, 평론한 사람은 김윤식이다. 이들은 한때 한국 문단을 지배했다. 다양한 각도에서 나림 이병주를 평가하지만, 결코 잊어서는 안 될 작가이다. 그가 남긴 작품들은 오늘에도 생명력이 있다. 특히 법률 소설은 더 깊이 연구되고 조명을 받아야 한다.

1. 천명

天命之謂性, 率性之謂道, 脩道之謂敎.中庸

중용中庸 제1장 천명天命은 성性이고, 성性은 만남이다. 성질性質은 성격性格이 되고 작품이 되었다. 함향출판사 임규찬 대표와 만남이 품격品格을 갖추었고, 작품이 되었다. 중용 제1장이 실천되었다. 우리는 이것을 배움敎이라고 말한다. 이번 여행에 감사드린다.

2. 독서

한 가지 주제에 집중하는 독서를 할 수 있다면 누구나 특별한 독서가가 될 수 있다. 나림 작품은 이성을 깨우고 내면을 단단하게 만드는 힘이 있다. 책이 있는 구석방이 천국이니 이병주 연구가가 되어 보시길 바란다. 평생 좋아하는 작가들만 읽어도 시간이 모자라는데 좋아하지 않는 작가의 작품을 뭣 하러 읽겠는가. 문학평론가 김윤식 교수는 말년에 이병주 작품을 들고 있었다고 한다. 이병주 때문에 삶이 즐거워질 수 있다면 책을 읽겠다.

3. 나림 어록집 1 법사상

나를 사로잡았던 주제들을 정리하고, 내 평생의 사유에 질서를 부여할 기회를 한번 주고 싶었다. 그렇게 나는 책을 쓰기로 결심했다. 처음 글을 쓰기 시작하면서 독자가 한 명 필요했다.

임규찬 대표는 이상적인 독자이자 좋은 친구일 뿐 아니라 훌륭한 편집자이며 본인 또한 뛰어난 작가다. 한 줄 한 줄 꼼꼼히 읽어가며 해준 조언은 어마어마한 가치가 있었다. 감사를 표한다. 책의 상당 부분을 함향 집필실 아름다운 함향제에서 썼다. 집필실을 흔쾌히 내준 호의에 감사한다.

4. 별이 차가운 밤이면……

만용을 부렸다. 더 많은 사람이 나림 이병주 소설·수필·산문 읽기에 함께 하길 기대한다. 전국에 약 10만 애독자가 있다고 들었다.

작품 속 여러 인물이 깊은 밤 중천에 뜬 보름달에 비친다. 이제 우리는 노예도 아니고 용병도 아니다. 100년 전인 1920년대에 출생한 우리 선조와 다르다. 그들은 '노예와 용병'의 고민 속에서 살았다. 그것은 혼돈과 슬픔과 분노였다. 가슴에 멍든 피는 가족과 가정에 퍼졌다. 그 슬픔은 아직도 우리 할머니들에게 남아 있다.

"나의 인생은 그날 밤의 사건과 그 사건에 따른 회상으로 인하여 결정된 것이나 다름이 없다." -『별이 차가운 밤이면』

노비 박달세는 원수 갚기를 시작한다. 일차적으로 최씨 가문에 대해 원수 갚기이다. 그 다음은 이 '사갈의 길'을 계속 걷는 것이다. 전자가 개인의 복수라면 후자는, 개인을 넘어선 민족에 대한 복수였다. 그 복수의 근원은 계층의식이었다.

-김윤식, 노비 출신 학병 박달세의 청춘과 야망-1940년대 상해, 636면

우리 주변에 '트라우마'와 '분노'가 없는 사람이 없다. 아직 계층의식도 남아 있다. 나림 작품을 읽는다면 만남에서 상처는 주지 않을 것이다. 야만성을 줄일 수 있기 때문이다. 나림은 많은 작품에서 인간성 회복을 그려 놓았다. 이중 인간의 가면을 벗으면 모두가 자유로운 황제가 된다. 이것이 나림 작품을 읽는 이유다.

『별이 차가운 밤이면』은 나림의 마지막 장편소설이다. 1992년에 마친 미완성 작품이다. 주인공은 근대가 만든 인간 박달세이다. 박달세는 '입신출세주의자'이다.

"과연, 노비의 자식이 학병 세대의 일원이 될 수 있었겠는가. 노비의 자식으로 학병 세대가 되기란, 허구라 하더라도 일종의 환각이다. 이런 억지를 내세움이 학병 세대 글쓰기를 일관해 온 작가 이병주의 마지막 정직성이 아니었을까" -김윤식, 「노비 출신 학병 박달세의 청춘과 야망 -1940대 상해」, 『별이 차가운 밤이면』, 문학의숲, 2009, 669면 이것이 나림 이병주의 작가정신이다. 문학평론가 김윤식 교수는 나림 이병주의 혁명적 사상을 간파한 것이다.

근대의 새로운 풍경은 육군사관학교·제국대학·교육·입신출세·종교이다. 입신출세와 신분 상승이 한국인 모습으로 여전히 사회를 지배한다.

"나는 울어본 적이 있어도 좌절해 본 적이 없다." 현대 한국인

의 눈물이다. 마음이 꺽이진 않았다. 만일 운명이 나림 이병주에게 한번 더 기회를 주었더라면 나림은 필히 이 눈물을 마무리하였을 것이다.

나림은 근대정신을 헌법 정신·유럽 정신에서 사색했다.

"유럽인이 되지 못하고선 유럽의 민주주의를 배울 수 없다."

나림은 우리 사회의 야만성과 천박성을 유럽 정신의 결여로 평했다.

"우리는 아직 어설픈 유럽인이다."

헌법 정신·유럽 정신은 인간 존엄·생명 존중·정의·자유주의·인도주의·평등주의이다. 나림이 작품에서 다루고 있는 주제이다.

"인간이 된다는 것, 그것이 예술이다." -「노발리스」

내가 이번 여행에서 깊이 새긴 문장이다.

후기

나림 이병주 탄생 101년$_{1921}$·타계 30년$_{1992}$

1. 나림 이병주 선생 삶

"정도전의 새끼들이구나! 뭣 때문에 왔느냐?"

"가친이 위기에 몰렸다기에…."

"효자로구나."

"숱한 칼과 창, 그리고 몽둥이가 두 형제의 몸뚱이에 집중적으로 가해졌다. 그들의 사체는 비참하게 끌려 삼봉의 시체에 포개졌다." -『정도전』

개혁 공신의 멸문지화는 조선사에 심각한 그늘을 드리웠다. 오늘의 정치에도 이 장면은 반복되고 있다. 나림은 작가 생활 27년 동안 소설 88권·수필 40권을 남겼다. "역사가는 나폴레옹을 기록하지만, 문학인은 장발장을 등장시키는 것이다." -『문학을 위한 변명』

그의 작품은 태양에 바래지고 월광에 물들었다.

1894년 동학혁명이 터졌다. 조선에 일본과 청이 들어왔다. 백성은 나라를 잃었고, 나라는 주인을 잃었다.

"나는 전봉준 선생이 가신 그날을 망국의 날로 삼겠다. 그분이 뜻을 펴지 못하고 가셨다는 그 사실이 바로 망국의 조짐이 아닌가? 우리에게 희망이 없으니까. 나 최천중은 어리석었다. 전봉준

427

선생이 죽은 연후에야 그 위대함을 알았다. 조선인은 인재를 기를 만한 기량器量이 없소이다. 자라는 나무를 꺾긴 잘해도 가꿀 줄은 모른다 이 말씀입니다." -『바람과 구름과 비碑』

나림은 패배한 인물들에 대한 깊은 통한을 곳곳에 담고 있다.

당대의 인물이 패배하는 기록은『정도전』만이 아니라『소설 허균』,『포은 정몽주』로 이어진다.〈그 테러리스트를 위한 만사〉에선 이름도 남기지 못한 낭만적 혁명가의 노년을 그리고 있다. 지금의 인물 중엔 누굴 택할지 궁금해진다.

나림 이병주는 천재 작가다. 작품 수가 소설 88권·산문 40권이다. 한국 근대사 100년을 관통하고 있다. 결코 잊어서는 안 될 작가이다. 조선 말기부터 근현대사를 탐사하면서 무거운 주제를 소설·수필·산문으로 표현하고 있다. 인문의 향연이다. 사색과 독서가 없었다면 불가능한 작업이다. 교도소 수감도 작품에 승화되어 있다. 인본주의가 그의 작품에 흐른다. 읽기만 하면 감탄사가 저절로 나온다. 소설의 고전이다.

-김종회,『문학의 매혹』, 소설적 인간학 이병주를 위한 변명, 바이북스, 2017, 106-115면

2. 나림 이병주 선생의 만년

나림 이병주 삶을 한 문장으로 표현한다.

"불행한 작가이지요. 어디에 있어도 시詩를 찾으려고 애썼고, 어딜 가나 악惡과 비참을 보고 광기에 사로잡혔으니까요. 밤의 거리를 고독하게 방황하며 닫혀진 도어 저편에서 이루어지는 가정假定의 생활을 얘기하고, 보는 것, 듣는 것마다에 혐오를 느껴선 피와

눈물의 언어로써 우주를 재창조하려고 서둘다가 비참하게 죽었어요." -이병주, 김윤식·김종회 엮음, 『잃어버린 시간을 위한 문학 기행』, 이병주 에세이, 바이북스, 2012, 41면

나림은 두보^{杜甫}를 사랑했다. 『바람과 구름과 비^碑』 제1권 마지막에 이런 표현이 있다.

"'시는 시인의 운명이 완성되길 증오한다'는 두보의 말이 있다." 그의 소설 문장처럼 살다 간 분이다. 그 당시 『5공화국』을 집필하고 있었다. 소설은 소설가의 운명이 완성되길 증오하나 보다. 이병주의 『5공화국』은 중단되었다.

나림은 1992년 4월 3일 오후 4시 지병으로 타계한다. 향년 72세. 뉴욕에서 감기 기운이 있었다. 귀국 후 정밀검사를 받았다. 폐암으로 서울대 병원에서 생을 마감하였다. 72년의 스트레스와 작가의 흡연 습관이 원인이 된 듯하다. 2022년은 사후 30주년이다.

나림은 1990년 사망 2년 전 『「그」를 버린 女人』에서 이런 문장을 남겼다.

"이 나라의 성인 남자들이 당한 고통을 아십니까? 우린 나면서부터 거짓말을 배웠소. 일제하에 살던 우리 부모는 그들의 아들, 딸이 혹시나 일본에 대해 반항심을 품을까봐 겁을 냈습니다. 일본에 반항하는 것은 죽음이 아니면 감옥이라는 생각을 가졌던 것이지요. 학교에 가는 것은 곧 일본인의 노예가 되기 위한 훈련이었소."

"내 경우를 말씀드리면 착한 아이는 선생님의 말씀을 잘 이행하는 아이여야 하는데 그건 바로 일본에 순종하라는 뜻이었소. 제게 독립운동을 해야 한다고 가르친 사람은 하나도 없었습니다. 중학생쯤 되어선 독립운동을 하는 사람이 있다는 얘기를 듣긴 했죠.

그러나 그 사람들은 부모를 슬프게 하고 자신들을 망치려고 환장한 사람들이다, 이렇게 들었어요."

"그렇게 자라고 보니 만주군관학교로 가게도 되고 일본의 사관학교에도 가게 된 겁니다. 그렇지 않은 사람은 나름대로의 능력과 기술로 일본의 기구에 끼어들어 살 궁리를 한 겁니다. 생각하면 불쌍한 존재들이지요. 말하자면 나나 그 사람이나 그렇게 크고 그렇게 살아온 사람들입니다. 그런 존재들을 누가 보아줍니까? 이 나라 여자들 아니겠습니까?"

"우리 남자에 비하면 여자는 바람을 맞는 강도가 덜 했다고 할 수 있죠. 수정씨가 만일 남자였더라면 어떻게 되었겠어요. 아무튼 여자들이 남자를 봐줘야 하는 겁니다. 어려운 환경에서 부모님을 보살피고 가족을 거느려야 할 남자들의 고초를 알아줘야 합니다. 남편이라고 대하기에 앞서 모성애로 대해야지요⋯⋯"

"최남근의 말은 너무나 진지했다. 한수정은 눈물을 흘릴 뻔했다."-이병주, 『「그」를 버린 女人』, 중, 24면

3. 나림 이병주 선생 평가

시인·문학평론가 김남호가 2020년 4월 하동 나림 이병주 문학제에서 발표한 내용을 인용한다. 우리나라 문학인들이 나림 이병주 선생을 평가한 글이다.

- 나는 공부하고 싶을 때 이병주 선생의 소설을 읽는다.
  -신봉승 극작가

- 나림 이병주 선생이 남긴 소중한 문학적 유산을 지켜나가려는 모든 시도에 갈채를 보낸다. -이문열 소설가
- 작중의 '나'의 문학관이 작가 이병주의 문학임은 두말할 것도 없다. -조남현 문학평론가
- 역사에 대한 통찰력, 웅대한 스케일은 국민작가로 손꼽히는 중국의 루쉰이나 일본의 나쓰메 소세키에 비교해도 손색이 없다. -장석주 시인·문학평론가
- 소설이 인간과 세계에 대한 탐구라고 한다면, 이병주 소설은 그 탐구의 거대한 봉우리다. -김치수 교수·문학평론가
- 이병주라는 작가를 집중 조명하는 일은 우리 세대가 해야 하는데, 후배들이 이 일을 맡아주어 기쁘고, 짐을 내려놓는 기분이다. -이어령 교수·문학평론가
- 그의 소설은 수많은 실존 인물명과 책명을 제시함으로써 소설 담론의 가능성을 활짝 열어 보인 효과를 갖는다. -조남현 교수·문학평론가
- 나는 그가 창조해낸 가장 소중한 것을 나의 것으로 가질 수 있는 것이다. 소설 『지리산』이 그것이다.
  -김윤식 교수·문학평론가
- 나림 이병주는 소설을 통해 심도 있는 정치토론을 유발한 거의 유일한 작가이다. -김종회 교수·문학평론가
- 『지리산』의 열매를 『남부군』과 『태백산맥』이 따먹었듯이 『행복어사전』의 열매를 우리 시대의 젊은 이야기꾼들이 은밀히 따먹고 있는 중이라는 사실을 어찌 우리 잊을 수 있겠는가. -최혜실 교수·문학평론가
- 이병주는 우리 문단의 최후의 거인이다. -김인환·문학평론가

4. 나림 이병주 선생 만남

"나에게 만나고 싶은 사람이 있느냐"고 묻는다면,
"나림 이병주 선생을 만나보고 싶다"고 말하겠다.

- 하 교수님 같은 열렬한 독자가 있는 것을 아시면 선친은
  무척 기뻐하셨을 겁니다. 선친의 작품을 좋아해 주셔서
  감사합니다. 건강하시고 편안한 나날 보내시길 기원합니
  다. 이권기 교수
- 지도자란 민주적 인격자다. 한국인 상像이다. 나림 이병주
  는 바람직한 한국인 모습과 불쾌한 한국인 모습을 그의
  소설에서 절묘하게 묘사한다. 배워야 할 인물과 버려야
  할 인물이 누구인지 정확히 골라낸다. 이런 작가가 한국
  작가다. 仁德
- 눈물 방울방울로 엮은 염주는 시리고 아름답다. 나림 작
  품은 백과사전처럼 다양하고, 문장은 눈썹처럼 간결하고
  명확하다. 나림은 천재 작가다. 河淡

5. 나림 이병주 선생 문학관

경남 하동군 북천면에 있다.
나림의 유품을 볼 수 있다.
1년에 두 번 방문한다.
만년필·어머니·집필실에서 묵념을 올린다.
나림은 한국이 낳은 세계적인 작가다.

참고문헌

1. 기본자료

이병주, 「소설·알렉산드리아」, 『소설·알렉산드리아』, 한길사, 2006, 7~127
면.

_____, 「법률과 알레르기」, 이병주 지음/김종회 엮음, 『이병주 수필선집』,
지식을만드는 지식, 2017, 29~39면.

_____, 「예낭 풍물지」, 『마술사』, 한길사, 2006, 107~186면.

_____, 「패자의 관」, 『소설·알렉산드리아』, 한길사, 2006, 225~244면.

_____, 「겨울밤-어느 황제의 회상」, 『소설·알렉산드리아』, 한길사, 2006,
245~293면.

_____, 「칸나·X·타나토스」, 『여사록』, 바이북스, 2014, 64~86면.

_____, 「내 마음은 돌이 아니다」, 『삐에로와 국화』, 이병주 중·단편 선집,
바이북스, 2021, 14~49면.

_____, 「철학적 살인」, 『그 테러리스트를 위한 만사』, 한길사, 2006,
171~195면.

_____, 「그 테러리스트를 위한 만사」, 『그 테러리스트를 위한 만사』, 한길
사, 2006, 7~170면.

_____, 김윤식·김종회 엮음, 『잃어버린 시간을 위한 문학 기행』, 이병주 에
세이, 바이북스, 2012.

_____, 『운명의 덫』, 나남창작선 146, 나남, 2018.

_____, 『「그」를 버린 女人』, 상·중·하, 서당, 1990.

2. 단행본

강은모, 『이병주 소설의 대중미학』, 보고사, 2019.

김동춘, 『대한민국은 왜?』, 사계절, 2020.

김윤식, 『이병주 연구』, 국학자료원, 2015.

_____, 『이병주 연구』, 국한미래학술총서, 국학자료원, 2015.

김윤식·김종회, 『문학과 역사의 경계에 서다』 낭만적 휴머니스트 이병주의
　　　　삶과 문학, 바이북스, 2010.

_____, 『이병주 문학의 역사와 사회 인식』, 바이북스, 2017.

김윤식·임헌영·김종회, 『이병주 문학연구 역사의 그늘 문학의 길』, 한길사,
　　　　2008.

김종회, 『문학의 매혹』, 소설적 인간학 이병주를 위한 변명, 바이북스,
　　　　2017.

김종회 엮음, 『이병주』 새미 작가론 총서 22, 새미, 2017.

김종회 외, 『하동이 사랑한 문인들』, 미디어줌, 2021.

손혜숙, 『이병주 소설과 역사 횡단하기 양장』, 지식과교양, 2012.

안경환, 『황용주 그와 박정희의 시대』, 까치, 2013.

이병주·김윤식·김종회, 『문학을 위한 변명』, 바이북스, 2010.

임헌영, 『한국소설, 정치를 통매하다』 임헌영 평론집, 소명출판, 2020.

정미진, 『이병주의 현실 인식과 소설적 재현』, 역락, 2018.

정범준, 『작가의 탄생』 나림 이병주 거인의 산하를 찾아서, 실크캐슬, 2009.

3. 논문

김경민, 「이병주 소설의 법의식 연구」, 김종회 엮음, 『이병주』 새미 작가론
　　　　총서 22, 새미, 2017, 528~550면.

김경수, 「이병주 소설의 문학법리학적 연구」, 김종회 엮음, 『이병주』 새미
　　　　작가론 총서 22, 새미, 2017, 551~576면.

김영화, 「이병주의 세계 「소설·알렉산드리아」를 중심으로」, 김종회 엮음,
　　　　『이병주』 새미 작가론 총서 22, 새미, 2017, 385~406면.

김윤식, 「한 자유주의 지식인의 사상적 흐름」, 김종회 엮음, 『이병주』 새미
　　　　작가론 총서 22, 새미, 2017, 13~32면.

김종회, 「이병주 문학의 역사성 고찰」, 김종회 엮음, 『이병주』 새미 작가론 총서 22, 새미, 2017, 33~52면.

김남호, 「후배 문인들이 본 작가 이병주와 소설 「지리산」」, 이병주기념사업회, 2020.

노현주, 「Force/Justice로서의 법, '법 앞에서' 분열하는 서사. 이병주 소설의 법의식과 서사성」, 김종회 엮음, 『이병주』 새미 작가론 총서 22, 새미, 2017, 577~611면; 『한국현대문학연구』43, 한국현대문학회, 2014.

안경환, 「나림 이병주의 생애와 문학」, 이병주 선생 탄생 100주년 기념 2021 이병주 하동국제문학제 기조강연, 이병주기념사업회, 2021, 15-58면.

이광호, 「李炳注 小說에 나타난 테러리즘의 問題」, 김종회 엮음, 『이병주』 새미 작가론 총서 22, 새미, 2017, 492-508면.

은미희, 「「소설·알렉산드리아」속의 상징 읽기」, 이병주 선생 탄생 100주년 기념 2021 이병주 문학 영호남 학술세미나, 이병주기념사업회, 2021, 35~48면.

정호웅, 「이병주 문학과 학병 체험」, 김종회 엮음, 『이병주』 새미 작가론 총서 22, 새미, 2017, 53~75면.

추선진, 「이병주 소설에 나타난 법에 대한 성찰 연구」, 한민족문화연구 제43권, 2013, 283면.

한수영, 「소설·역사·인간 이병주의 초기 중·단편에 대하여」, 김종회 엮음, 『이병주』 새미 작가론 총서 22, 새미, 2017, 407~436면.

4. 그밖에 자료

고승철, 「운명運命 vs 인간 의지 … 치열한 길항拮抗 관계」, 『운명의 덫』, 나남 창작선 146, 나남, 2018, 359~363면.

고인환, 「'기록이자 문학' 혹은 '문학이자 기록'에 이르는 길」, 『여사록』, 바이북스, 2014, 180~197면.

김윤식, 「노비 출신 학병 박달세의 청춘과 야망 -1940대 상해」, 『별이 차가운 밤이면』, 문학의숲, 2009, 629~669면.

김인환, 「천재들의 합창」, 『그 테러리스트를 위한 만사』, 한길사, 2006, 333~342면.

김종회, 「월광에 물든 산화-작품으로 읽는 이병주 평전」, 하동이 사랑한 문인들, 미디어줌, 2021, 12-39면.

_____, 「한 운명론의 두 얼굴」, 이병주의 『소설·알렉산드리아』, 이병주기념사업회, 바이북스, 2020, 188~205면.

_____, 「산문으로 쓴 인생론」, 이병주 지음/김종회 엮음, 『이병주 수필선집』, 지식을만드는 지식, 2017, 219~227면.

이병주, 「조국의 부재」, 『새벽』, 1960년 12월.

_____, 「통일에 민족역량을 총집결하자」, 『국제신보』 年頭辭, 1961년 1월 1일.

조남현, 「이데올로그 비판과 담론확대 그리고 주체성」, 『소설·알렉산드리아』, 한길사, 2006, 295~307면.

조봉권, 이병주 선생께서 일하신 직장에서 일하며 -언론이 바라본 언론인 이병주, 2020 지역민과 함께하는 문학큰잔치, 이병주기념사업회, 2020, 5~10면, 8면.

정미진, 「진실의 인간적 기록으로서의 소설」, 『삐에로와 국화』, 이병주 중·단편 선집, 바이북스, 2021, 473~487면.

정호웅, 「망명의 사상」, 『마술사』, 한길사, 2006, 287~294면.

차례